W0285271

Nachhaltigkeit liegt uns am Herzen.

Hergestellt in Deutschland
Gedruckt auf FSC®-Papier
Lösungsmittelfreier Klebstoff
Drucklack auf Wasserbasis

Natürlich

magellan

AVA DELLAIRA

AUF DER SUCHE NACH DEM KOLIBRI

Für meinen Mann
Doug Hall

AVA DELLAIRA

AUF DER SUCHE NACH DEM KOLIBRI

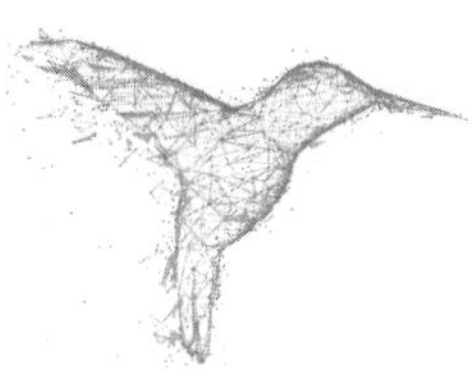

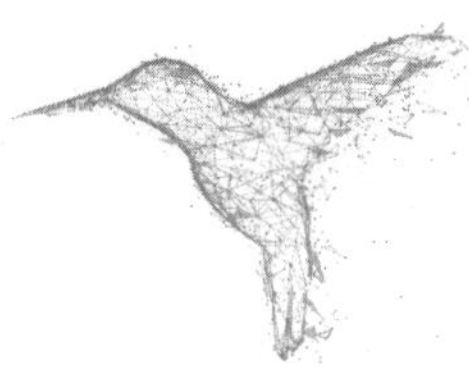

Aus dem Englischen von
Jessika Komina und Sandra Knuffinke

magellan

Prolog

ANGIE

Hinter jedem Menschen, der jetzt lebt, stehen dreißig Geister, denn das ist das Verhältnis, in dem die Toten gegen die Lebenden in der Überzahl sind.

Arthur C. Clarke, 2001: Odyssee im Weltraum

Die Lebenden holen auf. 1968, als Arthur C. Clarke diese Zeilen geschrieben hat, stand das Verhältnis noch bei dreißig zu eins. Aber mittlerweile haben wir Lebenden uns so schnell vermehrt, dass wir nur noch bei fünfzehn Geistern pro Kopf sind. Angie kennt die genauen Fakten: Derzeit leben auf der Erde über sieben Milliarden Menschen und einhundertundsieben Milliarden haben einmal gelebt.

Angies Dad ist einer der Toten – oder zumindest hat sie das immer geglaubt. Sie hat ihn sich immer an ihrer Seite vorgestellt, als Anführer ihrer eigenen kleinen fünfzehnköpfigen Geisterfamilie. So wie er auf dem Foto mit ihrer Mom aussieht. Da ist er ungefähr so alt wie sie jetzt: siebzehn. Breites, strahlendes Lächeln, dunkle Haut, weiße Zähne, muskulöser Körper, hochgewachsen. Er hat eine Baseballkappe rückwärts auf, wie der letzte Neunzigerjahretrottel. Auf dem Foto stehen er und ihre Mom Marilyn am Meer, auf einer Strandpromenade. Ihre Mom trägt eine Latzhose über ihrem Bikini, ihre Kreolenohrringe glitzern, und langes sonnenblondes Haar umrahmt ihr blasses Gesicht. Den Kopf lachend zurückgeworfen, kuschelt sie sich in seinen Arm, als gehörte sie genau dorthin. Und hinter ihnen das blaue Wasser, das sich bis zum Himmel zu erstrecken scheint.

Das Foto hat Angie vor einem Jahr entdeckt, als sie gerade dabei war, sich für das Essen zu Sam Stones sechzehntem Geburtstag fertig zu machen. Sie hatte in der Kommode ihrer Mom nach einem Lippenstift gekramt, während Marilyn bei der Arbeit war, und irgendwie war die Suche ausgeufert. Sie hatte weiter- und weitergewühlt, ohne zu wissen, wonach eigentlich. Dann, ganz hinten in der Unterwäscheschublade, hatte sie eine Holzschachtel gefunden. Darin lag ein zerknitterter gelber Umschlag, vollgestopft und zugeklebt, und darunter das Foto.

Angie starrte auf den lächelnden schwarzen Jungen hinunter, und er starrte zurück, und obwohl sie ihn noch nie gesehen hatte, erkannte sie ihren Vater auf den ersten Blick. Für den Bruchteil einer Sekunde fragte sie sich, wer wohl das Mädchen neben ihm sein mochte, aber dann, nach einem Moment, wurde Angie klar, dass das natürlich ihre Mom war. Sie wirkte so sorglos. Jung. Glücklich. Als blickte sie in eine Zukunft voller Möglichkeiten.

Mit einem Mal breitete sich Leere in Angies Brust aus. Sie wollte den Jungen aus dem Foto herausziehen. Ihn zum Mann heranwachsen lassen, zu ihrem Dad. Dafür sorgen, dass er ihre Mom wieder so zum Lächeln brachte wie damals.

Stattdessen versuchte sie, sich selbst in das Bild einzufügen – sich vorzustellen, wie es gewesen wäre, mit ihren Eltern dort zu sein – wie die Sonne sich angefühlt, das Meer gerochen hätte. Und obwohl sie noch nie in ihrem Leben am Strand gewesen war, konnte sie beinahe das entfernte Rauschen der Wellen unter dem fröhlichen Lachen ihrer Eltern hören.

Angie hat noch ein Jahr an der Highschool vor sich, bevor die ZUKUNFT beginnt. Sie hat keine Ahnung, was sie »mal werden« will, wo sie hingehört oder wie sie ihre Mom jemals für all das entschädigen soll, worauf sie ihr zuliebe verzichtet hat. In solchen Momenten, wenn sich ihr mal wieder die Brust zuschnürt, das Atmen schwerfällt und die namenlose Angst sie packt, denkt Angie an die mehr als sieben Milliarden Menschen auf der Welt. Diese unfassbare Zahl dämpft die Panik ein wenig, und sie fühlt sich plötzlich leicht – so leicht, dass ihr schwindelig wird, als hätte sie zu viel gelacht oder zu wenig geschlafen oder beides. Sie ist nur ein Tropfen im Ozean, wenn überhaupt. Was spielt es schon für eine Rolle, was sie, Angela Miller, mit ihrem Leben anstellt?

Sie hält sich für durchschnittlich, unauffällig. Ihre Lieblingsfächer sind Geschichte und die Naturwissenschaften (besonders Biologie). Sie geht gern laufen, mag gegrillte Käsesandwiches mit krossem Rand, Fußball, Kaffee mit Sojamilch, Schallplatten und hört Hip-Hop am liebsten ungestört und laut über Kopfhörer. Sie ist bewaffnet mit unzähligen solcher Listen, Beschreibungen für die unvermeidlichen Profile, die eine sorgfältig zusammengestellte, aber eigentlich dürftige Definition ihrer selbst liefern, wer immer das sein mag. Diese Gefühle, die in ihr lauern und ständig überzuschwappen drohen, hat sie wohlweislich im Zaum zu halten gelernt. Aber heute wird sich alles ändern.

Mit dem Foto ihrer Eltern in der Hand hört Angie auf ihrem Walkman, den sie für zwei Dollar neunundneunzig im Trödelladen gefunden hat, Janet Jacksons »I Get Lonely«. Der Song kommt von einem Mixtape, auf dem in verblasster blauer Tinte FÜR MISS MARI MACK. LIEB DICH, JAMES steht. Obwohl es noch früh am Morgen ist, brennt die Sonne schon viel zu heiß und vertreibt Angie auf den schattigen Teil der Terrasse. Pappelsamen schweben durch die warme Luft und sammeln sich im Rinnstein wie sommerlicher Schnee. Vor ihr steht eine Reisetasche mit T-Shirts und Socken, Unterwäsche und ihren beiden ordentlich zusammengefalteten Lieblingskleidern, zusammen mit dem Umschlag aus der Schublade ihrer Mom und einer Auflistung aller Justin

Bells zwischen vierundzwanzig und fünfunddreißig Jahren oder unbekannten Alters aus dem Großraum Los Angeles. Marilyn ist vor knapp einer Stunde zur Arbeit aufgebrochen. Wenn sie zurückkommt, wird ihre Tochter nicht mehr da sein.

Angie und ihre Mom leben in diesem Haus, seit Marilyn sie eines Tages – Angie war in der fünften Klasse – von der Schule abholte und verkündete, sie habe eine Überraschung für sie.

»Was ist es denn?«, bohrte Angie, als Marilyn keine der üblichen Sachen wie Milky Way, Gummibärchen, Bücher oder neue Buntstifte hervorzauberte.

»Warte einfach ab«, entgegnete ihre Mutter. »Das wird die beste Überraschung, die du je erlebt hast.«

Sie fuhren auf die Interstate 40, nahmen die Ausfahrt nach Albuquerque und durchquerten die Altstadt, wohin es sie normalerweise nur verschlug, wenn Angie ins Naturkundemuseum wollte. War das die Überraschung? Nein, Angies Mom lenkte den Wagen durch eine von riesigen Pappeln und efeubewachsenen Villen gesäumte Straße nach der anderen. Schließlich, als sie den Rand des Viertels erreichten und die Häuser wieder bescheidener wurden – Bungalows mit gepflegten Vorgärten –, parkte sie in einer Einfahrt. Das Haus dahinter war klein und gedrungen und hatte ein blaues Dach.

Angie wandte sich fragend ihrer Mom zu. »Komm mit!«, drängte Marilyn, aufgeregt wie ein kleines Mädchen.

Angie folgte ihrer Mom zur Haustür, während Marilyn an ihrem Schlüsselbund herumfummelte. Wer wohnte denn hier?

Als die Tür sich öffnete, sagte Marilyn zu Angie: »Na los, rein mit dir. Es gehört uns.«

Angie war damals erst zehn, aber sie verstand sofort, dass ihre Mom ihr etwas bieten wollte, was sie selbst nie gehabt hatte – ein

Haus für sie beide ganz allein. Gemeinsam strichen sie die Wände: das Wohnzimmer in Blau, die Küche in Gelb. Angies Zimmer in Meergrün.

Von Anfang an liebte Angie die dicken Wände, die auch an Sommermorgen kühl blieben, die gewölbten Durchgänge, die durchgesessene Couch mit dem Paisleymuster, auf der Marilyn und sie am Wochenende bis spät in die Nacht romantische Komödien guckten und Parmesanpopcorn knabberten oder Ananas-Slushies schlürften.

Als Angie noch klein war, dachte sie oft, dass alle anderen Kinder sie um ihre Mom beneiden mussten – immerhin machte sie ihr die hübschesten Sandwiches für die Schule, stets in elegante Dreiecke geschnitten, und backte die köstlichsten Brownies für Kuchenbasare. Wenn Angie morgens nicht aufstehen wollte, holte Marilyn sie mit »Dancing in the Street« in voller Lautstärke aus dem Bett, woraufhin die beiden lachend und im Schlafanzug durchs Zimmer wirbelten. Ihre Mom schmückte das Haus zu jeder sich bietenden Gelegenheit, einschließlich Silvester und Halloween. Zum Unabhängigkeitstag machte sie rot-weiß-blaue Cupcakes und Hotdogs, und sobald es dunkel genug war, gingen sie zusammen in den Garten und schrieben mit Wunderkerzen ihre Namen in die Luft. Damals kam es Angie kein bisschen komisch vor, dass sie nur zu zweit waren. Dass sie nie zu Grillpartys eingeladen wurden und ihre Mom, wenn sie Angie bei ihren Freundinnen absetzte, nie mit den anderen Müttern plauderte, die ihrerseits Marilyn gegenüber einen Hauch herablassend klangen. Nie wunderte sie sich, dass Marilyn bei den Elternabenden an der Montezuma-Grundschule mit Abstand die jüngste Mutter war und sie sich, obwohl einige Väter auffallend nett zu ihr waren, stets abwandte und auf ihre Tochter konzentrierte. Selbst als ihre

Mom endgültig die Tür hinter Manny schloss – dem ersten (und letzten) Mann, der zum Abendessen zu ihnen gekommen war –, nahm Angie den Verlust einfach so hin.

Marilyn hat Angie seit jeher versichert, sie sei das Schönste, was sie habe, ihr Sonnenschein. Ihr geliebter kleiner Engel. Manchmal jedoch, wenn Marilyn dachte, ihre Tochter wäre mit ihrem Malbuch beschäftigt oder sähe fern, ertappte Angie sie dabei, wie sie mit tränenüberströmten Wangen aus dem Fenster starrte.

Als Sams Jeep um die Ecke biegt und vor der Einfahrt hält, drückt Angie die Stopptaste ihres Walkmans und zieht sich die Kopfhörer von den Ohren. Sie stellt sich vor, wie ihre Mom heute Abend ein leeres Haus vorfinden wird, und ist kurz davor, kehrtzumachen und ihre Pläne über den Haufen zu werfen. Schließlich aber nimmt sie doch ihre Reisetasche und geht zum Auto.

Sam trägt ein zerknittertes weißes T-Shirt und eine abgeschnittene Jogginghose, die beide locker seinen hochgewachsenen, schmalen Körper umschlackern, und dazu eine verspiegelte Pilotensonnenbrille. Seine Haare sind so strubbelig wie eh und je.

»Hey«, sagt Angie, die wünschte, sie könnte ihm in die Augen sehen.

Sam nickt ihr kurz zu, nimmt ihr die Tasche ab und verstaut sie auf dem Rücksitz. Angie steigt in den Wagen, der schwach nach Marihuana riecht und die Verpackungen der Frühstücksburritos von mehreren Wochen zu enthalten scheint. Der 1990er Jeep Cherokee startet mit einem unzufriedenen Grummeln.

Wortlos lenkt Sam den Wagen die Straße hinunter und dreht dabei das Radio auf. Angie blickt hinter sich und sieht zu, wie das Haus kleiner und kleiner wird. Dann betrachtet sie wieder die junge Frau auf dem Foto mit ihrem Dad. Die mit heruntergekurbelten Fenstern und lauter Musik durch die Nacht gebraust sein muss, die den Duft des Meeres gerochen, die Freiheit gespürt haben muss, während vor ihr ein ganzes Leben lag, ein neues Leben. Die erfahren haben muss, wie die Welt ein Stück näher rückt, wenn man sich verliebt, wie plötzlich alles erreichbar scheint. Zumindest stellt Angie es sich so vor.

MARILYN

18 Jahre zuvor

Seit heute ist Marilyn siebzehn. Sie starrt sich selbst in die Augen, deren Spiegelung im Autofenster den Mann mit dem »Bares für Gold«-Umhängeschild an der Ecke und die Frau mit dem Einkaufswagen voller klirrender Flaschen überlagert. Sie fahren an einer Tankstelle vorbei, aus der gerade ein paar Jungs mit umgedrehten Baseballkappen und einem frischen Vorrat an Zigarren und Limonade kommen. Marilyns Beine kleben am Sitz und an ihrem Haaransatz bilden sich Schweißperlen. Die alljährliche Spätsommerhitzewelle hat Los Angeles fest im Griff. Es müssen weit über fünfunddreißig Grad sein und ihr mit Kisten vollgestopfter Buick stammt aus den Achtzigern und hat keine Klimaanlage.

»Es ist ja nicht für lange«, faselt ihre Mutter Sylvie weiter. »Irgendwann kriegen wir unsere große Chance. In ein paar Wochen hast du ja schon deinen Termin bei L.A. Talent.«

Marilyn nickt, ohne sich zu ihrer Mutter umzudrehen.

Ihr letztes Casting (als Tochter in einer vierköpfigen Familie, die einen neuen Fernseher kaufen wollte) war ein absolutes Desaster gewesen. Sie wusste, was auf dem Spiel stand, und hatte den ganzen Morgen ein Ziehen in der Brust und ein flaues Gefühl im Bauch, während sie mit den anderen Mädchen im Warteraum saß. Sie versuchte, sich auf ihr Buch zu konzentrieren – »Das weiße Album« von Joan Didion –, kam jedoch nicht mal über den ersten Absatz hinaus, sodass sie immer wieder denselben Anfangssatz las: *Wir erzählen uns Geschichten, um zu leben.* Als sie schließlich vor die Kamera trat, bekam sie kaum mehr Luft.

Als ihre Mutter sie später abholte, erzählte Marilyn ihr nichts von ihrer Panik und Benommenheit, genauso wenig wie dem entnervten Blick der Besetzungsassistentin, die ihr ein Glas Wasser bringen musste. In der Woche darauf ertrug sie tapfer Sylvies enttäuschte Miene – die Brauen gleichzeitig hoch- und zusammengezogen –, als sie, während sie gerade zusammen vor ihrem Diät-Mikrowellenessen saßen, per Telefon die Nachricht über Marilyns erneutes Versagen erreichte. Sylvie hängte den Hörer auf und blickte schweigend auf den Pool und die Plastikliegestühle vor dem Fenster und Marilyn schob ein verkochtes Brokkoliröschen auf ihrem Teller hin und her.

Nach einer Weile schenkte Sylvie sich ein drittes Glas Weißwein ein. »Hier in der Provinz tut sich auftragstechnisch einfach nichts. Ich überlege, ob wir nicht besser in die Nähe von Hollywood ziehen sollten, dann wären wir mittendrin im Geschehen«, erklärte sie übertrieben gut gelaunt. »Wer weiß, vielleicht begegnest du dann im Supermarkt einem Regisseur.« Als müssten sie nicht sowieso früher oder später aus dem Apartment flüchten, für das sie seit Monaten keine Miete mehr bezahlt hatten.

Ihre Mutter würde vermutlich, ohne mit der Wimper zu zucken, einer Großaufnahme von Marilyns Hintern zustimmen (wie bei dem Mädchen in der Jeanswerbung über der Autobahn), wenn sie auf diese Weise das Geld für einen schicken Neubau in die Finger bekäme. Am besten in den Hügeln oberhalb der Stadt, weit über allen anderen, wohin sie Sylvies Meinung nach auch gehören. In ihrer Welt winkt hinter jeder Ecke ein neues, besseres Leben und die Drehtür in die Zukunft ist nur einen Schritt entfernt.

Als Kind hatte Marilyn Sylvies Träume noch für bare Münze genommen, aber mittlerweile hat sie es aufgegeben, die Fantasien ihrer Mutter verwirklichen zu wollen. Heute klammert sie sich an den Gedanken, dass sie in einem Jahr achtzehn werden wird. Dass sie aufs College gehen und endlich ein eigenes Leben führen wird. Die Zukunft ist wie ein strahlender Diamant am Ende eines Tunnels, und Marilyn hat gelernt, den Blick allein darauf zu richten, sich stetig weiterzukämpfen und ihr Ziel niemals aus den Augen zu verlieren.

Hinter ihnen hupt jemand. Sylvie hält den Verkehr auf, um links auf den Washington Boulevard abzubiegen. Marilyn lässt den Anblick der sonnenverbrannten Straßen auf sich wirken, atmet den würzigen Geruch eines Tacowagens ein, vermischt mit der fernen Meeresbrise, und bewundert die leuchtend pinkfarbene Bougainvillea, die einen Maschendrahtzaun überwuchert.

Sylvie ignoriert das Hupen und steuert den Buick in den South Gramercy Place. Das Wohngebiet mit den heruntergekommenen Mehrfamilienhäusern kommt Marilyn vage bekannt vor. NIEDRIGE KAUTIONEN, wirbt ein Plakat. Ihr Blick fällt auf einen roten Blumenkasten vor einem Fenster, auf eine Wäscheleine, an der die Kleider flattern wie Fahnen. Auf einen Mann, der rauchend an der Hauswand lehnt.

»Schau mal, Marilyn, von hier aus kann man den Schriftzug sehen.« Der Wagen macht einen Schlenker in die Straßenmitte, als Sylvie sich auf dem Fahrersitz verrenkt, um in Richtung der weißen Buchstaben auf dem fernen Berg zu deuten: H-O-L-L-Y-W-O-O-D verkünden sie unerschütterlich durch den Smog, den die Sommerhitze mit sich bringt.

»Mhmm.« Marilyn gibt sich alle Mühe, das Grauen zu ignorieren, das immer mehr in ihr anwächst, je weiter sie den Block hinunterfahren, bis sie schließlich vor der Nummer 1814 halten – einem doppelgeschossigen Haus mit bröckelndem beigerosa Putz und einem ungepflegten Garten, in dem ein paar Orangenbäume überlebt haben.

Aus dem unteren der beiden Apartments im Haus dringt Lauryn Hills Stimme nach oben: *How you gonna win ...* Sylvie tastet nach dem Schlüssel unter der Fußmatte, und ein paar blond gefärbte Locken, die sich in der Hitze aus ihrer Frisur gelöst haben, bleiben ihr an den blassen Wangen kleben. Der vertraute Geruch in der Wohnung – eine seltsame Kombination aus Zigarrenrauch, Febreze und gebratenem Fleisch – versetzt Marilyn zurück in frühere Zeiten.

Die Möbel wirken wie zufällig im Raum verstreut – die Couch steht leicht schräg von der Wand abgerückt, und der Beistelltisch, auf dem ein fast ausschließlich mit Karamellbonbonpapier gefülltes Glas steht, stößt diagonal daran an. Durch die vergitterten Fenster scheint die spätnachmittägliche Sonne herein und wirft helle Streifen auf den Zottelteppich.

Einen Augenblick lang stehen sie einfach nur da.

»Na, könnte schlimmer sein«, sagt Sylvie gezwungen fröhlich. Marilyn wünschte, sie hätte mehr Erfolg gehabt. Dass sie es irgendwie geschafft hätte, doch noch einen Werbespot an Land zu ziehen, der sie vor all dem hier bewahrt hätte.

Marilyn öffnet das Fenster des winzigen Zimmers, das einmal ihres war und es auch nun wieder sein wird, und ein Schwall heißer Luft weht herein. Es ist kurz nach siebzehn Uhr, aber immer noch unverändert warm. Sie starrt hinaus auf eine Reihe dürrer Palmen mit wehenden Kronen, aufgereiht wie Soldaten, die tapfer in der Betonwüste die Stellung halten. Sie sehen einsam aus, die letzten, die noch auf dem Schlachtfeld der Stadt stehen, und Marilyn hebt Daumen und Zeigefinger zu zwei Ls – wie um ein Foto zu rahmen – und hält das Bild mit einem Blinzeln, dem imaginären Auslöser, fest.

»Mein hübsches Mädchen.« Sylvies Stimme lässt sie zusammenfahren. Als sie sich umdreht, sieht sie ihre Mutter in der Tür stehen. Im Radio im unteren Apartment läuft jetzt Werbung: *Nimm die große echte Frische*, fordert eine Stimme sie auf. Marilyn ist plötzlich so erschöpft, dass sie sich am liebsten auf dem Boden zusammenrollen würde.

Sylvie nimmt sie in den Arm, und Marilyn denkt an den Tag – vor beinahe zehn Jahren –, an dem sie bei Woody aus- und in die damals brandneue Wohnung in Orange County eingezogen sind, die sie nun wieder verlassen haben. Sylvie war begeistert von dem Pool und dem frisch verlegten Teppich, Marilyn dagegen gefiel am besten, dass es dort nach nichts roch. Als sie ihre Kleider in der neuen rosa Kommode in ihrem Zimmer verstaute, hörte sie ihre Mom ihren Namen schreien.

Sie rannte ins Wohnzimmer und fand Sylvie tränenüberströmt vor dem Fernseher, auf dem gerade ihr eigenes Gesicht zu sehen war. Die Bildschirm-Marilyn klappte das Geheimfach auf dem Rücken eines Zauberschlüsselponys auf und zog mit dem Ausruf »*Eine Überraschung für mich!*« ein glitzersteinbesetztes Armband daraus hervor. Dann drückte sie einen Kuss auf den Kopf des Ponys. Marilyn wurde ein wenig unbehaglich bei dem Anblick – das war doch nicht sie, oder? Nicht wirklich jedenfalls. Nein. Am liebsten hätte sie dem Fernseher den Rücken zugekehrt, doch als Sylvie sie an sich zog und ehrfürchtig flüsterte: »Du bist so hübsch, mein kleines Mädchen. Du bist im Fernsehen«, genoss sie doch das Gefühl, wie stolz ihre Mutter auf sie war.

Auch jetzt lässt sich Marilyn von Sylvie umarmen und atmet ihr Parfüm ein – Eternity von Calvin Klein? Sylvies Duft ist ein stetig wechselndes Kaleidoskop von Pröbchen, die sie von Macy's mitbringt, wo sie tagsüber hinter einem Tresen steht und Kundinnen davon zu überzeugen versucht, dass ein Flakon Chanel oder Burberry die Macht hat, sie genau in die Frauen zu verwandeln, die sie schon immer sein wollten.

»Das wird schon alles wieder. Wart's nur ab«, sagt Sylvie, beinahe als redete sie mit sich selbst.

Genauso abrupt, wie sie Marilyn umarmt hat, lässt sie sie auch wieder los. »Na komm, wir packen schon mal aus, dann haben wir nachher noch genug Zeit für dein Geburtstagsessen.«

Marilyn merkt, dass ihre Mom sich noch stärker zusammenreißen muss als sie selbst, um nicht zusammenzubrechen.

»Prima«, erwidert Marilyn und gibt ihr einen Kuss auf die Wange.

Es dauert lange, die ganzen Kisten die Treppe hochzutragen. Als die Sonne untergeht und der Tag sich langsam geschlagen gibt, ist der Buick erst zu zwei Dritteln geleert, und die beiden kämpfen schweißnass mit einem der schwersten Kartons der ganzen Ladung, der Marilyns Bücher enthält.

Als Marilyn mit schmerzenden Armmuskeln rückwärts die Treppe hochsteigt, sieht sie einen Mann – groß, breitschultrig, dunkelhäutig, den Kopf gesenkt – über die Straße auf sie zukommen. Sie pustet sich eine Haarsträhne aus dem Gesicht und bedauert, dass sie die Hände voll hat, denn sie würde sie gern zum Rahmen formen und ein Gedankenfoto von ihm unter dem Palisanderholzbaum schießen, dessen herabgefallene Blütenblätter einen violetten Teppich im Rinnstein bilden.

Als er mit schnellen Schritten auf ihr Haus zukommt, erkennt Marilyn, dass er etwa in ihrem Alter sein muss: Obwohl er körperlich wie ein erwachsener Mann aussieht, ist sein Blick noch immer so offen und staunend wie der eines Jungen. Er trägt Basketballshorts, Turnschuhe und ein weißes T-Shirt, das schweißnass ist. Sein linker Arm ist von Tätowierungen überzogen.

»Marilyn! Aufwachen! Wenn wir eine Ladung Backsteine schleppen, ist das nicht der richtige Zeitpunkt für deine Träumereien«, beklagt sich Sylvie. Und der Junge, vielleicht weil er etwas gehört hat, dreht sich zu ihnen um und sieht, wie Marilyn ihn anstarrt. Sie beobachtet ihn weiter, während sie sich unter dem Gewicht des Kartons eine weitere Stufe hochkämpft.

Er sieht weg, doch im nächsten Moment kommt er die Treppe hoch.

»Kann ich helfen?« Seine Stimme klingt anders als erwartet. Sanfter, schüchterner. Sie passt zum zarten Blau des frühabendlichen Himmels.

»Ach Gott, ja! Wie nett. Da hat uns wohl jemand einen Engel geschickt.« Sylvie, die sich noch nie gescheut hat, die Hilfe anderer Leute in Anspruch zu nehmen, lässt umgehend den Karton fallen.

»Ich bin Sylvie und das hier ist meine Tochter Marilyn. Sie hat heute Geburtstag.«

Marilyn ist froh, dass ihre Wangen bereits vor Anstrengung glühen, sodass die zusätzliche Farbe hoffentlich nicht auffällt.

»Herzlichen Glückwunsch«, sagt er nur. Sie hat das Gefühl, seine Körperwärme spüren zu können.

»Danke.« Sie lässt den Blick zu den Möwen vor den rosafarbenen Wolken über ihnen schweifen, um nicht auf seine muskulöse Brust unter dem eng anliegenden T-Shirt zu starren.

»Und du bist?«, will Sylvie wissen.

»James.«

»James. Gut zu wissen, dass wir einen so kräftigen jungen Kerl im Haus wohnen haben.«

»Ziehen Sie gerade ein?«

»Allerdings. Wir wohnen da oben. Meine Tochter ist Schauspielerin, darum dachten wir, es wäre besser, wenn sie näher an Hollywood wohnt.«

Marilyn ist nur zu bewusst, wie albern das klingt – wenn sie eine richtige Schauspielerin wäre, müssten sie wohl kaum hierherziehen. Aber James nickt nur und hebt den Karton an, wobei er Marilyn so nahe kommt, dass sie für einen flüchtigen Moment seine Haut riechen kann. Obwohl auch er ein bisschen unter der Last schnaufen muss, sieht man ihm die Anstrengung nicht an, als er die Bücher in die Wohnung trägt.

»Wir haben noch ein paar Kartons im Auto, das macht dir doch nichts aus, oder?«, sagt Sylvie (mehr als sie fragt). Marilyn verzieht gequält das Gesicht.

»Kein Problem«, sagt James, und Marilyn kann nicht erkennen, ob er verärgert ist.

Sylvie bleibt in der Wohnung und fängt betont fleißig an zu räumen, Marilyn dagegen folgt James die Treppe rauf und runter und trägt die leichteren Kisten, entschlossen, ihren Teil beizutragen. Fast jedes Mal wenn er an ihr vorbeikommt, weicht er ihrem Blick aus.

Als sie fertig sind, bedankt sich Sylvie bei James, und Marilyn geht mit nach unten, um das Auto abzuschließen. Der Himmel beginnt, sich langsam zu verdunkeln, und die Hitze ist abrupt der klaren Kühle einer Wüstennacht gewichen. Marilyn erschaudert in ihren noch immer schweißfeuchten Kleidern.

Unten an der Treppe dreht er sich zu ihr um. »Und, wie alt?«

Marilyn ist kurz verwirrt, bevor ihr wieder einfällt, dass sie ja Geburtstag hat. »Siebzehn.«

Er nickt. »Ich auch.«

Sie blickt raus auf den Gehweg, wo lauter Müll verstreut liegt – eine Colaflasche, eine zerdrückte Bierdose und, ausgerechnet, eine Tüte von Carl's Jr. Der Burgerimbiss war der letzte Kunde, der sie für einen Werbespot gebucht hat. Fünf Jahre ist das inzwischen her und Tantiemen reichen leider nicht ewig.

»Von wo kommt ihr?«

»Orange County. Wir ziehen wieder zurück zu meinem Onkel. Vor einer Weile haben wir schon mal hier gewohnt.«

»Und du bist Schauspielerin?«

»Nein, eigentlich nicht so richtig. Das hätte meine Mom nur gern. Ich hab vor Ewigkeiten ein paar Werbespots gemacht … das ist so ein Tick von ihr, aber ich spiele schon so lange dabei mit, dass es mir schon gar nicht mehr auffällt.«

»Verstehe. Manchmal muss man eben einfach so sein, wie die Leute einen gern hätten. Dummerweise bist du so nicht unbedingt du selbst.«

Marilyn nickt. Von irgendwoher riecht es nach Essen und in der Ferne heult eine Sirene.

»Danke noch mal fürs Helfen.«

»Schon okay.«

Sie lächelt ihm zu und zum ersten Mal sieht er sie wirklich an.

»Bis dann«, sagt er.

Während Marilyn zusieht, wie er in der Wohnung unter ihrem neuen Zuhause verschwindet, spürt sie ein Prickeln auf der Haut, und alle ihre Sinne sind geschärft.

Plötzlich erscheint ihr South Gramercy Place Nummer 1814 wie der schönste Ort auf Erden.

······

Marilyns Onkel wirkt wenig begeistert, als er eine Stunde später nach Hause kommt und Marilyn beim Teller auspacken und Sylvie am Telefon mitten in einer Pizzabestellung vorfindet. Woody ist eher schmal, hat einen angegrauten Pferdeschwanz und ein kleines Bäuchlein.

»Tag, die Damen«, sagt er trocken. »Na dann willkommen zurück.«

Sylvie legt auf und dreht sich zu ihm um. »Danke, dass du uns aufnimmst«, säuselt sie mit Süßstoffstimme.

»Warst halt die Frau meines Bruders«, entgegnet er kühl.

Sylvie überspielt ihr Zusammenzucken gekonnt, aber Marilyn bekommt es trotzdem mit. Zu Woodys Ehrenrettung sollte wohl erwähnt werden, dass er Sylvie sein Bett überlässt und selbst auf der Couch schläft. Marilyns Minizimmer scheint ihm sowieso nur als Lager für irgendwelche Kisten gedient zu haben, die jetzt den Flur verstopfen.

»Wie gesagt«, fügt Sylvie rasch hinzu, »es ist ja nur vorübergehend. Und wir sind prima Mitbewohnerinnen. Wart's nur ab, wie die Wohnung bald blitzt und blinkt. Du musst dich um nichts kümmern.«

»Gegen deinen Kartoffelbreiauflauf hätte ich auch nichts einzuwenden«, winkt Woody mit dem Zaunpfahl.

»Den wollte ich morgen machen. Für heute Abend habe ich gerade Pizza bestellt. Wo deine Nichte doch ihren siebzehnten Geburtstag feiert«, erwidert sie ebenso bedeutungsschwanger.

Woody mustert Marilyn prüfend. Seit ihrem Auszug hat Marilyn ihn nur selten zu Gesicht bekommen, zum letzten Mal Weihnachten vor zwei Jahren, als er mit einem Zwölferpack Bier nach Orange County gekommen und auf der Couch weggedämmert war.

»Bist ganz schön groß geworden«, sagt er jetzt. »Hol mir mal ein Bier, Schätzchen, ja?«

Marilyn geht zum Kühlschrank, nimmt ein Miller Light heraus und hält sich die kalte Flasche kurz an die Wange. Sie hat beinahe das Gefühl, als hätte sie Fieber. Zwar hat es sich draußen abgekühlt, aber Woodys Apartment scheint die Hitze gespeichert zu haben.

»Nimm dir ruhig auch eins, wenn du willst, hast ja Geburtstag«, sagt er.

Marilyn will nicht.

Als die Pizza kommt, besteht Sylvie darauf, Kerzen hineinzustecken, die sie in einer der halb geleerten Kisten ausfindig gemacht hat. Während bereits rosa Wachs auf den Käse tropft, beugt Marilyn sich über die Flammen: *Ich wünsche mir, dass ich nächstes Jahr um diese Zeit weit weg von hier bin, am College in New York City, und mein eigenes Leben führe ...* Doch als sie die Kerzen auspustet, sieht sie James hinter ihren geschlossenen Lidern, und sein Bild zerrt an ihr wie eine Meeresströmung.

Später, als sie in dem engen, quietschenden Bett mit den verschlissenen »Mein kleines Pony«-Bezügen liegt, die ihre Mom ihr vor Jahren gekauft hat, dringen gedämpfte Stimmen durchs Fenster zu ihr herein. Eine klingt wie die von James, die andere scheint zu einem Kind zu gehören. Sie spitzt die Ohren, versteht jedoch nur einzelne Wörter: *Grandma ... Schuhe ... Schule ... versprochen ...* Leises Lachen.

Dann wird es still, und Marilyn bleibt allein in der Leere des Zimmers zurück, in dem sie damals ihre ersten schlaflosen Nächte in der Stadt verbracht hat. Sie starrt hoch auf die vertrauten Muster an der Decke, während über dem Haus ein Hubschrauber kreist. Dann erklingt Musik. Sie meint, die Melodie zu erkennen und eine leise Stimme in der Nacht. *Try me, try me ...* Sie stellt sich vor, wie James im Bett liegt und genauso lauscht wie sie, und das Lied wird zu einer unsichtbaren Brücke zwischen ihnen. Schließlich schläft sie ein.

Am nächsten Morgen erwacht Marilyn schweißgebadet und die Sonne strömt zum Fenster herein. Draußen dudelt ein Eiswagen unermüdlich sein Lied. Als sie den Blick über die herumstehenden Umzugskartons schweifen lässt, zieht sich ihre Brust zusammen. Sie holt tief Luft und hebt die Hände zu einem Rahmen für die Trümmer ihres Lebens, blinzelt und knipst ein Gedankenfoto.

Ihre Liebe zur Fotografie hat sie entdeckt, als sie sich der Jahrbuchredaktion ihrer alten Highschool angeschlossen hat, ursprünglich vor allem, um in ihren Collegebewerbungen ein respektables Wahlfach vorweisen zu können. Doch anstatt lediglich ihre Mitschülerinnen und Mitschüler abzulichten, ertappte sie sich bald dabei, dass sie die von der Schule gestellte Spiegelreflexkamera bei jeder sich bietenden Gelegenheit zückte. Um festzuhalten, wie ein Kind sich aus dem Griff seines Vaters wand, wie ein Mädchen sich ein weißes Sonnenröschen hinters Ohr schob, wie ein Flugzeug Kondensstreifen am blassblauen Himmel hinterließ, wie Sylvie sich auf dem Plastikliegestuhl am Pool vorbeugte, um sich die Zehennägel zu lackieren. Sobald Marilyn durch das Objektiv blickte, wurde ihr Umfeld zu etwas Beachtenswertem. Etwas Behaltenswertem. Häufig ging sie in die Bibliothek und blätterte in Büchern über Fotografie, studierte die Werke von Robert Frank, Carrie Mae Weems, Sally Mann und Gordon Parks. Sie hatte erkannt, dass man, wenn man nur im richtigen Augenblick auf den Auslöser drückte, aus fast allem Kunst machen konnte. Die Kamera musste sie am Ende des Schuljahrs wieder abgeben, daher hat sie angefangen, Gedankenfotos zu machen – im Versuch, die so wichtige Verbindung zur Welt um sie aufrechtzuerhalten.

Als Marilyn aus ihrem Zimmer schlüpft, sitzt Woody ohne Hemd und mit einer Zigarre im Mundwinkel vor einem alten PC, auf dessen Bildschirm das »Planet Poker«-Logo zu sehen ist, bestehend aus einem grünen Kartentisch und mehreren virtuellen Spielern.

»Morgen«, sagt sie.

Er hustet. »Hör mal, Kleine«, antwortet er und in seiner Stimme liegt Schärfe, »halt dich von mir fern, wenn ich bei der Arbeit bin, okay? Kann mir nicht leisten, dass du mich aus meiner Konzentration reißt.«

»Kein Prob–«, fängt sie an, doch sein Gesichtsausdruck macht deutlich, dass Schweigen die bessere Wahl ist.

Woody hat sein Geld schon immer mit Kartenspielen verdient, aber offenbar umfasst seine »Arbeit« neuerdings auch Onlinepoker. Als er frisch nach L.A. gezogen war, hatte er, wie ihre Mom mal erzählt hat, zunächst einen Job in der Ford-Fabrik. Die hat jedoch irgendwann dichtgemacht, woraufhin er sich ganz dem Glücksspiel widmete.

Marilyn steckt den Zwanziger ein, den Sylvie ihr zusammen mit einer Einkaufsliste unter der Tür durchgeschoben hat. Dann tritt sie nach draußen und genießt die kaum merkliche Brise auf der Haut. Die warme Luft riecht nach einer Mischung aus Blumen und Abgasen. Sie hat keine Ahnung, wo der nächste Lebensmittelladen ist, also marschiert sie einfach drauflos, bis sie nach einer Weile einen Minimarkt findet. Dort kauft sie neben den Zutaten fürs Abendessen eine Mexiko-Cola und eine Banane – ihr Frühstück. Als sie eine Stunde später wieder das Apartment erreicht, ist sie vollkommen verschwitzt. Von der anderen Straßenseite sieht sie James mit nacktem Oberkörper aus dem Haus kommen, einen Nektarspender für Kolibris in der Hand. Als er ihn vors Fenster hängt, fällt Marilyns Blick auf eine Tätowierung auf seinem linken Schulterblatt. Es ist der dunkle Umriss eines Vogels. Beinahe reflexartig stellt sie ihre schweren Taschen ab und hebt die Hände, um James' v-förmigen Rücken einzurahmen, mitsamt dem Schattenvogel auf seiner Schulter und einem echten Kolibri, der scheu ein Stück über ihm schwebt. In dem Moment, als James sich umdreht und seine Augen zu sehen sind, blinzelt sie und knipst das Gedankenfoto.

Nach einer Sekunde, die sie braucht, um wieder in die Wirklichkeit zurückzukehren, wird ihr klar, dass sie völlig durchgeknallt rüberkommen muss, wie sie da an der Straße steht und James durch ihre zum Rechteck erhobenen Hände anstarrt. Schnell lässt sie die Arme sinken und winkt. James erwidert die Geste stirnrunzelnd. Sie fühlt sich nackt unter seinem Blick, der ihre Abwehr Schicht für Schicht zu durchbrechen droht.

Als er sich umdreht und im Haus verschwindet, schwirrt der Kolibri an den Nektarspender. Seine zarten Flügel flattern genauso schnell wie Marilyns Herz.

Marilyn schleicht auf Zehenspitzen an Woody vorbei, der noch genauso dasitzt wie zuvor, und verbringt den restlichen Tag mit Putzen und Auspacken. Während sie sich immer wieder ihr Foto von James vor Augen ruft, wischt sie den Staub von den Fensterbänken und die unsichtbare Schmutzschicht von den Böden. Sie schrubbt das Bad mit Chlorbleiche, und seltsamerweise beruhigt sie der scharfe Geruch, der den der Wohnung auszulöschen scheint und ihn durch klinische Reinheit ersetzt. Sie sortiert die Kleider ihrer Mom ein, dann ihre eigenen. Sie stellt ihre Bücher ordentlich ins Regal und hängt ihre Lieblingsfotos auf – die sie aus den Büchern in der Bibliothek kopiert hat.

Ganz unten aus dem letzten Karton fischt sie einen Plüschlöwen mit verfilztem Fell und einem roten Herzen in den Pfoten hervor, das mittlerweile nur noch an einem dünnen Faden hängt. Zwar erinnert sie sich nicht mehr daran, aber sie weiß, dass sie Leo Löwenherz (so hat sie ihn vor langer Zeit getauft) von ihrem Vater geschenkt bekommen hat. Wie so oft versucht sie, sich sein Gesicht ins Gedächtnis zu rufen, und verspürt das übliche Schwindelgefühl. Es ist, als könnte man ihn nicht direkt ansehen. Er ist wie ein sich stetig veränderndes Kaleidoskop, wie ein Boot, das immer weiter aufs Meer hinaustreibt. So sind alle ihre frühesten Erinnerungen – verschwommen und flüchtig, als stammten sie aus der Kindheit von jemand anderem.

Wenn Marilyn an den Tod ihres Vaters denkt, hört sie sofort wieder Sylvies Schrei. Er hatte bei der Arbeit einen Herzinfarkt. Wenn sie an die Wochen – oder Monate, da ist sie sich nicht ganz sicher – danach denkt, hört sie das Gemurmel des Fernsehers, riecht den Rauch von Sylvies Salem-Light-Zigaretten, sieht sich selbst und ihre Mom bei Garagenverkäufen mit Nachbarn reden, die ihnen verkrampft lächelnd Lebwohl sagen. Und wieder spürt sie, wie sich ein stummes Grauen in ihrer Brust einnistet, während sie aus dem Autofenster in die sonnengebleichte Wüste blickt – weites Land ohne jegliche Grenzen. Am zweiten Reisetag schlief sie zwischen den Umzugskisten ein und wachte erst in der Nacht wieder auf, als der Wagen eine steile dunkle Straße hinauffuhr, in der Ferne ein Lichtermeer. Im Halbschlaf dachte sie zuerst, es wären Sterne. Stand die Welt auf dem Kopf? War der Himmel auf die Erde gefallen? Ihre Mutter drückte ihre Hand. »Schau mal, Schätzchen. Wir sind da. In der Stadt der Engel.«

••••••

Sylvie will gerade anfangen zu kochen – den Kartoffelbreiauflauf, den Woody so mag –, doch stattdessen dreht sie sich zu Marilyn um, die am Tisch sitzt und Kartoffeln schält. »Du hast die Milch vergessen!«

»Die stand nicht auf der Liste«, erwidert Marilyn und ist sich absolut sicher, denn sie hat den Inhalt des Einkaufskorbs zweimal mit dem Gekritzel ihrer Mutter abgeglichen.

»Natürlich stand sie drauf. Und jetzt? Woody kann jeden Moment nach Hause kommen.«

»Ich kann ja welche kaufen gehen«, bietet Marilyn an, sosehr es sie auch ärgert, dass das Ganze ihre Schuld sein soll.

»Dafür ist keine Zeit mehr, das würde mindestens eine halbe Stunde dauern. Geh diesen Jungen fragen – den, der uns tragen geholfen hat.«

Marilyn ist es peinlich, James um Milch bitten zu müssen, aber sie weiß, dass ihre Mutter sich Sorgen macht, Woody könnte auf seiner »Schicht« im Casino einen über den Durst getrunken haben, und hofft, ihn mit dem versprochenen Auflauf friedlich zu stimmen.

Also tritt sie hinaus in die klebrigwarme Dämmerung und eilt die Treppe runter. Als sie vor der Tür neben dem Nektarspender steht und klopft, stellt sie überrascht fest, dass ihr Herz wie wild hämmert.

Nach ein paar Augenblicken öffnet ein Junge. Er scheint etwa elf Jahre alt zu sein – fast in der Pubertät, aber noch nicht ganz. Sein Gesicht ist eine nahezu perfekte Kopie von James', wenn auch weniger reserviert und dafür mit einer Schicht Babyspeck.

»Ja?«

»Hi. Ich bin Marilyn. Wir sind gerade oben eingezogen.«

»Ich weiß. Hat mein Bruder erzählt.«

»Ah.« Ihr Herzschlag beschleunigt sich. Was genau James wohl gesagt hat? Zumindest so viel, dass sein Bruder sie zuordnen konnte.

»Ihr wohnt bei dem komischen alten Typen.«

»Äh, ja. Das ist mein Onkel.«

»Justin? Wer ist denn da?«, ertönt eine tiefe Männerstimme.

»Das Mädchen!« Und im nächsten Moment nimmt Justin sie bei der Hand und zieht sie in die Wohnung.

Ein Mann Ende sechzig sitzt auf der Couch und guckt »Jeopardy!«.

Er ist groß und breitschultrig, mit einer Glatze und einem gutmütigen Lächeln. Der Großvater der beiden Jungen, nimmt Marilyn an.

»Hallo, äh, ich bin Marilyn. Wir sind gerade oben eingezogen?« Aus irgendeinem Grund klingt der Satz wie eine Frage.

Der Mann nickt. »Alan Jones.«

»James! Das Mädchen ist hier!«, ruft Justin. Er lässt Marilyns Hand los und Marilyn selbst mitten im Wohnzimmer stehen. Aus der Küche ziehen Abendessensdüfte herein. Die farbenfrohen Möbel wirken abgenutzt, aber auf eine freundliche Art, die allenfalls zeigt, dass hier jemand wohnt. Die buckligen Wände, die bei Woody so hässlich hervorstechen, fallen hier unter all den Familienfotos, Kinderhandabdrücken aus Ton und sorgfältig arrangierten Bildern gar nicht auf.

Alan mustert Marilyn erwartungsvoll. »Wolltest du James besuchen?«

»Nein, ich – ich bin nur, ähm, ich hab beim Einkaufen heute die Milch vergessen, und meine Mom braucht welche zum Kochen, bloß anderthalb Tassen. Darum wollte ich fragen, ob Sie vielleicht … welche übrig hätten.«

»Natürlich«, sagt Alan gerade, als James ins Zimmer kommt. Unter seinem Blick fühlt Marilyn sich wie ein Eindringling.

»James, hol dem Mädchen ein Glas Milch«, beauftragt ihn sein Großvater. Jetzt kommt eine Frau in rosa Flauschpantoffeln und passendem Bademantel hereingeschlurft. Sie hat Lachfältchen um die Augen und ihre Hände sind voller Mehl.

»Na, wen haben wir denn hier?«, fragt sie. Ihre Stimme ist überraschend weich und hoch, wie die eines jungen Mädchens.

»Marilyn. Sie will sich nur ein bisschen Milch leihen«, erklärt James.

»So ein hübsches Mädchen. Sieh bloß zu, dass er sich nicht in dich verguckt.« Die Frau grinst, als James nach nebenan verschwindet. Falls er den Kommentar seiner Großmutter gehört hat, ignoriert er ihn. »Ich bin Rose«, stellt sie sich vor und weist dann Justin an, den Tisch zu decken, während Alan »Was ist Gin?« Richtung Fernseher ruft.

Marilyn dreht sich um und sieht den Hinweis auf dem Bildschirm: *Der Schnaps, den man trinken kann, während man das gleichnamige Kartenspiel spielt.* Als ein bebrillter Kandidat die richtige Frage stellt, schlägt sich Alan triumphierend aufs Knie.

Marilyn ist plötzlich erfüllt von einer brennenden Sehnsucht nach einer Familie wie dieser, einer Familie, die lacht und durcheinanderruft und gemeinsam den Abendessenstisch deckt, einer Familie, deren Wohnung voller angenehmer Düfte ist und sich wie ein echtes Zuhause anfühlt. Unwillkürlich wandert ihr Blick zu den Fotos an der Wand. Auf einem davon sind James und Justin als kleine Jungen zu sehen, zusammen mit einer strahlend lächelnden Frau in einem roten Blumenkleid.

James bringt das Glas Milch und erwischt Marilyn dabei, wie sie das Bild betrachtet.

»Hier.«

»Danke.«

Als seine Hand ihre berührt, fühlt sie einen Funken überspringen. Doch James wendet sich zum Fernseher: *Ein Fischer überlistet eines dieser Wesen und fängt es so in einer Flasche.*

Alan ist ratlos.

»Was ist ein Dschinn«, sagt James leise.

Marilyn blickt ihn an.

»Bis dann«, sagt er.

»Tschüss!«, ruft Justin.

»Hat mich gefreut«, stottert Marilyn noch, doch James hält ihr schon die Tür auf.

Morgensonne sprenkelt den Gehweg, Abgasgeruch vermischt sich mit dem süßen Duft aus der Donutbäckerei auf der anderen Straßenseite. Marilyn späht hinaus auf den Washington Boulevard und streicht sich ihr frisch geföhntes Haar hinters Ohr, während sie Ausschau nach dem Bus hält. Sie trägt Jeans und ein weißes T-Shirt, schwarze Chucks und kein Make-up – ein sorgfältig zusammengestellter Look, der sie hoffentlich normal genug aussehen lässt, dass niemand sie blöd anmacht, aber auch uninteressant genug, um mit dem Hintergrund zu verschmelzen.

Nach einer Woche bei Woody zu Hause freut sie sich geradezu auf die neue Schule, so nervös sie auch sein mag. Alles ist besser, als nur in dieser Wohnung zu hocken. Die meiste Zeit hat sie bei geschlossener Tür in ihrem Zimmer verbracht und immer wieder »Das weiße Album« gelesen. Bei ihrem desaströsen letzten Casting hatte sie nicht mal das erste Essay geschafft, und als es Zeit wurde, ihre Sachen zu packen, hatte sie es einfach nicht über sich gebracht, das Buch zurück in die Bibliothek von Orange County zu bringen, und es ganz unten in ihren Koffer gelegt.

Im titelgebenden Essay beschreibt Joan Didion eine Zeit, in der sie das Gefühl hatte, ihr Leben verliefe nach einem ewig gleichen Drehbuch – dass sie zwar eine »einigermaßen annehmbare Vorstellung« abgeliefert habe, aber »das Skript verlegt« und der Handlung nicht länger habe folgen können. Das kann Marilyn gut nachvollziehen – auch sie lernt wie besessen für ihren Collegeeignungstest, kauft ein, bringt die Wäsche in den Waschsalon unten an der Straße, aber gleichzeitig hat sie das Gefühl, jener unsichtbare Faden, der sie mit der Welt verbinden sollte, sei durchtrennt worden, sofern es ihn denn je gegeben hat.

Als sie das Schulgelände der Los Angeles High betritt, sieht sie Massen von Jugendlichen, die ins Gebäude strömen oder auf dem Rasen sitzen und die Luft mit Rufen und Lachen erfüllen. Diese Schule ist gut und gerne doppelt so groß wie ihre alte. Umso besser, beschließt sie. Es ist einfacher, sich unter zweitausend Schülern unsichtbar zu machen.

Und es stimmt. Von dem Moment an, in dem sie durch die Tür tritt, wird sie auf den vollgestopften Fluren zu einer von vielen. Sie knipst imaginäre Fotos von kichernden, drängelnden Mädchen in bauchfreien Tops, Hotpants oder Baggy Pants. Selbstbewusst verschaffen sie sich Raum und lassen keinen Zweifel daran, dass sie zu ihren Körpern und ihrer Entwicklung stehen. Diese Strahlkraft löst in Marilyn hin und wieder Neid aus, aber es hat ohnehin keinen Sinn, sich um Freundschaften zu bemühen. In einem Jahr ist Marilyn wieder weg.

Schon damals an der Orange High hatte sie oft das Gefühl, hinter einem unsichtbaren Wandschirm zu stehen, der sie von ihrer Umgebung trennte. Aber wenigstens hatte sie dort ihre Clique, einen Platz am Cafeteriatisch und immer genug Einladungen für Kinobesuche oder zu Lagerfeuern am Strand. Ihre engste Freundin war Tiffany Lu, mit der sie die beharrliche Entschlossenheit, an einem guten College aufgenommen zu werden, verband. Aber während Tiffany ihre Wochenenden bei Debattierclubwettkämpfen oder mit Geigenunterricht verbrachte, verschwendete Marilyn ihre Zeit mit einem gescheiterten Casting nach dem anderen.

Nur noch ein Jahr, beschwört Marilyn sich wie so oft, während sie sich durch die überfüllte Cafeteria schiebt. Bislang interessiert sie hier nur eine einzige Person: James, aber den hat sie den ganzen Morgen noch nicht gesehen. Am liebsten hätte sie die Mittagspause sausen lassen, aber seit sie einen Termin bei einer neuen Talentagentur hat, mixt Sylvie ihr ständig Diätshakes und beäugt skeptisch jeden Bissen, den sie zu sich nimmt, um irgendwann »Das reicht jetzt aber« zu schimpfen und Marilyn den Teller wegzureißen. Was dazu führt, dass sie ununterbrochen Hunger hat und jede Gelegenheit ergreift, sich satt zu essen. Also kauft Marilyn sich eine Tüte Käseflips, eine Tüte Chips, eine Dose Dr Pepper, ein Stück Pizza und einen Apfel. Sie trägt ihre Ausbeute über den Pausenhof und durchs Hauptgebäude, wo sie die Türen zu einem leeren Klassenzimmer nach dem anderen öffnet. Das Kunstbudget der Schule ist wegrationalisiert worden und mit ihm die Fotografie-AG (danach hat sie sich gleich letzte Woche bei der Anmeldung erkundigt), aber es soll noch immer eine kleine Dunkelkammer geben, die Marilyn schließlich ganz am Ende eines langen, leeren Flurs findet. Sie atmet den Geruch der Chemikalien ein und lässt sich an der Wand heruntersacken, bevor sie ihr Mittagessen vor sich ausbreitet und in das rot glühende Warnlämpchen starrt.

Beim Essen ruft sich Marilyn Bilder aus dem Flyer der Columbia University vor Augen, den sie sorgfältig in ihrem Wörterbuch aufbewahrt – Studierende, die mit ihren Büchern auf der Wiese sitzen, Herbstlaub auf Backsteinpfaden und im Hintergrund die Wolkenkratzer Manhattans. Sie stellt sich die Menschen vor, mit denen sie eines Tages an Tischen in New Yorker Restaurants sitzen wird – Kunstschaffende, Galeristen, Zeitschriftenherausgeber –, und tröstet sich mit dem Gedanken, dass dieser Augenblick ihres Lebens, in dem sie allein in der verlassenen Dunkelkammer der Los Angeles High sitzt, dann nur noch eine verschwommene Erinnerung sein wird. Sie wird nicht mehr das Kind sein, das in der Werbung mit bunten Plastikponys gespielt hat, nicht die Zwölfjährige, die grinsend vor ihrem Carl's Jr.-Cheeseburger saß.

Nicht das Mädchen aus dem Schuhschachtelapartment in Orange County und auch nicht das aus der muffigen Zottelteppich-Wohnung, die es sich mit seiner Mutter und seinem alkoholabhängigen Onkel teilt. Nicht das Mädchen, das im Büro einer Talentagentur festsitzt, um angeblich an seinen »Vorsprechkünsten« zu arbeiten, kein Möchtegern-Model, nicht mal mehr die Tochter ihrer Mutter. Stattdessen stellt Marilyn sich ein völlig neues Ich vor, einen harten, leuchtenden Kern, der irgendwo tief in ihr schlummert, um an dem Tag geweckt zu werden, wenn sie endlich in der Zukunft angelangt ist.

••••••

Trotzdem. Ein Jahr muss sie noch durchhalten und so wird James aus der Wohnung unter ihnen zu ihrem insgeheimen Rettungsanker. Nachmittags sieht sie ihn in dunkelblauer Stoffhose und hellem Polohemd nach Hause kommen – eindeutig eine Uniform, also muss er auf irgendeine Privatschule gehen. Ihr ganzer Tag – eine ermüdende Abfolge aus Schule, Busfahren, erdrückender Sommerhitze, Hausaufgaben auf ihrem schmalen Bett – ist durchsetzt mit seinen Geräuschen. Sie lernt seine Schritte zu erkennen, seinen leichtfüßigen, entschlossenen Gang die Einfahrt hinauf; das Klimpern seines Schlüsselbunds, wenn er die Wohnungstür aufschließt; die tiefe Stimme, mit der er seine Familienmitglieder beim Namen ruft; das sanftere Gemurmel in Unterhaltungen, häufig begleitet von Justins fröhlichem Lachen.

Manchmal geht er morgens vors Haus und füllt den Nektarspender auf, wovon Marilyn geradezu verheerend hingerissen ist. Oft geht er am frühen Abend in Turnschuhen und Shorts los und kehrt eine Stunde später, wenn der Himmel nur noch schwach glüht, schweißüberströmt zurück. Marilyn guckt in regelmäßigen

Abständen aus dem Fenster. Sie beobachtet, wie er die Einfahrt raufkommt, seine Silhouette vertraut in der Dämmerung, hört die »Jeopardy!«-Musik, wenn er die Wohnungstür öffnet. Am liebsten jedoch mag sie die Zeit vor dem Einschlafen, wenn seine Songs zusammen mit der Nachtluft in ihr Zimmer strömen. Sie stellt sich vor, dass er die Lieder für sie aussucht, dass die Stimmen von Erykah Badu, 2Pac, Wyclef und Prince seine Art sind, mit ihr zu kommunizieren.

Zwei Wochen vergehen, bis Marilyn den Mut aufbringt, ein weiteres Zusammentreffen zu inszenieren. In ihrer Benommenheit von Sylvies Crashdiät und noch immer den Song von letzter Nacht im Kopf, beschließt sie, dass es Zeit wird zu handeln. Sie wartet, bis die Sonne untergeht und den Himmel mit zarten Abendfarben überzieht. Dann, als sie James (später als gewohnt) aus dem Haus kommen sieht, springt sie auf. Doch bevor sie es nach draußen schafft, hat er schon das Ende des Häuserblocks erreicht und joggt los. Sie kann ihm ja wohl kaum hinterherrennen. Also geht sie stattdessen zum Minimarkt und kauft sich eine Cola, um ihren Blutzuckerspiegel in die Höhe zu treiben, was dringend nötig ist. Sie trinkt einen Schluck nach dem anderen und lässt sich von dem angenehmen Prickeln im Mund und dem sanften Dämmerlicht einlullen. Später, auf dem Nachhauseweg, sieht sie plötzlich James über eine Asphaltbahn im Park sprinten, schnell wie ein Blitz. Nach einem Moment beugt er sich vor, um zu verschnaufen. *Gott, wie schön er ist.* Sie bleibt stehen und starrt ihn an.

»James!«, ruft sie schließlich.

Er hebt die Hand und winkt. Sofort läuft sie zu ihm.

»Durst?«, fragt Marilyn.

Sie hört ihn keuchen (sein Körper ist so warm, so nah) und bietet ihm ihre Cola an.

»Danke.« James nimmt die Flasche entgegen. Er legt den Kopf in den Nacken. Und trinkt. Marilyn sieht, wie sich sein Kehlkopf auf und ab bewegt.

Er gibt ihr die Cola zurück, wirft einen Blick auf seine Uhr – und sprintet wieder los.

Marilyn und Sylvie sitzen in einem riesigen Wartezimmer mit ausladenden Ledersesseln, die einen regelrecht zu verschlingen drohen. Die voll verglasten Wände bieten Ausblick auf das Verkehrschaos des Sunset Boulevards. Sylvie blättert in einer Zeitschrift, auf deren Cover Drew Barrymore so abgelichtet ist, dass es aussieht, als wäre sie oben ohne. Die Schlagzeile dazu lautet: »So überlebt man in Hollywood: Exklusive Geheimtipps«. Marilyn vergöttert Drew Barrymore – schon, seit sie sie als kleines Mädchen in »E.T.« gesehen hat –, aber auf Sylvies laufenden Kommentar könnte sie verzichten: *Wusstest du, dass Drew kein Rouge benutzt, sondern sich Lippenstift auf die Wangen reibt? Ich dachte, das hätte ich erfunden* ... Marilyn ist klar, warum sie hier sind, was sie erreichen wollen, und trotzdem kommt ihr das Ganze vollkommen sinnlos vor, als gäbe es absolut keinen Grund für sie, hier auf diesen Sesseln zu sitzen, in diesem Wartezimmer, dieser Stadt, auf diesem Planeten. Als ihr Blick auf ihr Spiegelbild in der Fensterscheibe fällt, erkennt sie sich kaum wieder. Ihre blassblauen Augen sind dunkel geschminkt und ihre Lippen in einem tiefen Rot bemalt, das ihren Mund aussehen lässt wie eine klaffende Wunde.

Sylvie tupft sich eine Parfümprobe aus der Zeitschrift auf die Handgelenke, und Marilyn bleibt beinahe die Luft weg, so sehr zieht sich ihre Brust zusammen, als eine junge Frau mit Bleistiftrock und Schmollmund sie aufruft. Die Frau fährt mit ihnen im Aufzug nach oben, versorgt sie mit Wasser und lässt sie auf einer geringfügig weniger ausladenden Ledercouch in einem Büro voller Orchideen – fünf an der Zahl, um genau zu sein – Platz nehmen.

»Na, das ist aber schick hier«, kommentiert Sylvie, als sie allein sind. »Tolle Blumen. Solche sollten wir uns auch zulegen, was, Mari?«

Die Frage scheint rhetorisch, also nickt Marilyn nur.

Dieser Laden hier ist definitiv ein Aufstieg, verglichen mit ihrer letzten Talentagentur in Orange County, über die sie ihren ersten Werbejob bekommen hat. Die Agentur verlor jedoch das Interesse an ihr, als sie kein kleines Mädchen mehr war, und schließlich kündigte Sylvie nach dem letzten erfolglosen Casting den Vertrag. Der Agent war ein kleiner, rundlicher Mann, der stets im Dreiteiler rumlief und eine gelbe Couch mit Paisleymuster in seinem holzvertäfelten Siebzigerjahrebüro stehen hatte, auf der Marilyn nie sitzen wollte, weil sie mit unauffälligen, aber fragwürdigen Flecken übersät war. Marilyn erinnert sich noch heute an seinen seltsam stechenden Geruch, bei dem sie als Kind immer an Stachelschweine denken musste. Jedes Mal wenn sie sein Büro betrat, überkam sie ein regelrechtes Grausen, ein Gefühl wie tausend Spinnen unter ihrer Haut, und sie wünschte sich, sie könnte sich zusammenkrümmen wie die Rollasseln auf der Wiese vor ihrer Wohnung, mit denen sie so gern spielte.

Nach einer Weile kommt eine zierliche Frau in einem teuer aussehenden Hosenanzug so abrupt ins Zimmer geplatzt, als hätte sie die Tür aufgesprengt. Sie ist ungeschminkt und trägt ihr Haar raspelkurz.

»Hallo, hallo, hoffentlich haben Sie nicht allzu lange gewartet. Ich bin Ellen, freut mich.« Sie redet so schnell, dass ihre Worte ineinanderfließen und Freutmich sich wie ihr Nachname anhört.

Marilyn wischt sich die verschwitzten Hände an ihrem Rock ab und steht auf, um Ellen Freutmich zu begrüßen. Sylvie fängt wie auf Knopfdruck an, die vielen Vorzüge und Talente ihrer

Tochter zu preisen, aber Ellen Freutmich unterbricht sie in ihrem übereifrigen Monolog und wendet ihre Aufmerksamkeit Marilyn zu.

»Erzähl mir doch mal von *deinen* Zielen, Liebes. Wie hart willst du dafür arbeiten?«

Marilyn denkt an Woodys allgegenwärtigen Zigarrendunst, an seinen Blick, der ihr durch die Küche folgt, an seine Stimme, die Sylvie auffordert, das Bad zu putzen, und sie holt tief Luft, bevor sie sich zur Konzentration zwingt. Und dann verlässt sie ihren Körper und sieht sich selbst dabei zu, wie sie ihre Rolle spielt (was, wie sie feststellt, selbst dann möglich ist, wenn man das Skript verlegt hat und improvisieren muss).

»So hart wie nötig«, antwortet Marilyn. »Und meine Ziele? Ich will Geld verdienen.«

Ellen Freutmich lacht, es ist ein abgehackter Laut, der so schnell wieder verstummt, wie er ertönt ist. Sie mustert Marilyn einen Moment lang und lässt die Stille den Raum ausfüllen, bevor sie sagt: »Na, du bist mal ehrlich. Das gefällt mir. Dein Demo habe ich mir natürlich angesehen, sehr niedlich. Aber dem Kinderkram bist du ja ganz offensichtlich entwachsen.« Sie macht eine kreisförmige Geste um Marilyns Gesicht. »Für Disney bist du nichts, so viel ist klar. Aber dein Look ist interessant. Blond, aber nicht zu blond. Damit lässt sich arbeiten. Und du hast so einen Vibe – das gewisse Etwas. Etwa fünf Kilo müssten noch runter, aber mehr nicht – du sollst ja schön frisch aussehen –, und dann können wir dich mal für ein paar Modeljobs ins Rennen schicken.«

»Großartig!«, sagt Sylvie. Ellen entlässt sie mit einem Nicken.

······

»Genau wie Marilyn Monroe!«, quietscht Sylvie, sobald sie das Gebäude verlassen. »Die –«

»Hat auch als Model angefangen, ja, hast du erzählt.«

»Ach, Schatz, jetzt geht es richtig los!« Sylvie drückt Marilyns Hand und Marilyn lächelt schwach.

»Ich weiß nicht, Mom.«

»Was weißt du nicht?«

»Ich meine, ich geb mir Mühe, und mir ist auch klar, dass wir das Geld brauchen, nur … ich will einfach nicht, dass du dir falsche Hoffnungen machst …«

»Marilyn, wo bleibt denn dein Optimismus? Positiv denken, das ist die halbe Miete. Damit etwas Wirklichkeit werden kann, musst du daran glauben. Und jetzt wird erst mal gefeiert!«

An ihrem alten Buick angekommen, pflückt Marilyn den Werbezettel eines BMW-Händlers von der Windschutzscheibe. Solche Flyer werden oft an staubigen Rostlauben auf den Parkplätzen vornehmer Hotels, voll ausgestatteter Eigentumswohnungen und Talentagenturen hinterlassen – wohl aus der Erfahrung heraus, dass sich hier, in dieser Stadt, das Leben über Nacht ändern kann. Gestern war man noch pleite und wohnte im heruntergekommenen Apartment seines Onkels. Aber morgen ist man vielleicht schon »wer« und braucht ein neues Auto, passend zum neuen Status. Marilyn knüllt den Zettel zusammen und wirft ihn in den nächsten Mülleimer.

Normalerweise gehen Sylvie und sie auf einen Eisbecher zu Dairy Queen, wenn es etwas zu feiern gibt, aber nach der Abnehmempfehlung von eben ist das natürlich keine Option mehr. Vermutlich ist das auch besser so, denn Marilyn hat sowieso schon das Gefühl, sich jeden Moment übergeben zu müssen. Sylvie schlägt eine Immobilientour vor.

Marilyn, die nicht in der Stimmung ist zu protestieren, sitzt schweigend da, als sie sich auf den Weg durch die schmalen Straßen der Hollywood Hills machen. Sylvie fährt langsam, aber riskant, so wie sie sich aus dem Fenster lehnt, um jedes Haus zu kommentieren. Ein BMW rast hupend an ihnen vorbei. Sylvie ignoriert ihn. Vor einem Haus mit einem »Zu verkaufen«-Schild bleibt sie stehen. Kleine weiße Statuen – immer dieselbe Miniaturnachbildung von Michelangelos David – stehen in regelmäßigen Abständen an der Rasenkante des Vorgartens.

»Ach nein, sind die süß!«, ruft Sylvie, bevor sie Marilyn auffordert auszusteigen, um ihnen eine der Broschüren aus der Halterung unterhalb des lächelnden Konterfeis von Immobilienmakler Rod Peeler zu holen. Marilyn beeilt sich in der Hoffnung, dass sie dann endlich nach Hause fahren können.

Aber Sylvie studiert in aller Seelenruhe das Angebot, in dem auch der Preis von achthunderttausend Dollar aufgeführt ist. Für nächsten Sonntag ist eine offene Besichtigung angekündigt. Da müssten sie unbedingt hin, erklärt Sylvie voller Verzückung. Nur um mal zu sehen, »was so auf dem Markt ist«, und einen »geschulten Blick« zu bekommen für den großen Tag, an dem sie sich selbst »auf einen Kauf einlassen« werden. Marilyn schließt die Augen und denkt fest an die einzige Sache, auf die sie sich konzentrieren muss: den strahlenden Diamanten am Ende des Tunnels. Nächstes Jahr. College. Nur weg von hier, verdammt noch mal.

Am Samstagmorgen schläft Marilyn so lange, bis sie wieder vom unnachgiebigen Gedudel des Eiswagens geweckt wird, der jetzt regelmäßig vor dem Haus Station macht. Sylvie ist schon bei der Arbeit und Woody im Casino. Marilyn wählt Tiffanys Nummer und lässt sich berichten, was es in ihrer alten Clique für Neuigkeiten gibt – wer jetzt mit wem zusammen ist, wer am Strand rumgemacht hat, wer wegen Gras im Spind vom Unterricht suspendiert wurde. Marilyns Part in der Unterhaltung beschränkt sich größtenteils auf ein »Aha«, »Oh, wie cool« und »Nee, echt?« an der passenden Stelle. Wieder einmal wird ihr schmerzlich bewusst, dass das, was sie früher einmal mit dieser Welt verbunden haben mag, nicht von Dauer gewesen ist. Jetzt, als sie auf ihrem schmalen Bett in dem stickigen Zimmer bei Woody liegt, hat nichts davon mehr eine Bedeutung.

Nachdem sie aufgelegt hat, kramt sie in ihrer Handtasche nach Kleingeld – der Eiswagen hat sie mit seinem Lockgesang schließlich doch noch kleingekriegt. Sie tritt nach draußen, wo Justin mit einem Comic auf der Eingangstreppe sitzt. Als er sie sieht, breitet sich ein Grinsen auf seinem Gesicht aus.

»Hier ist es heißer als im Arsch des Teufels.« Er kichert.

»Yep«, stimmt Marilyn ihm zu.

Sie deutet auf den Eiswagen. »Kannst du was empfehlen?«

»Hol dir einen Rosaroten Panther. Die sind am besten.«

Marilyn folgt seinem Rat, doch anstatt das Eis selbst zu essen, reicht sie es Justin.

»Danke«, sagt er und beißt dem Panther mit Genuss ein Ohr ab.

»In welche Klasse gehst du?«, fragt Marilyn, während sie sich neben ihn auf die Stufe setzt.

»Sechste.«

»Und, gefällt's dir auf der Junior-Highschool?«

Justin zuckt mit den Schultern. »Geht so.«

»Kann einen manchmal schon ein bisschen einschüchtern, was?«

Er überlegt kurz. »Weiß nicht.« Mit vollem Mund dreht er sich zu ihr um. »Küsst du meinen Bruder bald?«

Marilyn lacht. »Äh. Ich glaube eher nicht.«

»Du willst aber. Das merkt man.«

»Woran?«

»Als du letztens bei uns warst, bist du ganz nervös geworden.«

Marilyn spürt, wie sie errötet.

»Er küsst immer ziemlich viele Mädchen«, berichtet Justin. »Einmal hab ich ihn alle Namen aufsagen lassen und mitgezählt. Neunundzwanzig.«

»Oh. Wow. Das sind wirklich viele.« Eigentlich sollte Marilyn das nicht schockieren. Schließlich sieht James super aus, auch wenn er ein bisschen wortkarg ist. Dennoch, nach all den Stunden, die sie ihm nun schon lauscht, hat sie das Gefühl, als gehörte er nur ihr.

»Dich würde er auch küssen, wenn du willst.«

»Wie kommst du denn darauf? Woher willst du wissen, dass er das nicht blöd fände?«

»Ich hab ihn gefragt.«

»Oh.« Wieder werden Marilyns Wangen heiß, und ihr Herz macht einen Schlenker, wie ein Auto, das unvermittelt und viel zu schnell um eine Kurve rast.

»Ich fange auch bald mit Küssen an. Bei James ging es jedenfalls in der Junior-Highschool los.«

»Klar, warum nicht? Aber du musst ja nicht unbedingt ganz so viele Mädchen küssen. Vielleicht wartest du lieber, bis du jemanden gefunden hast, den du richtig magst.«

Justin, der offensichtlich nicht überzeugt ist, zuckt mit den Schultern. »James geht gleich mit mir zum Strand.«

»Das ist toll.« Sie denkt an Wellen und kühlen Meeresduft, der die erstickende Hitze durchdringt.

»Willst du mitkommen?«

Und ob sie will, doch dann muss sie an James' Gesichtsausdruck denken, als sie plötzlich uneingeladen in seiner Wohnung stand. Sie will nicht schon wieder wie ein Eindringling rüberkommen.

Wie aufs Stichwort tritt James in diesem Moment mit zwei Badehandtüchern und einem Bodyboard aus der Tür. Als er Marilyn sieht, bleibt er stehen und wirft ihr einen argwöhnischen Blick zu. »Alles klar?«

Bevor sie antworten kann, meldet sich schon Justin zu Wort. »Darf Marilyn mitkommen?«

Marilyn lächelt nervös. James blickt sie mit erhobenen Augenbrauen an.

»Wir wollen jetzt los. Bist du fertig?«

»Gib mir eine Sekunde.« Sie rennt nach oben in ihr Zimmer, wühlt hastig in ihrer Kommode, bis sie ihren alten, schon etwas ausgeleierten schwarzen Bikini findet. Sie schlüpft hinein, zieht eine Latzhose darüber und schnappt sich auf dem Weg nach draußen ihr Duschhandtuch.

James sieht Marilyn entgegen, als sie die Treppe heruntereilt, aber sein Blick ist wie eine verschlossene Tür, und sie hat keine Ahnung, was er denkt. Sie folgt ihm und Justin zu einem alten roten Dodge mit einer Beule an der Seite. Justin will auf den Beifahrersitz hüpfen, doch James hält ihn davon ab.

»Wo bleiben denn deine Manieren? Lass sie nach vorne.«

Justin zieht einen Flunsch.

»Nein, ist schon in –«, fängt Marilyn an zu protestieren, aber Justin steigt bereits hinten ein, und James hält ihr die Tür auf.

Sie wendet sich auf dem Sitz um und lächelt Justin an, in der Hoffnung, dass er jetzt nicht bereut, sie eingeladen zu haben. Er versetzt ihr einen leichten Fausthieb auf den Arm. »Käferkloppe!« Er deutet auf einen alten VW Käfer am Straßenrand.

James dreht »California Love« auf und eliminiert damit die Notwendigkeit, sich zu unterhalten. Dann rasen sie mit runtergefahrenen Fenstern über die Interstate 10. Marilyns Haar flattert im Wind und unter ihren Oberschenkeln sammelt sich Schweiß. James sieht sexy aus hinter dem Lenkrad. Er fährt schnell, aber nicht zu schnell, und schlängelt sich gekonnt zwischen den anderen Autos hindurch. Er ist konzentriert, er hat alles unter Kontrolle. Marilyn bemüht sich, ihn nicht anzustarren. Stattdessen sucht sie die Straße ab, und als sie einen weiteren Käfer entdeckt, dreht sie sich um und gibt Justin einen Klaps auf die Schulter. »Käferkloppe!«, ruft sie über die Musik hinweg.

Je näher sie dem Strand kommen, desto weißer wird der Himmel, über dem Meer hängt eine Wolkenschicht. Als sie parken, wabern geisterhafte Nebelsilhouetten auf dem Wasser. Justin springt aus dem Wagen und rast los über den Sand, kurz darauf ist er im Dunst verschwunden. Marilyn und James folgen ihm langsamer und breiten ihre Handtücher auf dem gut besuchten Strand aus. Einen Augenblick später taucht Justin wieder auf, triefnass.

»Kommst du mit rein?«, fragt er Marilyn, ohne jedoch ihre Antwort abzuwarten. Stattdessen packt er sie bei der Hand und zieht sie zum Meer. Sie schält sich lachend aus ihrer Latzhose und lässt sie hinter sich im Sand liegen.

Ein Glücksgefühl durchzuckt sie wie ein elektrischer Schlag, als sie in eine Welle eintaucht und sich zusammen mit Justin von ihr an den Strand tragen lässt. Sie wiederholen das Spiel so lange, bis Marilyn vollkommen erschöpft ist und zittert und die erdrückende Hitze der letzten Tage komplett vergessen ist.

Als sie bei James anlangen, der mit geschlossenen Augen auf seinem Handtuch liegt, wirft Justin sich auf ihn, und die beiden ringen eine Weile miteinander, bis James Justin auf den Boden presst, ihn aber gleich darauf wieder loslässt. Justin schnappt sich das Bodyboard und rennt zurück ins Wasser. Marilyn bleibt in ihr Handtuch gewickelt sitzen. Nasse Haarsträhnen kleben ihr im Gesicht.

»Er ist echt süß«, sagt Marilyn, bevor ihr auffällt, wie blöd das klingt. Süß ist viel zu belanglos – es wird Justins liebenswert aufgedrehter Art nicht gerecht.

»Er mag dich«, sagt James. »So ist er nicht bei jedem.«

Marilyn lächelt und eine Weile schweigen sie beide. James blickt aufs Meer, es scheint, als wäre er sich ihrer Anwesenheit kaum bewusst, obwohl sein Körper ihrem so nah ist, dass sie eine Welle von Wärme unter ihrer Gänsehaut spürt.

Schließlich wendet er sich ihr zu und sagt: »Erzähl mal was über dich.«

»Äh, keine Ahnung, was denn?«

»Was du willst.«

»Ich bin in Amarillo geboren, aber an die Stadt kann ich mich kaum erinnern. Wir sind hergekommen, als ich sechs war. Mit vollem Namen heiße ich Marilyn Mack Miller.«

James legt den Kopf schief.

»Klingt komisch, ich weiß. Angeblich hat mein Dad sich einen Jungen gewünscht und war so sicher, dass ich einer werde, dass er den Namen schon ausgesucht hatte. Mack ist ja schon für einen Typen nicht gerade das große Los, aber so hieß nun mal mein Urgroßvater. Als ich mich dann als Mädchen entpuppte, hat meine Mom mir diesen Zweitnamen verpasst – als kleines Trostpflaster für meinen Dad. Schließlich hat sie ihren Willen bekommen und durfte mich Marilyn nennen, nach Marilyn Monroe, von der war sie nämlich total besessen. Ist sie eigentlich immer noch. Auch wenn sie bequemerweise immer ihren tragischen Tod vergisst. Für sie ist Marilyn der personifizierte Beweis dafür, dass jeder berühmt und erfolgreich sein kann, egal, woher er kommt ...«

Marilyn verstummt aus Sorge, zu viel geredet zu haben, aber James sieht sie weiterhin erwartungsvoll an. »Na ja, seit ich jedenfalls keine Werbejobs mehr kriege, will meine Mom, dass ich modele. ›Marilyn hat auch als Model angefangen, so ist sie entdeckt worden‹, sagt sie andauernd. Meine Mutter ist nicht gerade eine Realistin. Die glaubt immer noch an Märchen.«

Marilyn fällt auf, dass sie schon lange mit niemandem mehr über solche Sachen geredet hat. Selbst Tiffany gegenüber hat sie kaum etwas über ihre Familie preisgegeben.

»Was ist mit dir? Hast du einen Zweitnamen?«, fragt sie James.

»Gestatten, James Alan Bell. Alan heißt ja mein Grandpa. Und meine Mom hat mich nach James Brown benannt, den fand sie toll.«

Marilyn denkt an das Foto von James und Justin mit der hübschen Frau in Rot bei ihnen in der Wohnung.

»Dann sind wir also beide nach Stars benannt. Aber deiner ist viel cooler«, sagt sie.

James schenkt ihr ein flüchtiges Lächeln. Marilyn denkt an die Stimme, die sie an ihrem ersten Abend bei Woody durchs Fenster gehört hat. Erst jetzt wird ihr klar, dass es James Brown war. *Try me, try me ...*

Am liebsten würde sie die Hand nach James ausstrecken. Stattdessen jedoch studiert sie die Tattoos auf seinen Armen – verschlungene Rosenranken, Flammen, die zu Meereswogen werden, der Kolibri auf seiner Schulter und, auf seinem Bizeps, der Name »Angela«, umringt von Sternen.

Während Marilyn noch überlegt, ob sie ihn nach dem Namen fragen soll, kommt Justin zurück, das Bodyboard unter dem Arm. Marilyn hebt reflexartig die Hände zum Rahmen und schießt ein Gedankenfoto von dem grinsenden Jungen vor einem Hintergrund aus Nebel. James dreht sich zu ihr um, bevor Justin sich erneut auf ihn wirft.

»Komm, wir machen ein Wettrennen!«, ruft Justin und versucht, seinen großen Bruder hochzuziehen. James nimmt ihn spielerisch in den Schwitzkasten, bis Justin sich ihm entwindet.

»Er ist wasserscheu«, erklärt Justin Marilyn feixend.

»Bin ich gar nicht.«

»Er kann nicht schwimmen. Jedenfalls nicht so gut wie ich.«

James gibt sich geschlagen. »Stimmt. Nicht so gut wie du.«

Justin lächelt und verschwindet erneut.

»Was machst du da immer?«, fragt James. »Mit den Händen?«

Marilyns Wangen werden heiß. »Ähm, das ist … also, ich stelle mir vor, ich würde ein Foto knipsen … Klingt bescheuert, ich weiß, aber ich fotografiere nun mal gern. Und da ich keine Kamera mehr habe, übe ich einfach, indem ich besondere Augenblicke festhalte, als würde ich auf einen inneren Auslöser drücken.«

Wieder fixiert James sie mit diesem unmöglich zu deutenden Blick. Marilyn hat noch nie jemandem von ihren Gedankenfotos erzählt und fragt sich, ob sie es nicht besser dabei belassen hätte.

Dann jedoch verzieht sich sein Mund zu einem Lächeln. So hat er sie noch nie angelächelt, wird Marilyn klar – richtig strahlend –, und es ist, als hätte sie noch nie etwas Schöneres gesehen.

Sein ganzes Gesicht wirkt plötzlich so lebendig, so leuchtend, dass es sogar den Nebel zu vertreiben scheint.

»Das ist ja cool«, sagt er. »Echt beeindruckend.«

Marilyn strahlt über seine Anerkennung.

»Wenn man in irgendwas gut sein will, muss man einfach jede Menge üben«, fährt er fort.

»Genau. Vorher hab ich immer bloß *vor* der Kamera gestanden, für Werbespots und Castings und so, aber das hat sich angefühlt … Ich weiß auch nicht – als wäre ich gar nicht wirklich da. Und als ich dann angefangen habe, selbst Fotos zu machen, war das ein Gefühl, als würde ich mich Stück für Stück wiederfinden.«

»Weil du dadurch selbst auf die Welt blickst, anstatt angeblickt zu werden. Weil du die Kontrolle hast.«

»Ja.« Sie hätte es nicht so treffend ausdrücken können, aber er hat völlig recht.

Ein paar Stunden später, als sie unter dem rosa glühenden Himmel wieder vor dem Haus halten, riecht Marilyn noch immer das Salzwasser in ihrem Haar und spürt den kratzigen Sand an ihren Oberschenkeln. Am liebsten würde sie gar nicht aus dem Auto steigen. Sie wünscht sich, dieser Tag würde nie zu Ende gehen und sie müsste nicht ins Haus zurückkehren, in ihr echtes Leben.

»Wo warst du denn?«, fragt Sylvie, kaum dass sie die Wohnung betritt.

»Am Strand, mit den Nachbarn.«

Sylvie runzelt die Stirn.

»Mit dem Jungen, der uns geholfen hat, weißt du noch?«, erinnert Marilyn sie.

»Ja natürlich.« Sylvie hält inne. »Ich wusste nur nicht, dass du mit dem zu tun hast.«

»Hatte ich bis heute auch nicht.«

Sylvie schweigt. Woody ist noch im Casino, darum kochen sie nichts zum Abendessen, sondern begnügen sich mit ein paar Resten.

Marilyn geht nicht mehr duschen an diesem Abend, sie will das Meer nicht abwaschen, jenen stummen Beweis, dass sie zumindest für einen Nachmittag einen Platz in der Welt hatte.

Am Sonntagnachmittag machen sie sich erneut auf den Weg ins Hügelland. Einmal verfahren sie sich, und Marilyn auf dem Beifahrersitz muss mit der Karte kämpfen, aber schließlich finden sie das Haus mit den Miniatur-Davids doch noch wieder.

»Schau mal, unsere Freunde warten schon!«, sagt Sylvie, während sie den Buick in der langen Einfahrt parkt. Der Makler, Rod Peeler, öffnet ihnen die Tür und präsentiert ihnen zur Begrüßung seine perlweißen Zähne.

»Howdy miteinander«, sagt Rod mit einem Südstaatendialekt, der Marilyn ziemlich aufgesetzt vorkommt.

»Kommen Sie rein. Hatten wir bereits telefoniert?«

»Nein, wir fangen gerade erst an, uns umzusehen«, antwortet Sylvie. »Meine Tochter ist Model und hat gerade einen wichtigen Auftrag an Land gezogen, darum überlegen wir, uns etwas zu vergrößern.«

Marilyn ist überzeugt, dass er die Lüge sofort durchschauen muss, aber Rod Peeler lächelt bloß weiter und führt sie in ein Wohnzimmer mit Glaswand, durch die man über die ganze Stadt blicken kann. Er erklärt ihnen, dass er zahlreiche Objekte in dieser Gegend betreut, und überreicht ihnen mit der Bitte, sich wie zu Hause zu fühlen, seine Visitenkarte. Sylvie zieht eine ziemliche Show ab, als sie die übrigen Räume besichtigen, in denen sich bereits weitere Interessenten umsehen – ein makellos frisiertes junges Paar in teuer aussehenden Trainingsanzügen und ein Mann Mitte fünfzig mit einem schmollenden Kleinkind im Schlepptau.

Die Küche ist erfüllt von diesem typisch kalifornischen goldenen Licht, das alles wie frisch gewaschen wirken lässt. Auf einem Eichenesstisch steht ein Silbertablett mit Limonade und Plätzchen. Sylvie gießt ihnen zwei Becher aus der Glaskaraffe ein, doch als Marilyn an einem Schokosplitterkeks zu knabbern beginnt, wirft sie ihr einen strengen Blick zu. Dann gehen sie durch die offen stehende Glastür in den Garten, der fast gänzlich von einem kleinen kristallblauen Swimmingpool eingenommen wird. Gepflegtes Grün rahmt das längliche Betonbecken.

Sylvie drückt Marilyns Hand und flüstert: »Stell dir das mal vor, Schatz. Ein Pool ganz für uns allein.«

Marilyn nickt und isst ihren Keks auf. Dann wartet sie geduldig ab, bis Sylvie sich endlich mit den Worten, sie seien absolut begeistert von dem Haus und würden sich sicher bald melden, von Rod verabschiedet.

Rod zwinkert ihnen zu. »Tun Sie das.«

Als sie wieder im Auto sitzen und sich auf den Weg hügelabwärts machen, fragt Sylvie: »Und, was meinst du?«

»Was soll das?«, fragt Marilyn zurück.

»Was?«

»Die Lügerei. Darüber, dass ich einen Job habe und so.«

»Das sind keine Lügen«, verteidigt sich Sylvie. »Ich versuche lediglich, es durch reine Willenskraft wahr werden zu lassen.«

»Mom …«

»Genau das ist dein Problem, weißt du? Du bist immer so pessimistisch. Manchmal muss man eben ganz fest an etwas glauben und so *tun*, als wäre es wahr, damit es tatsächlich so kommt.«

Marilyn blickt seufzend aus dem Fenster.

»Versuch es doch wenigstens, Marilyn. Sprich es einfach mal aus: ›Ich bin eine erfolgreiche Schauspielerin. Ich wohne in einem schönen Haus und das habe ich mir auch verdient‹.«

»Mom, das kann ich nicht sagen. Weil es nicht stimmt.«

»Sprich es aus, Marilyn! Sprich es aus. Das ist wichtig.«

»Nein!«, faucht sie.

Sylvie lenkt den Wagen auf dem Hollywood Boulevard abrupt rechts ran und kassiert ein wütendes Hupen des Fahrers hinter ihnen. »Wir fahren so lange nicht weiter, bis du es ausgesprochen hast«, sagt sie, und ihre Stimme zittert wie eine Kerzenflamme im Wind.

»Gut, dann laufe ich eben.« Genauso kurz entschlossen, wie Sylvie angehalten hat, stößt Marilyn die Tür auf, steigt aus und marschiert los, ohne sich noch mal umzudrehen.

Ein Mann mit einer Kangol-Kappe überreicht ihr eine Kassette, auf deren Papphülle sein Gesicht aufgedruckt ist.

»Mein Debütalbum«, sagt er.

»Danke.« Marilyn nimmt die Kassette und eilt weiter.

Doch er folgt ihr. »Kostet zehn Dollar. Du willst doch sicher lokale Künstler unterstützen?«

»Oh, tut mir leid, ich hab keine zehn Dollar«, sagt sie und versucht, ihm die Kassette zurückzugeben.

»Ach, weißt du, was, behalt sie einfach. Und wenn's dir gefällt, sag's weiter.«

»Okay.« Sie lächelt ihm flüchtig zu. An der Kreuzung hält sie an und widersteht dem Drang, sich nach Sylvie umzusehen. Eine Frau mit einem schreienden Baby im Arm wartet auf den Bus. Ein Lkw biegt links ab und prallt dabei fast mit einem Range Rover zusammen, der bei Gelb über die Ampel rast. Sie geht drei Häuserblocks weiter, bis sie den Walk of Fame erreicht, und stapft achtlos über die schmutzigen Sterne hinweg. Kurz hinter Liza Minelli stoppt Sylvies Wagen vor ihr am Straßenrand. Ihre Mom kurbelt das Beifahrerfenster herunter und späht mit tränenüberströmten Wangen zu ihr raus. Marilyn atmet tief durch. Dann steigt sie wieder ein.

»Marilyn, bitte, sprich es aus. Das ist so wichtig.«

Marilyn schluckt und schließt die Augen. Sie verlässt ihren Körper, denkt an nächstes Jahr, wenn sie endlich am College ist und ihr eigenes Leben führt. Kaum hörbar flüstert sie: »Ich bin eine erfolgreiche Schauspielerin. Ich wohne in einem schönen Haus.«

Sylvie blickt sie an und wischt sich die Augen. »Na siehst du, das war doch gar nicht so schwer.«

……

Als sie zurück nach Hause kommen, ist Woody betrunken. Das erkennt Marilyn daran, wie er sie beäugt, wenn sie an ihm vorbeigeht. Und natürlich an den vielen leeren Bierflaschen. Er lümmelt auf der Couch und macht sich die Fingernägel mit seinem Springmesser sauber.

»Wo wart 'n ihr?«

Sylvie tut so, als bemerkte sie nicht, wie sehr er lallt. »Wir hatten einen Termin.«

»Was 'n für 'n Termin?«

Ganz wie Marilyn erwartet hatte, erwähnt Sylvie ihm gegenüber nichts von dem Haus. Stattdessen sagt sie: »Deine Nichte hatte letzte Woche ein sehr positives Vorstellungsgespräch bei einer der größten Talentagenturen in der Stadt. Sie steht kurz vor dem Durchbruch als Fotomodel, also bist du uns bald los.«

Woody zieht die Augenbrauen hoch. »Wassu nich sachst.« Sylvie fängt an, die Flaschen um ihn wegzuräumen. »Bring mir noch eine, ja?«

Marilyn verzieht sich auf ihr Zimmer und macht die Tür zu. Sie kennt die Warnsignale: Wenn Woody so drauf ist, hat er beim Kartenspielen Geld verloren.

Und bald darauf geht auch schon das Geschrei los. »Der verdammte Abfluss ist verstopft! Die mit ihren scheißlangen Haaren!«

Marilyn kommt wieder nach draußen, denn sie will ihre Mutter weder mit dem chaotischen Bad noch mit Woody allein lassen, doch als Sylvie sie sieht, gibt sie ihr einen Wink zu verschwinden.

Marilyn setzt ihren Walkman auf, um Woodys schwerfälliges Getrampel auszublenden und nicht auf seinen nächsten Wutausbruch lauschen zu müssen. Sie legt die Kassette des Mannes mit der Kangol-Kappe ein. Während er mit angenehmer Falsettstimme *Can't afford to lose myself …* singt, versucht sie, sich auf ihre Geschichtshausaufgaben zu konzentrieren. In dem Buchkapitel, das sie lesen müssen, geht es um das niederländische Schiff, das 1619 vor der Küste von Virginia ankerte und der Kolonie die ersten Sklaven verkaufte. Im selben Jahr wurde dort auch das erste Parlament aus gewählten Bürgern gegründet, was Virginia zur »Wiege der Sklaverei und Demokratie zugleich machte«. Der nüchtern-distanzierte Ton regt Marilyn ernsthaft auf. Sie gibt sich alle Mühe, sich in die Wirklichkeit einzufühlen, die hinter diesen Zeilen steckt, was jedoch dazu führt, dass sie um zehn gerade mal die Hälfte der insgesamt vierzig Seiten geschafft hat. Als sie die Kassette umdreht, hört sie, wie unten eine Tür aufgeht und gleich darauf zugeknallt wird. Schritte, von denen sie weiß, dass es James' sind, begleitet von Schlüsselgeklimper. Vorsichtig späht Marilyn ins Wohnzimmer, wo Woody inzwischen als Alkoholleiche auf der Couch liegt. Sylvies Tür ist geschlossen – hoffentlich schläft sie auch. Bevor Marilyn es sich anders überlegen kann, huscht sie nach draußen.

»James!«

Er ist schon halb die Straße runter und schließt den dort geparkten roten Dodge mit der Beule auf. Als er sich zu ihr umdreht, kommt sie sich plötzlich albern vor. Sie winkt unbeholfen und merkt zu allem Überfluss erst jetzt, dass sie eine alte Jogginghose anhat.

James mustert sie bloß, als sei er gespannt, was als Nächstes passiert.

Schließlich geht sie auf ihn zu. »Wo fährst du hin?«, fragt sie.

»Einkaufen.«

»Kann ich mit?«

Er zuckt mit den Schultern und geht auf die Beifahrerseite, um dort die Tür aufzuschließen.

Schweigend sitzen sie nebeneinander, während James den Motor anlässt. Marilyn starrt aus dem Fenster. Dann rollen sie die Straße hinunter, biegen auf den Washington Boulevard ab und dann auf die Vermont Avenue. *You are on my mind*, singen Soul for Real im Radio. James wechselt den Sender und pflügt sich ungeduldig durch eine endlose Folge aus Songschnipseln.

»Entschuldige, aber ich musste einfach mal raus«, sagt Marilyn schließlich.

»Schon okay«, antwortet er. »Ist bestimmt nicht leicht, mit deinem Onkel zusammenzuwohnen«, fügt er nach einem Moment hinzu.

»Nee.«

James hält bei Vons, dem nächsten Supermarkt. »Das mit dem Rausmüssen versteh ich gut. Mir kommt unsere Wohnung manchmal so klein vor, als wäre da nicht genug Atemluft für alle drin.«

Genau, wie ich nie genug Luft in die Lungen bekomme, egal, wie tief ich einatme, denkt Marilyn, aber sie traut sich nicht, es auszusprechen.

»Gehört das Auto dir?«, fragt sie.

»Ja. Oder eigentlich war es das von meiner Mom. Und dann

hatte Grandma es, aber die fährt nicht mehr oft. Also ist es jetzt wohl meins.«

»Ist echt peinlich, aber ich kann noch überhaupt nicht Auto fahren«, sagt Marilyn. »Ich meine, ich hatte schon ein paar Fahrstunden, hab Achter um Verkehrshütchen gedreht und so. Aber als meine Mom dann mal mit mir üben wollte, ist das in einer Vollkatastrophe geendet. Ich glaube, eigentlich will sie auch gar nicht, dass ich es lerne, damit sie mich weiter selbst zu den ganzen Castings kutschieren kann.«

James parkt den Wagen. »Und was ist mit dir?«, fragt er. »Willst du's lernen?«

Marilyn zuckt mit den Schultern. »Schon. Aber ich gehe sowieso nächstes Jahr aufs College, dann spielt das erst mal keine Rolle mehr.«

»Wohin willst du denn?«

»Mein Traum wäre New York – die Columbia. Aber da reinzukommen, ist fast unmöglich. Und für die NYU gibt es kaum Stipendien oder andere Finanzspritzen und so was bräuchte ich auf jeden Fall. Vielleicht versuche ich es mal am Barnard oder am Sarah Lawrence. Hauptsächlich will ich in irgendeine Stadt, die groß genug ist, dass ich mich nicht so beobachtet fühle. Boston oder Chicago würden mir auch gefallen, glaube ich. Vielleicht die University of Chicago und dann gibt's noch die Boston University, das Emerson …«

»Dann musst du ja richtig schlau sein.«

Marilyn zuckt mit den Schultern.

»Und du hast gut recherchiert.«

»Ich glaube, ich kann den ›Fiske-Studienführer‹ fast auswendig …«

»Hast du einen zu Hause?«

»Nein, ich hab immer nur in der Bibliothek drin gelesen, da, wo wir früher gewohnt haben.« Marilyn überlegt. »Wenn du willst, können wir ja mal zusammen hingehen. In eine Bücherei hier in der Nähe, meine ich.«

»Klar, bin dabei«, sagt er, als sie den klimatisierten Supermarkt betreten. James nimmt sich einen Einkaufskorb, hält auf die Obstabteilung zu und schnappt sich drei Äpfel.

»Du hast die ja gar nicht kontrolliert«, merkt Marilyn an.

»Hm?«

»Na, du musst den Test machen.«

Marilyn nimmt einen Apfel, hält ihn an sein Ohr und drückt mit dem Daumen fest auf die Schale.

»Wenn du ein helles Knirschen hörst, weißt du, er ist knackig. Aber wenn das Geräusch eher dumpf ist, dann hast du eine Niete erwischt.«

Er lacht, aber dann probiert er es selbst aus.

Marilyn hebt die Hände zum Rahmen und knipst ein Gedankenfoto von James, wie er in der Obstabteilung an einem Apfel lauscht. Sie blinzelt genau in dem Moment, als er sich zu ihr umdreht.

»Ich glaube, der hier ist gut«, sagt er. Und dann: »Du bist echt ein bisschen durchgeknallt, aber ich mag dich.«

Marilyn grinst.

Auf dem Rückweg macht James eine Kassette an, und Otis Redding legt mitten im Lied los: *burning, from wanting you* ... Als sie an einer Ampel halten, lehnt James den Kopf zurück, und für einen Moment werden seine Züge ganz weich, als ließe er die Musik auf sich wirken. Nachdem sie so viele Abende lang seinen Songs gelauscht hat, entwaffnet Marilyn dieser Anblick komplett.

»Ich will noch gar nicht nach Hause«, sagt sie leise, als sie vor dem Haus am South Gramercy Place parken.

James zögert einen Moment, dann aber steigt er aus. Marilyn tut es ihm nach und bemerkt, dass er noch immer die Fahrertür aufhält.

»Okay, dann lass mal sehen, was du draufhast«, sagt er.

»Im Ernst?«

»Steig ein!«

Marilyn wirft einen Blick hoch zu Woodys Wohnung. Das Licht in Sylvies Zimmer ist immer noch aus, zum Glück. Also setzt sie sich hinters Steuer, rückt den Sitz nach vorn und stellt sorgfältig die Spiegel ein, wie sie es in ihren Fahrstunden gelernt hat. James beobachtet sie belustigt. Er ruft ihr noch einmal in Erinnerung, wo die Füße hingehören, wo Gas und Bremse sind, und kurz darauf tuckert sie die Straße hinunter, ganz langsam und anfangs ein bisschen ruckelig. Einmal hält sie mehrere Meter vor einem Stoppschild an. James lacht. Nach ein paar Runden um den Häuserblock jedoch hat sie den Bogen raus und muss sich zurückhalten, um das Gaspedal nicht bis zum Boden durchzutreten.

Am liebsten würde sie abheben.

Nachdem sie vorsichtig parallel zum Bordstein geparkt und den Motor abgestellt hat, dreht sie sich zu James um. Und im nächsten Moment spürt sie seine Hände in ihrem Haar und der Blick seiner großen dunklen Augen brennt sich in ihre. Ihr Herz hämmert, als er ihr langes Haar zu einem Pferdeschwanz zwirbelt und sie daran sachte zu sich zieht. Sein Mund liegt jetzt auf ihrem und es ist kein sanfter, kein schüchterner Kuss. Sondern ein hungriger, voller tiefem Verlangen.

Mit einem Mal lässt er sie wieder los und streicht ihr mit den Fingern über die Wange. »Scheiße.«

Marilyn ringt nach Luft und sehnt sich nach seiner Berührung, die er ihr so plötzlich entzogen hat.

»Oh Mann, du bist meine Nachbarin …«, sagt er. »Das ist keine gute Idee.«

Ohne nachzudenken, beugt Marilyn sich vor, und diesmal ist sie es, die den Mund auf seinen presst, die die Hand auf seine Brust legt. Er umfasst ihre Taille und zieht sie an sich, dreht sie so, dass ihr Rücken sich an den Sitz schmiegt, ihr Körper sich an seinen.

»Du schmeckst nach dem Meer«, sagt er.

Sie lächelt. »Salzig?«

»Nicht ganz – eher so, wie das Meer aussieht.«

Sie sieht ihm in die Augen. Er lehnt sich ein Stück zurück. »Hör mal, ich will eigentlich nichts Ernstes anfangen, okay? Dafür hab ich zu viel um die Ohren, ich muss mich um meine Noten und Collegebewerbungen und so kümmern.«

Marilyn ignoriert das leise Gefühl zu ertrinken und den Teil von ihr, der sich am liebsten an ihm festklammern würde. »Ja, ist bei mir genauso«, antwortet sie. »Ich zähle die Tage, bis ich hier abhauen kann.«

James steigt aus und hält ihr die Tür auf, bevor er die Einkäufe aus dem Kofferraum holt. Dann gehen sie schweigend nebeneinanderher bis zur Treppe, die zu Woodys Wohnung führt.

»Gute Nacht, Miss Mari Mack«, sagt er, und ihr Magen macht einen Hüpfer.

Als Marilyn ins Bett geht, ist es, als würde ihr ganzer Körper vibrieren. Sie horcht auf James' Musik und schließlich ertönen die ersten Takte von »Ready or Not« von den Fugees. Sie bildet sich ein, dass er den Song nur für sie aufgelegt hat, dass er sich seinerseits vorstellt, wie ihr Haar auf dem Kissen ausgebreitet liegt, während sie hinaus in die Nacht starrt und noch immer seine Berührung spürt wie ein Brennen auf der Haut. Ein Hubschrauber fliegt übers Haus. Sie steht auf und überprüft, ob sie ihre Tür abgeschlossen hat.

Während Lauryn Hill *make you want me ...* singt, schlüpft Marilyn zurück unter die Decke und lässt die Hand unter den Gummizug ihrer Shorts gleiten, dann die weiche, abgetragene Baumwolle ihrer Unterhose. James wirkte so sicher in allem, was er tat, als hätte er perfekt erkennen können, wonach sie sich sehnte. Sie spürt noch immer seine Lippen, seine Hände … vor allem aber spürt sie, was er in ihr hervorgekitzelt hat. Ihr Körper ist wach und enthemmt und gehört unbestreitbar *ihr.* Als wäre sie sich zum allerersten Mal ihrer eigenen Gegenwart bewusst. Als das Lied endet, keucht sie auf und sinkt langsam wieder zurück in die Welt – draußen bellt ein Hund, der Hubschrauber dreht weiter seine Runden, die Hitze des Tages dringt, gedämpft von der Nachtluft, durch ihr Fenster und streift sachte ihre Haut.

Am Samstagmorgen erwacht Marilyn davon, dass jemand an die Fliegengittertür klopft. Sie rollt sich auf die andere Seite, greift nach ihren Shorts, die zusammengeknüllt neben dem Bett liegen, und streicht sich das Haar aus dem Gesicht.

»Oh!«, sagt sie, als sie aufmacht und James vor ihr steht.

»Langschläferin?«, fragt er lächelnd.

Sie wirft einen Blick auf ihre Uhr, und, tatsächlich, es ist schon elf.

»Ist bloß der Neid, ich bin nämlich schon seit sieben wach. Wollen wir in die Bibliothek?«

Marilyn sieht ihn an, abgelenkt durch die Tatsache, dass sein Körper ihrem so nah ist. »In die Bibliothek? Warum nicht?«

»Wir wollten doch zusammen an unseren Collegebewerbungen basteln, weißt du nicht mehr?«

»Ach so. Klar! Lass mich nur kurz – ich zieh mir schnell was an.«

»Cool, ich warte dann unten.«

Marilyn hat Woody vor seinem Computer kaum registriert, doch als sie nun die Tür schließt und sich umdreht, starrt er sie finster an.

»Entschuldige«, sagt sie leise, als ihr seine Mahnung wieder einfällt, ihn nicht zu stören. Sylvie ist bereits bei der Arbeit, also macht Marilyn sich fertig und huscht aus dem Haus.

Sobald sie die Bibliothek betreten – drei weitläufige Stockwerke mit einer, wie es scheint, unendlichen Anzahl an Büchern –, ist Marilyn in ihrem Element. Die hier herrschende Ordnung beruhigt sie, die Vorstellung, dass jegliche Information, die man nur brauchen könnte, frei zugänglich ist, sorgfältig in Zettelkatalogen kategorisiert.

Die viel kleinere Bücherei in Orange County war an unzähligen Abenden ihr Zufluchtsort. Sie hatte sogar einen Stammplatz, an einem Fenster mit Blick in den Hof, wo sich Möwen um Apfelgehäuse und andere Mittagessensreste zankten. Dort hat sie auch den »Fiske-Studienführer« von der ersten bis zur letzten Seite gelesen und dann wieder von vorn. Nach jeder Universitätsbeschreibung – »hübscher, von schmalen Pfaden durchzogener Campus mit vielen Bäumen inmitten von grünen Hügeln«, »die Studenten sind durch und durch angehende Wissenschaftler und stolz darauf, selbst auf Partys wird über Max Weber diskutiert« – schloss sie die Augen und träumte sich weg in ihre mögliche Zukunft.

»Und an welche Uni willst du?«, fragt Marilyn James, als sie mit der Rolltreppe ganz nach oben fahren. »Was sind deine Auswahlkriterien?«

»Keine Ahnung«, antwortet James. »Ich hoffe, ich schaffe es an die UCLA.«

»Was betreibst du denn so für außerschulische Aktivitäten?«

»Bist du meine Beratungslehrerin, oder was?«, neckt er sie.

Marilyn wird rot. Er hat ja recht – sie will ihm gern zeigen, was sie alles weiß, und ihm helfen, das perfekte College zu finden.

»'tschuldige«, sagt sie und folgt ihm zu einem Tisch in der Ecke.

»Nein, ist schon okay. Ich bin Läufer. Sprinter. Letztes Jahr bin ich sogar in die Landesauswahl gekommen, aber für ein Stipendium reicht es trotzdem nicht. Na ja, egal, ich mache das einfach gern – so bleibe ich klar im Kopf. Wenn ich laufe, muss ich an nichts anderes denken.« Er blickt zur Seite. »Und anders als meistens im Leben ist das Ziel eindeutig zu erkennen.«

»Ach, selbst wenn du kein Stipendium kriegst, kommt das in deiner Bewerbung gut an. Wie sieht's denn mit deinen Noten aus?« Marilyn blüht richtig auf.

James runzelt die Stirn und lacht verlegen. »Meinen Noten? Jetzt wird's aber ziemlich persönlich.«

»Na ja, ich will nur rausfinden, wie so dein Stand ist.«

»Meine Noten sind gut.«

»Richtig gut?«

»Ich bin Einserschüler, schon immer gewesen … Meiner Mom war die Schule extrem wichtig. Sie hat zum Beispiel in Erfahrung gebracht, wer die besten Lehrer an meiner Grundschule waren, und ist dem Direktor dann so lange auf die Nerven gegangen, bis er mich in deren Unterricht gesteckt hat.«

Marilyn lächelt. »Dann wäre doch vielleicht sogar noch was Besseres als die UCLA für dich drin. Du könntest in einem anderen Bundesstaat studieren, wenn du wolltest.«

Noch bevor sie zu Ende geredet hat, spürt sie, wie sein ganzer Körper sich verspannt.

»Pass auf. Ich bin der Erste aus meiner Familie, der aufs College geht. Die UCLA wäre eine Riesensache. Ein voller Erfolg.«

»Na klar – ich meinte ja auch nicht –«

»Und hier zu Hause wohnen bleiben wäre auch einfach billiger. Es ist nun mal kein Geld da. Meine Großeltern mussten sich schon krummlegen, um mich auf die Privatschule zu schicken, trotz aller Zuschüsse. Noch mehr kann ich ihnen nächstes Jahr auf keinen Fall abknöpfen.«

»Aber dafür gibt es doch Stipendien und Darlehen. Willst du nicht mal raus aus L.A.?«

James zuckt mit den Schultern. »Wir leben in *unserem* L.A., das ist ein ganz anderes als das, in dem die UCLA liegt. Das weißt du genauso gut wie ich.«

Sie schweigen lange.

»Ich bin auch die Erste«, sagt Marilyn. »Die in meiner Familie aufs College geht, meine ich.«

Er nickt.

»Mit meiner Mom hab ich noch gar nicht drüber gesprochen«, gesteht sie. »Ihr wäre es wahrscheinlich am liebsten, ich würde ewig bei ihr bleiben. Wenn sie überhaupt mit dem College einverstanden wäre, dann sicher nur mit irgendeinem hier in der Nähe, wo man Schauspiel studieren kann. Aber ich will hier weg – ich *muss*.«

James blickt sie an. »Du brauchst keine Erlaubnis von ihr. Schließlich bist du dann achtzehn«, bemerkt er.

»Ich weiß«, sagt Marilyn. »Aber es wird ihr das Herz brechen. Sie glaubt immer noch daran, dass ich mal eine berühmte Schauspielerin werde und ihr eine Villa kaufe … Wer weiß, vielleicht kann ich ihr ja tatsächlich ein bisschen unter die Arme greifen, wenn ich erst meinen Abschluss habe und einen Job und … So reich, wie sie sich das vorstellt, werde ich bestimmt nicht, aber es wäre immerhin etwas …«

»Was willst du denn studieren?«

»Kunstgeschichte. Ich möchte mal Fotografin werden.« Dies ist das erste Mal, dass sie es laut ausspricht. Und sofort keimt die Sorge in ihr auf, dass die Wahrscheinlichkeit, das zu schaffen, auch nicht höher sein könnte als die, eine berühmte Schauspielerin zu werden.

Aber James lächelt. »Richtig, die Gedankenfotos.«

»Ist vermutlich albern«, sagt sie. »Aber selbst wenn es nicht klappt, kann ich immer noch in einem Museum oder einer Galerie oder so arbeiten.«

»Wenn du weißt, was du willst, nichts wie ran. Du Glückliche. Ich hab noch keine Ahnung.«

»Was ist denn dein Lieblingsfach?«

»Im Moment Geschichte. Der entkommen wir eh nicht, also ist es vielleicht nicht schlecht zu wissen, was man da so mit sich rumschleppt.«

»Na, dann könntest du doch vielleicht Geschichtslehrer oder so was werden.«

»Wie langweilig.« James lacht. »Und ich will schließlich nicht für immer in der Schule festsitzen. Eigentlich mag ich Geschichte vor allem deshalb, weil sie einem hilft, die Welt zu verstehen, in der wir leben – das ist es, was mich wirklich interessiert.«

»Dann werde eben Journalist. Oder schreib Bücher – hast du schon mal was von Joan Didion gelesen?«

»Von wem?«

»Joan Didion. Die ist Journalistin oder zumindest so was in der Art. Sie schreibt Essays und so, echt super Zeug. Ich hab ein Buch von ihr, falls du mal reinlesen willst. Ich wollte mir noch ein anderes ausleihen, wo wir schon mal hier sind.«

»Klar.«

»Bist du im Geschichts-LK?«, fragt sie.

»Ja.«

»Ich auch.«

»Dann können wir ja zusammen lernen«, sagt James. »Vermutlich müssen wir eh dieselben Sachen lesen. Seid ihr auch gerade bei der Wiege der Sklaverei?«

»Sind wir.« Marilyn grinst.

»Hast du schon den Collegeeignungstest gemacht?«, fragt James. »Ich bin am vierundzwanzigsten Oktober dran.«

»Ach wie cool, ich auch. Das heißt, noch hab ich mich nicht angemeldet, aber das sollte ich wohl langsam mal tun.« Allein bei dem Gedanken ergreift Marilyn Panik. Sie braucht fünfzig Dollar für die Registrierung, aber nach dem letzten verpatzten Casting und der Rückkehr zu Woody hat sie sich noch nicht getraut, Sylvie um das Geld zu bitten.

»Vielleicht können wir ja dafür auch zusammen lernen«, schlägt sie vor.

»Klingt gut.«

Gesagt, getan. Marilyn packt ihre Vokabelkarten aus, die sie vorbereitet hat, und sie fragen sich gegenseitig ab. Sie ist beeindruckt von James' Wortschatz – von zwanzig Begriffen hat er bis jetzt jeden gewusst.

»Talisman?«

»Glücksbringer«, antwortet er sofort.

»Lakonisch?«

»Kurz und bündig.«

»Obskur?«

»Fragwürdig.«

»Abstrus?«

Pause. »Unverständlich, verworren«, sagt er schließlich. »Wie in ›Sie hat völlig abstruse Vorstellungen‹.«

Marilyn grinst. »Wieso kennst du die alle schon?«

James erwidert ihr Grinsen kokett. »Hab halt den ganzen Sommer gebüffelt.«

»Ich auch, aber trotzdem!«

Nachdem sie mit den Vokabeln durch sind, machen sie weiter mit Grammatik, und Marilyn gestattet sich, ein bisschen mit den Tricks aus den Gratisnachhilfestunden anzugeben, zu denen sie und Tiffany an der Orange High gegangen sind.

Schließlich sucht sie sich Didions »Stunde der Bestie« aus einem der Regale und liest James auf seinen Wunsch hin aus dem ersten Essay vor: »Sie träumen vom Goldenen Traum«. Sie taucht vollkommen in die Geschichte ein und merkt kaum mehr, wie die Zeit vergeht, bis sie das Buch sinken lässt und sieht, dass der Himmel vor den Fenstern bleich und die Unterseiten der vereinzelten Wölkchen rosig geworden sind.

»Die schreibt ja echt krass«, sagt James, und Marilyn spürt, dass etwas in dem Buch ihn mehr berührt hat, als er im Moment in Worte fassen kann – oder will.

Nachdem sie einen Bibliotheksausweis beantragt und das Buch ausgeliehen hat, will Marilyn es James geben, doch der lehnt ab. »Lass es uns lieber zusammen lesen.«

Auf dem Nachhauseweg laufen im Radio The Roots mit »You Got Me«, warme Luft weht zu den Fenstern herein, und der Sonnenuntergang taucht die Stadt in warmes Licht, all die Straßen mit ihren Schnapsläden, Bäckereien und Nagelstudios, Jungs auf Fahrrädern, Kinder an den Händen ihrer Mütter, Zigarette rauchende Männer mit Cowboyhüten, Frauen, die auf ihren High Heels wackelig aus Autos steigen.

»Scharfsinnig«, sagt James abrupt. »So schreibt sie. Das ist der richtige Ausdruck.«

»Ja!«, stimmt Marilyn zu. »Solche Fotos würde ich gern machen, genau wie sie mit Worten Bilder von Menschen zeichnet. Ohne Weichzeichner und nicht stilisiert – ich will festhalten, wie schön etwas sein kann, gerade weil es menschlich ist. Selbst wenn es ansonsten alles andere als perfekt ist.«

An der nächsten Ampel wendet James sich ihr zu. »Sie bleibt cool, sogar mitten in der Hitze des Gefechts. Irgendwie fühlt man sich bei ihr in guten Händen – als könnte man ihr vertrauen.«

Marilyns Fingerspitzen beginnen zu kribbeln, so sehr will sie ihn berühren, und sie schiebt die Hände unter ihre Oberschenkel, um der Versuchung zu widerstehen. James biegt in den Gramercy Place ein und hält vor Nummer 1814. Doch er stellt den Motor nicht ab.

»Schätze, ich bin so auf die UCLA fixiert«, sagt er schließlich, »weil ich in der ersten Klasse mal mit meiner Mom den Campus besichtigt habe. Sie hat damals gesagt, dass ich aufs College gehen kann, wenn ich mal groß bin, und dass ich werden kann, was immer ich will … Schon komisch, jetzt ist es tatsächlich so weit – ich wünschte, sie wäre hier und könnte es miterleben.«

Marilyn spürt, wie viel Gewicht in seinen Worten liegt, wie sie das Spannungsverhältnis der Luft verändern.

»Es war, als hätte sie in mir irgendwas total Großartiges gesehen. Manchmal hab ich das Gefühl, ich klammere mich immer noch an dieses Bild, das sie von mir hatte, aber mittlerweile ist es komplett verschwommen. Je weiter weg *sie* ist, desto weiter weg ist *es*, und desto weiter weg bin *ich*.«

Er starrt aus dem Fenster auf den violett blühenden Baum auf der anderen Straßenseite.

»Ich weiß noch, einmal als ich in der Schule Ärger hatte, da hat sie sich mit mir hingesetzt und gesagt: ›Du kannst dir keine Fehltritte erlauben, James. Manche Leute erben ihre Zukunft, aber du musst dir deine selbst erarbeiten.‹ Und selbst damals, als kleiner Junge, hab ich verstanden, was sie mir sagen wollte … Darum versuche ich jedenfalls, immer am Ball zu bleiben und irgendwie ein anständiger Mensch zu sein, damit sie, wenn sie tatsächlich von da oben runtergucken sollte, stolz auf mich sein kann.«

»Sie ist stolz, James, auf jeden Fall.«

James nickt, und es ist, als würde er die gesamte Flut an Emotionen, denen er freien Lauf gelassen hat, in sich zurückziehen. Er öffnet die Tür, um auszusteigen, dann aber dreht er sich noch einmal um.

»Danke«, sagt er, »dass du mir zugehört hast.« Für Marilyn geht von diesen Worten ein regelrechtes Leuchten aus.

»Lass uns nächste Woche wieder zusammen lernen gehen, ja?«, fügt er hinzu.

»Ja.« Sie lächelt. Schon jetzt kann sie den kommenden Samstag kaum abwarten.

······

Drinnen sitzt Sylvie auf der Couch vor dem Fernseher. Sie guckt »Unsolved Mysteries«, ein Glas Weißwein in der Hand, neben sich die halb geleerte Flasche.

»Wo warst du?«, will Sylvie wissen.

»In der Bibliothek.«

»Mari, hör mal, dein Onkel möchte nicht – er mag die Nachbarn nicht besonders, das war mir noch nicht klar, als James uns beim Einzug geholfen hat.«

Marilyn steht da wie erstarrt. »Was hat er denn gegen sie?«

»Ich weiß es nicht. Bei Woody ist so was nicht immer mit Vernunft zu begründen, aber wir bleiben ja ohnehin nicht lange hier. Bis dahin wär's jedenfalls besser, wenn er dich nicht mit ihnen sieht. Dass James nicht einfach raufkommt und anklopft. Wir sind nur bei ihm zu Gast und ich will keinen Ärger. Außerdem musst du dich wirklich auf andere Sachen konzentrieren. Wir haben diese Woche wieder einen Termin mit Ellen, und ich hoffe, dass sie danach neue Fotos von dir machen lässt.«

Marilyn beißt die Zähne zusammen. James ist das einzig Gute an ihrem Umzug hierher, an ihrem ganzen momentanen Leben. Und sie hat nicht vor, das aufzugeben oder es sich von ihrem Onkel verderben lassen. Also zwingt sie sich, ihre Wut hinunterzuschlucken, und bündelt sie zu einem harten, glühenden Ball.

»Ich möchte den Collegeeignungstest machen«, stößt sie hervor. »Das kostet fünfzig Dollar.«

»Fünfzig Dollar für einen Test? Und wozu soll der gut sein?«

»Damit ich mich um einen Studienplatz bewerben kann.«

»Ach was, nächstes Jahr bist du sicher längst auf dem besten Weg, die nächste Marilyn Monroe zu werden. Da brauchst du dir doch keine Gedanken ums College zu machen.« Sylvie ist immer überzeugt davon, dass alles *genau zur rechten Zeit* passiert. Sie war überzeugt, dass Marilyn *genau zur rechten Zeit* ein Casting für sich entscheiden würde, um die Miete zu bezahlen. Und jetzt ist sie überzeugt, dass Marilyn *genau zur rechten Zeit* berühmt wird, sodass sie nie aufs College gehen und für immer in Sylvies kleinem Kosmos bleiben wird.

»Mom«, sagt Marilyn leiser. »Ich *möchte* studieren gehen. Das ist mir wirklich wichtig.«

Sylvies Miene gefriert zu der vertrauten Maske, die sie immer aufsetzt, wenn sie aufgebracht ist.

»Meg Ryan war auf der NYU«, merkt Marilyn an. »Claire Danes ist an der Yale.« Sie ärgert sich über sich selbst, dass sie es auf diese Weise probiert – denn obwohl sie die beiden Schauspielerinnen mag, ist keine davon ihr Vorbild. Aber sie sucht nun mal verzweifelt nach dem direktesten Weg zum Einverständnis ihrer Mutter.

»Na schön«, sagt Sylvie schließlich. »Ich finde allerdings, du solltest dich nach etwas in der Nähe umsehen – L.A. ist schließlich *die* Stadt für jemanden in deiner Branche.«

Marilyn nickt nur. Während Sylvie sich Wein nachschenkt, geht Marilyn in ihr Zimmer und schließt sich ein.

Als sie am nächsten Morgen einen Fünfzigdollarschein unter ihrer Tür vorfindet, seufzt sie dankbar auf.

Marilyn spult einen Tag nach dem anderen an der L.A. High herunter, sie konzentriert sich voll und ganz auf den Unterricht, verbringt die Mittagspausen allein mit ihren Schulbüchern in der leeren Dunkelkammer und beschwört als geheime Überlebensstrategie Bilder von James herauf, während sie sich durch die überfüllten Flure schiebt. Im Geschichtsunterricht meint sie, seine Stimme zu hören, und stellt sich vor, was für Antworten er geben würde. Zu Hause macht sie ihre Schulaufgaben, beobachtet ihn durchs Fenster und wartet auf den nächsten Samstag.

Als es schließlich so weit ist, wacht sie um 7 Uhr 45 auf, noch vor dem Weckerklingeln. Das Sonnenlicht, das in ihr Zimmer fällt, wirkt heute buttrigweich, nicht so grell wie sonst. Vielleicht liegt es aber auch nur an ihrer Stimmung – denn obwohl es schon Anfang Oktober ist, hat sich die Sommerhitze hartnäckig gehalten, und daran scheint sich auch heute nichts ändern zu wollen. Sie entscheidet sich für ein Baumwollkleid, bindet sich das Haar zum Knoten hoch, legt Lippenstift auf und die Kreolenohrringe an, die sie vor ein paar Tagen in den Einkaufswagen geschmuggelt hat, als sie mit Sylvie im 99-Cent-Laden war. Das Glitzern des billigen Metalls unterstreicht den Goldton ihrer Haare. Marilyn hat sich nie bemüht, »sexy« zu wirken; sich aufzustylen, hat sie bislang lediglich mit ihren Castings und der damit einhergehenden Nervosität verbunden. Seit Kurzem jedoch scheint sich etwas in ihr zu verändern: Sie will hübsch aussehen an ihrem Tag mit James, klar, aber vielmehr noch will sie ausdrücken, was er in ihrem Inneren auslöst – ein neues Selbstbewusstsein und zugleich eine Art tiefes Verlangen.

Als sie aus ihrem Zimmer kommt, liegt Woody noch schlafend auf der Couch, und Sylvie, die schon fertig für die Arbeit ist, löffelt vor dem vergitterten Fenster ihren Himbeerjoghurt und blickt auf die von sanftem Licht erfüllte Straße.

»Morgen«, flüstert Marilyn und gibt Sylvie einen Kuss auf die Wange.

»Hübsch siehst du aus«, sagt Sylvie. »Wo willst du denn hin?«

»Ich treffe mich zum Lernen«, umschifft Marilyn diskret die Wahrheit. Sylvie zuliebe hat sie ein paar Freundinnen erfunden, lose angelehnt an die Mädchen, mit denen sie manchmal in ihren Freistunden in der Bibliothek zusammensitzt. Das ist einfacher, als ihrer Mutter zu eröffnen, dass sie den Tag mit James verbringen wird, obwohl sie davon ausgeht, dass Sylvie zumindest etwas ahnt.

»So«, sagt Sylvie nach einer Pause. »Jedenfalls schön, dass du langsam … ein bisschen mehr auf dein Äußeres achtest.«

Marilyn lächelt und wünscht sich insgeheim, ihre Mom würde endlich gehen.

»Soll ich dich mitnehmen?«, fragt Sylvie mit argwöhnischem Blick.

»Nein, schon in Ordnung, ich nehme den Bus.«

Marilyn macht Kaffee, und als Sylvie schließlich aufbricht, gießt sie ihn in zwei Thermobecher und fügt Milch hinzu.

Dann packt sie ihre Sachen und setzt sich draußen auf die schattige Treppe, wo sie an ihrem Kaffee nippt und auf James wartet – so geht sie zumindest kein Risiko ein, dass er klopft und Woody weckt. Als er eine halbe Stunde später aus der Wohnung kommt, ist ihr Kleid schon halb durchgeschwitzt. Sein Blick bleibt an ihrem haften wie Klettband und einen Moment lang starren sie einander reglos an.

»Was ist los?«, fragt er. »Was machst du hier draußen?«

Marilyn überlegt, ob sie ihm erzählen soll, was ihre Mom über Woody erzählt hat, aber es ist ihr zu peinlich. »Ich hatte keine Lust mehr, zu Hause rumzusitzen. Kaffee?« Sie hält ihm den zweiten Becher hin. Er lächelt sein Lächeln, bei dem ihr immer ganz flau wird, und trinkt einen Schluck. Kurz darauf steigen sie in den Dodge und fahren mit heruntergekurbelten Fenstern zur Bibliothek. Der heiße Wind löst Haarsträhnen aus Marilyns Dutt, und sie wünscht sich, James' Hand auf dem Schalthebel würde ihr nacktes Bein streifen.

Die nächsten drei Samstage verbringen sie genauso: Gemeinsam sitzen sie in der Bibliothek und lernen für den Collegeeignungstest, vergleichen ihre Geschichtshausaufgaben und blättern durch den Studienführer. Seit ihrem Kuss haben sie sich noch nicht mal mehr berührt. *Warum eigentlich?*, fragt sich Marilyn. Einmal, während eines ihrer Lerndates, hat James angedeutet, er sei mit seinen Freunden im Einkaufszentrum gewesen, um Mädchen aufzureißen – »Die Typen haben's echt so was von nötig«, hat er gewitzelt, »aber so ist das halt, wenn man auf eine reine Jungsschule geht.« Warum macht sie nicht einfach selbst den ersten Schritt? Sie weiß es nicht; vielleicht aus Angst, er könnte ihr zu sehr ans Herz wachsen. Ihr Leben lang hat sie sich nur eine einzige Sehnsucht gestattet: die nach ihrer eigenen fernen Zukunft. Aber jetzt ist alles anders: Sie will James.

Was ihr am meisten den Verstand vernebelt, ist sein Geruch, der ihr hin und wieder in die Nase steigt. Womit könnte man ihn vergleichen? Für Marilyn beschwört er die kühle Frische von Herbstluft herauf, die sie so vermisst, die Sahnigkeit von Karamell, den nassen Kupfergeruch eines Pennys, den man aus einem Brunnen gefischt hat. Dennoch kann sie sich so sehr in ihre Vokabelduelle hineinsteigern, in die Diskussionen über Kolonialgeschichte oder »Stunde der Bestie«, dass sie ihre Sehnsucht nach mehr beinahe vergisst. Sie haben es sich zur Gewohnheit gemacht, jede Woche gemeinsam ein Essay zu lesen. Wenn der Nachmittag dem Abend weicht, kaufen sie sich Kaffee an der Snackbar im Erdgeschoss und gehen nach draußen in den Innenhof, wo sie es sich auf einer Bank unter den breiten Blättern einer Palme bequem machen und Marilyns Stimme sie durch die blaue Stunde trägt. Manchmal auf dem Nachhauseweg, wenn nur noch ein winziger Lichtschimmer am Himmel übrig ist, fährt James rechts ran, bevor sie ihr Viertel erreichen, und lässt Marilyn für den Rest hinters Steuer. Marilyn liebt es, die Hände ums Lenkrad zu schließen, das Gefühl des Gaspedals unter ihrem Fuß. Aber am meisten liebt sie James' tiefe, ruhige Stimme, die ihr Instruktionen gibt und sie am Ende für ihren guten Fahrstil lobt.

Dann wird es Zeit für den Eignungstest: Der Morgen des vierundzwanzigsten Oktober bringt den ersten Frühnebel der Saison mit sich. Die niedrige Wolkendecke und die kühle Luft sind eine Wohltat für ihre Nerven, als Marilyn und James zur Los Angeles High fahren, eine Auswahl frisch gespitzter HB-Bleistifte in den Taschen, »Can't Nobody Hold Me Down« voll aufgedreht und jeder eine Banane in der Hand. (Die hat Marilyn mitgebracht, nachdem sie irgendwo gelesen hatte, sie seien hervorragende Nervennahrung.) Kurz bevor sie den Prüfungsraum betreten, drückt James ihre Hand. Marilyn hat das Gefühl, als durchzuckte sie ein elektrischer Schlag. Ihr ganzer Körper bebt, als sie zu einem der Tische geht, und sie ist froh, dass James hinter ihr sitzt und sie dadurch gar nicht erst in Versuchung gerät, seinen makellosen Nacken anzustarren (sie liebt die halbmondförmige Kurve von seinem Kopf hinunter zur Schulter, die glatte Haut unter seinem Haaransatz). Stattdessen bündelt sie die Energie aus seiner Berührung zu messerscharfer Konzentration.

Als sie vier Stunden später den Raum verlässt, wartet James an der Tür auf sie.

»Wie ist es gelaufen?«

»Keine Ahnung, mein Hirn fühlt sich an wie Wackelpudding.«

Doch Marilyn sieht ihm an, dass er zufrieden ist. Sie erwidert sein Grinsen.

»Kommst du mit was essen?«, fragt James.

Sie nickt. (Sie würde überall mit ihm hingehen.)

Während des Tests hat sich der Nebel draußen verflüchtigt und die Sonne strahlt abermals am klaren, kalifornisch blauen Himmel und übergießt alles mit goldenem Licht. Als sie auf dem überfüllten Parkplatz von In-N-Out Burger aus dem Auto steigen, spürt Marilyn einen Hauch von Herbst in der sanften Wärme auf ihrer Haut und riecht den Duft nach Laub, der sich mit dem von Grillfleisch vermischt. Trauben von Menschen quellen aus dem Imbiss und drängen sich um die Tische im Außenbereich. James geht rein, um das Essen zu holen, während Marilyn die beiden einzigen freien Plätze besetzt. Sie hebt die Hände und schießt ein Gedankenfoto von einer Frau in einem blauen Hijab mit Mond- und-Sternchen-Muster, die Pommes isst, während neben ihr ein Junge verträumt in den Himmel blickt. Gruppen von Teenagern lümmeln mit ihren fettigen Burgern auf der Wiese im Park gegenüber, umringt von den gleichen Palmen, die auch auf ihre Getränkebecher gedruckt sind. Marilyn knipst ein weiteres Foto von einem Mädchen mit Zöpfen, das sich, die Arme um den Oberkörper geschlungen, hin und her wiegt – »Selbstvergessener Tanz« wäre der Titel dieses Fotos, denkt Marilyn.

»Ich wünschte, ich könnte die Bilder in deinem Kopf sehen, Mari Mack«, sagt James, der jetzt mit dem Essen kommt.

»Irgendwann kannst du das vielleicht.« Sie lächelt.

Als sie anschließend zurück zum Auto gehen, reicht James ihr den Schlüssel.

»Du fährst«, bestimmt er.

»Was? Nein, das geht nicht.« Bislang hat sie nur bei ihnen im Viertel geübt.

»Klar geht das. Du bist mittlerweile richtig gut.«

Um ihn nicht in seiner hohen Meinung von ihr zu enttäuschen, setzt sie sich hinters Steuer, stellt die Spiegel ein und lässt den Motor an. Doch als sie den Parkplatz verlassen und sich in den Verkehr einfädeln will, flattert ihr Herz wie wild im zu engen Käfig ihres Brustkorbs. Der Pick-up hinter ihr hupt ungeduldig.

James legt seine Hand auf ihre, die das Lenkrad umklammert.

»Tief durchatmen«, sagt er. »Du kannst das.«

Als sie langsam die Luft ausstößt und problemlos auf den Sunset Boulevard auffährt, überkommt sie eine eigenartige Ruhe und Zielstrebigkeit.

Erst beim Parken am Gramercy Place gestattet sie sich ein Gefühl des Triumphs – sie ist Auto gefahren! So richtig, mitten in der Stadt. Sie schnallt sich ab und wendet sich grinsend James zu. Einem plötzlichen Impuls folgend, beugt sie sich vor und küsst ihn auf den Hals, und im nächsten Moment sind sie in einer innigen Umarmung versunken, Lippen auf Lippen, tastende Hände, sein Bizeps, seine Schultern unter ihren Fingern, seine Hand auf ihrer Hüfte, in ihrem Haar. All die Spannung der vergangenen Monate entlädt sich in einer langen Abfolge von Explosionen – es ist, als würde ein Feuerwerk in Marilyns Inneren gezündet, ein berauschender Knall nach dem anderen. Sie weiß nicht, wie lange sie so miteinander verschlungen bleiben, bis sie schließlich beide in Flammen aufgehen.

ANGIE

Angie kann nicht sagen, an welchem Punkt genau die Geschichte losging – die Geschichte, die dazu geführt hat, dass sie jetzt in Sam Stones Jeep sitzt und mit ihm die Interstate 40 hinuntersaust, während der letzte Rest Sicherheit, die Angie immer als selbstverständlich erachtet hat, mit jeder Meile, die die Stadt der Wüste weicht, dahinschmilzt. Irgendwo mag es einen Anfang geben, doch der liegt weit in einer Vergangenheit, in die sie keinen Einblick hat, in der ihrer Eltern und deren Eltern und Generationen unsichtbarer Geister.

Sie sieht zu Sam hinüber, in dessen Sonnenbrille sich die fernen Berge spiegeln. Sein Haar fällt ihm widerspenstig in die Stirn, sein Arm liegt lässig auf dem Lenkrad. Noch immer hat er kein einziges Wort zu ihr gesagt. *Bestimmt hatte so ziemlich jeder der sieben Milliarden Erdenbewohner schon mal ein gebrochenes Herz, aber wie viele von ihnen waren dumm genug, es sich selbst zu brechen?*

Angie hat Sam vor fünf Jahren kennengelernt, am selben Tag, als sie lernte, sich die Beine zu rasieren. Sie war eins der wenigen Mädchen, das in der sechsten Klasse noch haarige Beine hatte (weswegen sie eine Weile nur lange Hosen trug), und hatte beschlossen, dass sich das vor Beginn des neuen Schuljahrs ändern musste. Marilyn fand, sie sei noch zu jung dafür und außerdem genau richtig, so wie sie war. Nach wochenlangem Gequengel jedoch gab ihre Mom schließlich nach, und nicht viel später saß Angie mit einem rasierschaumbedeckten Bein auf dem Badewannenrand, während Marilyn ihr den Umgang mit der Klinge vorführte. Dann reichte sie Angie den Rasierer und nach einem Strich waren die Härchen wie von Zauberhand verschwunden. Freudestrahlend sah Angie zu ihrer Mom hoch, nur um festzustellen, dass diese Tränen in den Augen hatte.

»Was hast du denn?«, fragte Angie, und ihre Brust zog sich zusammen, wie immer angesichts der unvorhersehbaren Traurigkeitsausbrüche ihrer Mutter.

»Nichts«, antwortete Marilyn rasch und streichelte Angie über den Kopf. Und obwohl sie es noch nicht in Worte hätte fassen können, verstand Angie in diesem Moment, dass sie mit jedem Schritt in die Erwachsenenwelt dem Menschen, den sie am meisten liebte, Schmerzen zufügen würde.

Beim nächsten Strich schnitt sie sich. Sie merkte es kaum, doch dann war plötzlich alles voller Blut; leuchtend rot rann es ihr Bein hinunter. Marilyn hörte auf zu weinen und schaltete in den Muttermodus um, so wie früher, wenn Angie sich das Knie aufgeschlagen hatte.

An diesem Nachmittag zog Angie ihre liebste abgeschnittene Jeans an und fuhr sich, trotz ihres hartnäckig schlechten Gewissens, immer wieder verstohlen mit der Hand über die seidig glatten Beine. Sie ging in den Park, mit Vivian, einer ziemlichen Barbiepuppe, mit der sie seit der vierten Klasse befreundet war, als sie sich gemeinsam eine Choreografie zu Rihannas »Umbrella« ausdenken sollten. Sie legten sich ins Gras, schlürften Slushies und sahen ein paar Jungs beim Fußballspielen zu.

Als der Ball einmal zu ihnen rüberflog – und Angie fast ins Gesicht –, kam Sam hinterhergerannt, ein großer, schlaksiger Dreizehnjähriger mit breitem Grinsen, wuscheligem Haar und goldbrauner Haut.

»Wollt ihr mitspielen?«, fragte er.

Vivian wagte einen halbherzigen Versuch und rannte quietschend und mit hüpfendem Busen (der wesentlich weiter entwickelt war als Angies) über den Rasen. Angie dagegen ging total in dem Spiel auf, ließ den Ball keine Sekunde aus den Augen und verausgabte sich völlig. Sie schoss das entscheidende Tor und rang vornübergebeugt nach Atem, als ihr auffiel, dass Sam ihre neuen Beine in den Shorts begutachtete. Und genau diese Beine, die sich gerade noch so zuverlässig angefühlt hatten – zweckmäßig und unsichtbar –, wurden mit einem Mal zu Pudding. Als er hochsah und ihre Blicke sich trafen, musste sie an die Sommergewitter denken, die sie mit ihrer Mutter gern von der Veranda aus beobachtete.

Von da an gingen Angie und Vivian fast jeden Tag Fußball spielen, bis die Schule wieder losging und Sam zurück zu seiner Mom musste. Nach der Scheidung seiner Eltern war sein Dad in ein Apartment am Park gezogen, aber Sam besuchte ihn nur im Sommer und an den Wochenenden. Angie lief häufig an dem Haus vorbei, um sich zu vergewissern, dass er wirklich nicht da war, doch sie sah ihn erst eines Samstags im November wieder, als er im Park Dribbeln übte. Er sah so schön aus und zugleich furchtbar einsam unter dem herabsegelnden Laub und dem grauen Himmel.

»Wie geht's?«, fragte Sam und kickte ihr den Ball zu. Sie zuckte mit den Schultern und kickte zurück. So ging es ein Weilchen hin und her, bis Angie rief: »Zwischen den beiden Bäumen da ist das Tor!« Dann schoss sie mit aller Kraft, Sam wehrte ab, und sie spielten, bis sie beide erschöpft ins Gras fielen. Angie war sich mit allen Sinnen seines atmenden Körpers neben ihrem bewusst. Und dann berührte seine Hand ihr Gesicht. Seine Lippen legten sich auf ihre, und sie fühlte sich, als fiele sie durch Raum und Zeit.

»Sam!«

Als sie aufsahen, stand Sams Dad, Mr Stone, am Rand der Wiese, eine Lederjacke lässig über die Schulter geworfen und einen Autoschlüssel in der Hand. »Wir müssen los!« Später sollte Angie erfahren, dass Mr Stone Englischlehrer an der Albuquerque High ist, bekannt für seine ausgedehnten Lyriklektionen. Viele Schülerinnen finden ihn sexy, mit seinem blassen Gesicht, dem dunklen, wirren Haar, seiner hochgewachsenen Statur und den zerknitterten Leinenhemden. Sam sieht seinem Vater sehr ähnlich, obwohl seine Haut ein paar Nuancen dunkler ist, wie die seiner Mutter – einer Mexikanerin aus Oaxaca, die früher mal Bodybuilding-Meisterin war und heute eine Kunstgalerie führt.

Angie sah, wie Sam rot wurde. »Ich muss los, wir sehen uns«, nuschelte er, eilte los zu seinem Dad und ließ sie einfach im Gras liegen. Angie rührte sich nicht vom Fleck, bis es dunkel wurde. Sie starrte hoch zu den in Zeitlupe fallenden Blättern und betrachtete die langsam kahler werdenden Äste vor dem erbleichenden Himmel. Wieder und wieder fuhr sie sich mit den Fingerspitzen über die Lippen.

Als Angie schließlich aufstand und nach Hause ging, war Marilyn bereits von ihrer Samstagsschicht zurück.

»Wo bist du denn gewesen?«, fragte sie.

»Im Park, Fußball spielen. Mit Sam.«

Angie fiel der Gesichtsausdruck ihrer Mutter wieder ein, als sie ihr das Beinerasieren beigebracht hatte, und beschloss, ihr nichts von Sams Kuss zu erzählen.

Später am Abend jedoch, als Angie im Bett lag und in Gedanken den Nachmittag Revue passieren ließ – Sams Kuss, der nach frischer Waldluft schmeckte, sein warmer Atem auf ihrer Wange –, klopfte Marilyn an die Tür und setzte sich zu ihr ans Bett.

»Und, magst du diesen Sam gern?«, fragte sie.

»Ja.« Angie war überrascht – es schien, als könnte ihre Mutter bis in ihr Innerstes blicken.

»Was genau magst du denn an ihm?«

Angie überlegte einen Moment. »Wir passen einfach gut zusammen.«

Marilyn sah sie fragend an.

»Wir sind gleich schnell. Und gleich groß«, erklärte Angie.

Natürlich war das längst nicht alles, doch für den Rest fand sie nicht die richtigen Worte. Schließlich gestand sie ihrer Mom: »Wir haben uns geküsst.« Pause. »Und unsere Lippen haben auch genau aufeinandergepasst.«

Marilyn wirkte wie vom Donner gerührt. »Ich hab dich so lieb«, flüsterte sie.

Kurz fürchtete Angie, ihre Mom könnte anfangen zu weinen, doch dann lächelte sie.

»Dein erster Kuss! Das muss gefeiert werden!«

Angie zog sich wieder an, und sie fuhren zu Baskin-Robbins, gerade noch vor Ladenschluss. Sie nahm ein Hörnchen mit rosa Kaugummieis, das sie schon immer am liebsten mochte, und ihre Mom entschied sich für Minze mit Schokosplittern. Dann setzten sie sich ins Auto und jede durfte mal bei der anderen probieren. Sie ließen die Heizung laufen und fuhren die Fenster runter, und obwohl es schon Herbst war, roch es draußen nach frisch gemähtem Gras. Es war ein wunderschöner Abend.

Sie sind jetzt seit zwei Stunden unterwegs nach L.A. Ein heißer Luftschwall hüllt Angie ein, als Sam sein Fenster einen Spalt öffnet, seine Sonnenbrille anhebt und sich die Augen reibt. Angie starrt auf die roten Felsen, die sich in der Ferne erheben, und erinnert sich, wie sie nach ihrem ersten Kuss im Park nach Sam gesucht hat. Sie hatten keine Telefonnummern ausgetauscht, also saß sie Samstag um Samstag auf der Schaukel und wartete, bis ihr fast die Nase abfror.

Erst Wochen danach erspähte sie ihn hinter einem Baum, zusammen mit einem älteren Mädchen. Sie hatte seidiges Haar und ihr Hoodie ließ eine kurvige Figur erkennen. Sam sah auf und musste Angie am anderen Ende des Fußballplatzes erkannt haben, bevor sie kehrtmachte und davonrannte.

Hör auf, befahl sie sich und wischte sich die Tränen von den Wangen. *Hör auf zu heulen.* Und das tat sie. Mit dreizehn war sie schon ziemlich geübt in der Kunst der Selbstbeherrschung, darin, jegliche unerwünschten Gefühle in kleine Schachteln zu stopfen und in irgendwelchen unerreichbaren Tiefen zu verstauen.

……

Erst in dem Winter, als Angie in der neunten Klasse war, tauchte Sam abermals in ihrem Leben auf. Oberflächlich betrachtet war ihr Wechsel auf die Highschool einigermaßen glatt verlaufen: Sie war in die Fußballmannschaft aufgenommen worden und hatte sich mit den zwei anderen Neuen im Team angefreundet – Mia Padilla, Latinaschönheit und Tochter des stellvertretenden Bürgermeisters, und Lana McPherson, der furchtlosen Lesbe (wie sie sich selbst vorstellte, als wäre sie eine Superheldin), sommersprossig und hellhäutig. Samstags übernachteten die drei abwechselnd beieinander, sonntagnachmittags machte Angie Hausaufgaben, und am Montagmorgen ging sie mit einem sorgfältig zusammengestellten Outfit und einem Lächeln auf den Lippen zur Schule. Sie war eine der wenigen schwarzen Schülerinnen auf der Albuquerque High (die Stadtbevölkerung teilt sich mehr oder weniger gleichmäßig in Hispanos und Weiße auf), aber Angie fühlte sich nicht als Außenseiterin und war relativ beliebt. Sie hatte keine Ahnung, warum sich dennoch so oft ihr Brustkorb zusammenzog und sie keine Luft bekam.

Angie und ihre Mädels hatten für Silvester Einladungen zu einer Oberstufenparty bei einer der Torwärterinnen aus ihrer Mannschaft ergattert. Irgendwann landete Lana knutschenderweise mit Sandy Houston auf dem Rücksitz ihres Autos (jedoch unentdeckt von ihrem Freund), während Mia drinnen mit den anderen ein Saufspiel spielte. Angie hatte auch ein Weilchen mitgemacht, wollte sich aber nicht zu sehr abschießen – eigentlich hatte sie ihrer Mom versprochen, ganz die Finger vom Alkohol zu lassen, und jeder Schluck löste neue Schuldgefühle in ihr aus. Und so schlenderte sie leicht angesäuselt nach draußen in die kalte Januarnacht, dankbar über ihren roten Daunenmantel, den sie trug wie eine mächtige Rüstung.

In einer Ecke des Gartens stand eine alte Pappel. Als Kind war Angie unschlagbar im Bäumeklettern gewesen. Jetzt zog sie sich auf einen der unteren Äste und stieg so weit rauf, wie es ging. Sie sah, wie sich ihr Atem in Wölkchen verwandelte, sah die trockenen braunen Blätter, die noch an den Zweigen hafteten, und die alte Schaukel in der Ecke des Gartens, deren Metallgestell im Mondschein glitzerte. Sie fragte sich, wer dieses Lehmziegelhaus wohl gebaut haben mochte – es war sicher über hundert Jahre alt.

»Yo!«

Angie blickte nach unten, wo ein großer, schlaksiger Junge stand, und winkte ihm zu. Woraufhin er – eher ungeschickt – den untersten Ast erklomm.

»Kennst du mich noch?«

Und ob. Das Gesicht, das zu ihr hochsah, war Sams. Angie entfuhr ein überraschtes Lachen.

»Kannst du vielleicht ein Stück runterkommen?«, fragte er.

»Nö.«

»Okay, dann muss ich wohl mein Leben für dich riskieren.«

Angie sah zu, wie er bis auf den Ast unter ihrem kletterte.

»Was machst du denn hier?«, fragte sie.

»Die Stiefschwester von meinem Kumpel Leo ist in deiner Mannschaft. Oder so. Jana?«

»Ah, okay … aber ich meinte, was machst du hier auf dem Baum?«

Sam zuckte mit den Schultern. »Nach dir suchen.«

»Ist dir nicht eiskalt?« Er trug nur einen Kapuzenpulli.

»Doch.«

Er kletterte noch einen Ast höher und quetschte sich neben sie. »Wärmst du mich ein bisschen?«

Sie zog die Augenbrauen hoch, doch als er ihr die Hand hinstreckte, nahm sie sie zwischen ihre und rieb.

»Spielst du noch Fußball?«, erkundigte sie sich.

»Ja, bin in der Schulmannschaft.«

Angie nickte. Eine Weile saßen sie schweigend da, bis Sam sagte: »Hast du Lust auf ein Spiel?«

»Äh, okay.«

»Das Gegenteilspiel. Macht mein Dad immer in seinen Literaturkursen.«

»Mhm.«

»Sag was, egal, was.«

»Keine Ahnung.«

»Einfach irgendwas, was du siehst.«

»Den Mond.«

»Okay, dann muss ich jetzt das Gegenteil vom Mond nennen. Ein Kieselstein. Jetzt sagst du, was das Gegenteil von einem Kieselstein ist.«

»… Ein Berg?«

»Gut. Das Gegenteil von einem Berg ist ein Krater«, sagte Sam.

»Das Gegenteil von einem Krater ist ein Komet«, erwiderte Angie.

»Das Gegenteil von einem Kometen ist … der Nachthimmel, aber nicht die Sterne. Nur die schwarzen Bereiche dazwischen.«

Angie lachte. »Okay, das Gegenteil von den dunklen Bereichen der Nacht … muss Sonnenschein sein.«

»Das Gegenteil von Sonnenschein ist … der Meeresgrund.«

»Schön. Das Gegenteil vom Meeresgrund ist Erde.«

»Das Gegenteil von Erde ist Schokolade.«

»Das Gegenteil von Schokolade ist Rosenkohl«, sagte Angie.

»Das Gegenteil vom Rosenkohl ist … hmm, irgendwas Leckeres«, sagte Sam, beugte sich vor und streifte ihre Lippen sanft mit seinen.

»Ein Kuss«, flüsterte er.

»Das Gegenteil von Rosenkohl ist kein Kuss. Das ergibt überhaupt keinen Sinn!«

»Hast recht. Aber ich brauchte halt einen Vorwand.«

Angie lächelte. »Ich hab damals wegen dir geweint, als ich dich mit dieser anderen im Park gesehen habe.«

»Ich war damals echt ein Volltrottel.«

»Noch mal brichst du mir besser nicht das Herz«, witzelte sie und wich ein Stück vor ihm zurück.

»Hab ich nicht vor.« Sein Blick war so ernst, dass sie regelrecht erschrak und beinahe das Gleichgewicht verloren hätte.

Sam wurde nicht nur zu ihrem Freund, sondern auch zu ihrem *besten* Freund. Angie bemerkte, dass all die Fragen, die ihr auf den Nägeln brannten, Ruhe gaben, wenn sie mit ihm zusammen war. Er sagte ihr, sie sei wunderschön, sie sei perfekt und wie sehr er es liebe, nachmittags mit ihr zusammen einzunicken, die Beine mit ihren verschlungen und das Gesicht in ihrem Nacken vergraben. Sam spielte für sie die Schallplatten seines Dads, las ihr aus »Unterwegs« vor oder Gedichte von Pablo Neruda und John Ashbery. Er erzählte, wie er früher mit seinem Vater bei Open-Stage-Abenden gewesen sei, wo dieser vor einem spärlichen Publikum seine Texte las, oder als kleiner Junge mit seiner Mutter in Mexiko, er erzählte von seinem coolen großen Cousin in Los Angeles und wie traurig er gewesen sei, als seine Eltern sich scheiden ließen.

Als er sie noch ziemlich zu Anfang nach ihrem Dad fragte, gab Angie ihm dieselbe Antwort wie allen anderen. »Ich hab keinen. Er ist noch vor meiner Geburt bei einem Autounfall gestorben.«

»Das tut mir leid«, sagte er.

»Schon okay«, erwiderte sie. Denn das war es wirklich. Mehr oder weniger. Halbwegs. Vielleicht.

Angie ist inzwischen zweihundertsieben Meilen von ihrer Mom entfernt, so weit wie noch nie in ihrem Leben, und es werden stetig mehr. Hier, mitten in der Wüste, erscheint es einem unfassbar, wie viele Bewohner die Erde hat. Weit und breit ist nichts zu sehen außer ein paar entgegenkommenden Autos, einer Werbetafel für einen Indianerladen und endlosem Land, so flach, dass man Angst bekommen könnte, über den Rand zu fallen, und einer violetten Bergkette, die in der Ferne schimmert wie eine Fata Morgana.

Sam lehnt sich über Angies Schoß und kramt eine CD aus dem Handschuhfach. Angie verspürt einen Stich, als sie seinen Duft riecht – Waschpulver, Old-Spice-Deo und noch etwas anderes, undefinierbar Eigenes.

Sam kämpft mit dem CD-Player und einen Moment später erkennt sie die ersten Takte von »Maps« von den Yeah Yeah Yeahs. Der Song ist wie eine Zeitreise und versetzt sie zurück in das lange, schlauchartige Apartment von Sams Dad mit der abblätternden weißen Wandfarbe und den kleinen Papierlampions. Angie backt Tiefkühlpizza auf und sucht im Kühlschrank nach ausgefallenem Belag. Sam lacht über eine ihrer weniger gelungenen Kombinationen: Brombeeren und grüne Oliven. Sam und Angie, die halb nackt unter der türkisfarbenen mexikanischen Decke auf der Couch liegen und »Drive« gucken, dann verstrickt in seine marineblauen Bettlaken, wo sie mit Karen Os Stimme als Soundtrack ihre Hände auf Entdeckungsreise gehen lassen. Das kann kein Zufall sein. Er muss die Musik absichtlich aufgelegt haben. Oder hat er es tatsächlich vergessen?

Angie wendet sich Sam zu, während Karen O *Wait!* ruft, doch

Sam verschanzt sich weiter hinter seiner Sonnenbrille und konzentriert sich auf die Straße.

Als Nächstes folgt »Beast of Burden«, ein weiterer von Sams und ihren Songs. Das muss die CD sein, die sie ihm zu seinem sechzehnten Geburtstag im letzten Sommer gebrannt hat – vor fast einem Jahr. Sie hat tagelang daran gefeilt und die Reihenfolge der Tracks immer wieder umgestellt. Sein Geburtstag sollte perfekt werden. Doch als sie sich an jenem Abend zum Essengehen fertig machte und in der Schublade ihrer Mom nach Lippenstift kramte, fing sie an zu suchen – oder vielleicht war *rumzuschnüffeln* das passendere Wort – und fand das Foto von ihren Eltern am Strand. Das Lächeln ihres Vaters brachte ihre so sorgsam aufgebaute Abwehr ins Wanken: In dem Augenblick, als sie sein Gesicht sah, wurde er zu einem echten Menschen. Der aussah wie sie. Der ihre Mutter ganz offensichtlich einmal glücklich gemacht hatte. Und plötzlich raubte ihr die Trauer um diesen gut aussehenden Jungen, der sie von dem Foto anblickte, den Atem.

Und zwar buchstäblich: Ihre Brust schien in sich zusammenzufallen; sie bekam einfach keine Luft mehr. Schnell versuchte sie, sich von dem unwiederbringlich vergangenen Bild ihrer Eltern abzulenken, indem sie ihre Fantasie darüber hinauswandern ließ. Wer mochte an dem Tag damals sonst noch auf der Strandpromenade gewesen sein? Sie stellte sich eine Mutter mit Strohhut vor, die ihrem Sohn eine Eiswaffel überreicht. Zwei Jungs auf Skateboards, die an ihr vorbeisausen, lange Neunzigerjahreketten um die Hälse. Ein Händchen haltendes Paar mit Pilotensonnenbrillen, in denen sich die Palmen spiegeln. Hinter ihnen ein leicht betagter Rettungsschwimmer, der sich bemüht, auf seinem Aussichtsturm nicht einzuschlafen, nachdem er in der Nacht zuvor eine zweite Chance auf die Liebe erhalten hat.

Angie dachte an all die anderen Strände an der Küste Kaliforniens, dann an die südlicheren in Mexiko und die auf der anderen Seite des Landes, in Florida, North Carolina und Maine. An Strände in Peru, Spanien oder Südafrika und an all die Menschen, die sie an jenem Tag vor siebzehn Jahren bevölkert haben mussten … Je mehr sie, ihre Eltern und alles, was sie kannte, angesichts der schieren Dimensionen des menschlichen Lebens zusammenschrumpften, desto freier konnte Angie wieder atmen. *Momentan leben auf der Erde mehr als sieben Milliarden Menschen und über hundertsieben Milliarden haben bereits darauf gelebt.*

Angie erinnerte sich an den ersten Satz aus der Einleitung zu »2001: Odyssee im Weltraum«, das sie in der Zehnten in Englisch gelesen hatten. »Hinter jedem Menschen, der jetzt lebt, stehen dreißig Geister.« Sie überschlug kurz und kam zu dem Schluss, dass heute, siebenundvierzig Jahre nach Erscheinen des Buchs, nur noch fünfzehn auf jeden kommen konnten. Die Geister, die sie immer um sich gespürt hatte, waren anonym gewesen, jetzt jedoch sah sie ihren Vater, einen grinsenden Siebzehnjährigen, als ihren Anführer.

Pling.

Angie griff nach ihrem Handy und las eine Nachricht von Sam: **Bist du bald da?** *S*cheiße. Sie kam zu spät. Wie lange hatte sie denn hier gesessen? Schnell stopfte sie das Foto zurück in die Schublade und hastete aus dem Haus. Der Lippenstift, nach dem sie ursprünglich gesucht hatte, war vergessen.

Mit der gebrannten CD in der Hand und ihrem schönsten Lächeln im Gesicht stand sie vor Sams Tür. Mr Stone führte sie beide ins Scalo aus, wo sie an einem Ecktisch saßen und im flackernden Kerzenschein Brot in Olivenölschälchen tunkten. Er ließ sie sogar an seinem riesigen Rotweinglas nippen, in dem beim Trinken das halbe Gesicht verschwand. Der Alkohol brachte Angies Wangen zum Glühen und ließ die Welt um sie zu einem sanften Glitzern verschwimmen.

Mr Stone redete über die Black-Mountain-Dichter, die er gerade im Unterricht durchnahm, und dass die heutige Jugend mit ihren Smartphones so was gar nicht mehr zu würdigen wüsste, aber vielleicht würde die Lyrik ja auch für das digitale Zeitalter neu erfunden.

Angie versuchte, sich zu konzentrieren, während Sams Hand unter dem Tisch an ihrer Strumpfhose hochkroch, aber aus irgendeinem Grund (vielleicht lag es am Wein?) fühlte sie sich wie weit weg und war erstaunt, dass die anderen sie überhaupt hören konnten. Sie blickte hinunter auf eine Welt, in der sie zu klein war, um gesehen zu werden. Ihr war schwindelig.

»Was sagst du denn dazu?«, fragte Mr Stone Sam, doch bevor dieser antworten konnte, wandte sein Vater sich bereits Angie zu und eröffnete ihr, dass Sam seiner Meinung nach eine echte Dichterseele habe. »Das ist Fluch und Segen zugleich«, erklärte er. »Aber ernst nehmen muss man es in jedem Fall. Künstler und Schriftsteller werden heute dringender gebraucht denn je.«

Sam strahlte seinen Vater an.

»Nicht dass praktisch veranlagte Menschen nicht auch wichtig wären«, redete Mr Stone weiter und sah dabei Angie an. »Wie Sams Mom, oder deine. Irgendwer muss schließlich die Banken am Laufen halten, sonst würde ja alles den Bach runtergehen. Und irgendwer muss die Kunst auch verkaufen, zumindest in einer Welt wie unserer.«

»Sie war mal Fotografin«, platzte es aus Angie heraus. »Meine Mom. Früher. Sie war echt gut.« Ein Schluss, den Angie aus dem einzelnen Foto eines leeren Strands zog, das bei ihnen zu Hause im Flur hing.

Als Angie noch klein war, hatte Marilyn gekellnert und sie während ihrer Schichten in eine Tagesstätte gebracht oder zu Gina, die im selben Diner arbeitete und mit Marilyn eine Vereinbarung über gegenseitiges Babysitting getroffen hatte. Dann kam Angie in die Grundschule, Marilyn schrieb sich am lokalen College ein und belegte ein, zwei Kurse neben der Arbeit. Fünf Jahre später hatte sie ihren Abschluss in der Tasche und bekam einen Job als Bankkassiererin. Zwei Jahre darauf wurde sie zur Filialleiterin befördert. Angie wusste, dass das nie Marilyns Traumberuf gewesen war; sie wusste, dass ihre Mom das alles nur für sie tat. Dass ihre Mom, die zwar im Laufe der Zeit gelernt hatte, praktisch zu denken, im tiefsten Inneren eine Waldwanderseele war, eine Wüstenstraßenseele, eine Meeresbrandungsseele. Sie wollte, dass Mr Stone und ganz besonders Sam von dem Mädchen auf dem Foto erfuhren – dem Mädchen, das so glücklich ausgesehen hatte.

Doch bevor Angie weiterreden konnte, erschien die Kellnerin mit einem Stück Schokoladentorte, in dem eine Kerze steckte, und gab ein operettenhaftes »Happy Birthday« zum Besten. Sam fiel das Haar in die Stirn – er hatte die gleiche Frisur wie sein Dad – und seine Wangen waren rosig vom Wein. Er sah Angie an, und für einen flüchtigen Moment gelang es ihm, die Leere in ihrer Brust zu füllen. Sie wünschte sich, sie hätte für immer an diesem freundlichen Ort bleiben können, doch der Moment schien bereits vorbei. Wieder drängten die Milliarden vergangener Leben auf sie ein. Sam blies seine Kerze aus. Angie wurde ihr Schwindelgefühl nicht los.

Am Tag nach seinem sechzehnten Geburtstag fuhr Sam zu seinem Cousin nach L.A., und Angie durchstöberte erneut die Schublade ihrer Mom, sobald Marilyn zur Arbeit aufgebrochen war. Auch diesmal fiel ihr der zugeklebte Umschlag in die Hände, aber sie wusste nicht, wie sie ihn unbemerkt öffnen sollte. Vielleicht hatte sie auch nur Angst vor dem, was sie darin finden könnte. Stattdessen nahm sie das Foto mit in ihr Zimmer, wo sie den ganzen restlichen Morgen auf dem Bauch lag und das Gesicht ihres Vaters betrachtete. Wie war es möglich, jemanden zu vermissen, den man nicht mal gekannt hatte?

Später saßen Angie und Marilyn am Küchentisch und aßen Angies Lieblingsabendessen: Frühstück. Angie blickte unvermittelt von der Waffel auf, die sie gerade in gleichmäßige Streifen zerschnitt, und stieß hervor: »Wie war mein Dad eigentlich so?«

Marilyn hustete kurz, als wäre ihre Stimme über die Frage gestolpert, doch dann antwortete sie ruhig und gemessen: »Er war freundlich und unglaublich klug, genau wie du. Er war Läufer. Und er hat sich für Geschichte interessiert. Am liebsten hat er bei In-N-Out Burger gegessen oder beim Chinesen. Er war so gern am Meer –« Weiter kam Marilyn nicht, bevor sie zu weinen anfing.

Sie entschuldigte sich und wischte sich die Augen, doch die Tränen flossen einfach weiter. Nach einer Weile zog sie sich in ihr Schlafzimmer zurück. Angie räumte den Tisch ab, machte den Abwasch und wartete, aber ihre Mom kam nicht zurück.

Vor Jahren – sie musste dreizehn gewesen sein – hatte Angie ihrer Mom schon einmal dieselbe Frage gestellt. Damals war die Antwort geringfügig anders ausgefallen: »Er hat Musik geliebt. Er konnte toll schreiben. Sein liebster Zufluchtsort war der Strand …« Aber auch da: Tränen. Angie war schon vor langer Zeit klar geworden, dass es ihrer Mom wehtat, über ihren Dad zu sprechen. Sie hätte ihn nicht erwähnen dürfen, wies sie sich im Stillen zurecht.

Dennoch, es ließ ihr keine Ruhe, dass ihre Mom ihr nie dieses Foto gezeigt hatte. Als sie an diesem Abend im Bett lag, dachte sie an einen Kindergartenausflug, bei dem Marilyn als Begleitperson mitgekommen war. Am nächsten Tag hatte Angies Freundin Jess gefragt: »Bist du adoptiert? Du siehst gar nicht aus wie deine Mom.«

Einen panischen Moment lang hatte Angie überlegt, ob Jess vielleicht recht hatte. Doch bevor sie antworten konnte, bohrte Jess weiter: »Kommst du aus Afrika? Die Freundin von meiner Schwester ist nämlich adoptiert und die kommt aus Äthiopien.« Jess schürzte die Lippen, als wäre sie stolz, über so was Bescheid zu wissen. Sie war ziemlich altklug und wurde von ihrer Mutter passenderweise in Miniaturversionen von deren eigenen Bürooutfits gesteckt.

»Ich bin nicht adoptiert«, sagte Angie schließlich und unterdrückte mühevoll den Drang, Jess bei den langen Haaren zu packen und kräftig zu ziehen.

Als ihre Mutter sie nach dem Kindergarten abholte, rannte Angie sofort zu ihr.

»Da ist ja mein Mädchen!«, rief Marilyn. Angie sprang in ihre Arme und klammerte sich fest.

»Warum kann ich nicht wie du aussehen?«, jammerte Angie, als Marilyn sie im Auto anschnallte.

Marilyn hielt inne. »Tust du doch«, erwiderte sie dann und zog einen Schminkspiegel aus der Handtasche. Sie ließ Angie ein Dinosauriergesicht ziehen und machte dasselbe. Mit ihren vorgeschobenen Unterkiefern und aufgerissenen Augen wirkten sie wirklich nahezu identisch. Angie schüttete sich aus vor Lachen.

»Abgesehen davon, dass wir beide prima Dinosaurier abgeben, hast du dieselbe Augenform wie ich und denselben spitzen Haaransatz. Aber deinem Dad siehst du auch ähnlich«, sagte ihre Mom.

An diesem Tag lieh Marilyn in der Bibliothek Bücher mit den Titeln »Farbenfroh wie wir« und »Schwarz, weiß, bunt!« aus und erklärte Angie, dass ihr Vater Afroamerikaner gewesen sei und Angie seine Hautfarbe geerbt habe. Das sei etwas ganz Besonderes und Schönes, auf das man stolz sein könne. In der Woche darauf kaufte sie Angie eine dunkelhäutige Barbie – ein seltenes Geschenk, denn normalerweise konnten sie sich keine neuen Spielsachen leisten.

Trotzdem hinterließ Jess' Frage eine nagende Ungewissheit in Angie. Anders als bei all ihren anderen Ängsten, mit denen sie zu ihrer Mutter gehen und sich trösten lassen konnte, war dies etwas, wofür ihr die Worte fehlten – ein Unbehagen, das sie deshalb irgendwo unerreichbar in den Tiefen ihres noch so jungen Bewusstseins verstaute. Manchmal versuchte sie, ein Bild eines Dads heraufzubeschwören, der aussah wie sie, doch sie konnte ihn nie klar erkennen – er war zu verschwommen und ähnelte am Ende jedes Mal dem Darsteller des Dads in ihrer Lieblingsserie »Raven blickt durch«.

Marilyn sprach nie mit Angie über ihren Dad, abgesehen von der immer selben Erklärung: Er sei bei einem Autounfall ums Leben gekommen, er habe sie geliebt und sei stolz auf sie gewesen und blicke jetzt aus dem Himmel auf sie herab. (Glaubte ihre Mom überhaupt an den Himmel? Zur Kirche gingen sie jedenfalls nie.) »Und er hat mir das größte Geschenk von allen gemacht – dich«, sagte Marilyn stets am Ende, was Angie wie die Schleife um ein Päckchen vorkam, das sie niemals öffnen durfte.

Einmal hatte sie versucht, mit ihrem Dad Kontakt aufzunehmen. In der ersten Klasse, als sie bei ihrer Freundin Megan übernachtete, die ein großer Fan ihres Ouijabretts war.

»Du musst an jemand denken, der tot ist«, erklärte Megan. »Mach die Augen zu und stell eine Frage.«

»Dad?«, krächzte Angie, der das Ganze vor ihrer Freundin unangenehm war. »Bist du da?« Ein aufgeregter Schauder überlief sie, als der Zeiger sich zu regen begann und auf JA landete.

»Oooohhh!«, machte Megan. »Frag ihn noch was.«

Angie wusste nicht, was sie sagen sollte. »Ähm, fehlt dir Mom?«

»Nein«, protestierte Megan. »Was wie – na, wie er gestorben ist zum Beispiel.«

Stirnrunzelnd ließ Angie sich darauf ein. »Wie bist du gestorben?« Der Zeiger auf dem Brett fing an, sich im Kreis zu bewegen. Schob Megan ihn etwa?

»Oh Gott!«, kreischte Megan. »Das Brett ist verflucht! Besessen von einem bösen Geist, der ausbrechen will!«

»Mein Dad ist nicht böse!«, rief Angie. »Du schummelst!« Sie rannte zu Megans Mom und verlangte, dass sie Marilyn anrief. Sie wollte nach Hause.

Dennoch flehte Angie ihre Mutter noch am selben Abend um ein eigenes Ouijabrett an. Sie quengelte und bettelte, bis sie zwei Monate später eins zum Geburtstag bekam. Da saß sie nun, allein in ihrem Zimmer, und beugte sich über das Brett.

»Dad?«, flüsterte sie. »Bist du da?«

Schweigend wartete sie ab, doch nichts passierte.

»Dad? Rede mit mir, bitte!«

Vielleicht schlief er ja gerade, dachte sie und beschloss, es am nächsten Tag noch einmal zu versuchen. Aber er kam noch immer nicht. Schließlich verbannte Angie das Brett ganz hinten in ihren

Schrank und bemühte sich, ihren Dad ebenso aus ihren Gedanken zu verbannen.

Aber warum hat Mom mir nie etwas gegeben, was ich ansehen, an dem ich mich festhalten konnte?, fragte sich Angie zum wiederholten Male, während sie noch immer auf dem Bett lag und auf das Strandfoto starrte. Das hätte bestimmt geholfen. Angie sah tatsächlich aus wie die Tochter dieser beiden Menschen.

Sie klickte im Internet eine Weltbevölkerungsuhr an und sah zu, wie der Zähler innerhalb von nicht mal einer Sekunde mehrmals umsprang: 7 435 678 912 … 7 435 678 914 … Als ihr langsam die Augen zufielen, war die Zahl um mindestens 10 345 angestiegen – allein in der einen Stunde, in der sie in ihrem Zimmer in dem kleinen Häuschen auf der Los Alamos Avenue unter der Bettdecke gelegen hatte.

Am nächsten Morgen setzte Marilyn ihr einen Teller mit Rührei, dreieckig geschnittenem Buttertoast und Melonenscheiben vor.

Angie zwängte gerade den ersten Bissen hinunter, als ihre Mutter mit bebender Stimme sagte: »Tut mir leid, dass ich gestern so traurig war.«

»Schon okay, Mom.«

»Ich hab deinen Dad sehr geliebt. Das tue ich immer noch. Aber manche Dinge müssen wir einfach vergessen, um weitermachen zu können …«

Angie sah in Marilyns Gesicht, das aussah wie eine frisch aufgebrochene Wunde, und ihr war klar, dass ihre Mom rein gar nichts vergessen hatte.

»Es fällt mir – so schwer – an diese Zeit zurückzudenken …« Marilyn wandte sich ab und blickte aus dem Fenster. »Als wir uns kennengelernt haben …«, begann sie, aber Angie sah, wie sich erneut Wellen von Tränen in den meerblauen Augen ihrer Mutter aufbauten. Sie stand auf und tat so, als bemerkte sie es nicht.

»Das kannst du mir auch später erzählen. Sonst kommst du noch zu spät zur Arbeit.«

Sobald ihre Mom weg war, ging Angie wieder an die Schublade und zog den gelben Umschlag hervor, der unter dem Foto gelegen hatte. Mit klopfendem Herzen nahm sie ein Messer mit in ihr Zimmer und schob es vorsichtig unter die Lasche. Der Klebstoff musste längst eingetrocknet gewesen sein, denn das Papier löste sich sofort.

Angie griff hinein und zog als Erstes eine Kassette hervor, deren Etikett sich bereits wellte: FÜR MISS MARI MACK. LIEB DICH, JAMES.

Als Nächstes folgten ein Stapel Papiere und Fotos. Ganz obenauf lag eine ausgerissene Seite aus einem Notizbuch, auf der in verblasster Jungenhandschrift »Ich liebe dich« stand. Darunter eine alte Broschüre der Columbia University, die schon in ihre Einzelteile zerfiel. Ihre Mom wollte mal auf die Columbia gehen? Das hatte Angie gar nicht gewusst.

Unter der Broschüre lagen ein paar großformatige Schwarz-Weiß-Fotos, die aussahen wie selbst entwickelt. Das erste zeigte ihren Dad am Ende eines Piers. Es war von Weitem aufgenommen; eine kleine Gestalt mit himmelwärts gereckten Armen vor dem Hintergrund des Meeres. Es sah aus, als schwebte er in der Luft.

Ihr Dad, der in einem Türrahmen lehnte und zusah, wie eine ältere Frau am Herd stand und in einem Topf rührte. Konnte das Angies Großmutter sein?

Ihr Dad, der auf einem Bett mit »Mein kleines Pony«-Laken lag. Er blickte zu ihr hoch. Sanftes Licht fiel durchs Fenster und erleuchtete den unverfälschten, verletzlichen Ausdruck auf seinem Gesicht.

Ein Bild von einem Jungen, vermutlich elf oder zwölf Jahre alt. Er sah aus wie eine jüngere Version ihres Dads, fand Angie, nur mit etwas rundlicheren Wangen. Hatte ihr Dad einen Bruder gehabt? Wo war er jetzt? Warum hatte ihre Mom ihr nie von ihm erzählt? Der Junge saß auf den Eingangsstufen vor einem Haus, in der Hand ein angebissenes, halb geschmolzenes Eis am Stiel, und grinste jemanden oder etwas ein Stück links von der Kamera an. Die Treppe hinter ihm verschwamm mit dem Hintergrund. Nur sein Gesicht war gestochen scharf. Ein liebenswertes Gesicht.

Auf dem letzten Foto lag ihr Dad auf einer Couch. Sein Oberkörper war nackt, und seine dürr wirkenden Beine ragten aus Basketballshorts hervor und endeten in Turnschuhen, die über die Armlehne hingen. Derselbe Junge wie zuvor – jetzt war sie sich sicher, dass es sein Bruder sein musste – versuchte, ihm einen Schuh auszuziehen. Beide blickten überrascht in die Kamera.

Obwohl Marilyn auf keinem der Bilder zu sehen war, kam es Angie vor, als betrachtete sie ihre Mutter rückwärts durch das Objektiv. Die Fotos zeigten, wie ihre Mom die Welt gesehen hatte, und in Angie wallte eine tiefe Zuneigung für das Mädchen hinter der Kamera auf.

Hätte ihre Mom sich womöglich von ihrem Verlust erholt, wenn Angie nicht gewesen wäre? Vielleicht wäre sie ja doch noch auf die Columbia University gegangen und eine berühmte Fotografin geworden, deren Werke in Galerien in L.A. oder New York hingen. Oder in Zeitschriften zu sehen waren. Eine Fotografin, die um die Welt reiste, besondere Momente festhielt, sich lebendig fühlte. *Wenn sie nicht mich am Hals gehabt hätte*, dachte Angie, *wäre sie vielleicht zu dem Menschen geworden, der sie immer hätte sein sollen.*

Vor ihnen am weiten Himmel türmen sich Wolken und werfen ihre Schatten über die Straße. Während die ersten Töne von James Vincent McMorrows »Cavalier« erklingen, blickt Angie rüber zu Sam, dessen Haut in der Mittagssonne schimmert. Gern würde sie die Hand nach ihm ausstrecken, durch die Zeit hindurchgreifen, den Jungen, den sie einmal kannte, an sich ziehen – und wieder zu dem Mädchen werden, das sie war.

»Ist das die CD, die ich dir gebrannt habe?«, fragt sie schließlich.

»Ja.«

Zuerst scheint die Unterhaltung damit beendet, aber Angie drängt weiter. »Warum hast du die mitgenommen?«

»Keine Ahnung. Soll ich sie ausmachen?«

»Nein.«

Also untermalt der Song weiter ihr Schweigen – *I remember my first love ...* Ein Güterzug fährt neben der Autobahn her und die Waggons, in sanften, staubigen Blau-, Rot- und Brauntönen, schwanken durch die Landschaft. Angie fühlt sich wie aus den Angeln gehoben.

»Ich weiß, das hier ist eine komische Situation, aber bis L.A. sind es noch acht Stunden, und dann wohnen wir über eine Woche zusammen bei deinem Cousin. Darum finde ich – ich finde, wir sollten irgendwann mal miteinander reden.«

Sam wendet den Blick nicht von der Straße, aber schließlich zischt er: »Ich sitze hier mit dem einzigen Mädchen, in das ich je verliebt war, ein Jahr, nachdem sie beschlossen hat, dass sie meine Liebe leider nicht erwidert. Entschuldige, dass ich gerade nicht weiß, was ich sagen soll. Ich hab dir mal versprochen, dass ich für dich da bin, egal, was kommt. Und ich halte, was ich verspreche, darum sind wir hier. Wenn du willst, dass wir reden, musst du schon selbst damit anfangen.«

Er hat recht. Natürlich. Angie sucht nach den richtigen Worten, um das Schweigen zu brechen, das jetzt unheilvoller über ihnen hängt als die dunklen Wolken, doch sie entwischen ihr immer wieder und hinterlassen nichts als Atemnot und das Gefühl von Unzulänglichkeit.

»Tut mir leid, Sam. Ich bin einfach total verkorkst.«

»Verkorkst ist jeder irgendwie. Das ist keine Entschuldigung.«

Die Straße fällt weiter hinter ihnen zurück und erstreckt sich zugleich vor ihnen ins Ungewisse. Am Horizont verpufft Regen in der Wüstenhitze, noch bevor er den Boden berührt. Angie will nicht an ihren letzten Abend mit Sam denken, vor einem Jahr. Aber sie kann nicht anders.

Eine Woche nach seinem sechzehnten Geburtstag kam Sam aus L.A. zurück. Mr Stone war auf einem Date, also hatten sie die Wohnung für sich. Sam war braun gebrannt, sein Haar in der Sonne ausgebleicht. Er hatte am Strand Muscheln für Angie gesammelt. Sie schnupperte daran und dachte an das Meer, vor dem ihre Eltern auf dem Foto posierten.

»Wie sieht es aus?«, fragte sie Sam.

»Es ist endlos«, antwortete er. »Aber es geht weniger um das Aussehen, sondern mehr darum, wie es sich anfühlt. Davon kann man richtig high werden.«

Angie lächelte, als sie es sich vorzustellen versuchte.

Sam zog sie an sich und sie plumpsten gemeinsam auf sein Bett. »Ich hab dich vermisst«, sagte er.

»Ich dich auch.«

»Komm mal her.«

»Ich bin doch da.«

Er umarmte sie fester. »Nein, noch näher!«

Er küsste sie auf den Hals, den Mund, und lächelte zwischen den einzelnen Küssen. Angie und Sam hatten noch nie miteinander geschlafen, obwohl er ihr damit ständig in den Ohren lag, woraufhin sie ihm Kissen an den Kopf warf und erklärte, auf keinen Fall, keine Chance, noch nicht. Ansonsten probierten sie jedoch so ziemlich alles aus, was ihnen einfiel, immer wieder von Neuem verblüfft über den eigenen Körper und den des anderen.

Aber heute reichte es nicht aus, Sams Atem an ihrem Hals zu spüren, seine schmale Brust, die sich an ihre presste. Sie brauchte etwas Monumentales, etwas, das sie alles vergessen ließ, was sich draußen befand, außerhalb dieses Zimmers mit Sams Vintageposter der Rolling Stones, mit seiner Plattenkiste, dem an die Wand gehefteten Überwurf mit dem mexikanischen Marienbild darauf und dem permanent zerwühlten Bett. Sie brauchte eine Welt, die so schön war wie die auf den Fotos ihrer Mom.

Sam *ist* so schön, dachte sie und betrachtete ihn, wie er nackt auf seiner nach Dämmerung duftenden Tagesdecke lag, im Schein der Lavalampe, die sein Dad ihm zu seinem zwölften Geburtstag geschenkt hatte. Sie sah ihm in die grün gefleckten Augen und sagte: »Komm, lass es uns machen. Ich bin so weit.«

»Ganz sicher?«, fragte Sam.

Angie lachte. »Beeil dich lieber, bevor ich es mir wieder anders überlege.«

»Zu Befehl.« Grinsend holte Sam ein Kondom – das er im Biounterricht ausgeteilt bekommen hatte – aus der Nachttischschublade. Sie hatte gewusst, wo es sein würde, weil er so oft gewitzelt hatte, dass er es für diesen Anlass aufsparte und bereit sei, wenn sie es auch war.

Dann kam das große Gefummel, bis es richtig saß, die Unsicherheit über die beste Vorgehensweise. Was ein peinlicher Moment hätte werden können, brachte sie lediglich zum Lachen. Sie kannten sich und ihre Körper und waren schon unzählige Male nackt miteinander gewesen.

Trotzdem.

Sex war etwas anderes.

Nachdem es vorbei war, fühlte Angie sich schutzlos, als wären sämtliche ihrer Grenzen überrannt worden.

»Ich liebe dich«, flüsterte Sam. Er lag hinter ihr, die langen Beine um ihre geschlungen, und sein Atem wärmte ihren Nacken. Sie spürte es auch, dieses »Ich liebe dich«, das ihr Herz wie mit einem Netz aus Rissen überzog, spürte es wie Flügel, die sich entfalteten, wie etwas Neugeborenes. Sie fragte sich, ob es Sams Eltern früher auch so gegangen war, bevor sie sich hatten scheiden lassen, ob ihre Mom ihrem Dad gegenüber so empfunden hatte.

Mit einem Mal wollte Angie nur noch weg. Raus aus dieser Wohnung, irgendwohin, wo sie die Tür hinter sich zumachen konnte und allein war, nur ein Tropfen im Ozean.

Angie drehte sich zu ihm um, aber sie konnte nicht – sie konnte es nicht aussprechen. Sie zwang sich zu lächeln, versuchte, sich in einen Witz zu retten. »Wie viele von den sieben Milliarden Leuten auf der Welt das wohl schon zueinander gesagt haben?«

»Vermutlich alle«, sagte Sam. »Ist ja nur menschlich.«

»Ja.« Sie wandte sich zum Fenster. Das Licht der Straßenlaterne drang durch die Ritzen um die Vorhänge. »Und, was meinst du, für wie viele davon es ein Happy End gegeben hat?«

Sam dachte kurz nach. »Das Ende ist doch nie glücklich.« Er stützte sich auf einen Ellbogen. »Selbst wenn man sich verliebt und heiratet und Kinder bekommt, aus denen anständige Menschen werden, selbst wenn man auch im Alter noch scharf aufeinander ist und die Sätze des anderen ergänzt und zusammen nach Europa fährt und bei einem Glas Rotwein die Aussicht auf den Eiffelturm genießt, stirbt mit allergrößter Wahrscheinlichkeit einer von beiden zuerst. Und der andere bleibt mit gebrochenem Herzen zurück. Verlust gehört zum Leben dazu. Dem kann man nicht entkommen.«

»Okay, aber das ist nicht dasselbe«, entgegnete sie. »Wie wenn man jemanden schon ganz am Anfang verliert. Bevor man überhaupt sein Leben gelebt hat.«

»Aber vielleicht erholt man sich davon ja wieder. Vielleicht gibt es dann jemand Neues.«

»Gibt es nicht«, stieß sie hervor, hitzig und ohne nachzudenken. »Jedenfalls nicht für meine Mom.«

Sam rückte ein Stück von ihr ab. »Oh.«

Plötzlich schossen Angie Tränen in die Augen. Sie legte den Kopf zurück aufs Kissen, drehte sich weg und ermahnte sich, nicht zu weinen.

Sam regte sich nicht. »Aber glaubst du nicht auch«, sagte er nach einem Moment behutsam, »dass, wenn dein Dad hier wäre, ich meine, wenn er mit dir reden könnte, glaubst du nicht, dass er dir dann sagen würde, dass die Liebe das alles wert ist, egal, wie lange sie hält? Dass er sich wünschen würde, dass du dir diese Gefühle erlaubst?«

»Ich hab keine Ahnung, was er sich wünschen würde«, sagte sie. »Ich kenne ihn ja gar nicht.«

Sam schwieg.

»Tut mir leid. Ich glaube, ich gehe besser.« Die Worte fühlten sich wie Steine in ihrem Mund an.

»Ich bring dich heim.« Er setzte sich auf und suchte nach seinem T-Shirt.

»Nein, schon gut.«

»Okay«, sagte er und legte sich wieder hin. Das Kaleidoskop seiner Augen hatte aufgehört, sich zu drehen, und die Sehnsucht darin ging Angie durch Mark und Bein.

Sie zog sich im Dunkeln an. Das Schweigen umfing sie wie Wasser und drohte, sie in die Tiefe zu ziehen.

Sam hielt ihr sein Sweatshirt hin. »Ist kalt draußen.«

Sie nahm es, obwohl die Geste etwas herzzerreißend Endgültiges hatte. Es roch nach ihm. Sam drehte sich auf die andere Seite und rollte sich ein wie ein kleiner Junge. Am liebsten hätte Angie die Bettdecke um ihn festgesteckt, ihm über den Kopf gestreichelt und etwas ins Ohr geflüstert, das ihn zum Lachen brachte. Stattdessen aber ging sie und zog die Zimmertür leise hinter sich zu.

Draußen brach endlich der Schluchzer aus ihr heraus, der sich in ihrer Brust aufgestaut hatte. Die Sterne, die in Wirklichkeit Lichtjahre entfernte andere Sonnen waren, umringt von unsichtbaren Planeten, blickten gleichgültig auf sie herab. Sams Sweatshirt fest um sich gewickelt, rannte sie die Straße hinunter, dann die nächste und die nächste. *Ich bin nur eine von über sieben Milliarden*, sagte sie sich, *andere Menschen haben viel Schlimmeres durchgemacht oder erleben es jetzt in diesem Moment. Also reiß dich gefälligst zusammen. Hör auf. Hör auf zu weinen.* Doch sie konnte nicht. *Wie viele dieser sieben Milliarden kennen ihre Väter nicht?* Wieder stellte sie sich ihren Geisterdad vor, seine Schritte, die ihr folgten, und fragte sich, ob Sam womöglich recht hatte, ob ihr Vater ihr tatsächlich raten würde, es sei besser, jemanden zu lieben und zu verlieren – ob er ernsthaft behaupten könnte, ihre Mom sei besser dran, weil sie ihn geliebt und verloren hatte, weil sie Angie bekommen hatte. Sie fragte sich, ob er sie wohl auffordern würde, sich aufzurappeln und weiterzumachen, so wie sie das selbst immer tat, oder ob er sie eher in den Arm nehmen und zu weinen anfangen würde wie ihre Mom, ob er vielleicht einen Witz reißen würde. Aber eigentlich spielte das auch keine Rolle – sie wusste nicht, was er ihr raten würde, denn ihr Geisterdad hatte keine Stimme. Er hatte nur ein Gesicht. Und ein paar verschwommene Charakterzüge: Eine Vorliebe für chinesisches Essen und das Meer – aber wer mochte diese Dinge nicht? Außerdem interessierte er sich für Geschichte und hatte die Figur eines Läufers. (Zumindest würde er wohl mit ihr mithalten können, wenn sie so durch die Gegend rannte wie jetzt.)

Als sie in ihre Straße einbog, blieb sie stehen und zwang sich, ein paarmal tief Luft zu holen. Sie wollte nicht, dass ihre Mom sah, wie verstört sie war.

»Schätzchen? Bist du das?«, rief Marilyn aus dem Wohnzimmer, als sie die Tür hörte.

»Ja, Moment, ich muss mal!« Angie ging ins Bad und ließ das Wasser laufen, während sie sich Augentropfen in die rot geweinten Augen träufelte und das Haar neu zum Knoten band.

Sie fand Marilyn mit einer kleinen Schüssel Popcorn auf der Couch, wo sie »Grey's Anatomy« guckte. Angie umarmte ihre Mom und ließ sich neben sie plumpsen.

»Schönen Abend gehabt?«, erkundigte sich Marilyn.

»Ja«, log Angie und lehnte den Kopf an Marilyns Schulter wie ein kleines Mädchen. Sie war plötzlich so müde.

Ohne sich zu rühren und ohne ihrer Mom in die Augen zu sehen, fragte sie ein paar Sekunden darauf: »Hatte mein Dad eigentlich Geschwister?«

Eigentlich hatte sie sich geschworen, keine Fragen mehr über ihn zu stellen, aber sie musste einfach wissen, ob der kleine Junge auf dem Foto noch am Leben war. Angie konnte Marilyns Gesicht nicht sehen, konnte nicht erkennen, ob ihr wieder Tränen über die Wangen strömten, aber sie wollte es auch nicht wissen. Es dauerte eine ganze Weile, bis ihre Mom antwortete.

»Ja, einen kleinen Bruder. Justin. Ein lieber Junge …«

Und dann kam sie Angies nächster Frage zuvor, indem sie leise hinzufügte: »Er saß damals an dem Abend mit deinem Dad im Auto.«

Nach weiteren dreiundsechzig Meilen ohne ein einziges Wort fährt Sam plötzlich, gerade als Christine and the Queens auf der Geburtstags-CD »Saint Claude« anstimmen, von der Autobahn ab.

»Lass uns was essen, ich hab Hunger.«

Sie fahren an Dairy Queen und Denny's vorbei, bevor Sam schließlich vor Joe und Aggie's Café hält, einem rosa gestrichenen Gebäude, das mit einem alten Coca-Cola-Logo, dem Porträt eines Mannes mit Sombrero und einer übergroßen Karte der Route 66 verziert ist.

Eine einsame Kellnerin herrscht über das leere Restaurant voller mexikanischem Deko-Kitsch. Sie bedeutet ihnen, sich zu setzen, wohin sie wollen, und kommt kurz darauf zu ihrer Sitznische in der Ecke herübergeschlendert. Sam bestellt sich einen Rindfleischburrito (was Angie klar war, weil sie weiß, dass er die am liebsten isst) und Angie entscheidet sich für Tacos.

Schließlich bleibt ihnen nichts anderes übrig, als einander anzusehen. Angie tastet nach dem Umschlag mit dem Foto in ihrer Tasche. Nach einem Augenblick zieht sie ihn hervor und überreicht ihn Sam. Es scheint ihr richtig so, als wäre das die einzige Wahrheit, die sie ihm anbieten kann, um das Schweigen zu brechen.

»Das hab ich letztes Jahr gefunden, als ich dabei war, mich für dein Geburtstagsessen fertig zu machen.«

Sam starrt auf das Bild. »Du hast denselben spitzen Haaransatz wie deine Mom und dasselbe Kinn. Und den Mund und die Wangenknochen hast du von deinem Dad.«

Unwillkürlich hebt Angie die Hand ans Gesicht.

»Die beiden wirken glücklich«, fügt Sam beinahe sachlich hinzu, doch zugleich liegt in seiner Stimme eine Wehmut, die Angie verrät, dass er begreift: Das Schicksal ihrer Eltern fällt dunkel über ihren Weg, wie ein Schatten, der nicht ihr eigener ist.

»Stimmt«, sagt sie.

»Das ist am Venice Beach, den kenne ich. Mein Cousin fährt da manchmal mit mir hin.«

Sooft Angie diesen Strand in ihrer Fantasie mit anderen Menschen bevölkert hat, hat sie ihn sich dennoch immer als verschwiegenes Fleckchen vorgestellt – als existierte er in einer anderen Dimension.

»Können wir da auch hin?«, fragt sie leise. »Wenn wir in L.A. sind?«

»Klar«, antwortet Sam. Dann bringt die Kellnerin ihr Essen. Erst jetzt fällt Angie auf, dass sie vollkommen ausgehungert ist.

Sam und Angies offizielle Trennung verlief unspektakulär. Nach dem Abend, an dem sie zum ersten Mal miteinander geschlafen hatten, war sie ihm tagelang aus dem Weg gegangen und hatte sich gewünscht, sie könnte die Zeit zurückdrehen und wieder locker mit ihm umgehen. Sich einfach wieder wohl bei ihm fühlen.

»Wusstest du«, sagte sie schließlich mit klopfendem Herzen am Telefon, »dass nur zwei Prozent aller Jugendlieben zu einer Ehe führen? Darum … wahrscheinlich ist es am besten, wenn wir einfach Freunde bleiben. Vielleicht –«

»Scheiß drauf«, unterbrach Sam sie. »Scheiß auf deine bedeutungslosen Zahlen. Ich liebe dich, das hab ich dir gesagt. Wenn es dir nicht genauso geht, dann sei wenigstens so mutig und gib es zu.«

»Sam, ich – so ist das nicht –, ich glaube nur einfach, ich bin noch nicht bereit für die Liebe.«

»Okay, Angie«, sagte er. »Also das war's dann.«

»Ja.«

»Danke für die letzten anderthalb Jahre.« Er legte auf.

Bei ihrem Dad war sie sich nie sicher, wie sie ihn eigentlich vermissen sollte, die Sehnsucht nach Sam hingegen begleitete sie den ganzen Tag, schwer wie ein Anker, bis sie abends ins Bett ging. Manchmal wenn sie frühmorgens laufen ging, fand sie sich plötzlich keuchend im Park wieder, wo sie sich kennengelernt hatten. Dann starrte sie hoch zu Apartment 3D und versuchte, sich nicht vorzustellen, wie Sam dort oben noch im Bett lag und schlief, wie seine Brust sich hob und senkte. Sie hatte die Erinnerung an ihn so oft übermalt, dass sie sie kaum mehr erkennen konnte. Nur etliche dicke Gefühlsschichten unbestimmbarer Farbe übereinander.

Sie brachte die elfte Klasse hinter sich. Bemühte sich weiterhin um gute Noten. Wich den Fragen ihrer Mom nach ihren Collegeplänen aus und flüchtete sich zu Mia und Lana und Lanas neuer Freundin Abby. Die Samstage verbrachten sie meist bei Mia, wo sie einander Avocadomasken auflegten, Brownies backten, nackt in Mias Pool badeten und alte Filme guckten – »10 Dinge, die ich an dir hasse«; »Almost Famous«; »Romeo + Julia«. Angie lachte mit den anderen, tanzte ausgelassen mit ihnen durchs Haus, spielte bei allem mit. Über ihre Trennung von Sam jedoch ließ sie sich nicht viel entlocken. *Wir haben uns irgendwie auseinandergelebt*, sagte sie bloß. Genau so, wie sie nie über ihren Vater oder die Fotos redete, die sie zurück in Marilyns Schublade verbannt hatte.

Oft kam es ihr vor, als stünde ihr Geisterdad neben ihr, knapp außer Reichweite, nicht erkennbar im hellen Sonnenschein, eins mit der Luft. Manchmal fragte sie sich, wie wohl der Rest ihrer Geister aussehen mochte, aber es gelang ihr einfach nicht, sich ihre Gesichter vorzustellen – die unsichtbaren Vorfahren blieben verschwommen, vage, suchten sie mit Vergangenheiten heim, über die sie nichts wusste.

In Englisch lasen sie »Nenn es Schlaf« und erhielten die Aufgabe, in Erfahrung zu bringen, wie ihre Vorfahren nach Amerika gelangt waren, und deren Einwanderung in einem Aufsatz zu beschreiben. Angies erster Gedanke war, dass man es wohl kaum »Einwanderung« nennen konnte, wenn man entführt und in die Sklaverei verkauft worden war, wie es höchstwahrscheinlich bei ihrer Familie väterlicherseits der Fall gewesen war. Sie wünschte, sie hätte den Geist ihres Dads dazu befragen können, aber natürlich ging das nicht.

Ihre Mom jedoch wollte sie genauso wenig darüber ausquetschen, weil es sie immer so mitnahm, wenn die Sprache auf ihre Eltern kam. Marilyns Dad war gestorben, als sie noch ein kleines Mädchen gewesen war, und Marilyns Mom, die eine Zeugin Jehovas war, hatte Angie nie kennengelernt. Sie lebte mit ihrem Mann und ihrer »Bethelfamilie« in einer Wohnanlage in der Dominikanischen Republik und hatte sich voll und ganz der Missionarsarbeit (und damit der direkten Erfüllung von Gottes Willen) verschrieben. Schon seit sie denken konnte, bekam Angie von Grandma Sylvie eine Karte mit einem Fünfdollarschein darin zum Geburtstag, und hin und wieder erreichte auch ihre Mutter ein in Schnörkelschrift adressierter Brief. Marilyn fasste diese Umschläge nur mit spitzen Fingern an, als hätte sie Angst, sich daran zu verbrennen. Einmal war Angie ins Zimmer geplatzt, während ihre Mom gerade einen der Briefe las. Auf ihrem Gesicht hatte ein Ausdruck gelegen, wie Angie ihn noch nie bei ihr gesehen hatte: Es war der eines verlassenen Kindes.

Also beschloss Angie, auf eigene Faust zu recherchieren, und registrierte sich dafür sogar bei einer Website für Ahnenforschung. Sie wusste, dass ihr Vater James Bell geheißen hatte und dessen Mutter Angela, die jedoch sehr früh gestorben war. Doch diese spärlichen Informationen brachten sie kaum weiter. Also fragte sie Marilyn vorsichtig nach dem Namen des Vaters ihres Dads, aber Marilyn wusste ihn nicht. Seine Großeltern, sagte sie dafür, hätten Rose und Alan Jones geheißen.

»Wo sind die beiden jetzt?«, wollte Angie wissen.

»Ich habe keine Ahnung, Schatz.« Obwohl ihre Mutter ausnahmsweise nicht in Tränen ausbrach, hörte Angie die Anspannung in ihrer Stimme und sah, wie fest sie das Messer umklammerte, mit dem sie gerade frischen Koriander aus dem Garten hackte. »Ich bin mir nicht sicher, ob sie überhaupt noch am Leben sind. Wir haben den Kontakt verloren.«

Als Marilyn sich umdrehte, rutschte ihr die Schüssel mit dem fast fertigen Fischauflauf aus den Händen und zersplitterte auf dem Boden.

Angie half ihr beim Aufwischen und ging anschließend in ihr Zimmer, während Marilyn als Ersatz für das ruinierte Abendessen Pizza bestellte. Als sie Roses Namen in den Onlinestammbaum eingab, war alles, was sie zu lesen bekam: *Es gibt noch keine Ergebnisse zu Rose Jones. Um weitere Informationen zu erhalten, fügen Sie dem Profil Details hinzu.* Genauso bei Alan. Die Seite ihrer Mutter dagegen füllte sich quasi wie von selbst aus. Angie gab Marilyns Namen ein, dann Sylvies und den von Marilyns Dad Patrick samt aller Geburtsdaten. Die Seite fand Patricks Sterbeurkunde, schlug passende Treffer für dessen Eltern vor, die ebenfalls in Amarillo geboren waren, und sogar für deren Eltern – die einen stammten aus Georgia, die anderen aus Mississippi. Angie arbeitete sich rückwärts durch Generationen von weißen Südstaatlern, bis sie bei ihrem Ururururgroßvater ankam, William Isaac Cheney, der während des Bürgerkriegs General in der Miliz von Georgia gewesen war. Angie wurde ein bisschen schwummrig. Also hatte sie auf der einen Seite Vorfahren, die mit allergrößter Wahrscheinlichkeit Sklaven gewesen waren, während die auf der anderen in der Konföderiertenarmee gegen deren Befreiung gekämpft hatten? Sie klappte den Laptop zu und ließ den Kopf auf die Knie sinken.

Am Ende las sie sich ein paar Wikipedia-Artikel über die Ankunft der puritanischen Pilger durch und kritzelte irgendeinen Blödsinn über die *Mayflower* auf ihren Block. Als normalerweise gute Schülerin kassierte sie eine Drei, von ihrer weißen Lehrerin mit dem Kommentar »Gründlicher nachforschen!« versehen. Angie zerknüllte den Aufsatz und warf ihn in den Müll.

Sie ging laufen. Sie liebte es, für andere zu einem verschwommenen Fleck zu werden. Sie gewann Wettkämpfe, aber das war ihr nicht wichtig. Wichtig war nur das Gefühl, wenn sie ihre Schuhe schnürte, ihre Kopfhörer aufsetzte und die wummernden Beats von »Backseat Freestyle«, »Black Skinhead« oder »16 Shots« die Kontrolle über ihren Körper übernahmen, bis sie kaum noch sie selbst war. Sie verstand die Wut, die tief in ihren Muskeln, ihren Lungen verwurzelt war, und doch gestattete sie sich niemals, sie außerhalb der Grenzen dieser Songs zu spüren, die sie dazu antrieben, immer härter zu trainieren, immer schneller zu werden.

Und dann, als sie siebzehn war und nur noch ein Jahr bis zu ihrem Schulabschluss hatte, verlor sie plötzlich jeglichen Boden unter den Füßen.

Angie entdeckt ein Autobahnschild: WINSLOW 23 MEILEN.

»Guck mal«, sagt sie zu Sam, bemüht, ihren unsicheren Waffenstillstand nicht zu zerstören. »Das ist doch das Winslow aus dem Song von den Eagles!« Sie stimmt ein schiefes »Take it Easy« an und Sam muss wider Willen grinsen.

»Sollen wir da mal anhalten?«, fragt Angie.

Er zuckt mit den Schultern.

»Ach komm!«

»Ist ja gut, okay.«

Sam verlässt die Autobahn und kurvt durch die Straßen der Kleinstadt, bis schließlich ein Backsteingebäude mit dem Schriftzug WINSLOW, ARIZONA in Sicht kommt. Davor steht die Metallskulptur eines Mannes vor einem Laternenpfahl mit dem Schild STANDIN' ON THE CORNER.

»Der wartet schon auf dich«, sagt Sam und parkt am Straßenrand.

Angie steigt aus, legt dem Mann den Arm um die Schultern und hebt die Hand zum Peacezeichen.

»Stillhalten!« Sam macht ein Handyfoto.

»Jetzt du.«

Sam schüttelt den Kopf.

»Dann wenigstens eins zusammen?«

Sam verdreht die Augen, stellt sich jedoch bereitwillig auf die andere Seite des Metallmanns. Angie nimmt das Handy und schießt ein Selfie von ihnen mit der Statue.

Dann marschieren sie in den kleinen Laden auf der anderen Straßenseite. Als sie an der Kasse anstehen, linst Angie über Sams

Schulter und ertappt ihn dabei, wie er das Foto studiert. Er kauft eine Flasche Wasser und Angie eine Postkarte – VIELE GRÜßE AUS WINSLOW –, die sie vielleicht ihrer Mom schicken will.

Beim Gedanken an ihre Mom zieht sich Angies Magen zusammen. Ungefähr jetzt müsste Marilyn von der Arbeit nach Hause kommen und entdecken, dass Angie weg ist. Sie zieht ihr Handy aus der Tasche und starrt auf das dunkle Display. Sie hat es am Morgen ausgeschaltet, um nicht gefunden zu werden.

Jetzt überlegt sie, ob sie es einschalten und Marilyns Nummer wählen soll. Aber es geht nicht. Das ist ihr klar. Sie will nicht hören, wie ihrer Mutter die Stimme versagt, wenn sie fragt: »Angie, wo bist du?« Wenn sie drängt: »Bleib, wo du bist. Ich komme dich holen.« Angie weiß (ohne es bewusst zu denken), dass ihre Reise vorbei ist, sobald sie ihre Mom so hört.

Bis zu diesem Punkt ist es ihr gelungen, ihre Entscheidung, nach L.A. zu gehen, die Trennung von ihrer Mom und den Schmerz, den sie Marilyn damit zufügt, nicht real werden zu lassen. Dafür hat sie sich voll und ganz auf die Version ihrer Mutter auf dem Foto konzentriert, die Version von ihr, die ihr so ans Herz gewachsen ist und nach der sie suchen will – die Version, von der Angie sich tief in ihrem Inneren einbildet, sie wieder zum Leben erwecken zu können.

Nachdem Angie die elfte Klasse hinter sich gebracht hatte, führte Marilyn sie am ersten Tag der Sommerferien zum Essen aus.

»Lass uns ins Diner gehen«, schlug Angie vor.

»Nicht lieber was Schickeres?«

»Du hast gesagt, ich darf es mir aussuchen! War doch wohl klar, was dabei rauskommt.« Jedes Mal wenn es etwas zu feiern gab, wofür Angie das Restaurant aussuchen durfte – Geburtstage, sportliche Erfolge oder gute Noten –, fiel Angies Wahl auf das 66 Diner mit dem etwas ausgelutschten Slogan *Get your kicks on Route 66*. Hauptsächlich, weil sie Manny Martinez, den Inhaber, besuchen und sichergehen wollte, dass ihre Mom ihm ebenfalls begegnete.

Beim Reingehen hieß sie der Geruch nach Hamburgern und Pommes willkommen, ein Schwall Klimaanlagenluft, – und Manny.

»Da sind ja meine Mädels!«, rief er.

Angie strahlte ihn an: »Hi, Manny!«

»Jedes Mal wenn ich dich sehe, bist du schon wieder ein Stück erwachsener. Ihr kommt einfach viel zu selten.«

Marilyn schenkte ihm ein schuldbewusstes Lächeln und nickte nervös. Wie mädchenhaft sie in diesem Moment aussah – Angie meinte kurz, einen Blick auf die junge Marilyn zu erhaschen. Das Mädchen von dem Foto mit ihrem Dad.

»Bei mir ist alles beim Alten«, fuhr Manny fort. »Nur hier ein bisschen mehr« – er tätschelte sich den leichten Bauchansatz – »und hier ein bisschen weniger«, sagte er und deutete auf sein Haar, das jedoch eigentlich kaum weniger voll wirkte als zuvor.

Diesen Witz brachte er schon seit Jahren. Dabei sah er immer noch gut aus: freundliche braune Augen, liebenswürdiges Lächeln und dieses gewisse Etwas, weswegen sich Angie als Kind immer gewünscht hatte, ihre Mom würde sich in ihn verlieben.

Marilyn hatte in dem Diner gearbeitet, bis Angie neun war. Wenn Angie nach der Schule hinging, bekam sie eine Nische für sich ganz allein und durfte sich Limo und ein gegrilltes Käsesandwich bestellen, bevor es an die Hausaufgaben ging. Angie hatte sich dort immer wie etwas Besonderes gefühlt, als gehörte sie zum Inventar. Sie saß nicht nur in irgendeinem Restaurant. Nein, sie war die Tochter der Kellnerin.

Manny verhätschelte Angie nach Strich und Faden, brachte ihr heimlich Mixbecher mit Milchshakes zum Probieren, erkundigte sich, was sie gerade las, oder zauberte Vierteldollars hinter ihrem Ohr hervor, die sie in die alte Jukebox aus den Fünfzigern einwerfen durfte. Am liebsten mochte sie »Dancing in the Street«, »Baby Love« und ganz besonders »My Girl«. Wenn nicht viel los war, zog ihre Mom sie bei diesem Song aus ihrer Nische, hob sie auf ihren Arm und sang: *Talkin' 'bout my girl* ... Angie war *ihr* Mädchen und in diesen Momenten war sie unglaublich stolz darauf. Während sie durchs Diner tanzten, spürte sie Mannys Blicke, der ihre Mutter (wie ihr heute klar war) voller Sehnsucht betrachtete.

Zum Feierabend holte er manchmal zwei Bier aus dem Kühlschrank, drehte das Küchenradio lauter und forderte Marilyn zum Salsatanzen auf. Seine Bewegungen waren wie Magie, fand Angie, so wie er ihre Mutter herumwirbelte und nach hinten kippte, bis sie lachend den Kopf in den Nacken warf.

Eine Woche nachdem Marilyn das Diner verlassen und ihren neuen Job bei der Bank angetreten hatte, eröffnete sie Angie vorsichtig: »Manny möchte gern, dass wir Freunde bleiben, jetzt, wo ich nicht mehr für ihn arbeite. Er hat uns für Samstag zum Essen eingeladen.«

Manchmal wenn Angie und ihre Mom lange aufblieben, Popcorn machten und Filme guckten, stellte Angie sich die Schauspieler als mögliche Verehrer ihrer Mutter vor. Sie wünschte sich jemanden, der Marilyns Herz im Sturm eroberte und ihr ein Happy End bescherte, und sie hoffte, dass dieser Jemand Manny sein würde. Obwohl Marilyn immer wieder betonte, dass die Einladung kein Date sei, hatte Angie ihre Mom noch nie so erlebt – nervös und flattrig wie die Kolibris, die sie so gern beobachtete, wenn sie unentschlossen vor dem Küchenfenster umherschwirrten, bevor sie schließlich den Nektarspender ansteuerten und aus der roten Plastikblume tranken.

Angie sah zu, wie ihre Mom Klamotten aus dem Schrank kramte, die sie noch nie an ihr gesehen hatte – ein weinrotes, langärmliges Kleid, von dem sie behauptete, es sei zu eng geworden, ein verblasstes, knielanges mit Blumenprint und ein schwarzes aus Samt mit weitem, schwingendem Rock, Angies Favorit. Doch als Marilyn sich in dem schwarzen Kleid betrachtete, schien sie mehr zu sehen als sich selbst, und Angie bekam beinahe Angst, sie würde durch den Spiegel verschwinden wie Alice im Wunderland. Am Ende zog sie es wieder aus und schlüpfte stattdessen in Jeans und die weiche blaue Hemdbluse, die sie immer zu Elternsprechtagen trug. Sie tuschte sich die Wimpern und zog sich den Mund mit ihrem nie stumpf werdenden Lippenstift nach. Danach wuselte sie geschäftig durchs Haus, faltete Wäsche und räumte die Küche auf.

Angie zog ihr Lieblingskleid an – ein lilafarbenes mexikanisches, das ihre Mom ihr auf dem Flohmarkt gekauft hatte und das sie sich für Geburtstagspartys und andere besondere Gelegenheiten aufsparte. Dann setzte sie sich ans Fenster und wartete.

Schließlich fuhr Manny in seinem himmelblauen Cadillac-Cabrio vor und strich sich auf dem Weg zum Haus das Haar glatt. Meistens hatte Angie ihn auf dem Motorrad gesehen, aber sie wusste, wie sehr er an seinem Auto hing, das aus den Achtzigern stammte und früher seinem Vater gehört hatte. Als er klingelte, stand Angie schon an der Tür. Er hob sie zur Begrüßung hoch und sagte, sie sehe sehr hübsch aus. Dasselbe sagte er zu Marilyn, die einen Moment darauf erschien, diesmal jedoch im Flüsterton. Er trug Hemd und Krawatte, und Angie überlegte, ob er sich wohl absichtlich wie die Männer aus den Filmen gekleidet hatte, um ihre Mom darauf hinzuweisen, dass sie am Ende mehr werden könnten als Freunde.

Vielleicht war Manny der Star ihrer ganz privaten romantischen Komödie.

Sie gingen in ein Restaurant namens Town House. Die schummrige Beleuchtung und die dunkelroten Kunstleder-Sitznischen kamen Angie unglaublich schick vor. Sie bestellte sich einen Shirley Temple mit Extrakirschen und zu ihrem Entzücken quoll das Glas geradezu über davon. Sie saß neben ihrer Mom und blickte gemeinsam mit ihr über den Tisch hinweg Manny an, der sein Martiniglas hob.

»Ich kann es noch immer nicht fassen, dass ich all die Tage, die ich mit dir verbringen durfte, als selbstverständlich betrachtet habe«, sagte er und sah Marilyn in die Augen. »Du haust mich einfach um. Auf das nächste Kapitel deines Lebens.«

Marilyns Wangen wurden noch röter unter dem Rouge, das sie aufgelegt hatte, als sie ihr eigenes Glas hob.

»Und natürlich auf Angie«, fügte Manny hinzu und lächelte sie an, »das coolste Mädchen, das ich je kannte.«

Nach dem Essen fuhr Manny sie zurück nach Hause und brachte sie sogar noch zur Tür. Angie sagte rasch Gute Nacht und verschwand nach drinnen, in der Hoffnung, dass er und ihre Mom sich küssen würden. In den Filmen war das schließlich immer so. Sie rannte ans Fenster und kam gerade noch rechtzeitig, um zu sehen, wie die Lippen der beiden sich tatsächlich berührten, wenn auch nur kurz.

Jetzt führte Manny sie zum besten Tisch im 66 Diner, direkt am Fenster, während er sich bei Marilyn nach der Arbeit erkundigte und bei Angie nach der Schule.

»Hast du dir schon Gedanken übers Studium gemacht?«

Angie nickte.

»Und, wo willst du hin?«

»Ich bin noch nicht sicher«, antwortete Angie. »Gerade bewerbe ich mich bei einer ganzen Reihe von Colleges.«

Am Anfang des Schuljahrs hatte Marilyn ihr ein Geschenk überreicht, in lila Papier gewickelt und mit passender Schleife. Als Angie es auspackte, kam ein »Fiske-Studienführer« zum Vorschein.

»Was für eine aufregende Zeit. Dir steht die ganze Welt offen.« Marilyn strich Angie die Locken aus dem Gesicht. »Ich bin so stolz auf dich.«

Das sagte ihre Mom ständig und noch dazu oft über Dinge, von denen Angie fand, dass sie gar keinen Grund zum Stolzsein lieferten. Es war ihre Mom, nicht Angie, die stundenlang über dem Studienführer brütete, Seiten mit Klebezettelchen markierte und ihr Absätze daraus vorlas. Marilyn engagierte einen Nachhilfelehrer, den sie sich eigentlich nicht leisten konnten, um Angie auf den Eignungstest vorzubereiten, an dem sie zur Sicherheit gleich noch ein zweites Mal teilnahm. Marilyn bestand darauf, dass sie sich stundenlang virtuelle Touren diverser Unis auf YOUniversityTV ansahen, und machte viel zu viele Termine mit dem Collegeberater an der Schule aus, der sich trotzdem nicht mal ihre Namen merken konnte. Doch so aufgeregt Marilyn war, Angie entging nicht die Traurigkeit in ihren Augen, wenn sie davon redete, dass Angie bald wegziehen würde, und ihr war nicht wohl bei dem Gedanken, sie allein zu lassen.

Angies Noten waren nicht schlecht, aber sie war auch keine Überfliegerin. Nach all den Nachhilfestunden hätte sie den Test souverän meistern müssen, aber obwohl sie beim zweiten Versuch ein paar Punkte mehr geholt hatte, war ihr Ergebnis noch immer nicht im Eliteunibereich. Dennoch, als ihre Mom vorschlug, die Columbia University in Betracht zu ziehen, dachte Angie an die zerlesene Broschüre in dem gelben Umschlag und stimmte zu.

»Bist du dir auch sicher?«, vergewisserte sich Marilyn. »Ich meine nur – als ich in deinem Alter war, hat meine Mom ziemlich viel Druck auf mich ausgeübt, und das will ich dir auf keinen Fall antun. Ich möchte, dass du dich frei in deinen Entscheidungen fühlst. Hauptsache, du bist zufrieden, Angie – mehr will ich gar nicht.«

Angie kämpfte gegen ihren Frust an. Sie hatte doch gerade dem Vorschlag ihrer Mom zugestimmt, oder etwa nicht? Insgeheim wünschte sie sich, ihre Mutter würde sie drängen, Anwältin oder Ärztin oder so etwas zu werden – dann wäre zumindest klar, welchen Weg sie für sie vorgesehen hatte.

»Ich bin zufrieden, Mom«, antwortete sie und rang sich ein Lächeln ab.

Angie sah zu Manny hoch, der noch immer vor ihrer Sitznische stand.

»Das Übliche?«, fragte er.

Ja. Was bei Angie das gegrillte Käsesandwich war, das sie seit ihrer Kindheit immer bestellte, und bei Marilyn ein Cheeseburger mit grünen Chilischoten und einem Glas Weißwein.

Einen Augenblick später erklang aus der Jukebox »My Girl«, und als Angie aufsah, lächelte Manny ihnen von der Bar aus zu. Die frühe Abendsonne beleuchtete das Schachbrettmuster des Linoleumbodens. In der Nische nebenan teilte sich ein kleines Mädchen mit seinem Vater einen Eisbecher.

In dem Moment schwang die Hintertür auf und herein marschierte Sam Stone in der blauen Uniform des Diners und knotete sich seine Schürze um die schmalen Hüften. Angie fühlte sich, als wäre ihr sämtliche Luft aus den Lungen gesaugt worden. Abgesehen von ein paar Malen, die sie Sam von Weitem vor dem Haus seines Vaters erspäht hatte, war sie ihm seit ihrer Trennung vor knapp einem Jahr nicht mehr begegnet.

»Erde an Angie«, sagte ihre Mom. »Alles okay?«

»Ja klar.« Sie starrte runter auf den Tisch, auf dem Sekunden später Sams Hand – die Hand, die so oft ihre gehalten, die ihr sanft den Bauch gestreichelt hat – ein Wasserglas abstellte.

»Ach, Sam!«, rief Marilyn. »Hallo! Ich wusste gar nicht, dass du hier arbeitest.« In diesem Moment war Angie ihrer Mom unendlich dankbar, deren Stimme so heiter und liebenswürdig klang wie eh und je, denn ihre eigene schien gerade unauffindbar.

»Hi, Marilyn. Hey, Angie.« Angie sah eine Emotion über sein Gesicht huschen, kaum merklich, ein winziger Ausschlag auf der Richterskala, aber er bemühte sich sofort wieder um einen neutralen Ausdruck.

Marilyn redete weiter. »Wie lange bist du denn schon –«

»Seit dem Winter«, antwortete Sam, bevor sie ausreden konnte. »Ich räume die Tische ab und so. Meistens am Wochenende.«

»Ich hab jahrelang hier gearbeitet«, erklärte Marilyn fröhlich.

Sam lächelte. »Ich weiß, das hat Angie mir erzählt. Ist super hier. Obwohl ich sagen muss, dass die gegrillten Käsesandwiches lange nicht so gut sind wie deine.« Angie dachte an die Nachmittage bei ihr zu Hause, wenn Marilyn ihnen Essen gemacht und Angie über Sams Fähigkeit gelacht hatte, drei Sandwiches hintereinander zu verschlingen.

Marilyn erwiderte das Lächeln, aber bevor Angie etwas einfiel, was sie zur Unterhaltung beitragen konnte, sagte er: »So, langsam wird's voll, die Leute wollen alle ihr Abendessen. Viel Spaß noch.«

»Tschüss«, sagte Angie. Das einzige Wort, das sie herausbrachte.

Als Sam weg war, musterte Marilyn sie mitleidig, woraufhin Angie sich noch mieser fühlte.

»Das war sicher hart für –«, fing ihre Mom an, aber Angie schüttelte nur den Kopf und sagte: »Mir geht's gut. Können wir bitte nicht über Sam reden?« Die kurze Begegnung hatte ausgereicht, um eine Wunde in ihr aufzureißen.

Als sie mit dem Essen fertig waren, kam Manny selbst abräumen und setzte sich dann neben Marilyn auf die Bank, um ihnen von seiner Idee eines Pop-up-Restaurants zu erzählen, das an verschiedenen Orten im ganzen Staat eröffnen sollte. Er würde mit den ortsansässigen Farmern zusammenarbeiten und die Spezialität des Hauses sollte Mole verde nach dem Rezept seiner Großmutter werden.

Ihre Mom war höflich und interessiert, aber Angie konnte sehen, dass sie die Tür fest geschlossen hielt. Manny ließ sich nicht davon abhalten, jedes Mal wenn er Marilyn sah, sanft dagegenzudrücken, um zu testen, ob sie sich einen Spaltbreit öffnen würde, doch das tat sie nie. Angie hatte keine Ahnung, warum sie heute Abend unbedingt hatte herkommen wollen. Warum sie nach all den Jahren immer noch darauf bestand, dass sie Manny regelmäßig besuchten.

Nach dem ersten Nicht-Date im Town House unternahmen sie ein paar Wochen lang weitere Ausflüge mit Manny – ins Kino, mit der Seilbahn hoch in die Berge, zum Bowling ins Silva Lanes –, und Angie erlebte, wie Marilyn immer mehr auftaute, mit ihm lachte und herumalberte. Diese Version ihrer Mom hatte Angie bis dahin nur von zu Hause gekannt, wenn sie unter sich waren. Schließlich lud Marilyn Manny zum Essen ein. Angie half ihrer Mom, den Käse für die Enchiladas zu reiben, die Guacamole zu rühren und den Teig für den Erdbeerbiskuit vorzubereiten.

Er kam zwanzig Minuten zu früh, mit einer Schachtel neuer Buntstifte für Angie, einem Strauß Flieder – Marilyns Lieblingsblumen – und einer Flasche Rotwein. Mit Ausnahme ihrer früheren Babysitterin Gina oder hin und wieder einer Schulfreundin von Angie bekamen sie so gut wie nie Besuch. Marilyn führte Manny herum, aber sie wirkte dabei angespannt und förmlich. Als er sich im Flur das Foto des leeren Strands ansah, schien sie ihn am liebsten weiterscheuchen zu wollen. Sie strich sich das Haar hinter die Ohren, wie immer, wenn sie nervös war. Auf dem Foto war der Himmel mit schweren grauen Wolken verhangen. Im Sand lag ein Kinderbadeanzug, kurz davor, von den Wellen ins Meer gerissen zu werden, und ganz am äußeren Bildrand tauchte gerade ein Vogel ins Wasser. Das Foto ließ Angie immer an Geister denken. Sie konnte Ewigkeiten davorstehen und auf die Stelle starren, wo Wasser und Himmel aufeinandertrafen.

»Wow«, sagte Manny. »Das ist ja toll.«

»Danke«, erwiderte ihre Mom.

»Wo ist das her?«

»Hab ich selbst geschossen«, sagte Marilyn, aber ihre Stimme klang, als würde plötzlich etwas in ihr dichtmachen.

»Ich wusste ja, dass du viele Talente hast, aber das hier ist richtige Kunst.«

»Ach was«, unterbrach ihre Mom ihn hastig. »Das war einfach ein Glückstreffer und ist außerdem echt lange her. Ich hab ewig nicht mehr fotografiert.«

»Wie schade«, sagte Manny und klang dabei wie ein Arzt, der vorsichtig auf eine alte Verletzung drückt, um festzustellen, ob es noch wehtut.

»Nur das hier habe ich behalten, als Erinnerung«, sagte Marilyn schließlich.

»Woran?«

Sie starrte auf das Foto, als hoffte sie, darin verschwinden zu können. »All die einzelnen Tropfen, die den Ozean ausmachen.«

Ihre Mom ging das Essen zu Ende vorbereiten, und Angie zog Manny mit in ihr Zimmer, um ihm ihre Bücher, ihre Plüschtiere und ihre Wasserfarben zu zeigen, eifrig darauf bedacht, dass der Abend gut lief. Am Ende saßen die beiden auf dem Boden und lieferten sich ein heißes Halma-Match, bis Marilyn sie zu Tisch rief.

Das Essen war sorgfältig auf den Tellern arrangiert. Manny lobte es überschwänglich, bat um Nachschlag, schenkte Marilyn Wein nach und unterhielt sie mit witzigen Anekdoten. Endlich wurde ihre Mom etwas lockerer.

Danach bestand Manny darauf, beim Abräumen und Spülen zu helfen, und als der letzte Teller abgetrocknet war, zog er mit fragend hochgezogenen Augenbrauen eine »Jerry Maguire«-DVD aus der Tasche seines Jacketts.

»Ich hab einen Film mitgebracht – den hier magst du, das weiß ich.«

Marilyn schien kurz aus dem Gleichgewicht zu geraten.

»Nur wenn du Lust hast, natürlich«, sagte er. »Ich kann ihn auch einfach hierlassen und nächstes Mal wieder mitnehmen.«

Marilyn warf einen unsicheren Blick auf die Uhr. »Na ja, Angie und ich lesen vor dem Schlafengehen eigentlich immer noch ein bisschen zusammen …«

»Schon okay«, sagte Angie und täuschte ein Gähnen vor. »Wir müssen heute nicht lesen, ich bin sowieso schon zu müde.«

Ihre Mom zögerte. »Na gut«, meinte sie dann, und ein schwaches Lächeln stahl sich auf ihr Gesicht. »Warum nicht …«

Also machte Angie sich bettfertig und umarmte Manny zum Abschied. Ihre Mom kam ihr noch Gute Nacht sagen. »Ich hab dich so lieb wie das Universum groß ist«, sagte sie.

»Ich hab dich unendlich mal unendlich lieb«, erwiderte Angie – ihre Zubettgehroutine, solange sie denken konnte.

Als ihre Mom ihr einen Kuss auf die Stirn gab, platzte Angie plötzlich heraus: »Meinst du, Manny wird so was wie mein neuer Dad?«

»Ach, Schätzchen, ich weiß es nicht.«

Angie spürte, dass ihre Mom rückwärts einen Hügel hinunterzurollen begann, weg von Angie, von Manny, von diesem Abend. Und Angie konnte sie nicht aufhalten.

»Dein Dad war … Manny und ich … wir sind nur Freunde. Er ist sehr nett, aber meine Familie bist du.« Mit einem Mal schien eine schwere Last auf Angies Brust zu drücken. Sie nickte und schloss dann die Augen, als schlummerte sie ein.

Tatsächlich jedoch blieb sie noch lange wach und lauschte auf die gedämpften Stimmen aus dem Wohnzimmer, darauf, dass der Film anfing, doch dazu kam es nicht mehr. Stattdessen hörte sie ihre Mom leise weinen – ein Geräusch, das sie nur zu gut kannte – und schließlich die Haustür, die sich öffnete und wieder schloss.

In den Wochen darauf fragte Angie öfter, wann sie sich wieder mit Manny treffen würden, woraufhin Marilyn jedes Mal ausweichend mit »Dieses Wochenende nicht« oder »Er hat bei der Arbeit viel zu tun, Liebes« antwortete. Oft sagte ihre Mom dann, um das Thema zu wechseln: »Komm, wir fahren zum Bowlen! Nur du und ich.« Und obwohl sie oberflächlich fröhlich klang, war das Licht, das Manny für kurze Zeit in ihren Augen entzündet hatte, verloschen. Manny würde es gelingen, Marilyn wieder zum Strahlen zu bringen, davon war Angie überzeugt. Schließlich jedoch erklärte sie sich einverstanden, zum Bowlen zu fahren. Dort versuchte sie, sich auf andere Gedanken zu bringen und Manny mit seinen Salsaschritten, seinen Schauspieleroutfits und seinem breiten Lächeln zu vergessen.

Irgendwie schaffte Angie es, Sam zuzuwinken, als Marilyn und sie sich von Manny verabschiedeten und aus dem 66 Diner traten. Der Himmel draußen erstrahlte mittlerweile in klassischen New-Mexico-Abendfarben – glühende Orangetöne erblühten auf lavendelblauem Untergrund und die Sandia Mountains leuchteten rosarot. Angie ließ zu, dass ihre Mom ihre Hand nahm, wie damals, als sie noch ein kleines Mädchen war.

»Ist das nicht wunderschön?«, fragte Marilyn.

»Ja.« Angie hatte das Gefühl, ihre Mutter sah eine tiefere Bedeutung in dem Farbspektakel, irgendetwas Verborgenes, von dem sie sich wünschte, Angie würde es ebenfalls erkennen.

Während der Rückfahrt ging die Sonne unter und ließ fahles Dämmerlicht zurück. Angie wandte sich ab von der Traurigkeit in ihrem Bauch und lehnte sich der Sicherheit ihres Zuhauses entgegen. Nicht jedem ging es so gut wie ihr – sie hatte eine liebevolle Mutter und ein Haus, in dem sie schon so lange lebte, dass es bis zum Platzen mit Kindheitserinnerungen gefüllt war.

Drinnen begann Marilyn sofort, die Kerzen anzuzünden. Solange Angie sich zurückerinnern konnte, war das Haus immer voll davon gewesen – Kerzen, wie man sie in katholischen Kirchen fand, aus dem 99-Cent-Laden. Früher hatten sie dort regelmäßig haltgemacht, wenn Marilyn Angie von der Schule abholte. Dann kauften sie Toilettenpapier, Haushaltstücher, Putzmittel und Säcke mit Reis und Orangen, und Angie durfte sich jedes Mal eine Kleinigkeit aussuchen – Flipflops, ein Windrädchen oder eine Packung bunte Radiergummis. Den Rest des Einkaufswagens lud Marilyn mit Gebetskerzen voll.

»Die Nacht ist gut«, hatte Marilyn Angie mehr als einmal erklärt. Dunkelheit selbst war etwas Klares, Sauberes, doch in dem Moment kurz davor, wenn man spürte, wie einem das Licht abhandenkam, holte Marilyn die Sonne in Gestalt vieler kleiner Flammen ins Haus zurück.

Sie ließ sie in ihren hohen Gläsern komplett hinunterbrennen – sie auszupusten, sagte sie immer, bringe Unglück –, und Angie war von klein auf daran gewöhnt, ihr Leben mit den flackernden Lichtern und ihren geisterhaften Schatten zu teilen, die sie begleiteten, wenn sie mitten in der Nacht ins Bad musste oder wenn sie spät von Sam nach Hause kam und ihre Mutter schon schlief. Wachsgeruch bedeutete Zuhause.

Als Marilyn an diesem Abend die Kerzen anzündete, machte Angie Popcorn mit Butter und Parmesan, so wie Marilyn es ihr beigebracht hatte, und die beiden kuschelten sich auf die Couch. Angie war nach etwas Altvertrautem und sie entschied sich für »Frühstück bei Tiffany«.

Etwa nach der Hälfte des Films erklang leises Schnarchen. Früher war immer Angie bei ihren Filmabenden eingeschlafen und ihre Mom hatte sie ins Bett getragen. Inzwischen jedoch döste meistens Marilyn noch vor dem Abspann ein. Sie hatte den Kopf auf die Armlehne gelegt, ihre Lider flatterten leicht, und sie sah unglaublich jung aus, wie so oft in letzter Zeit. Als wäre sie ein Teenager und nicht die Mutter, die sich Angies Leben lang um sie gekümmert hatte, die darum gekämpft hatte, um ihr ein gutes Zuhause zu schaffen. Angie deckte sie mit der rosa Flauschdecke zu, die sie beide heiß und innig liebten, und schlich auf Zehenspitzen in ihr Zimmer.

Obwohl sie noch hellwach war, ging sie ins Bett. Das Display ihres iPhones war die einzige Lichtquelle im dunklen Zimmer, während sie ziellos herumscrollte und schließlich bei Instagram landete – dort hatte Sam sein einziges Social-Media-Profil, die letzte Verbindung, die sie noch zu ihm besaß. Sein letzter Post stammte von einem Open-Air-Konzert vor einer Woche: dem CrawDaddy Blues Fest, bei dem es vor Bikern und Hipstern gleichermaßen wimmelte. Das Foto zeigte Sams Dad mit einem Plastikbecher Bier in der Hand. Angie sah sich die restlichen Bilder an – graffitibesprühte Züge, lateinamerikanische Fußballstars, ein Standbild aus dem Film »Boyhood«, eins aus »Boulevard der Dämmerung«, ein Neonschild, auf dem ein Cowboy ein rotes Lasso schwang, seine Mom beim Kochen, ein Screenshot eines Songs bei Spotify: »Some Dreamers« von den Fly Boys mit dem Kommentar *Erwischt mich immer wieder voll.*

Angie hatte noch nie von der Band gehört. Sam las alle wichtigen Musikblogs, und obwohl er am liebsten den Sechzigerjahre-Folk seines Dads hörte, hatte sie über ihn oft neue Sachen kennengelernt. Sie googelte nach »Some Dreamers« und klickte auf den Videolink.

Die Musik war ergreifend – fast nur instrumental mit sehr spärlich eingesetztem Gesang: *An inch of moonlight, rattled green, quiet, quiet, the night ist coming, dream you're rising, this is your own ragged sky* ... Das Video dazu zeigte einen Jungen in Angies Alter. Er hatte braune Haut und große, schöne, traurige Augen. Die Kamera zeigte ihn bei einer Poolparty – ein Garten in der prallen Sonne, lauter Jugendliche, die aus roten Plastikbechern tranken und Joints herumreichten, ihre Körper in den Surfshorts und Bikinis auf eine Weise perfekt, wie alle jungen Körper es waren. Der Junge, unser Junge, stand ein Stück abseits der Menge. Er kletterte auf ein hohes Sprungbrett, hob den Kopf und sprang. Mit ausgebreiteten Armen segelte er durch die Luft. Angie wartete auf das Eintauchen – doch als die Kamera ihm nach unten folgte, war dort kein Wasser, und er krachte ungebremst auf den

Betongrund des Pools. Angie keuchte entsetzt auf. Unter seinem wohlgeformten Hinterkopf breitete sich Blut aus wie ein Tintenklecks. Die Welt verharrte einen Moment in vollkommener Stille, die anderen Jugendlichen waren verschwunden. Ein am Himmel kreisender Hubschrauber. Einander kreuzende Stromleitungen. Im Wind zitternde Palmen.

Und plötzlich sprang der Junge auf und fing an zu tanzen. Zuerst als zerrten unsichtbare Fäden an seinen Gliedern und ließen ihn im Rhythmus der Musik zucken, dann jedoch schien er sich davon zu befreien und bewegte sich müheloser, kraftvoll und beschwingt.

Angie sah sich das Video dreimal hintereinander an, wie in Trance. Es war auf eine gruselige Art schön und *wahrhaftig*, ohne dass sie hätte erklären können, woran das lag.

Erst nach dem vierten Mal las sie den Text darunter. *Kurzfilm. Regie: Justin Bell. Musik: Fly Boys.* Justin Bell. Justin Bell. So hatte der Bruder ihres Dads geheißen. Der Junge von den Fotos. Aber das konnte natürlich nicht sein. Ihre Mom hatte gesagt, er sei gestorben … trotzdem, Angie beschlich ein seltsames Gefühl.

Sie googelte »Justin Bell, Some Dreamers Video« und bekam diverse Treffer. Als Erstes rief sie einen Blogeintrag eines DJs von KCRW auf – einem Bildungsradiosender aus Los Angeles –, in dem Justin Bell als wichtiger, »so brillanter wie bescheidener Newcomer« beschrieben wurde. Beim Los Angeles Film Festival hatte das Video den Publikumspreis gewonnen. Es gab noch weitere Artikel auf Musikseiten, aber nirgends war ein Foto dabei. In einem davon hieß es, selbst Google bekomme Justin Bell nicht zu fassen, trotz dessen wachsender Bekanntheit. In einem anderen stand, jegliche persönlichen Fragen blieben unbeantwortet. Zumindest aber wurde dort sein Alter genannt – neunundzwanzig.

Auf den Fotos war er elf oder zwölf gewesen, das würde in etwa auf den Bruder ihres Dads passen.

Sie sah sich das Video zu »Some Dreamers« erneut an und jetzt schien alles klar. Der Name war kein Zufall, konnte keiner sein. Justin Bell, der in L.A. wohnte und dieses Video gedreht hatte, dessen Bilder Angie durch und durch gingen, musste der Justin von den Fotos sein, der Junge mit dem runden Gesicht, der mit seinem schmelzenden Eis auf der Treppe saß. Er war nicht tot, egal, was ihre Mutter behauptete. Er war der Bruder ihres Vaters. Ihr Onkel. Und er lebte.

Wenn er also nicht tot war, dachte Angie, der plötzlich das Herz bis zum Hals schlug, war ihr Dad es dann womöglich auch nicht?

Angie tat dasselbe wie immer, wenn ihre Gefühle sie zu überwältigen drohten und sie Abstand von sich selbst brauchte. Sie zog ihre Laufschuhe an, kletterte aus dem Fenster und rannte los in die Nacht. Sie registrierte kaum, wie die Nachbarshäuser vorbeiflogen, nahm kaum den Mond wahr, die Bäume, die Fenster, in denen nach und nach das Licht ausgeknipst wurde, spürte kaum die gesammelte Sonnenwärme, die vom Asphalt aufstieg, oder hörte das Zirpen der Grillen. Stattdessen ging ihr »Some Dreamers« durch den Kopf, als hätten die Akkorde sich bereits in ihr Bewusstsein eingebrannt. Das Video lief gestochen scharf vor ihrem geistigen Auge ab. Ihre Mom hatte sie angelogen, und das erschütterte sie ebenso sehr wie die Hoffnung, Justin zu finden, wie der Gedanke, dass ihr Dad noch lebte. Sie trieb sich an, weit hinaus über das Brennen in ihren Lungen und Muskeln, weit hinaus über den Schmerz und ihre körperlichen Grenzen, bis ihr klar war, was sie zu tun hatte.

Verschwitzt, atemlos und wie berauscht von der Anstrengung betrat sie die Veranda mit der abblätternden weißen Farbe vor

Apartment 3D. Sie sah, dass drinnen noch Licht brannte, und klingelte.

Sam machte auf. Er trug Jogginghose und Hoodie und seine Augen wirkten gerötet. Es schien einen Moment zu dauern, bis zu ihm durchdrang, wer da vor ihm stand.

»Angie?«

»Hi.« Angie, die nun halbwegs in die Realität zurückkehrte, wurde klar, wie seltsam es rüberkommen musste, dass sie ein Jahr nach ihrer Trennung aus heiterem Himmel vor seiner Tür auftauchte.

»Alles in Ordnung? Was ist los?«

»Ich bin – ich – tut mir leid. Dass ich dich so überrumpele. Ich muss mal mit dir reden. Kann ich – kann ich reinkommen?«

»Okay«, sagte Sam und trat steif beiseite, um sie vorbeizulassen.

In der langen, handtuchschmalen Wohnung hatte sich kaum etwas verändert. An der Decke hingen Papierlampions, und gefährlich nahe an der Tür lehnte ein riesiger, bogenförmiger Spiegel, der die Kunstdrucke an den Wänden verdoppelte: Miró, Dalí, Marcel Duchamp.

Es roch nach Gras. Das war schon immer ein wenig so gewesen, denn Sams Dad kiffte – bei geschlossener Tür und geöffnetem Fenster, weil er offenbar glaubte, so bliebe es unbemerkt. Angies Blick fiel auf einen Joint in einer leeren Espressotasse, die als Aschenbecher diente. Wie es schien, hatte Sam das Laster seines Vaters übernommen, was bedeutete, dass keiner der beiden es vor dem anderen verstecken musste.

Sam setzte sich auf die Couch und legte sich die türkisfarbene Decke um, unter die Angie und er sich immer gekuschelt hatten. Dann griff er nach einer halb leeren Flasche Bier und fing an, das Etikett abzuknibbeln.

»Ist dein Dad zu Hause?«, fragte Angie.

»Der hat ein Date.«

Das war nichts Neues; Mr Stone traf sich oft mit Frauen, weshalb Sam und sie die Wohnung an vielen Abenden für sich allein gehabt hatten.

»Was gibt's?«, fragte Sam schroff.

Angie folgte ihm und hockte sich auf die äußerste Kante der Couch. Sie hatte plötzlich das Gefühl, über einen zugefrorenen See zu laufen, nicht sicher, ob die Eisschicht halten würde, nicht sicher, ob es ihr etwas ausmachen würde, wenn nicht.

»Bist du – besuchst du diesen Sommer wieder deinen Cousin in L.A.?«

»Ja, nächste Woche. Wieso?«

»Ich muss dich um einen Riesengefallen bitten. Das klingt jetzt wahrscheinlich komisch, aber du bist der Einzige, den ich fragen kann. Ich … darf ich vielleicht mitkommen? Du fährst doch mit dem Auto, oder?«

Sam kniff die Augen zusammen und trank einen Schluck Bier. »Nachdem wir ein Jahr nicht miteinander geredet haben, kreuzt du mitten in der Nacht hier auf und fragst, ob ich dich nach L.A. kutschiere?«

Angie holte tief Luft. Sie hätte Sam so gern alles erzählt, wollte, dass er verstand, doch in diesem Moment brach der Berg aus Verlusten in ihrem Inneren in sich zusammen – Sam, Manny, der Traum ihrer Mutter, Fotografin zu werden, ihre Kindheit – und hinterließ einen klaffenden Abgrund. Angie wandte sich dem Loch zu, das ihren Vater verkörperte. Seine Abwesenheit hatte zumindest eine Form.

»Ich glaube, mein Dad könnte dort sein. Er ist vielleicht noch am Leben.«

»Was?«

»Du hast doch vor ein paar Wochen so einen Song gepostet. ›Some Dreamers‹.«

»Du warst auf meinem Instagramprofil?«

»Ja. Aber darum geht's nicht – ich hab das Video gesehen, und es war – ich glaube, es ist von meinem Onkel. Nur das Video, nicht der Song. Mein Dad hatte einen Bruder. Meine Mom hat mir erzählt, er wäre auch gestorben, aber das stimmt nicht.«

Angie wartete auf eine Reaktion von Sam. »Wow, Angie. Das – das klingt ein bisschen irre«, sagte er schließlich. »Ich verstehe ja, warum du ihn suchen willst, aber ich glaube nicht, dass du deswegen gleich nach L.A. fahren solltest. Ich meine, woher willst du denn wissen, dass das wirklich er ist? Hast du mit deiner Mom darüber geredet?«

Angie schüttelte den Kopf.

»Und was hast du überhaupt vor, wenn du da bist? Wo fängst du an? Wie willst du ihn finden? Auf jeden Fall müsstest du ihn zuerst mal kontaktieren.«

»Wenn ich das schaffe, nimmst du mich dann mit?«

Sam schwieg.

»Bitte«, sagte Angie. Sie hörte die Verzweiflung in ihrer Stimme und versuchte, sie hinunterzuschlucken. »Meine Mom hat mich über meinen Onkel belogen, also hat sie mir vielleicht auch über meinen Dad nicht die Wahrheit gesagt.« Sie warf Sam einen flehenden Blick zu. »Es kann sein, dass er noch am Leben ist. Ich muss dahin. Ich muss es rausfinden.«

Sam, der noch immer an dem Flaschenetikett knibbelte, sah sie nicht an.

»Mir ist klar, dass du keinen Grund hättest, Ja zu sagen«, fuhr sie fort. »Du musst das nicht machen. Und ich würde auch nicht fragen, wenn ich – wenn es nicht – wirklich wichtig wäre, aber ich – ich brauche dich.«

Sam klaubte den Joint aus der Espressotasse und zündete ihn neu an.

»Erzähl keinen Scheiß, Angie.« Er stieß den Rauch aus. »Meinetwegen nehme ich dich mit. Aber komm mir nicht mit diesem ›Ich brauche dich‹-Kack. Tu nicht so, als wäre es wieder so wie früher. Du brauchst nur mein verschissenes Auto.«

Jetzt sah er sie an. »Und ich würde dir raten, dir gut zu überlegen, wie du vorgehen willst. L.A. ist verdammt riesig, da marschierst du nicht einfach die Straße runter, und zack, hast du den Typen gefunden. Ich werde mich nicht einmischen, aber mein Tipp ist, zieh die Sache nur durch, wenn du wirklich weißt, was du tust. Und rede vorher mit Marilyn.«

»Danke«, sagte Angie, die nicht wusste, was sie sonst sagen sollte.

»Donnerstag geht's los. Ich hole dich um zehn ab.« Er drehte sich weg und blies den Rauch Richtung Fenster, dessen weiße Leinenvorhänge in der nächtlichen Brise flatterten.

»Okay. Danke noch mal.«

Er nickte. Sie ging.

Als sie nach draußen trat, überlief sie ein Schauder in ihren noch immer schweißnassen Kleidern. Auf dem Heimweg fiel ihr plötzlich auf, wie sehr die Grillen lärmten – beinahe laut wie Motoren –, wie die sommergrünen Blätter der Pappeln rauschten, wie unendlich viele Sterne am Himmel standen, und sie dachte an das Jahr zuvor, als sie zum letzten Mal von Sam nach Hause gelaufen war. Und in diesem Moment kam ihr der Gedanke, dass sie, wenn sie ihren Dad fände, vielleicht endlich zu einem Mädchen werden würde, das Sam sagen konnte, dass es ihn liebte.

Sam und Angie lassen eine Stadt namens Needles hinter sich und befinden sich gerade auf einer langen, verwaisten Straße quer durch die Mojave-Wüste, als der Wolkenbruch einsetzt. Angie hält die Luft an, während rings um sie Regenschwälle niedergehen; das Prasseln auf dem Autodach überlagert mit seinem hektischen Rhythmus sogar die Alabama Shakes mit »Sound & Color«. Die Scheibenwischer leisten Schwerstarbeit, dennoch kann Angie keine zwei Meter weit sehen, und sie weiß, dass es Sam hinter dem Lenkrad genauso gehen muss, obwohl er sich nichts anmerken lässt. Ein Sattelschlepper braust vorbei und bespritzt sie mit einer Wasserfontäne.

Konzentriert und mit Bedacht steuert Sam den Wagen an den Straßenrand.

»Schätze mal, wir warten besser ein bisschen ab«, sagt er, und Angie ist froh, dass er wieder einigermaßen normal mit ihr redet. Über ihren Schoß hinweg greift er ins Handschuhfach nach einem Döschen, in dem ursprünglich Pfefferminzpastillen waren. Er nimmt einen Joint heraus und steckt ihn an. Angie sieht zu, wie die Wüste nass geregnet wird – nichts als sanfte Braun- und Gelbtöne, so weit das Auge reicht.

»I Want a Little Sugar in My Bowl«, der letzte Song auf der Geburtstags-CD. Angie blickt zu Sam hinüber, der mit geschlossenen Augen dasitzt. *Come on, save my soul*, singt Nina Simone, als zöge sie die Töne aus den Tiefen des Meeres herauf.

Sam öffnet die Augen und ertappt Angie dabei, wie sie ihn beobachtet. Der Blick, den sie wechseln, ist voller zaghafter Fragen, dann macht Sam die Augen wieder zu. Angie sehnt sich nach seiner Nähe; das macht ihr Körper ihr unmissverständlich klar. Kurz überlegt sie, ob sie vielleicht high vom Passivkiffen ist. Eigentlich hat sie mal gelesen, das sei nur ein Mythos, aber warum ist ihr dann plötzlich so schwummrig?

»Wie geht's deinem Dad?«, fragt sie, weil ihr nichts anderes einfällt.

»Gut. Alles bestens. Er hat jetzt eine Freundin. Eine feste. Schon seit fast einem halben Jahr.«

»Und, magst du sie?«

»Sie ist in Ordnung. Jung. Und hübsch. Natürlich. Ich glaube, ich mache sie nervös – ihre Stimme wird immer zwei Oktaven höher, wenn sie mit mir redet.« Er blickt zur Seite und redet dann weiter: »Sie ist Italienerin. Kann toll kochen. Manchmal gucke ich den beiden zu, wenn sie in der Küche Gemüse schnippeln und zu den alten Platten von meinem Dad mitsingen; er wirbelt sie durch die Gegend, sie gießt Nudeln ab und so weiter. Ich kann mich nicht erinnern, meine Eltern je so glücklich miteinander erlebt zu haben.«

Mit einem Mal wirkt er verletzlich, wie der Junge, als den Angie ihn kennengelernt hat. In ihr regt sich der überwältigende Drang, ihn in die Arme zu schließen.

Bevor Sam den Rauch ausstößt, hält er kurz die Luft an. »Willst du auch mal?«

»Nein danke«, sagt Angie.

Er nimmt einen letzten Zug und drückt den Joint aus. Nina singt weiter. Wieder rast ein Lkw vorbei und blendet sie für einen Moment mit seinem Kielwasser. Sam wischt über die beschlagene Scheibe und späht hinaus in den Regen.

»Ein paar Wochen, bevor meine Eltern mir eröffnet haben, dass sie sich scheiden lassen«, erzählt er, »hatte Mom Freunde zum Abendessen eingeladen. Sie war den ganzen Tag mit den

Vorbereitungen beschäftigt, und Dad hat nur rumgemeckert – er hatte keine Lust auf Besuch. Da ist sie irgendwann ausgeflippt und hat ihm vorgeworfen, er hätte sie von Anfang an als selbstverständlich hingenommen, und seine Schokoladenseite sei nur für seine Schüler reserviert, sodass für sie nie was übrig bliebe. Dad hat auf die Enchiladas gezeigt, die Guacamole, die Karaffen mit Getränken und die Blumenvasen, und gesagt: ›Das hier ist auch nicht für uns, Camilla. Du gibst dir zwar Mühe, aber nicht um *unseret*willen.‹ Sie war gerade dabei, den Tisch zu decken, und ist so stinksauer aus dem Esszimmer gestürmt, dass ihr ein Teller aus der Hand gerutscht ist. Sie hat mitten in den Scherben gekniet und angefangen zu schluchzen. Der Teller hatte ihrer Mutter gehört und davor ihrer Großmutter. Sie hatte das Geschirr aus Mexiko mitgebracht. Es war handbemalt, mit so einem Typen und einem Esel drauf. Ich wollte sie trösten und hab gesagt: ›Es war ja nur einer. Wir haben doch noch ganz viele davon.‹

Sie hat gar nicht hochgeguckt, sondern nur geantwortet: ›Aber jetzt ist das Service nicht mehr vollständig. Es wird immer etwas fehlen.‹«

Sam wendet sich Angie zu, doch er sieht ihr nicht in die Augen. »Ich weiß nicht, warum«, sagt er, »aber ich muss in letzter Zeit ständig an diesen Teller denken. Irgendwie macht mich die Erinnerung traurig.«

Angie merkt nicht an, dass sie die Tellergeschichte schon kannte, und muss an das erste Mal denken, als er sie ihr erzählt hat. Es war auch das erste Mal, dass sie zusammen in seinem Bett lagen.

»Als wir noch zusammen waren«, fährt Sam fort, »da dachte ich immer, das wäre der Beweis, dass ich nicht so werden muss wie die beiden … ich dachte, mit uns würde es anders …«

Angie sieht zu, wie er weiter die Scheibe freiputzt. Der Regen hört genauso abrupt auf, wie er eingesetzt hat. »Du kannst doch immer noch anders sein«, sagt sie. »Ich weiß, du bist sauer auf mich. Und dazu hast du auch jedes Recht; die Art, wie ich Schluss gemacht habe, war echt mies. Aber ich hab's nicht getan, weil ich dich nicht geliebt habe. Sondern weil ich nicht wusste, wie ich es dir sagen soll. Schätze, ich weiß es immer noch nicht …«

Jetzt sieht Sam ihr in die Augen, zum allerersten Mal, seit sie zu ihm ins Auto gestiegen ist.

»Ich würde dir ja sagen, dass es mir leidtut – das stimmt nämlich –, aber ich weiß, dass das nichts ändern würde. Darum sage ich einfach nur Danke, dass du mich mit nach L.A. nimmst.«

Sam nickt.

»Gern geschehen«, erwidert er schließlich, und für Angie ist es wie ein Geschenk. Er fährt das Fenster runter und sie tut dasselbe. Vor ihnen bricht ein Sonnenstrahl durch die Wolkendecke und sie strecken die Köpfe hinaus in die noch immer regenschwere Wüstenluft.

»Okay«, sagt Sam. »Dann sollten wir wohl mal weiter.«

Er ist doch sicher high, denkt Angie besorgt. »Soll ich nicht mal ein bisschen fahren? Du sitzt ja schon seit acht Stunden hinterm Steuer.«

»Macht mir nichts aus«, entgegnet Sam. »Ich bin die Strecke ja schon ein paarmal allein gefahren.«

»Ach komm, ich würde so gerne. Und Mabel fehlt mir.« So hat Sam seinen Jeep getauft.

Sam mustert sie einen Moment. »In Ordnung«, stimmt er schließlich zu, »du kannst fahren, aber vor der Stadt tauschen wir wieder. Da wird's nämlich ziemlich haarig.«

Als Angie den Zündschlüssel umdreht, stellt Sam seinen Sitz zurück. »Was ist eigentlich mit deinem Onkel?«, will er wissen. »Hast du mit ihm geredet?«

Angie konzentriert sich auf die Straße. Am liebsten würde sie Sam die Wahrheit verschweigen.

»Noch nicht«, gesteht sie schließlich. »Aber ich hab ihm auf die Mailbox gesprochen … Vielleicht hat er sogar schon zurückgerufen, mein Handy ist aus.« Angie hofft insgeheim, dass heute Abend, wenn sie in L.A. sind und sie ihr Telefon wieder einschaltet, eine Nachricht von ihrem Onkel auf sie warten wird, der sagt, dass er es kaum erwarten kann, sie kennenzulernen.

Sam blickt sie prüfend an und fragt dann: »Was willst du als Nächstes hören?«

Angie weiß, was sie hören will, und sie will, dass Sam es mit ihr hört.

»Ich hab ein altes Mixtape dabei, das mein Dad für meine Mom aufgenommen hat. Wie wär's damit?«

»Hast du's hier drin?«

Er kramt die Kassette aus Angies Tasche und kurz darauf singen die Fugees »Ready or Not«. Sam lächelt, als die ersten Töne erklingen. Angie grinst zurück und dann nehmen sie die letzten zweihundertzehn Meilen bis zur Stadt der Engel in Angriff.

Nachdem Sam sich bereit erklärt hatte, Angie mit nach L.A. zu nehmen, durchforstete sie das Internet nach Justin. Sie versuchte es bei Facebook und fand nichts. Auch bei Twitter und Instagram sah niemand nach ihm aus – offenbar nutzte er keine sozialen Medien. Bei der Telefonauskunft fand sie acht Justin Bells zwischen vierundzwanzig und fünfunddreißig oder unbekannten Alters im Großraum L.A. Sie zückte ihre Kreditkarte und bezahlte die jeweils eins neunundneunzig, die es kostete, sich die Kontaktdaten anzeigen zu lassen. Nur bei fünf von ihnen waren Telefonnummern angegeben, aber zumindest hatte sie jetzt alle Adressen.

Doch als sie die erste Nummer wählen wollte, wurden plötzlich ihre Handflächen schwitzig. Was, wenn Justin dranging? Wenn es wirklich er war? Was sollte sie zu ihm sagen? Sie ließ das Telefon wieder sinken und beschloss, erst mal zu üben. Nachdem sie eine Weile in ihrem Zimmer auf und ab getigert war und ein paarmal ihren Text heruntergespult hatte, rief sie an.

Sie wurde direkt auf eine Mailbox weitergeleitet. Der erste Justin Bell hatte bei seiner Ansage einen britischen Akzent, daher war Angie sich ziemlich sicher, ihn von der Liste streichen zu können.

Auch beim nächsten landete sie auf der Mailbox, aber diesmal war die Ansage automatisch. Sie stammelte eine Nachricht aufs Band. »Hallo, ich heiße Angie und würde gern Justin Bell sprechen, um zu fragen, ob er vielleicht mit einem James Bell verwandt ist – das ist mein Vater. Wenn ja, rufen Sie mich doch bitte zurück.« Sie nannte ihre Nummer und legte auf.

Dem nächsten Justin hinterließ sie ebenfalls eine Nachricht.

Der vierte ging selbst ans Telefon. »Hallo?«, meldete sich eine tiefe, misstrauische Männerstimme.

»Hallo, äh, ich – ich heiße Angie, und ich wollte fragen, ob Sie mit einem James Bell verwandt sind.«

»Häh? Nee, Kleine, tut mir leid, da hast du die falsche Nummer.«

Jegliche Hoffnung, die sich in ihrer Brust aufgebaut hatte, stürzte in sich zusammen.

Die fünfte Nummer lieferte ein ähnliches Ergebnis. Trotzdem, tröstete sie sich, immerhin hatte sie Nachrichten bei zwei Justins hinterlassen, die *ihr* Justin sein könnten, und dazu drei weitere Adressen ohne Telefonnummern gefunden, die sie sich direkt in L.A. vornehmen würde. Irgendetwas würde sich daraus schon ergeben. Sie würde ihn finden, sie *musste* es einfach.

Glücklicherweise hatte Angie sich durch Babysitting einiges zusammengespart – mehr als genug für Essen und um sich an den Spritkosten zu beteiligen. Marilyn war zwar immer großzügig, aber Angie bat sie ungern um Geld für neue Klamotten oder Unternehmungen mit ihren Freunden, denn sie wusste genau, wie hart ihre Mom arbeitete, um sie beide durchzubringen. Also hatte Angie sich am Anfang der letzten Sommerferien aufs Fahrrad geschwungen und in allen möglichen Restaurants Bewerbungen abgegeben. Sie hatte extra ihr seriösestes Outfit ausgewählt – schwarze Stoffhose und Blazer –, aber trotzdem nur Ablehnungen und gleichgültiges Schulterzucken geerntet. Angie begann, sich zu fragen, ob die Schweißflecken, die beim Fahrradfahren in der Junihitze nun mal unvermeidlich waren, ihr die Tour vermasselten. Und als ihre Mom nicht lange danach erwähnte, ihre Kollegin Linda Bennet sei für den Sommer auf der Suche nach einer Babysitterin, rief Angie sofort an und machte einen Termin aus.

Fest entschlossen, ihre eventuelle zukünftige Arbeitgeberin zu beeindrucken, traf sie eine Viertelstunde zu früh ein. Sie ging die Auffahrt hoch: ein Terrakottavogelbad, ungeschickt mitten auf dem makellosen grünen Rasen platziert, Stiefmütterchenreihen in ziegelumrandeten Beeten, weißer Range Rover. Sie zog ihre Strickjacke glatt (puh, erst Viertel nach neun und schon so heiß) und klingelte.

Eine Frau mit blonder Föhnfrisur machte auf. »Tut mir leid, wir kaufen nichts.«

Angie stand wie erstarrt auf der Fußmatte mit dem »BE HAPPY«- Aufdruck und versuchte, etwas zu erwidern.

»Ich habe gesagt, wir kaufen nichts an der Tür«, wiederholte die Frau um einiges schärfer.

»Ich will ja nichts –«, stammelte Angie.

»Bitte verlassen Sie das Grundstück!« Die Stimme der Frau hob sich zu einem schrillen Kreischen.

Heiße Tränen schossen Angie in die Augen. »Ich bin wegen des Babysitterjobs hier«, brachte sie schließlich heraus.

Die Frau wurde fast so rot wie ihre Stiefmütterchen. »Oh. Ach so, natürlich. Ich – tut mir furchtbar leid. Ich, na ja, ich wusste nur nicht, dass deine Mom – ich meine, du siehst –«

»– ihr gar nicht ähnlich«, ergänzte Angie.

Die Frau tackerte sich ein übertrieben strahlendes Lächeln ins Gesicht. »Genau. Okay! Am besten fangen wir einfach noch mal von vorne an. Ich bin Mrs Bennet. Komm doch bitte rein.« Trotzdem dauerte es einen Moment, bis sie sich in Bewegung setzte und Angie vorbeiließ.

Das Haus war voller gerahmter Familienporträts vom Fotografen, Blümchenkissen Ton in Ton und kleinen Schildchen an allen möglichen Einrichtungsgegenständen, wohl für den Fall, dass jemand vergaß, wozu sie dienten: *Schlüssel* stand in Schnörkelschrift über dem Schlüsselbrett, *Garderobe* über der Garderobe und, launig-augenzwinkernd, *Harmonie* über dem Klavier.

»Möchtest du ein Glas Limonade? Im Ernst, das eben tut mir sehr leid – Angie, richtig? Ich war bloß – du musst das verstehen, deine Mom hat mir nicht erzählt, dass du – ich meine – ich hab einfach nicht erwartet, dass –«

Mrs Bennets Rettung kam in Gestalt eines kleinen Mädchens im »Eiskönigin«-Schlafanzug ins Wohnzimmer gehüpft.

»Soll ich dir meine Spielsachen zeigen?«, fragte es und ergriff Angies Hand.

Angie und Mrs Bennets Tochter Riley verstanden sich auf Anhieb hervorragend. Als es für Angie Zeit wurde zu gehen, brach Riley in Protestgeheul aus.

»Das werte ich mal als Zeichen dafür, dass sie dich mag!«, sagte Mrs Bennet, bevor sie sich nach Angies Lohnvorstellungen erkundigte.

»Zwanzig Dollar die Stunde«, sagte Angie nach kurzem Überlegen. Das war eine Menge Geld, wesentlich mehr, als sie unter anderen Umständen gefordert hätte. Darauf würde Mrs Bennet sich niemals einlassen.

Tatsächlich ließ deren Gesicht ein gewisses Entsetzen erkennen, dann aber verzog es sich wieder zum Lächeln. »Ach, was soll's, in Ordnung! Ich würde sagen, du bist engagiert!«

Am liebsten hätte Angie trotzdem noch einen Rückzieher gemacht, aber zwanzig Dollar – so viel würde sie diesen Sommer nirgendwo sonst verdienen. Sie dachte an eine Liedzeile von Beyoncé: *Best revenge is your paper.*

»Wie ist es gelaufen?«, fragte Marilyn, als Angie nach Hause kam.

»Gut. Ich hab den Job bekommen«, antwortete sie nur.

»Das ist ja toll, Schätzchen!«, rief Marilyn und drückte sie an sich. »Ich bin so stolz auf dich!«

Angie zwang sich zu lächeln und sagte nichts mehr – vielleicht aus Angst, dass Marilyn es nicht verstehen würde. Aber vielleicht auch, weil Marilyn, obwohl sie sich Angies ganzes Leben lang bemüht hatte, ihr afroamerikanische Vorbilder nahezubringen, es geflissentlich vermied, über Rassismus zu sprechen, und Angies Instinkt ihr riet, ihre Mom vor der harten Realität zu schützen.

Trotz des etwas holprigen Starts war Riley, ein Kind voller Energie und Neugier, Angie gleich ans Herz gewachsen. Mrs Bennet selbst verhielt sich Angie gegenüber vollendet höflich, geradezu formell, und hatte vor Kurzem angefragt, ob Angie auch diesen Sommer wieder zur Verfügung stehe. Am Montag sollte es losgehen.

Angie schrieb Lana eine Nachricht. **Kannst du mir einen Riesengefallen tun? Ich brauche jemanden, der nächste Woche meinen Babysitterdienst übernimmt.**

Was ist denn los?, antwortete Lana.

Lange Geschichte. Erzähl ich dir später …

Nix da! Sofort, sonst vergiss es.

Ok … Ich fahre mit Sam nach L.A.

Wie jetzt, Sam, DER Sam?? Seid ihr zwei wieder zusammen?

Angie hielt inne und überlegte. Lana die ganze Wahrheit zu erzählen, war keine Option. Sie wollte ihre Pläne nicht Lanas Urteil aussetzen, wollte nicht hören, was sie über ihren Onkel Justin dachte, obwohl sie ihn vermutlich schon allein aufgrund seines Musikvideos total cool gefunden hätte. Natürlich hatte Angie Lana gern, aber sie war trotzdem nicht sicher, ob sie sie in dieser Sache verstehen würde – Justin war eben nicht einfach nur *cool*, sondern Angies einzige Chance darauf zu erfahren, woher sie kam, der erste Schritt auf dem Weg zu ihrem Vater.

Schließlich schrieb Angie zurück. **Keine Ahnung, bin ihm im 66 Diner begegnet, und irgendwie ... hat es sich halt so ergeben.**

Sie ließ sich rücklings auf ihr Bett fallen und versuchte, sich aufs Atmen zu konzentrieren.

Okay, ich spring für dich ein. Aber dafür will ich dann auch Einzelheiten hören!

Danke, bist die Beste.

Die einzige – und schwierigste – Frage war, wie sie ihre Mom davon überzeugen sollte, sie nach L.A. fahren zu lassen. Nachdem Sam zugestimmt hatte, sie mitzunehmen, brauchte sie ganze drei Tage, um Mut zu sammeln, dann aber, als Marilyn nach Hause kam, folgte Angie ihr ins Schlafzimmer. (Jeden Abend, wenn Marilyn von der Arbeit kam, gab sie als Erstes Angie einen Kuss und verschwand dann in ihrem Zimmer, um ihre Arbeitsklamotten auszuziehen.)

»Na, wie geht's meinem Mädchen?«, erkundigte sie sich.

»Ziemlich gut eigentlich.«

»Wie kommt's?« Marilyn lächelte.

»Ich war heute – ich hab den Tag mit Sam verbracht«, log Angie. Sie musste ihre Mom glauben machen, dass Sam und sie mindestens wieder Freunde waren, wenn sie auch nur die geringste Hoffnung haben wollte, dass Marilyn ihr Sam als Grund für die Reise abkaufte.

»Ach! Ehrlich? Das ist ja schön, Schätzchen. Wie war's denn?«

»Gut. Eigentlich haben wir nur ein bisschen rumgesessen und geredet. Nachdem ich ihn im Diner gesehen hatte, wollte ich mich irgendwie wieder bei ihm melden. Freunde sein. Keine Ahnung. Er hat mir gefehlt.«

Marilyn zog sich ein abgetragenes T-Shirt mit dem Logo der Montezuma-Grundschule über den Kopf. Dann drehte sie sich um und lächelte sanft. »Das freut mich, Liebes. Ich bin stolz auf dich.«

Wie immer schämte sich Angie, als sie diese Worte hörte, und wünschte, sie hätte den Stolz ihrer Mutter mehr verdient. Aber vielleicht würde sich das jetzt ändern. Vielleicht stand sie kurz davor, etwas zu bewirken, selbst wenn sie ihre Mutter dafür vorübergehend unglücklich machen musste. Am Ende, so hoffte sie, würde es die Sache wert sein.

»Sag ihm, er kann jederzeit auf ein gegrilltes Käsesandwich vorbeikommen«, witzelte Marilyn.

»Hm, erst mal fährt Sam nächste Woche nach L.A., um seinen Cousin zu besuchen. Das macht er immer am Anfang der Ferien, weißt du noch? Na ja, und er hat mich gefragt, ob ich vielleicht mitwill.«

Sorge flutete Marilyns Miene. »Ach, Angie, ich weiß nicht, –«

»Es wäre ja nur für acht Tage. Mom, ich war doch noch nie so richtig weit weg – und dann könnte ich endlich mal das Meer sehen!«

»Angie, ich – ich kann dich doch nicht einfach so losziehen lassen, in eine fremde Stadt, ohne einen Erwachsenen dabei oder … Und wo willst du da überhaupt unterkommen?«

»Bei Sams Cousin. Du sagst doch selbst immer, ich muss langsam ans College denken. Der kann mir sicher den ein oder anderen Campus zeigen.«

»Ich wusste gar nicht, dass du dich für eine Uni in L.A. interessierst«, sagte Marilyn, ganz vorsichtig, wie um nicht versehentlich eine tief sitzende Angst durchscheinen zu lassen.

»Ich meine ja nur, es wäre doch nicht schlecht, wenn ich mal anfange, mich umzusehen, um mir einen Überblick zu …«

»Eigentlich wollte ich diesen Herbst ein paar Colleges mit dir besichtigen. Ich dachte, das könnten wir zusammen machen.«

»Okay, dann gucke ich mir in L.A. nichts an, und wir machen einfach nur Touristenkram. An den Strand gehen und so.«

»Schätzchen, ich – ich finde das wirklich keine so gute Idee. Ich kann dir das leider nicht erlauben … Wie gesagt, es wäre was anderes, wenn ein Erwachsener dabei, wie ich oder Sams Vater oder …«

»Sein Cousin ist vierundzwanzig. Glaub ich. Zählt der etwa nicht als erwachsen?«

»L.A. ist eine große Stadt, Angie. Da kann einem alles Mögliche passieren, Sachen, für die du überhaupt nicht gewappnet bist.«

Angie sah zur Seite.

»Na komm, Liebes, nächstes Jahr bist du achtzehn. Dann kannst du für immer hier weg, wenn du das willst … Aufs College, ganz alleine, und – na ja, ich bin natürlich trotzdem für dich da. Ich tue für dich, was ich kann, egal, was kommt. Bald kannst du deine eigenen Entscheidungen treffen, aber bis dahin bin ich immer noch deine Mutter. Es ist meine Aufgabe, dich zu beschützen, und das geht nun mal nicht, wenn du irgendwo weit weg in einer Riesenstadt bist …«

»Sooo weit weg ist es ja wohl auch nicht«, murrte Angie.

Marilyns Blick wurde beinahe flehend. »Du kannst doch noch den ganzen Sommer mit Sam verbringen, wenn er wieder da ist.«

Es gab so vieles, was Angie gern erwidert hätte, doch bevor sie irgendetwas davon aussprach, stand sie auf und ging.

Kurz hatte sie tatsächlich mit dem Gedanken gespielt, Marilyn die Wahrheit zu sagen – *Ich weiß, dass Dads Bruder noch lebt.*

Aber sie wollte die Ausflüchte ihrer Mom nicht hören, würde ihr nicht trauen können. Ihr war klar, dass sie diese Sache allein durchziehen musste. Ihre Mom hatte sie ihr Leben lang belogen – warum also sollte Angie jetzt ehrlich zu ihr sein?

Später, als Angie gerade lustlos an ihren Collegebewerbungen feilte, kam Marilyn zu ihr ins Zimmer. »Bist du noch sauer wegen L.A.?«, fragte Marilyn.

»Nein«, antwortete Angie und dachte: *Wenn's das nur wäre.*

Am Morgen war Angie aus einem Albtraum hochgeschreckt. Sie konnte sich nicht an viel erinnern, nur daran, dass sie im Meer geschwommen und plötzlich von der Strömung unter Wasser gezogen worden war. Dass sie keine Luft mehr gekriegt hatte.

Sieben Milliarden, versuchte Angie, sich zu beruhigen, als sie danach wach im Bett lag. *Sieben Milliarden. Du bist nur ein Tropfen im Ozean. Sieben Milliarden.* Keuchend rang sie um Atem. Ihre Technik funktionierte nicht wie sonst. Irgendetwas war anders. Sie würde nach L.A. fahren. Nach ihrem Vater suchen.

Nachdem Marilyn zur Arbeit aufgebrochen war, packte Angie ihre Sachen und versuchte, ihr Herzklopfen und ihre Kurzatmigkeit zu ignorieren. Sie ging in Marilyns Zimmer, zog die Schublade auf und holte das Foto von ihren Eltern am Strand hervor, dann den gelben Umschlag mit dem Rest der Schwarz-Weiß-Fotos. Sie betrachtete die Gegenstände auf der Kommode ihrer Mutter: die rosa Seife in Schweinchenform; die Türkisohrringe; die herzförmige Porzellandose voller winziger bunter Muscheln; ein halb leeres Schraubglas mit bedrucktem Etikett (»Sylvies Zitruszauber«), das schon dort stand, solange Angie denken konnte; eine laminierte Muttertagskarte mit einem Bild von Marilyn und Angie, das Angie als Kind gemalt hatte. Sie griff danach, klappte sie auf und las:

Liebe Mommy,
du bist was ganz, ganz, ganz Besonderes. Du bist lieb, freundlich, fürsorglich, wunderbar, fabelhaft, verständnisvoll und so könnte ich ewig weitermachen. Mit dir ist alles lustig. Du bist gutmütig. Mom, ich hab dich mehr lieb, als du dir jemals vorstellen kannst. Du bist eine Million Mal besser als jede andere Mom. Alles Gute zum Muttertag.

Hab dich lieb, Deine Tochter Angie

Angie schluckte und stellte die Karte wieder auf. Als sie in die Küche ging, sah sie den Teller mit Rührei, den ihre Mom ihr hingestellt hatte, mit Folie abgedeckt, damit es warm blieb, und dazu eine Scheibe Melone. Bei dem Anblick durchzuckte Angie ein beinahe körperlicher Schmerz. Obwohl jeder Bissen ein Kampf war, aß sie den Teller leer und spülte ihn danach ab. Dann griff sie nach einem Notizblock, um ihrer Mom einen Zettel hinzulegen, doch sie hatte keine Ahnung, was sie schreiben sollte. Schließlich entschied sie sich für:

Mom, ich bin mit Sam nach L.A. gefahren. Tut mir leid, ich weiß, dass du dich aufregen wirst, und das will ich nicht. Ich hab dich so lieb wie das Universum groß ist. Und ich weiß, du hast mich auch lieb, aber manchmal ist das Beste, was man für einen anderen Menschen tun kann, ihn allein zurechtkommen zu lassen. In acht Tagen bin ich wieder da. Ich passe auf mich auf, versprochen.

Deine Angie

Sams Hand liegt auf Angies Knie und rüttelt sie sanft wach. »Guck mal«, sagt er. Verschlafen schlägt sie die Augen auf, aber es ist stockfinster. Sie scheinen noch immer auf der Autobahn zu sein, irgendwo mitten in den Bergen. Durch die ein Stück geöffneten Fenster rauscht warme Luft herein, die so riecht, wie Angie sich immer den Duft des Meeres vorgestellt hat. Gerade läuft »At Your Best (You Are Love)«, ihr Lieblingslied von dem Miss-Mari-Mack-Mixtape.

Sam muss die Kassette umgedreht haben, während sie geschlafen hat.

Als sie über eine Hügelkuppe fahren, blitzen in der Ferne plötzlich Millionen Lichter auf, wie hingezaubert über die Landschaft verteilt.

»Schön«, haucht Angie.

»Schön«, stimmt Sam zu.

Aaliyahs Stimme ist lieblich, klar und schwerelos: *Stay at your best, baby ...* Sam wendet sich Angie zu und verzieht langsam die Lippen zu einem Lächeln. »Willkommen in L.A.«

Und inmitten der sieben Millionen Menschen dort unten will Angie einen einzigen Geist finden. Und doch, als sie so durch die Nacht auf die scheinbar grenzenlose Stadt zufahren, spürt sie es ganz deutlich. Ihr Vater ist hier, versteckt zwischen all den Lichtern.

MARILYN

»Seid ihr jetzt zusammen?«, fragt Justin seinen Bruder. Er sitzt zwischen James und Marilyn im dunklen Kino, und ihr Rieseneimer Popcorn ist schon halb leer, bevor auch nur die Vorschauen angefangen haben.

Marilyn kaut auf einem harten Korn herum und wartet James' Antwort ab.

»Nein«, sagt er, und es ist, als würde eine unsichtbare Hand in ihren Brustkorb greifen und ihr Herz zusammenquetschen. »Wir sind nur Freunde.«

Justin zieht die Augenbrauen hoch. »Aber du hast sie doch geküsst!«

James verdreht die Augen. »Gib mir mal ein Rolo ab«, sagt er zu Justin, als das Licht gedimmt wird.

Marilyn versucht, sich auf die Vorschauen zu konzentrieren. Sie hätte schließlich selbst nichts anderes geantwortet, oder? Trotzdem, seit dem zweiten Mal vor drei Wochen haben sie sich noch öfter geküsst – heimlich, hitzig. Langsam bekommt sie ein Gespür für seine Launen: Wie eine Prachtwinde mit gestörtem Tag-Nacht-Rhythmus blüht er auf und verschließt sich nach seiner ganz eigenen inneren Uhr, und Marilyn gibt sich alle Mühe, sie lesen zu lernen. Manchmal wenn sie zusammen in der Bibliothek sind, sieht er kaum von seinen Büchern hoch, an anderen Samstagen dagegen redet er ununterbrochen – über amerikanische Geschichte, mögliche Themen fürs College-Motivationsschreiben, Witze, die ihm Freunde erzählt haben.

Als auf der Leinwand ein flammendes Z erscheint und »Die Maske des Zorro« beginnt, späht Marilyn zu Justin rüber, doch sein Blick ist starr nach vorn gerichtet. Dafür fängt James ihren Blick auf und schenkt ihr ein kleines Lächeln, woraufhin sich die Faust um ihr Herz etwas lockert.

Der Film ist gut, aber am besten gefällt Marilyn, wie viel Spaß Justin daran hat.

Als sie mit ihm in der Lobby auf James wartet, der zur Toilette gegangen ist, lässt Justin ein imaginäres Schwert durch die Luft zischen.

»Die einzige Sünde wäre zu leugnen, was dein Herz wirklich fühlt«, schnarrt er mit rollendem Zorro-R. Marilyn lacht. Er beugt sich vor und fragt: »Also hat er dich wirklich geküsst?«

Marilyn kann nur nicken.

»Wusste ich's doch!«, ruft Justin, gerade als James zurückkommt.

»Was wusstest du?«, fragt dieser. »Und hat außer mir noch jemand Hunger?«

»Ich!«, meldet sich Justin, trotz der Riesenportion Popcorn und den zwei Packungen Rolo, die sie zusammen verdrückt haben. Also halten sie kurz an einem Tacowagen und fahren anschließend weiter zum Elysian Park, wo sie es sich zum Essen auf der Wiese bequem machen.

Mit vollem Bauch und der Frühnovembersonne im Haar sieht Marilyn James und Justin zu, die sich einen Football zuwerfen. Justin kommt angerannt und verpflichtet sie zum Mitspielen. Sie bleiben, bis der Himmel sich verdunkelt und hinter den Bergen rosa verfärbt. Wenn Marilyn mit ihrer Mom früher an solchen Parks vorbeigefahren war, hatte sie die Leute dort immer beneidet, die grillten, Geburtstag feierten oder nach Piñatas schlugen. Jetzt dagegen, mit James und Justin, deren Gelächter durch die Herbstluft perlt, ergreift sie ein völlig neues Gefühl, obwohl es ihr gleichzeitig irgendwie vertraut vorkommt. Es ist das Gefühl dazuzugehören – in Reinform, pur und klar. Das Gefühl von Familie.

······

Als sie zurück nach Hause kommen, überzieht ein Sonnenbrand Marilyns Gesicht. Weil sie dachte, sie würden nur ins Kino gehen, hat sie sich morgens nicht eingecremt, und jetzt nennen die Jungs sie scherzhaft Miss Klatschmohn.

»Ich klatsch *euch* gleich eine!«, schimpft sie lachend, während James einparkt. Dann erstarrt sie. Auf der anderen Straßenseite legt gerade Woody eine unsanfte Bremsung mit seinem Pick-up hin und steigt aus. Seinem torkelnden Gang nach zu urteilen, hat er mit Sicherheit einen durchzechten Tag im Casino hinter sich – und Marilyn weiß nur zu gut, wie sich zu viel Alkohol auf seine Laune auswirkt.

»Ich kann noch nicht reingehen«, haucht sie, als James ihr die Autotür aufhält. Er folgt ihrem Blick. Woody scheint sie noch nicht bemerkt zu haben, aber das wird sich bald ändern. Marilyns Herz pocht verzweifelt gegen ihren Brustkorb.

»Was ist denn jetzt?«, drängelt Justin.

»Geh schon mal rein«, wendet sich James ruhig an seinen Bruder. »Sag Grandma, ich musste noch mal in die Bibliothek und komme später.«

»Ich will auch mit!«, beschwert sich Justin, aber James ist unerbittlich.

Auf dem Weg zurück die Straße hinunter sieht James sie an. »Was war das denn gerade?«

»Ähm – nur wegen meinem Onkel. Ich – er hat was dagegen, dass wir zusammen rumhängen, keine Ahnung, warum. Und wenn er was getrunken hat, dann wird er manchmal … böse.«

»Ich weiß.«

»Ja?«

James starrt durch die Windschutzscheibe. »Der Typ ist ein totales Arschloch«, sagt er schließlich.

»Was?« Marilyn versucht, die Angst runterzuschlucken, die in ihr aufsteigt.

»Vor ein paar Jahren ist er mal besoffen nach Hause gekommen und in der Auffahrt gegen Grandmas Auto geknallt. Daher die Beule. Grandma hat ihn ganz sachlich gebeten, die Reparatur zu bezahlen. Aber er hat sich geweigert und versucht, das Ganze so zu drehen, als hätte sie blöd geparkt und darum wäre es ihre Schuld. Grandpa war natürlich stinksauer und hat ihn am nächsten Tag darauf angesprochen und da hat Woody ziemlich kranken Scheiß von sich gegeben –«

»Was hat er denn gesagt?«

James schüttelt den Kopf. »Das will ich gar nicht wiederholen. Wir haben versucht, ihn aus dem Haus werfen zu lassen, aber das hat nicht geklappt. Und seitdem hat er uns komplett gefressen. Letztes Jahr, als wir Grandmas Geburtstag gefeiert haben, da hat er die Polizei gerufen. Dabei war nur die Familie da, ein paar alte Leutchen. Die Polizisten haben unsere Tür aufgebrochen – anscheinend hat Woody behauptet, wir hätten Drogen in der Wohnung, darum haben sie alles durchsucht. Irgendwann haben sie gemerkt, dass sie uns nichts anhängen konnten, und sind wieder abgezogen, aber sie haben das totale Chaos hinterlassen.«

»Das wusste ich ja gar nicht. Tut mir echt leid.« In Marilyn beginnt eine gefährlich heiße Wut auf Woody zu brodeln.

»Yep. Alles ganz schön heftig.«

»Und trotzdem war deine Familie neulich so nett zu mir.«

»Du kannst doch nichts dafür, dass du bei ihm wohnst … vermutlich hatten sie eher Mitleid mit dir.«

Unbehagliches Schweigen breitet sich aus, während James weiter um den Block fährt.

»Was willst du jetzt machen?«, fragt er schließlich.

Marilyn zuckt mit den Schultern. Ihr ist schwindelig und regelrecht übel vor schlechtem Gewissen. »Wahrscheinlich können wir langsam zurück. Mittlerweile ist er sicher drinnen.«

James mustert sie flüchtig. Dann biegt er, anstatt nach Hause zu fahren, links ab auf den Washington Boulevard und fährt Richtung Küste.

Im Mondschein um neun Uhr abends wirkt der Strand endlos und abgeschieden. Hier und da sind Menschen verstreut – ein Jogger, ein Mann, der im Sand schläft, eine Gruppe Teenager, die etwas herumreichen, was nur ein Joint sein kann –, aber Marilyn kommt es vor, als bildeten sie alle lediglich die Kulisse für sie und James. Er bietet ihr seinen Pulli an, und sie zieht ihn sich über den Kopf – er ist so groß, dass sie angenehm darin versinkt. Sie atmet seinen Duft ein, der sich mit der salzigen Meeresbrise mischt, und hat endlich das Gefühl, wieder Luft zu bekommen. Kurz entschlossen schlüpft sie aus ihren Turnschuhen und rennt aufs Wasser zu, um die hässliche Geschichte mit Woody, ihre Angst, ihre Wut hinter sich zu lassen.

Einen Moment später tritt James neben sie und nimmt ihre Hand.

»Es ist so still«, flüstert sie.

»Um diese Zeit ist es am schönsten hier. Ich fahre oft her, wenn ich mal rausmuss. Komm, ich zeige dir meinen Lieblingsplatz.« Sie gehen am Wasser entlang, wo sich die Lichter eines über sie hinwegziehenden Flugzeugs im nassen Sand spiegeln. Marilyn bleibt stehen, um die winzigste Muschel aufzuheben, die sie je gesehen hat, und steckt sie in die Tasche seines Pullis.

James führt sie zum Pier, in die Dunkelheit unterhalb der alten Holzplanken. Wortlos setzt er sich hin und lehnt sich an einen der Pfähle. Das mondbeschienene Wasser vor ihnen verschwimmt mit dem Abendhimmel. Und dann fassen seine Hände sie bei den Schultern, ziehen sie an ihn, und er presst seinen Mund auf ihren. James, der schöne James, der sie küsst, sein berauschender Duft, seine weichen Lippen – damit käme sie noch zurecht, aber sein ungestümes Drängen lässt ihre Knie weich werden. In diesem Moment ist sie bereit, ihm alles zu geben – was immer an Gutem in ihr schlummert. Sein Kuss ist nicht nur ein Kuss, denkt Marilyn. Sein Kuss ist der einzige Kuss, der jemals die Macht hatte, alles zu verändern.

Er schiebt die Hand unter ihr Oberteil, über ihren Bauch. Sie lehnt sich ihm entgegen. Er küsst ihre Brüste. Sie will mehr, ohne zu wissen, wo sie anfangen soll. Sie stöhnt leise auf, knabbert sachte an seinem Hals. Es ist, als bewegte ihr Körper sich mit den Wellen, als würde er sich langsam zurückziehen, um im nächsten Moment wieder fordernd hervorzubrechen.

Es ist James, der sich als Erster wieder fängt, der zwischen zwei Küssen lächelt und ein Stück zurückweicht. »Mann, hab ich Hunger«, sagt er. »Du zufällig auch?« Marilyn nickt, doch als sie kurz darauf zusammen durch den Sand stapfen, erträgt sie es nicht, dass er sich wieder hinter seine undurchdringliche Fassade zurückzieht. Sie sehnt sich nach den verwischten Grenzen, den verschwommenen Rändern, die sie füreinander öffnen, wenn ihre Körper das Kommando übernehmen.

An einer winzigen Bude, der einzigen, die um diese Zeit noch geöffnet hat, bleiben sie stehen und kaufen bei einem gelangweilten Mädchen mit gestreiftem Papierhütchen Pommes und Corndogs. Sie setzen sich auf eine Bank, wo Marilyn ihr Essen viel zu hastig hinunterschlingt. Ihre Wangen brennen, vielleicht noch immer von der Sonne, vielleicht aber auch von der Hitze, die James in ihr entfacht hat.

Mit einem Mal platzt aus ihr heraus: »Und, hast du da unten auch schon welche von den anderen neunundzwanzig Mädchen geküsst?«

»Hm?«

»Hat dein Bruder gesagt – dass es neunundzwanzig waren. Das heißt also, ich bin Nummer dreißig, ja? Ist doch eine schöne glatte Zahl. Vielleicht ja sogar eine Glückszahl?« Sie spürt, wie sich etwas Finsteres in ihre Stimme schleicht – Unsicherheit, eine seltsame Art von Furcht. Sie will es unterdrücken, aber sie schafft es nicht.

Er mustert sie eingehend. »Nein. Hab ich nicht.«

»Aber es stimmt, oder? Dass du schon so viele Mädchen geküsst hast?«

»Ich hab nicht mitgezählt. Was spielt das denn auch für eine Rolle?«

Marilyn hat keine Ahnung.

»Das da unten ist mein Lieblingsplatz. Da gehe ich normalerweise alleine hin«, erklärt James schließlich.

»Oh.«

»Meine Mom hat ihn mir gezeigt.«

Da wollte er etwas so Wichtiges mit ihr teilen und sie hat alles verdorben. »Ich – ich fand's schön«, sagt sie, doch es gelingt ihr nicht, ihre Stimme aufrichtig klingen zu lassen.

Er lächelt, aber nicht sein Strahlelächeln, sondern ein distanziertes, das nichts preisgibt, und haucht ihr einen flüchtigen Kuss auf die Stirn. Es ist, als wären hinter seinen Augen Türen zugeschlagen.

»Wir sollten langsam zurück«, sagt er.

»Okay.« Sie dreht sich zum Meer um, als wollte sie es um Hilfe bitten. Doch es ist nur eine dunkle Fläche, die, halb mit dem Nachthimmel verschmolzen, an der Küste zerrt.

······

Als Marilyn nach zehn in die Wohnung kommt, döst Woody auf der Couch, und Sylvie, die sich nach der Arbeit noch nicht umgezogen hat, räumt die Reste des Abendessens weg. Als sie Marilyn erblickt, keucht sie auf.

»Wo warst du? Dein Gesicht! Was ist denn passiert?«

»Gar nichts, Mom, ich hab mir nur im Park einen kleinen Sonnenbrand geholt.«

Marilyn will in ihr sicheres Zimmer fliehen, aber Sylvie folgt ihr.

»Ellen hat angerufen. Am Mittwoch hast du einen Termin für neue Fotos für deine Mappe, da kannst du dich so nicht blicken lassen – was machen wir denn jetzt?«

Marilyn seufzt. »Ich schmiere mir Aloe Vera drauf. Und wenn's nicht besser wird, überschminken wir es eben.«

»Bis dahin pellt sich doch deine Haut. Du musst – du musst wirklich mal lernen, Prioritäten zu setzen, Marilyn, ich –« Sie flüstert: »Warst du etwa mit *ihm* zusammen?«

»Wer ist denn *ihm*?«

»Das weißt du ganz genau!«, zischt Sylvie.

»Er hat einen Namen. Und ich war mit James zusammen, ja.«

»Hab ich dir nicht gesagt, du sollst dich von ihm fernhalten?«

Marilyn zieht die Ärmel von James' Pulli über ihre geballten Fäuste.

»Nein, hast du nicht. Und das werde ich auch nicht tun. Du hast nur gesagt, Woody darf nichts davon wissen, und darauf habe ich auch geachtet, aber ich kann einfach nicht fassen – hast du überhaupt eine Ahnung, was er James' Familie angetan hat?«

»Und zwar?«

»Er hat ihr Auto gerammt und sie dann richtig übel beschimpft, so schlimm, dass James nicht mal wiederholen wollte, was er gesagt hat. Er hat die Polizei gerufen, als James' Großmutter Geburtstag gefeiert hat! Ich wusste ja, dass er spinnt, aber so –«

»Ich will hier genauso wenig sein wie du, aber wenn du es so schrecklich findest, solltest du dich vielleicht ein bisschen weniger auf James und stattdessen mehr auf deine Karriere konzentrieren.«

Ihre Mutter, wird Marilyn klar, ist die Letzte, von der sie sich in dieser Sache Unterstützung erhoffen kann. Marilyn holt tief Luft. »Ich weiß, dass wir gerade nirgendwo anders hinkönnen, und darum werde ich mich bemühen, nicht noch mehr Stress mit Woody zu bekommen, aber James und ich, wir sind – wir sind Freunde, und daran kannst du nichts ändern.«

Sylvie verlässt mit eisiger Miene das Zimmer.

Ein paar Minuten später kommt sie mit einem Becher kalter Milch zurück und besteht darauf, Marilyns Gesicht damit zu betupfen. (Ekelhaft.) Am nächsten Tag lässt Sylvie sie nicht zur Schule gehen. Sie mixt ihr eine Maske aus pürierten Gurken, schwarzem Tee und Haferflocken und bis zu dem Fototermin ist Marilyns Haut wieder blass und fototauglich.

Marilyn starrt ausdruckslos in die Kamera und verbannt jegliche Gedanken aus ihrem Kopf, bis nur noch weißes Rauschen übrig ist. Sie folgt den Anweisungen des Fotografen. Lächelt. Setzt einen provokanten Blick auf. Wechselt ihr Outfit. Lässt sich in Unterwäsche ablichten. Sie macht ein Hohlkreuz, schiebt die Hüfte raus, fährt sich mit den Händen durchs Haar. Sie stellt sich vor, es wären die von James, und eine zaghafte Röte steigt ihr in die Wangen.

»Super«, ruft der Fotograf. »Das war ein Volltreffer.«

Marilyn zieht sich James' Sweatshirt über und hört zu, während Sylvie dem Fotografen überschwänglich dankt.

»Du hast in letzter Zeit ein ganz neues Körpergefühl entwickelt«, sagt Sylvie im Gehen. Den Eindruck hat Marilyn auch – es ist, als hätte James auch noch den winzigsten Nerv in ihr zum Leben erweckt. Aber nach dem unschönen Ende, das ihr letzter gemeinsamer Abend genommen hat, wirken diese Nerven wie überstrapaziert, so sehr sehnt Marilyn sich nach seiner Berührung.

Zu Hause sieht Sylvie im Briefkasten nach Post. Sie legt Woody seine Rechnungen auf den Schreibtisch, behält die Werbeprospekte, um später Rabattmarken auszuschneiden, und wundert sich über ein fälschlich an ihre Adresse geliefertes »People«-Magazin, bevor sie Marilyn einen Umschlag überreicht.

»Für dich«, sagt sie betont beiläufig.

Der Brief ist von der College-Prüfungskommission. Marilyn verschwindet in ihrem Zimmer und reißt den Umschlag auf.

Sie hat gut abgeschnitten. Sehr gut sogar. Sofort denkt sie an

James. Er muss sein Ergebnis ebenfalls heute bekommen haben. Genau so etwas brauchen sie jetzt – etwas, was sie gemeinsam feiern können. Nachdem sie eine Weile vergeblich nach einem Vorwand gesucht hat, um die Wohnung zu verlassen, gibt sie schließlich auf und sagt zu Sylvie: »Bin gleich wieder da.«

Sylvie blickt von dem »People«-Magazin auf, in dem sie gerade blättert. Nach einem Moment nickt sie bloß und widmet sich wieder ihrer Lektüre.

Marilyn stürmt die Treppe hinunter und klopft bei James. Rose, heute in einem rosa Jogginganzug, öffnet ihr.

»Komm rein, Liebes.« Sie winkt Marilyn herein.

»Ist James da?«

»Der müsste in einer halben Stunde wieder da sein. Du kannst hier gerne auf ihn warten. Ich hab ihn Hähnchen fürs Abendessen kaufen geschickt und sein Bruder musste natürlich mit. Justin folgt James auf Schritt und Tritt.«

Marilyn geht hinter Rose her, die ihnen in der Küche zwei Gläser Limonade einschenkt.

»Dich hat Justin auch sehr gern.« Rose lächelt mädchenhaft. »Anscheinend hofft er, dass du James' neue Freundin wirst. Aber vor dem musst du dich in Acht nehmen«, warnt sie. »Der Junge hat ein riesengroßes Herz, aber auch arg mit sich zu kämpfen. Nachdem seine Momma gestorben war, hat er fast ein Jahr lang keinen Ton gesagt, wusstest du das? Ist natürlich lange her … Inzwischen geht's ihm besser, aber er vermisst sie immer noch.«

Marilyn nickt nur, überrascht, beinahe erschrocken, über Roses Offenheit.

Als hätte Rose ihre Gedanken gelesen, fährt sie fort: »Dir kann man trauen, das sehe ich in deinen Augen. Du bist nicht wie dein Onkel. So was konnte ich schon immer, schon als kleines Mädchen. Auf den ersten Blick erkennen, wer die Guten sind.« Rose stellt die Limonadengläser und einen Teller Plätzchen auf den Tisch, bevor sie kurz verschwindet und mit einem riesigen Stapel Fotoalben zurückkommt.

»Mit denen habe ich 1956 angefangen«, sagt sie, »nachdem Alan und ich geheiratet hatten. Ein Jahr später kam Angela. Unser einziges Kind.« Rose geht den Stapel durch. »Hier drin sind James' Kinderfotos.«

Marilyn fängt an, in dem Album zu blättern, das Rose ihr reicht. Es ist, als hätte sie James' Lebensgeschichte vor sich. Sie ist völlig gefangen von der Schönheit seiner Mutter, die ihn als Baby auf dem Arm hält. Ihr Gesicht wirkt so unbeschwert und fröhlich, dass es selbst die verblassten Bilder zum Leuchten bringt. Ein weiteres zeigt James auf dem Schoß seines Großvaters. In den nächsten Alben sieht Marilyn James mit Mickymaus-Ohren in Disneyland, James, der drei Geburtstagskerzen ausbläst, James in der Badewanne. Am liebsten würde sie den kleinen Jungen an sich drücken, ihn für immer bei sich behalten. Auf einem anderen Foto sitzt James auf den Schultern eines Mannes und lächelt. Das muss sein Vater sein; Marilyn erkennt die Form seines Mundes und die Art, wie er den Kopf schieflegt.

»Die beiden haben sich getrennt«, erklärt Rose, »als Angela mit Justin schwanger war. Er wohnt jetzt in Texas, hat wieder geheiratet und zwei kleine Töchter. James und Justin besuchen ihn jeden Sommer. Zum Glück hat er nie versucht, uns nach Angelas Tod das Sorgerecht streitig zu machen. Ich weiß nicht, was ich ohne die Jungs gemacht hätte. Seit wir unsere Tochter verloren haben, sind die beiden für mich der einzige Grund, morgens aufzustehen.«

Marilyn blättert um zu einem Foto, auf dem James den Kopf an die Schulter seiner Mutter lehnt. Er wirkt so unschuldig, so zufrieden. So sicher, in ihr für alle Zeit eine Stütze zu haben.

In dem Moment geht die Wohnungstür auf, und James und Justin kommen herein, beladen mit Einkaufstüten. Als James Marilyn sieht, bleibt er wie angewurzelt stehen.

»Hey«, begrüßt er sie zurückhaltend.

»Ich zeige Marilyn gerade meine Alben.« Rose lächelt.

Über Marilyns Schulter hinweg wirft James einen Blick auf das Foto von ihm mit seiner Mutter. Marilyn sieht zu ihm hoch, doch sein Gesicht ist verschlossen, wie so oft. Er geht die Einkäufe wegräumen. Dafür kommt Justin herbeigestürmt.

»Wo sind denn meine Fotos?«, fragt er. »Hast du ihr gezeigt, wie ich als kleines Baby aussah?«

»Noch nicht, mein Schatz.« Justin fängt an, in den Alben zu kramen.

Marilyn überlegt, ob sie aufstehen und zu James gehen soll. Doch Justin präsentiert ihr bereits ein Foto von ihm als Baby auf dem Arm seines Bruders.

»Wow«, sagt sie zu Justin, der sie erwartungsvoll anguckt. »Du warst aber süß.« Justin schlägt ein paar Seiten um, bis er bei einem Foto von ihm als Kleinkind mit einem Plastikbaseballschläger landet. »Da hab ich Baseball gespielt.«

Er blättert weiter bis zu einem Profibild aus dem Fotostudio, das James, Justin als Baby und ihre Mom zeigt, alle in roten Poloshirts.

Auf dem nächsten steht James, der etwa elf sein muss, neben dem fünf- oder sechsjährigen Justin, beide zu Halloween als Ninja Turtles verkleidet.

»Welcher von den Turtles bist du?«, fragt Marilyn James, der gerade zurück ins Zimmer kommt.

»Er war Michelangelo«, antwortet Justin. »Dabei bin ich viel mehr wie Michelangelo, er müsste eigentlich Donatello sein.«

James sagt nichts dazu, stattdessen geht er den Kolibri-Nektarspender holen und füllt ihn nach, bevor er ihn zurück nach draußen hängt.

Als er wieder reinkommt, hat Marilyn das Gefühl, seinen Ärger zu spüren, als ginge eine Hitzewelle von ihm aus.

Sie dreht sich auf ihrem Stuhl zu ihm um. »Tut mir leid«, sagt sie. »Ich hab nur – ich hab heute mein Ergebnis bekommen, vom Collegeeignungstest, und da wollte ich – ich war so aufgeregt, darum bin ich runtergekommen. Ich dachte, du hast deins vielleicht auch schon.«

»Gab's Post?«, wendet James sich mit neutraler Stimme an Rose. Sie deutet auf einen Stapel Briefe auf einer Ablage neben der Tür. James findet den richtigen Umschlag und öffnet ihn sorgfältig entlang des Klebesiegels.

Seine Miene – nahezu ausdruckslos, nur um die Augen ein Hauch von Angst – lässt Marilyn befürchten, dass er nicht gut abgeschnitten hat.

Er reicht ihr das Schreiben. Er hat beinahe die höchstmögliche Punktzahl erreicht.

»James«, sagt sie leise. »Das ist ja unglaublich. Wow – herzlichen Glückwunsch. Ich freue mich so für dich.«

Er nickt nur. »Danke, dass du mir beim Lernen geholfen hast. Und du?«

»Gut. Das heißt, nicht ganz so super wie du, aber ich bin zufrieden.«

Rose und Justin blicken sie fragend an. »Wir haben einen Test gemacht«, erklärt James. »Von dem hängt ab, welches College uns mal nimmt.«

Rose nickt. »Das hat er von seiner Momma geerbt. Die war auch so ein kluges Köpfchen.«

»Was denn für ein College? Und wo?«, erkundigt Justin sich stirnrunzelnd.

»Das weiß ich noch nicht, Jus. Grandma, soll ich dir beim Kochen helfen?«

»Kartoffeln schälen könntest du. Bleibst du zum Essen, Marilyn?«

Marilyn sieht zu James rüber, der jedoch ihrem Blick ausweicht.

»Nein«, sagt sie. »Ganz lieben Dank, ich würde wirklich gern, aber ich muss langsam wieder nach Hause.« Sie will nichts weniger, als jetzt zu gehen, aber was soll sie tun? James hat sie nicht eingeladen. Er verschließt sich vor ihr; sie meint, beinahe zu hören, wie in ihm die Türen zuknallen.

Marilyn ruft sich in Erinnerung, dass sie in weniger als einem Jahr – höchstens neun Monate noch – sowieso hier weg ist. Dann lebt sie ihr eigenes Leben. Und zwar allein.

Doch als sie eine Stunde später in ihrem Zimmer sitzt, nachdem sie ein gegrilltes Käsesandwich gegessen hat, zieht der Duft von Roses Hühnchen zum Fenster herein, und es riecht so gut, so sehr nach Zuhause, dass ihr beinahe die Tränen kommen.

Am nächsten Tag schlägt das Wetter um. Der Santa Ana ist ein heißer Föhnwind, der, wie Joan Didion es ausdrückt, *die Berge und die Nerven bis zum Flammpunkt ausdörrt.* Fensterläden rattern, Äste scharren über Dächer, Sirenen heulen Tag und Nacht. Staub in Marilyns Augen, wenn sie nach der Schule auf den Bus wartet. Staub in ihrem Mund. Flüchtige Blicke auf James durch die vergitterte Scheibe, wenn er die Auffahrt hochkommt, die Hand schützend vor dem Gesicht. Es ist sogar zu böig, um ein Fenster zu öffnen, darum gibt es keine Musik an diesem Abend. Die Leute im Osten liegen falsch, wenn sie behaupten, in Südkalifornien gäbe es kein Wetter (findet Didion, und Marilyn stimmt ihr zu). Man muss die Stadt kennen, muss ihren unberechenbaren Rhythmus am eigenen Leib spüren, um zu verstehen, wie tief er reicht und wie er einem ins Blut übergehen kann. *Der Wind zeigt uns, wie nahe wir dem Abgrund sind.* Ein Streit auf dem Schulflur. Zu Hause das Klirren von zersplitterndem Glas. Marilyn öffnet ihre Zimmertür und erspäht durch den Spalt ihre Mutter, die im Wohnzimmer die Scherben von Woodys Bierflasche zusammenkehrt. Sie weiß nicht, ob es ein Versehen war. Er ist bereits dabei, sich die nächste Flasche aufzumachen. Marilyn hat das Gefühl, der Wind weht durch sie hindurch, und sie stellt sich vor, wie die verdorrte Landschaft ihres Körpers Feuer fängt. Katastrophenwetter. Es tut weh.

Als es endlich Samstag ist, geht Marilyn wortlos an Woody vorbei, der nicht von seinem Computerbildschirm aufsieht, und setzt sich draußen auf die Treppe, eine Hand über der Stirn, ihren Schal zu eng um den Hals geschlungen. Sie wartet auf James.

Spürt, wie der Wind ihre Augen austrocknet, schmeckt sein Heulen auf der Zunge.

Sie kann nicht genau sagen, wie lange sie dort sitzt, bis ihr klar wird, dass James nicht kommen wird. Dennoch kann sie sich nicht dazu aufraffen, wieder die Treppe zu Woodys Wohnung hochzusteigen. Es ist, als trüge sie ein Maiskorn in ihrer Brust, das sich mit glühender Wut auflädt, bis es aufzuplatzen droht, und ein verzweifeltes Stimmchen in ihr fleht: *Verlass mich nicht!*

Schließlich steht sie auf und klopft an seine Tür.

Nach einer langen Weile macht er auf. »Hey.«

»Hey.«

»Entschuldige, ich wusste nicht, ob ich hochkommen und dir Bescheid sagen darf, wegen dem ganzen Scheiß mit deinem Onkel und so, aber ich kann heute nicht in die Bibliothek. Hab hier zu Hause ’ne Menge zu tun. Meiner Grandma geht’s nicht so besonders.«

Marilyn nickt bloß, um nicht zu riskieren, dass er ihre Stimme brechen hört, dann dreht sie sich um und geht nach Hause.

••••••

Als Marilyn am Sonntagmorgen wach wird, hat sich der Wind gelegt, aber er hat seine Spuren hinterlassen – zerfledderte Palmwedel auf den Straßen, abgeknickte Bäume, Bonbonpapierchen und Plastiktüten in den Bougainvilleabüschen. Ein kräftiger Regenschauer wäre nötig, um den Staub aus der Luft zu waschen, aber am mittlerweile wieder unbewegten Himmel steht schon die viel zu heiße Sonne. Marilyn öffnet das Fenster, schlägt ihre Schulbücher auf und versucht, sich auf »Früchte des Zorns« zu konzentrieren.

Von James bekommt sie nichts mit, bis sie am späten Nachmittag seine vertrauten Schritte hört. Er geht in seinen Basketballshorts die Einfahrt runter und rennt los, kaum dass er den Gehweg erreicht hat, als wäre ihm ein Tiger auf den Fersen.

Marilyn schlüpft in ihre Turnschuhe und hastet in Baumwollshorts und einem alten T-Shirt los Richtung Park, in dem sie ihn vor ein paar Monaten hat laufen sehen. Als sie dort ankommt, klingt ihr Atem rau in ihren Ohren, und ihre Wangen müssen das leuchtende Rosa der Wolken am Abendhimmel angenommen haben. Sie entdeckt James, der über die Zementbahn sprintet, als lieferte er sich ein Wettrennen mit einem Geist, mit seinen eigenen Schatten, mit dem Sonnenuntergang, der durch die Waldbrände oben in den Hügeln – noch eine Folge des Windes – nur umso intensiver strahlt.

Als James stehen bleibt und mit den Händen auf den Knien verschnauft, geht Marilyn zu ihm. Er sieht ihr entgegen. Sein Keuchen ist so laut, dass sie das Echo in ihrem Körper zu spüren meint. Während sie nach den richtigen Worten sucht, um die Mauer zwischen ihnen zu durchdringen, wandert ihr Blick über die Wölbung seines Bizeps, seine zur Faust geballte Hand, seine argwöhnischen Augen.

Einem plötzlichen Impuls folgend stellt sie sich auf die Zehenspitzen und küsst ihn, sucht mit dem Gesicht den richtigen Winkel. Er erwidert den Kuss – der Funke zwischen ihnen ist alles andere als erloschen –, dennoch verschmelzen sie nicht so mühelos miteinander wie zuvor, werden nicht Teil des anderen.

James löst sich von ihr, sieht auf die Uhr. (Seine Pause zwischen den Sprints dauert schon zu lange, wird ihr klar.)

»Was gibt's?«, fragt er.

»James, was ist los?«, hält sie tapfer dagegen, obwohl ein Schluchzer sich in ihrer Stimme Bahn zu brechen droht.

»Wie meinst du das«, erwidert er, doch es klingt kaum wie eine Frage.

»Tut mir leid«, sagt Marilyn schließlich. »Das mit Woody. Und das am Strand neulich, als du mir deinen Lieblingsplatz gezeigt hast – es war so schön da, und es tut mir leid, dass ich – ich hab nur – ich hab dich einfach so gern, dass ich manchmal Angst bekomme und … da hab ich das Falsche gesagt.«

»Mach dir keinen Kopf«, sagt James und gibt ihr einen raschen Kuss auf die Stirn.

Doch das reicht nicht.

»Ich verstehe nicht, was mit dir los ist – mit uns«, stößt sie hervor.

Er wendet sich in Richtung des unsichtbaren Rauchs in der Ferne und weicht ihrem Blick aus.

»Warum warst du so komisch, als ich letztens bei euch war?«

»Du kannst nicht einfach so bei anderen Leuten reinplatzen«, sagt James brüsk.

»Nicht jeder hat einen Ort, wo er hingehört, so wie du«, feuert Marilyn zurück. »Nicht jeder hat eine perfekte Familie. Entschuldige bitte, dass ich nett mit deiner Grandma gequatscht habe. Die mich übrigens reingebeten hatte.«

»Perfekte Familie? Meine Mom ist *tot*. Mein kleiner Bruder muss aufwachsen, ohne sie je gekannt zu haben, und unseren Vater sehen wir genau für zwei mickrige Wochen im Jahr. Und ihr habt nicht bloß gequatscht. Du hast dir meine Kinderfotos angeguckt – Fotos von mir und meiner Mom, als wären die zu deiner Unterhaltung da.«

Marilyn kämpft mit den Tränen. Der Sonnenuntergang verlischt.

»Ich hab dir doch gesagt, ich will keine Freundin. Ich hab von Anfang an gesagt, dass es so nicht werden kann – wir haben beide genug anderen Kram um die Ohren. Du willst nächstes Jahr hier weg. Was auch immer bis dahin passiert, wir werden höchstwahrscheinlich nicht am selben Ort landen, und darum – darum ist es einfach keine gute Idee, wenn wir uns zu sehr aneinander gewöhnen.«

Ein scharfer Schmerz zuckt durch Marilyns Brust, gefolgt von der altvertrauten Kurzatmigkeit. Liegt es an Woody, dass James ihr nicht zu nahekommen will? Liegt es daran, dass er seine Mom verloren hat? Fürchtet er sich womöglich davor, dass auch sie ihn verlässt? Diese und andere Fragen gehen ihr durch den Kopf, und Mitgefühl keimt in ihr auf, doch ihre Angst, ihre Verletztheit, erhebt als Erste die Stimme: »Hör zu, wenn du – wenn du die Nase voll von mir hast, dann ist das okay. Damit komme ich klar, du musst mich nicht schonen.« Hitze ballt sich in ihrer Kehle zusammen. »Aber du kannst dich nicht einfach zurückziehen und so tun, als hätte das alles nichts bedeutet. Wir wissen beide, dass da etwas war zwischen uns, etwas Echtes. Zumindest für mich. Wir könnten einander helfen. So wie wir es ohnehin schon die ganze Zeit tun.«

Sie dreht sich um und geht und im selben Moment beginnen ihre Tränen zu fließen. Durch den verschwommenen Schleier starrt sie in den Himmel, der nun ein weiches Dämmerblau angenommen hat, fühlt die Herbstkühle in der Luft. Sie gestattet es sich nicht, zu James zurückzublicken, doch sie sieht ihn vor ihrem geistigen Auge, wie er, beinahe mit Lichtgeschwindigkeit, über die Zementbahn sprintet.

Marilyns Haare riechen nach Mayonnaise – nach Hellmann's, um genau zu sein. An der Mayo für die Haarkur spart Sylvie nie. Marilyn hat nachmittags im grell erleuchteten Supermarkt noch vorgeschlagen, die günstigere Eigenmarke zu nehmen, da das Zeug ja sowieso nur auf ihrem Kopf landen würde, aber davon wollte Sylvie nichts wissen.

Dieses Ritual besteht seit Marilyns Kindheit: Am Abend vor jedem Casting misst Sylvie einen Becher Mayonnaise ab und massiert sie Marilyn ins Haar ein, an der Kopfhaut angefangen bis runter in die Spitzen. Dann zwirbelt sie das mayodurchtränkte Gewirr zu einem Dutt zusammen, wickelt es in Frischhaltefolie und bedeckt das Ganze mit einem warmen Handtuch. Diese Kur haben sie zum ersten Mal vor dem »Mein kleines Pony«-Werbespot angewandt, weswegen Sylvie fest überzeugt ist, dass sie Glück bringt. Und auch diesmal, obwohl Marilyn sich anschließend dreimal die Haare gewaschen hat, bleibt ein unverkennbarer Geruch zurück, der an ein allzu ausgedehntes Picknick erinnert.

Ellen Freutmich hat sie in einem Casting für einen Levi's-Werbespot untergebracht – die Mädchen sollen einfach nur in supertief geschnittenen Jeans und bauchfreien Tops auf und ab gehen, hieß es. (Durch eine nachträgliche Animation würden dann die Bauchnabel der Auserwählten miteinander reden – oder vielmehr singen, und zwar »I'm Coming Out«.) Sylvie ist schon um neun ins Bett gegangen und hat Marilyn geraten, dasselbe zu tun, damit sie ihren »Schönheitsschlaf« bekomme.

Aber Marilyn liegt nun schon seit gefühlten Stunden wach und sieht dem Mond zu, wie er am Fenster vorbeiwandert. Mittlerweile ist er schon fast in dem Teil des Himmels verschwunden, der für sie nicht einsehbar ist. Wir sind wie der Mond, wird ihr nun klar. Wir bewegen uns von einem Punkt zum anderen, sind mal zu sehen und mal nicht, auch wenn die Veränderungen mit bloßem Auge kaum erkennbar sind. Wann genau hat sich James in ihr Herz gestohlen? Und welche Art von Schwerkraft hat ihn wieder von ihr fortgezogen?

Schließlich schaltet sie das Licht ein und greift nach »Stunde der Bestie«. Sie schlägt das Essay auf, das sie eigentlich letzten Samstag lesen wollten, bevor James auf einmal keine Zeit mehr für die Bibliothek hatte, und fängt allein damit an. »Gedanken über das Notizbuch« stellt sich als einer ihrer bisherigen Favoriten heraus, und es sind diese Zeilen, die sie besonders packen: *Ich finde, wir sind gut beraten, die flüchtige Bekanntschaft mit den Leuten, die wir damals waren, zu pflegen, mögen wir sie nun für nette Gesellschaft halten oder nicht. Sonst tauchen sie unangemeldet auf und überraschen uns, hämmern in einer schlimmen Nacht morgens um vier an die innere Tür und wollen wissen, wer sie im Stich gelassen, wer sie betrogen hat, wer es wiedergutmacht.*

Wieder und wieder liest Marilyn diese Worte und denkt an das kleine Mädchen auf dem Schoß seiner Mutter, das sich selbst im Fernsehen mit seinem neuen Zauberschlüsselpony spielen sieht. Wie wenig Beachtung sie diesem Mädchen geschenkt hat, wie gedankenlos sie es von sich gestoßen hat. Sie denkt an die Ängste, die dieses Mädchen ausgestanden hat, während es sich nach der Liebe seiner Mutter sehnte. Wie es schreiend aus Albträumen aufgewacht ist, ohne sich daran erinnern zu können. Sie denkt an den Agenten in Orange County und seine widerliche Couch. Sie denkt an ihren Zorn damals – auf ihn, ja, aber auch auf ihre Mutter, die sie in seiner Obhut gelassen hat, als er vorgab, »ganz in Ruhe« mit ihr für Castings üben zu wollen –, an ihre Mutter, die, als Marilyn ihr gestand, der Mann sei ihr unheimlich, behauptete, das habe sie sich alles nur eingebildet, ihre Mutter, die bei den Treffen immer kokett mit einer Haarsträhne spielte und vom »Potenzial« ihrer Tochter schwärmte. An diesen Zorn denkt sie, daran, wie sie ihn hinuntergeschluckt und tief in sich vergraben hat. So lange, bis er in ihrem Bauch ein eigenes schlagendes Herz entwickelt hat, das sie bis heute mit sich herumträgt.

Sie denkt an die Dreizehnjährige, die beklommen feststellte, dass ihr Brüste wuchsen. Die sich weigerte zu essen, in der Hoffnung, die Brüste würden dadurch wieder verschwinden. Die ihren Text nicht mehr aufsagen konnte, ohne von Panik überrannt zu werden.

Zu einem anderen Menschen wird man nicht einfach so nebenbei. Es bedarf vieler kleiner Schritte, um sich neu zu erfinden. Marilyn denkt an die Pioniere im Wilden Westen – all die Meilen mit nichts als einem Planwagen. Aber wenn man überlebte, waren die kalten Winter des Ostens bald nur noch eine entfernte Erinnerung. Dann war man woanders, *jemand* anders. Dennoch. Was dem Geist über die Zeit entfällt, vergisst der Körper nie.

Sind Stunden vergangen? Oder nur Minuten? Der Mond ist hinter dem Fensterrahmen verschwunden. Irgendwann sind ihre Lider schwer genug, um geschlossen zu bleiben, und sie versinkt im Schlaf, als wäre es Treibsand.

Bis ein dumpfer Knall sie wieder hochschrecken lässt.

Mit einem Ruck setzt sie sich auf und sieht gerade noch einen Turnschuh hinter dem Fenster zu Boden fallen. Unten in der Auffahrt steht James, mit nur einem Schuh. Seine dunklen Augen schimmern wie zwei zusätzliche Monde.

Sie spürt, wie sie in deren Umlaufbahn gerät, und steht auf, wie in Trance. Sie zieht sich an, öffnet vorsichtig ihre Tür, die sie für ihr ewiges Geknarze verflucht, und späht ins Wohnzimmer. Woody liegt leise schnarchend auf der Couch, seine Füße in den schmutzigen Socken hängen über die Armlehne.

Auf Zehenspitzen schleicht sie über den Zottelteppich und erstarrt, als Woodys Schnarchen plötzlich abreißt und sein Arm auf den Boden klatscht.

Schließlich schnarcht er weiter. Mit angehaltenem Atem öffnet Marilyn die noch schlimmer knarzende Wohnungstür – aber, Gott sei Dank, sie bleibt unbemerkt. Sie tritt nach draußen, und ihr Blick fällt auf James, der noch immer in der Einfahrt steht, inzwischen wieder mit Schuhen an beiden Füßen.

»Hey«, flüstert sie, als sie sich ihm nähert.

»Hey.«

»Ich konnte nicht schlafen, darum bin ich eine Runde laufen gegangen. Hab gesehen, dass bei dir noch Licht ist.«

»Ich konnte erst auch nicht schlafen. Aber gerade war ich doch eingedöst, bis du mich geweckt hast.«

»Tut mir leid.«

»Schon okay.«

»Ich meine, tut mir leid, dass ich so ein Idiot war.«

Sie nickt. Seine Zurückweisung hat eine tiefe Wunde in ihr hinterlassen, aber dafür steht er jetzt vor ihr, und das wiegt alles auf.

»Ich würde dir gern was zeigen –«

Sie hört ein halbes Fragezeichen am Ende, die Sorge, sie könnte Nein sagen.

Doch sie sagt nicht Nein. Sie kann seiner Anziehungskraft nicht widerstehen; es ist ein Gefühl wie Magnetismus, als müsste es eine wissenschaftliche Erklärung für ihn geben.

……

Es muss schon fast zwei Uhr sein, als sie den Runyon Canyon erreichen, wo sie über das Tor klettern (das bei Sonnenuntergang geschlossen wird) und anschließend den steilen Wanderweg hochsteigen. Ein Stück seitlich von ihnen ragt riesenhaft der Hollywood-Schriftzug auf und die Hügel unter ihnen sind gesprenkelt mit Häusern und den dazugehörigen schwarzen Rechtecken der Swimmingpools. James wartet, während Marilyn über einen Felsbrocken klettert; ihr Herz rast, und ihre Lungen saugen gierig die kühle Nachtluft ein. Es riecht schwach nach dem Rauch der Waldbrände und nach Meer, und außerdem nach dem chinesischen Essen, das James trägt, einen Sechserpack Bier in der anderen Hand.

»Nicht umdrehen«, ruft James ihr zu. »Erst wenn wir ganz oben sind.«

Als es so weit ist, erstreckt sich Los Angeles unter ihnen wie ein glitzerndes Wunderland. Winzige Autos verwandeln die Straßen in ein glühendes Netz und die Lichter aus Tausenden von Häusern werden zu funkelnden Sternen. Erst jetzt, den Kopf an James' Brust gelehnt, versteht Marilyn, welches Versprechen von dieser Stadt ausgeht.

»Deine Haare riechen nach irgendwas.«

Marilyn zuckt zusammen und weicht zurück. »Mayonnaise. Tut mir leid.«

»Mayonnaise?«

»Die gibt angeblich extraviel Glanz. Sylvies Ritual vor Castings. Ich hab morgen eins, für Levi's.«

»Manchmal habt ihr Weißen sie echt nicht alle.«

Marilyn lacht. »Meine Mutter auf jeden Fall.«

James nimmt zwei Bierflaschen und öffnet sie an einem Felsen. Dann packt er das Essen aus – Hühnchen Kung Pao und gebratene Nudeln – und reicht Marilyn eine der Styroporschalen.

»Es gibt nicht viel, wo ich weniger hinwill als zu diesem Casting morgen«, sagt sie.

»Warum machst du's dann?«

»Weiß nicht. Ich muss zusehen, dass ich ein bisschen Geld verdiene, damit meiner Mom wenigstens das bleibt, wenn ich nächstes Jahr weg bin.« Sie nippt an ihrem Bier, spürt, wie sie sich unter der Wirkung des Alkohols etwas entspannt, lockerer wird. »Und irgendwie kann ich auch nicht Nein zu ihr sagen.«

»Aber was ist denn mit dir – brauchst du das Geld nicht selbst?«

Marilyn zuckt mit den Schultern und sieht weg, überwältigt von dem jähen, unbändigen Drang, sich aus ihrer Haut zu befreien.

»Bist du wütend darüber?«, fragt James weiter.

»Weiß nicht. Schätze schon, obwohl ich das Gefühl habe, dass ich es nicht sein dürfte.«

»Warum nicht?«

»Weil es sowieso nichts bringt. Hilft einem ja doch nicht weiter.«

»Na klar. Wut kann ein Antrieb sein, wie alles Mögliche andere auch.«

Eine Weile sitzen sie schweigend da. Marilyn knibbelt am Etikett ihrer Bierflasche.

»Mein erster Agent in Orange County hat mich gezwungen zuzusehen, wie er sich einen runterholt.« Dies ist das erste Mal, dass sie es laut ausspricht, und die Worte ziehen sich in ihrem Mund wie Kaugummi. Sie will sie ausspucken, loswerden. »Ich hab versucht, es meiner Mom zu erzählen, aber sie hat mir überhaupt nicht zugehört. War wohl zu geblendet von ihrer Hoffnung, der Typ würde einen Star aus mir machen. Also hab ich mir angewöhnt zu verschwinden, verstehst du, mich einfach aus dem Zimmer zu wünschen. Ich glaube, ich hab mir oft vorgestellt, ich wäre zurück in Amarillo und mein Dad wäre noch am Leben, aber jetzt kann ich mich kaum noch erinnern …«

»So ein Scheißkerl«, flucht James, und seine Miene ist steinhart. Nach einem Moment streckt er die Hand aus und streicht ihr eine Haarsträhne aus dem Gesicht. »Tut mir echt leid.«

Aber Marilyn will kein Mitleid.

Sie will nicht, dass er ihr über den Kopf streicht. Sie will ihn zu Boden drücken und ihre Lippen auf seine pressen, will sich in ihm verlieren.

»Ich hoffe, das ändert nichts daran, wie du über mich denkst«, sagt sie.

»Nein«, antwortet James. »Aber dir ist klar, dass du nicht zu diesem Casting musst, oder?«, fügt er hinzu. »Du musst gar nichts. Es liegt ganz bei dir.«

»Na ja, so ganz stimmt das nicht.«

»Ich verstehe, dass das eine miese Situation ist. Dass du dich unter Druck gesetzt fühlst. Aber du hast trotzdem die Wahl.«

»Kann sein.«

»Betrachte es doch mal ganz pragmatisch«, fährt James fort. »Was könnte für dich selbst dabei rausspringen? Wenn du die Rolle kriegst, könntest du dir von dem Geld nicht ein Flugticket zur Uni deiner Träume kaufen? Die Studiengebühren bezahlen, die von einem Stipendium oder einem Darlehen nicht abgedeckt werden? Sag deiner Mom, dass du die Kohle nicht mehr einfach so bei ihr ablieferst. Dass du es nur machst, wenn du die Hälfte behalten darfst.«

Marilyn schluckt. James mustert sie einen Moment, dann trinkt er sein Bier aus und reicht ihr die leere Flasche.

»Hier. Mach sie kaputt.«

»Kaputt?«

»Kaputt.«

»Ähm …«

»Du bist stinksauer, das sehe ich. Na los, wirf die Flasche, Mari Mack.«

Marilyn erwidert unsicher seinen Blick.

»Wenn du deine Wut immer nur runterschluckst, nützt sie dir nichts. Am Ende fügst du dir oder anderen damit nur Schaden zu, ohne es zu wollen. Denk an diesen Drecksack und wirf die Flasche.«

Marilyn holt Schwung und schleudert die Flasche mit ungeahnter Wucht von sich. Sie zersplittert mit einem wohltuenden Klirren auf einem Stein.

Marilyn stürzt den Rest ihres eigenen Biers hinunter.

»Denk an deinen Arschloch-Onkel«, sagt James, und sie wirft die zweite Flasche. Und tatsächlich, die Wut fühlt sich immer besser an, als wäre sie ein Teil von ihr.

Aus den Tiefen ihres Gedächtnisses kramt sie das Bild einer Straße hervor, die sich unter einem weiten Himmel durch karges Land schlängelt. Sie denkt an die Sechsjährige, die mit ihrer Mutter diese Wüste durchquert hat, an all das, was dieses Mädchen durchmachen musste, und zum ersten Mal verspürt sie nicht den Drang, davor die Augen zu verschließen.

»Sieht hübsch aus, oder? Die Glasscherben«, sagt sie. »Aber ich hab ein schlechtes Gewissen, sie da liegen zu lassen.«

James löst die restlichen Flaschen aus der Halterung und benutzt die Pappe, um damit die Scherben in die Essenstüte zu fegen.

Sie wünschte, sie könnte seine Gedanken lesen und die Welt mit seinen Augen sehen.

»Was denkst du gerade?«, fragt sie, als er zurückkommt.

»Ich liebe dich«, sagt James.

Marilyn versucht, seine Miene zu studieren, doch er starrt auf die Stadt hinunter wie auf ein Meer, in das er eintauchen will. Aber eigentlich hat er den Sprung ja schon gewagt.

Sie legt ihm sanft die Hand auf die Wange und dreht seinen Kopf zu sich. Es ist gerade die Distanz zwischen ihnen, denkt sie, die ihre Verbindung zu etwas Besonderem macht, jenen dünnen Faden, der so leicht zu zerreißen ist und zugleich aus purem Gold besteht. Und der ist in diesem Moment wichtiger als alles andere.

»Ich liebe dich auch.«

Sie weiß nicht, ob es wahr ist, noch nicht, weiß nicht, ob sie überhaupt schon begreift, was Liebe ist – aber das spielt keine Rolle. Sie weiß, dass sie ihn lieben könnte. Und sie ist sich sicher, dass sie es wird.

ANGIE

Um kurz nach dreiundzwanzig Uhr treffen Angie und Sam bei seinem Cousin ein, aber das Viertel ist noch hellwach. Sie parken ein Stück die Straße runter neben einer Reihe Palmen, die auf Angie prachtvoll und exotisch wirken; sie kann kaum glauben, dass sie einfach dort zwischen Wohngebäuden und dem Lebensmittelladen an der Ecke wachsen. *Ich liebe L.A.*, denkt sie, als sie aus dem Auto in die nächtliche Stadt treten, erleuchtet durch Laternen, Scheinwerfer und ferne Neonschilder. Irgendwo heult eine Sirene und aus einer in der Nähe geparkten Rostlaube donnert »Angels« von Chance the Rapper. Angie meint, Salz in der warmen Nachtluft zu riechen, obwohl das Meer meilenweit entfernt sein muss.

Sam schultert seine eigene Tasche und greift dann nach ihrer.

»Lass mich doch auch was tragen«, protestiert sie.

»Nö«, sagt er, und sie belässt es dabei.

Er geht voran auf ein altes Mehrfamilienhaus mit Bogenfenstern und rostigen Feuerleitern zu, biegt um die Ecke und klopft an eine Tür.

Der Mann, der aufmacht – wenn man bei einem Vierundzwanzigjährigen denn schon von einem Mann sprechen kann –, sieht Sam entfernt ähnlich, ist allerdings wesentlich kleiner und kräftiger gebaut.

»Alter!« Er umarmt Sam und gibt ihm einen Klaps auf den Rücken, bevor er sich mit einem herzlichen Lächeln an Angie wendet. »Ich bin Miguel.«

»Angie.«

Das Erste, was Angie in seiner Wohnung auffällt, ist der warmwürzige Geruch, als wäre dort vor Kurzem noch etwas Leckeres gekocht worden. Ihr Magen fängt an zu knurren.

»Nicht schlecht«, wendet sich Miguel grinsend an Sam. »Deine Mamacita?«

Unbehagliches Schweigen. Schließlich lächelt Sam. »Wir sind nur Freunde.«

Miguel zieht die Augenbrauen hoch. »Aber ist das nicht die Kleine, für die du die ganzen Muscheln gesammelt hast?«

Angie ist sich nicht sicher, ob es ihr gefällt, »Kleine« genannt zu werden – zumal sie Miguel um ein ganzes Stück überragt –, doch die schmerzhafte Erinnerung an den Abend vor fast genau einem Jahr, als Sam mit einer Sammlung Muscheln aus L.A. zurückkam, lenkt sie davon ab. Es war der Abend, an dem sie miteinander geschlafen haben, der Abend, an dem sie Sam verlassen hat.

Miguel redet weiter, bevor Angie die richtigen Worte findet. »Okay, schon verstanden, ist ›kompliziert‹«, sagt er und malt mit den Fingern Anführungszeichen in die Luft. »Außerdem habt ihr zwei eine lange Fahrt hinter euch, wir können ja später weiterquatschen.«

»Ich muss mal pinkeln«, erklärt Sam und lässt Angie mit Miguel allein.

»Willkommen in unserer bescheidenen Hütte«, sagt Miguel.

Die Wohnung ist ziemlich klein, aber dafür voller Leben und Farbe. Auf der Fensterbank steht eine Reihe von Glasflaschen mit einzelnen Papierblumen darin und der graue Teppichboden ist mit mexikanischen Läufern aufgepeppt. An einer Wand sind mit Heftzwecken Zeichnungen, Notizen und Glückskeksvorhersagen befestigt. Gegenüber prangt ein Wandgemälde – das melancholische Gesicht einer schönen Frau vor einem Hintergrund aus silbernen Rosen. Eine der Stacheln hat ihr einen Schnitt unter dem Auge zugefügt und ein Tropfen Blut rinnt ihr über die Wange wie eine Träne.

»Das bin ich.«

Angie dreht sich um und sieht ein Mädchen Anfang zwanzig mit zerzaustem, leuchtend rotem Haar aus dem Flur treten. Sie trägt Leggings und ein Männer-T-Shirt in XXL.

»Keine Sorge.« Das Mädchen lacht. »Ich hab kein Bild von mir selbst gemalt und ins Wohnzimmer gehängt. Miguel ist der Künstler von uns beiden.«

Angie nickt.

»Außerdem wohne ich gar nicht hier«, fügt das Mädchen hinzu und kichert wieder, »obwohl ich zugeben muss, dass ich mich durch das Gemälde hier schon ziemlich zu Hause fühle.«

»Als hättest du damit Schwierigkeiten«, merkt Miguel an. »Zahlst keinen Cent Miete und hängst mir trotzdem ständig auf der Pelle.«

Sie boxt ihm gegen die Schulter. »Gib's zu, du bist doch dankbar für meinen weiblichen Einfluss.«

Miguel wendet sich Angie zu und erklärt schmunzelnd: »Angie, das hier ist Cherry. In die ich, falls du es noch nicht erraten haben solltest, schwer verliebt bin, auch wenn sie sich weigert, bei mir einzuziehen, dabei sind wir schon seit dem College zusammen.«

»Ich bin halt altmodisch – na ja, mehr oder weniger. Ohne Ring wird das nichts. Oder«, neckt sie, »ohne Partnertattoo, passend zu meinem.«

Sie streckt Angie die Hand hin und präsentiert das Tattoo auf der Innenseite ihres Handgelenks: zwei an den Stielen zusammenhängende Kirschen.

»Für den Fall, dass ich mal meinen Namen vergesse.« Als Sam zurückkommt, stürzt sie auf ihn zu und drückt ihm einen Kuss auf die Wange. »Da ist ja mein liebster Schwiegercousin!«, ruft sie und wuschelt ihm durchs Haar.

»Hey, Coke«, erwidert er lächelnd.

»Wegen Cherry Coke«, erklärt sie Angie.

Miguel öffnet in der Küche ein paar Flaschen mexikanisches Bier, steckt Limettenstückchen hinein und reicht jedem eine. Angie nippt schüchtern an ihrem Bier und genießt das Gefühl, wie die Bläschen auf ihrer Zunge zerplatzen.

»Habt ihr Hunger?«, fragt Miguel.

Angie nickt. Und wie.

»Ich hab euch was zu essen aufgehoben.«

Kurz darauf sitzen sie um den Tisch und essen Mole-Hähnchen.

»Wow. Ich glaube, so was Gutes hab ich noch nie gegessen«, schwärmt Angie.

»Also ich mag sie«, sagt Miguel zu Sam. »Sicher, dass ihr kein Pärchen seid?«

Sam ignoriert ihn und erklärt Angie: »Miguel ist Koch in einem Tacowagen.«

»Der totale Yuppie-Imbiss.« Miguel lächelt. »Aber das ist nur mein Brotjob.«

Sie plaudern weiter, und Angie erfährt, dass Miguel gerade einen Auftrag für ein Wandgemälde an einem neuen Bioladen auf der Melrose Avenue erhalten hat und dass Cherry ein Praktikum beim städtischen Bildungsradiosender macht. Ihr Geld verdient sie als Barkeeperin in einem kleinen Club. Angie, der vom Bier leicht schwummrig ist, fühlt sich, als wäre sie an einem völlig fremden Ort gelandet, einem Ort, an dem sich das echte Leben abspielt. Einen Moment lang gelingt es ihr beinahe zu vergessen, dass ihre Mom heute Abend allein ist, dass sie keine Ahnung hat, wie sie Justin finden soll und erst recht nicht ihren Dad.

»Wir haben nur ein Schlafsofa«, sagt Miguel, »da müsst ihr euch irgendwie arrangieren.«

Er versorgt sie mit Bettzeug und verschwindet im Schlafzimmer. Cherry gibt erst Sam, dann Angie einen Kuss auf den Scheitel und hüpft dann Miguel hinterher.

»Ich kann auf dem Boden schlafen«, bietet Sam an.

»Nein, ich. Du hast mich schließlich mitfahren lassen, da klaue ich dir nicht auch noch dein Bett.«

»Und ich bin ganz sicher kein solcher Blödmann, dass ich ein Mädchen auf dem Boden schlafen lasse.«

»Na schön«, sagt Angie schließlich. »Dann nehmen wir beide das Bett. Ist doch sowieso nur zum Schlafen.«

Sam starrt sie an, bis sie aufsteht und sich im Bad den grünen Zebramuster-Pyjama anzieht, den ihre Mom ihr bei Target gekauft hat.

Als sie zurückkommt, hat Sam das Bett bezogen, und Angie schlüpft hastig unter die Decke, während er im Flur verschwindet. Sie hört es im Bad rauschen und erinnert sich an ihre scherzhaften Diskussionen von früher, wenn sie sich über seine Wasserverschwendung beschwerte, weil er es beim Zähneputzen einfach laufen ließ.

Sie greift nach ihrem Handy und starrt auf das schwarze Display. Sie muss herausfinden, ob Justin zurückgerufen oder gemailt hat. Ihr Puls beschleunigt sich, als sie es einschaltet.

Doch da ist nur eine einzige Nachricht von ihrer Mutter. **Geht es dir gut?** Sonst nichts. Sie hatte panische Mailboxbotschaften erwartet, eine Flut von Nachrichten. Ist es wirklich möglich, dass Marilyn sie … einfach hat gehen lassen? Mit einem flauen Gefühl im Magen schreibt Angie zurück, ein schlichtes **Ja**.

Die Sprechblase erscheint. Angie wartet ab. Sie verschwindet wieder. Was mag ihre Mutter gerade denken? Was hat sie zu tippen angefangen und dann doch gelöscht? Die Blase taucht erneut auf und dann, nach einer gefühlten Ewigkeit: **Ich möchte, dass du mir jeden Tag schreibst, ob es dir gut geht.** Angie antwortet: **Okay.** Und das war's. Keine Sprechblasen mehr, keine Vorwürfe oder Liebesbekundungen, nichts. Angie versucht, sich Marilyn zu Hause vorzustellen. Ob sie sich Popcorn gemacht und allein einen Film geguckt hat? Ob ihr das Haus ohne Angie leer und still vorkommt? Ob Marilyn die Anwesenheit der Geister spüren kann, wenn ihre Tochter nicht da ist? Angie überlegt zu schreiben: **Gute Nacht, träum schön, ich hab dich unendlich mal unendlich lieb**, so wie sie es seit ihrer Kindheit jeden Abend zu ihrer Mom gesagt hat. Doch sie lässt es bleiben; sie kann nicht eines sagen, ohne alles andere auch auszusprechen.

Wieder hört sie ihre Mailbox ab, wünscht sich, dass in der Zwischenzeit eine Nachricht von Justin darauf gelandet ist, aber nichts. Sie schaltet das Handy wieder aus und dreht sich weg, stellt sich schlafend, als sie Sam aus dem Bad kommen hört. Die andere Seite des Schlafsofas senkt sich unter seinem Gewicht. Das Scheinwerferlicht der vorbeifahrenden Autos huscht über die Wände und erinnert sie an das Flackern von Marilyns Kerzen. »Friends« von Francis and the Lights schallt aus einem offenen Autofenster: *Remember who you know* ... Der Song verklingt, als der Wagen sich entfernt. Gedämpfte Stimmen aus einer der anderen Wohnungen. Noch eine Sirene. Irgendwann schlummert Angie ein. In der Nacht wacht sie davon auf, dass Sam den Arm um sie geschlungen hat. Sie dreht sich um und sieht ihn daliegen, den Mund leicht geöffnet, die Augen geschlossen, tief in einem Traum versunken. Sie beobachtet ihn einen Moment, und weil sie nicht will, dass er aufwacht oder von ihr abrückt, legt sie sich ganz vorsichtig wieder hin wie zuvor. Genauso muss sie liegen bleiben, stundenlang, hellwach, der Atem flach.

Schließlich nickt sie doch wieder ein, und als sie die Augen aufschlägt, ist es hell, und Sam liegt nicht mehr neben ihr. Sie hört Stimmen aus der Küche, riecht Kaffee.

»Oh Mann, Kleine, du würdest wahrscheinlich sogar einen Autounfall verschlafen«, sagt Miguel. Sam und er sind schon fast fertig mit dem Frühstück.

Sie bekommt eine Tasse in die Hand gedrückt. »Heute geht's zum Strand. Bist du dabei?«

Angie wirft Sam einen Blick zu. »Also, eigentlich müsste ich … Ich bin auf der Suche nach jemandem.«

»Ach ja, richtig, hat Sam erzählt. Dein Onkel?«

Angie nickt und schaltet ihr Handy wieder ein, um nachzusehen, ob Justin sich gemeldet hat, doch da ist nur ein Meme von Lana. Ein Bild aus »Napoleon Dynamite« mit dem Text *Jetzt sei mal nicht eifersüchtig, weil ich den ganzen Tag online mit Bräuten chatte.* Vor lauter Anspannung lacht sie nicht mal.

Wenn einer derjenigen, denen sie Nachrichten hinterlassen hat, *ihr* Justin war, hätte er doch sicher mittlerweile zurückgerufen, oder? Würde sich mit ihr treffen wollen, oder? Was bedeutet, dass ihr Justin möglicherweise an einer der drei Adressen wohnt, zu denen es keine Telefonnummer gab. Es muss einfach so sein. Aber was, wenn sie ihn nicht findet? Was … wenn er gerade nicht in der Stadt ist, oder Schlimmeres? …

»Schon was von ihm gehört?«, fragt Sam.

»Noch nicht. Wenn du mit den anderen zum Strand fährst, kann ich mir dann vielleicht dein Auto leihen? Ich müsste ein paar Adressen abklappern.«

»Ich lasse dich bestimmt nicht allein zu irgendwelchen Fremden nach Hause fahren«, erwidert Sam.

Miguel zieht die Augenbrauen hoch.

»Sam … keine Sorge. Ich passe schon auf mich auf.«

»Angie. Das ist doch verrückt.«

Angies Gesicht verzieht sich zu einer verzweifelten Grimasse. »Dann nehme ich halt den Bus. Oder rufe mir ein Uber.«

»Verdammt noch mal, Angie!«, bricht es aus Sam hervor. »Komm doch einfach erst mal mit zum Strand und nachher fahren wir rum und suchen deinen Justin. Ich dachte, du wolltest sowieso mal nach Venice.«

Trotz aller Mühen fängt Angie wieder an, zu hektisch zu atmen. Er kapiert es einfach nicht; sie kann diese Suche nicht locker angehen.

Sam seufzt. »Na schön«, sagt er, bevor Angie sich überhaupt für eine Antwort gesammelt hat. »Dann fahren wir halt erst deine Adressen ab und gehen danach zum Strand. Einverstanden?« Er wirft Miguel einen Blick zu. »Wir treffen uns dann da.«

»Danke«, sagt Angie leise.

Die Vormittagssonne brennt sich langsam durch die Dunstschicht über der Stadt. Das, erklärt Sam Angie, ist der Küstennebel, der sich im Sommer weit landeinwärts schiebt. Er verleiht dem Licht eine Art weiche Trägheit, als sie vom MacArthur Park aus am Sunset Boulevard vorbeifahren. Ein Mann in einem über dem Bauch abgeschnittenen T-Shirt überquert die Straße, eine junge Frau joggt mit einer Minibulldogge an der Leine den bevölkerten Gehweg entlang und überall ragen Palmen auf.

»Tja, das ist Hollywood«, sagt Sam. »Nicht so glamourös, wie man denkt.«

Aber für Angie ist es das durchaus. Sie hat das Gefühl, als würde das L.A., durch das sie fahren, sowohl die Gegenwart verkörpern als auch ihre unsichtbare Vergangenheit, die Stadt, in der ihre Eltern sich verliebt haben.

»Echt unglaublich, dass ich noch nie aus New Mexico rausgekommen bin«, sagt sie, als Sam auf die 101 Richtung Norden auffährt. »Bis jetzt.«

Sam sieht sie an, er scheint ihr gegenüber schon etwas milder gestimmt. Sie fährt ihr Fenster runter. Im Radio singt Rihanna »Higher«. Angie liebt die raue Sehnsucht in ihrer Stimme, spürt, wie sie in ihrem Körper widerhallt. Sie rasen ungeahnten Möglichkeiten entgegen, dem Mann, der möglicherweise ihr Onkel ist. *Onkel Justin*, probiert Angie in Gedanken die Wortkombination aus, hält den Kopf aus dem Fenster und lässt ihre Lungen voller Luft strömen.

Sie muss an einen Campingausflug mit ihrer Mom denken, an das Gefühl von Freiheit, als sie durch die Berge fuhren und die kiefernduftschwere Luft durch die offenen Fenster in ihre Kehlen rauschte, während Angie lauthals bei einem Folksong von ihrer Kinderkassette mitsang: *In my hea-a-art, in my hea-a-art, there's a little song a-singing in my heart …*

Als Sam zwanzig Minuten später von der Autobahn abfährt, hat der Nebel sich verzogen, und die Sonne glitzert wieder beharrlich auf dem breiten, von Palmen und Einkaufszentren gesäumten Boulevard. Der erste Justin Bell auf Angies Liste wohnt in Reseda. Angie starrt aus dem Fenster und zählt Autowaschanlagen (fünf) und Nagelstudios (sieben), ein Spielchen, das ihre Nervosität, die immer weiter steigt, je mehr sie sich ihrem Ziel nähern, zumindest ein bisschen eindämmt. Dinge zählen, das hat sie schon als Kind gemacht: Sterne am Himmel, Laternen am Straßenrand, Sommersprossen auf der blassen Nase ihrer Mom. Mit zehn setzte sie sich zum Ziel, die Blätter an der Ulme hinter ihrem neuen Haus zu zählen. Sie legte sich unter den Baum und nahm sich Ast für Ast vor. Wenn ihre Mom sie zum Essen reinrief, notierte sie sich, wo sie stehen geblieben war. Das Zählen beruhigt sie, gestaltet ihre Welt übersichtlicher. 7 505 201 954 Menschen auf der Welt, als sie das letzte Mal nachgesehen hat.

Wie viele davon mögen gerade dieselbe seltsame Mischung aus Hoffnung und Angst empfinden? Wie viele stehen kurz davor, jemanden zu treffen, den sie noch nie gesehen haben, jemanden, der ihr ganzes Leben verändern könnte?

Sam biegt links ab in eine Wohnsiedlung und hält in der Valero Street vor Hausnummer 8956, einem grau verputzten Bungalow mit einem alten roten Ford vor der Tür und einem schiefen jungen Bäumchen im Vorgarten. Angie erwartet beinahe, den Jungen von den Fotos mit seinem Eis am Stiel auf der Eingangsstufe sitzen zu sehen, doch es ist niemand da.

Sam stellt den Motor aus.

»Okay«, sagt er. »Da wären wir.«

»Ich gehe mal kurz klingeln, bin gleich wieder da.«

Sam macht die Augen zu und lange nicht wieder auf. Angie weiß nicht, ob sie aussteigen soll oder nicht.

Schließlich, die Augen noch immer geschlossen, sagt er: »Also bin ich bloß dein Chauffeur?«

»Was?«

»Ich fahre dich raus bis nach Reseda, obwohl ich gemütlich am Strand liegen könnte, und jetzt soll ich hier im verschissenen Auto sitzen bleiben?«

Angie schluckt die patzige Erwiderung hinunter, die ihr auf der Zunge liegt: *Ich hab dich schließlich nicht gebeten mitzukommen. Ich hätte auch den Bus nehmen können.* Stattdessen sagt sie: »Ich bin dir echt dankbar, dass du mich hergefahren hast. Nur – wenn er es wirklich ist, dann muss ich das alleine machen … Es wäre halt das erste Mal, dass ich meinen Onkel sehe.«

»Wie du willst«, sagt Sam.

Angie überlegt fieberhaft, wie sie ihn beschwichtigen könnte, aber ihr Hals ist schon wieder wie zugeschnürt. Sie sieht nichts als die grelle Sonne, die sie durch die Windschutzscheibe anfunkelt, das Haus, das Justins sein könnte. Nach einem Moment stößt sie die Tür auf und macht sich auf den Weg. Ihr T-Shirt ist jetzt schon durchgeschwitzt.

Sie drückt auf die Klingel.

Ein weißer Mann um die vierzig, tief gebräunt und in kurz abgeschnittener Hose, öffnet die Tür und pustet dabei seine pink lackierten Fingernägel trocken.

»Ja?«, fragt er leicht genervt.

Angie macht den Mund auf, doch es kommt nur Schweigen heraus. *Atmen*, ermahnt sie sich und kämpft gegen das Gewicht auf ihrer Brust an. Sie wirft einen Blick zurück zum Jeep, aber Sam ist hinter der spiegelnden Windschutzscheibe nicht zu erkennen. Er hatte recht, wird ihr jetzt klar; sie hätte ihn mitnehmen sollen.

Der Mann lässt die Hand sinken und starrt Angie mit erhobenen Augenbrauen an.

Mit einem Mal will sie nur noch zu ihrer Mom. So wie man als kleines Kind zu seiner Mom will. *Mommy!*, denkt Angie. *Warum bist du nicht bei mir?* Aber natürlich hat Marilyn nicht sie verlassen, sondern umgekehrt.

Angie hört Schritte hinter sich. Sie dreht sich um und sieht Sam; langsam kehrt sie in ihren Körper zurück, findet ihre Stimme wieder.

»Ähm, entschuldigen Sie bitte«, stammelt sie, »ich möchte zu Justin. Justin Bell? Wohnt der hier?«

»Der ist kurz zu Gelson's.«

»Gelson's?«

»Ein Supermarkt«, sagt Sam.

»Äh, ist er – ist er zufällig schwarz?«, platzt es aus Angie heraus.

»Hm? Nee, Schätzchen, der Kerl ist weißer als Reis. Oder, na ja, im Moment wohl eher rot – hat sich mal wieder nicht eingeschmiert, der Idiot.«

»Oh. Okay.« Angie versucht, nicht allzu enttäuscht zu sein. Es sind immer noch zwei Adressen übrig, ruft sie sich in Erinnerung. Aber irgendwie hat sie wohl gedacht, er würde sofort da sein, sobald sie in L.A. eintrifft – als wäre es ihr vorbestimmt, ihn zu finden.

»Tut mir leid, dann hatte ich wohl die falsche Adresse«, erklärt sie mühevoll und ringt sich ein höfliches Lächeln ab. »Einen schönen Tag noch.«

Sam folgt ihr zurück zum Auto und legt ihr die Hand auf die Schulter.

Diese Stadt ist so riesig, denkt Angie, als sie wieder unterwegs sind.

……

Der nächste Justin wohnt in Pacific Palisades. Nach einer vierzigminütigen Fahrt über volle Autobahnen und kurvige, baumgesäumte Straßen erschnuppert Angie plötzlich Meeresluft. Sie biegen in die lange Auffahrt zu einem doppelgeschossigen Einfamilienhaus ein.

Angie schluckt ihren Stolz hinunter und fragt: »Kommst du diesmal mit?«

Sam steigt aus und folgt ihr durch einen makellos gepflegten Vorgarten – Rosen, Strelitzien, Lavendel. Angie pflückt eine der lila Blüten und zerreibt sie zwischen den Fingern. Der Duft erinnert sie an zu Hause, an den Garten ihrer Mom, den sie – War das erst gestern Morgen? – hinter sich gelassen hat.

Sie wirft Sam einen unsicheren Blick zu und klingelt. Einen Augenblick später geht die Tür auf und Angie wird beinahe von einem weißen Labradorwelpen über den Haufen gerannt. Sie bückt sich, um den Hund zu streicheln, der ihr zum Dank das Gesicht abschleckt.

Ein Mädchen von ungefähr sieben Jahren ruft: »Aus, Ollie! Komm her!«

Die milchkaffeebraune Haut der Kleinen schürt Angies Hoffnung. »Süßer Hund«, sagt sie lächelnd.

»Du bist nicht Jenna.« Das Mädchen runzelt die Stirn.

»Äh, nein, stimmt. Ich bin – ich suche jemanden. Justin? Ist das dein Vater?«

Eine ältere weiße Frau in teuer aussehenden Sportklamotten erscheint hinter dem Mädchen und fragt in scharfem Tonfall: »Kann ich helfen?«

»Ähm, entschuldigen Sie bitte die Störung, ich bin auf der Suche nach Justin. Ist er zu Hause?«

Die Augen der Frau werden schmal. »Justin ist tot.«

Angie hat das Gefühl, in die Tiefe zu stürzen, als wäre plötzlich der Erdboden unter ihr verschwunden. Ihre Stimme ist nur noch ein heiseres Flüstern. »Tot?«

»Was wollen Sie?«, fragt die Frau. »Und wer sind Sie überhaupt?«

»Ich – tut mir leid. Ich – ich dachte nur, er könnte vielleicht mein Onkel gewesen sein.«

»Nein. Justin war mein Sohn, darum würde ich das wohl wissen.«

»Oh. Tut mir wirklich leid.«

Der Hund flitzt zwischen Angies Beinen hindurch.

»Ollie!«, ruft die Frau und eilt ihm nach in den Vorgarten. Sam läuft hinterher, um zu helfen. Das Mädchen bleibt in der Tür stehen und starrt zu Angie hoch.

»Wie heißt du?«, erkundigt sich Angie.

»Mary.«

»Das ist aber ein schöner Name.«

Die Frau und Sam, der den zappelnden Ollie im Arm hält, kommen zurück.

»Entschuldigung noch mal«, sagt Angie.

Die Frau nickt nur, nimmt Sam den Hund ab und schließt die Tür.

Angie versucht, den Kloß in ihrem Hals zu ignorieren, und folgt Sam zum Auto. Vermutlich denkt er, dass es nicht richtig ist, all diese Leute derart zu überfallen. Ihr ist klar, dass sie es für heute gut sein lassen und vorschlagen sollte, zu Miguel an den Strand zu fahren – wo sie doch sowieso schon so nah am Meer sind –, aber der Drang, ihren Onkel zu finden, ist nur noch größer geworden. Sie muss wissen, ob er der Letzte auf ihrer Liste ist. Sam fragt Angie nach der Adresse und tippt sie in sein Handy ein.

Im Wegfahren zieht Angie die Knie an die Brust, stellt die Füße auf den rissigen Ledersitz und betrachtet ihre Zehennägel, die noch immer apfelrot lackiert sind, nachdem sie mit ihrer Mom zur Feier des Ferienbeginns bei der Pediküre war. Mit ihrer Mom, die bei den Frauen aus dem Nagelstudio beliebt ist, weil sie immer so freundlich lächelt und sich nach deren Kindern erkundigt, die ihren frisch pedikürten Fuß gern neben Angies hält und beide zusammen bewundert. Auf diese Liebenswürdigkeit, dieses ehrliche Interesse ist Angie schon immer stolz gewesen.

Aber jedes Mal wenn sie mit ihrer Mom ins Nagelstudio geht, muss Angie an das erste Mal denken, als Marilyn sie und Vivian dorthin mitgenommen hat. Angie war ungefähr zehn Jahre alt und furchtbar aufgeregt. Sie saßen nebeneinander in tiefen Ledersesseln, und Angie und Vivian spielten an den Massageknöpfen herum, die Zehen in blubbernde Fußbäder getaucht. Angie entschied sich für dasselbe Petrolblau wie ihre Mutter – damals wollte sie immer aussehen wie sie. Doch die Frau, die auf einem Höckerchen vor Vivian saß und deren Fuß in der Hand hielt, sah zu Marilyn hoch und sagte: »Sie haben wirklich eine hübsche Tochter.« Angie war klar, dass die Frau über Vivian sprach, die genauso blond war wie ihre Mom.

»Das ist die Freundin meiner Tochter«, entgegnete Marilyn. »Ja, ich finde sie auch sehr hübsch, genau wie meine Tochter.« Sie legte Angie demonstrativ die Hand aufs Bein. »Zwei richtig hübsche Mädchen.« Die Frau blinzelte kurz verwirrt und nickte nur, bevor sie sich wieder daran machte, Vivians Fußnägel zu schneiden.

Solche Verwechslungen kamen häufig vor, bei so ziemlich jedem weißen Mädchen, mit dem Angie je näher zu tun gehabt hatte – an der Supermarktkasse, im Restaurant, sogar als ihre Mom im Jahr zuvor mit Angie und Lana für den Schulball shoppen ging. Als Lana aus der Umkleidekabine kam und ihr Kleid vorführte, merkte die Verkäuferin an, wie wunderbar es doch sei, wenn ein so schönes Mutter-Tochter-Gespann zusammen einkaufen gehe. Marilyn stellte die Angelegenheit richtig und die Verkäuferin wurde sehr still. Auf dem Weg nach draußen beugte sich Lana zu Angie rüber und flüsterte: »Oh Mann, hat die noch nicht mitgekriegt, dass wir im einundzwanzigsten Jahrhundert leben?« Angie wusste, dass Lana ihr damit zeigen wollte, dass sie auf ihrer Seite war, aber das machte es nicht besser. *Du kapierst das nicht*, hätte sie am liebsten entgegnet. *Du hast zwei Elternteile und siehst beiden ähnlich*. Doch sie lächelte nur und beließ es dabei.

Der letzte Justin auf Angies Liste wohnt in K-Town, dem koreanischen Viertel. Sie fahren an einem Hundesalon, einem Gemüseladen, noch mehr Nagelstudios, Klamottenläden und einem koreanischen Grillrestaurant vorbei, während sich vor ihnen die Innenstadt von L.A. erhebt. Schließlich biegen sie in die Fedora Street ein und parken vor einem alten Steingebäude mit grünem Vordach und einem »Zu vermieten«-Schild im Fenster. Eine hohe Palme wiegt sich im Wind.

Sam und Angie steigen aus und gehen zur Tür.

»Welcher ist seiner?«, fragt Sam mit Blick auf die namenlosen Klingelknöpfe.

»Keine Ahnung«, gesteht Angie widerstrebend. Im Telefonbuch stand nur die Hausnummer, nicht die des Apartments.

In dem Moment kommt eine Frau in Jogginghose aus dem Haus. Sie führt ein flauschiges Hündchen an der Leine und hat ein Handy am Ohr. Angie stürzt nach vorn und schnappt sich die Tür, bevor sie wieder zufallen kann, und sie schlüpfen in die Eingangshalle, die an ein altmodisches Hotel erinnert: dicke, geblümte Vorhänge, goldgerahmter Spiegel, mit goldenen Ranken verzierte Deckenleisten.

»Dann probieren wir sie eben alle durch«, sagt Sam. »Ich glaube, das waren nur so zehn Klingelschilder.«

Angie klopft an die erste Tür. Als sie aufgeben und sich der nächsten zuwenden will, macht eine junge Frau auf. Sie ist höchstens Anfang zwanzig und trägt ein Baby in einem Wickeltuch.

»Hallo, wissen Sie zufällig, ob hier im Haus ein Justin Bell wohnt?«, fragt Angie.

»Bin selbst gerade erst eingezogen, tut mir leid.« Das Baby fängt an zu weinen und die Mutter wiegt es hin und her und schließt die Tür.

In den folgenden Wohnungen treffen sie auf einen alten Koreaner in Schlafanzug und hundeförmigen Plüschhausschuhen, eine freundlich lächelnde Hispano-Amerikanerin, einen weißen Typen mit Jogginghose und freiem Oberkörper samt auftätowiertem Gerippe, ein hübsches koreanisches Mädchen mit Katzenaugenbrille, eine junge Schwarze mit mehlbestäubten Händen und einem T-Shirt mit dem Aufdruck »›Nein.‹ – Rosa Parks, 1955« und einen weiteren Weißen, auf dessen Fernseher im Hintergrund »Keeping Up with the Kardashians« läuft.

An jeder neuen Wohnung spult Angie hoffnungsvoll ihren Text herunter: »Entschuldigen Sie bitte, aber wissen Sie, ob hier im Haus ein Justin Bell wohnt?« Und jedes Mal kassiert sie dieselben Antworten: *Tut mir leid, ich glaube nicht* oder *Nicht dass ich wüsste.*

Zweimal macht niemand auf. Als Letztes öffnet ein Hispano Mitte zwanzig die Tür. Angie erhascht einen Blick auf eine Frau, die in T-Shirt und Unterhose hinter ihm durchs Apartment läuft. Sie hört den Frust in ihrer eigenen Stimme, als sie fragt: »Wissen Sie, ob hier ein Justin Bell wohnt?«

»Ich bin gerade erst eingezogen, aber manchmal bekomme ich Post, die an ihn adressiert ist. Er muss vor Kurzem ausgezogen sein.«

»Oh.« Angie ist am Boden zerstört. Natürlich kann sie nicht wissen, ob der Justin Bell, der aus diesem Haus ausgezogen ist, ihr Justin Bell ist, aber so oder so ist sie in einer Sackgasse gelandet. Keine Adressen mehr – keine Chance herauszufinden, ob es ihn gibt.

Als der Typ die Tür schließt, macht Angie auf dem Absatz

kehrt und stürmt Richtung Ausgang. Sie weicht Sams Blick aus, will nicht, dass er sieht, wie sie mit den Tränen kämpft. Wie blöd muss man auch sein zu glauben, man könnte einfach in eine Stadt mit sieben Millionen Einwohnern spazieren, um einen einzelnen Mann zu finden?

Draußen in der Sonne checkt sie ihr Handy, in der Hoffnung auf eine Mail oder einen Anruf von ihrem Onkel, aber nichts.

»Hey«, sagt Sam, als er sie einholt. Angie kann ihm immer noch nicht in die Augen sehen.

Er schließt den Wagen auf und öffnet ihr die Tür.

In dem Moment, als er den Motor anlässt, sieht Angie die Frau mit dem Flauschhund zurückkommen, in der Hand eine Plastiktüte mit seinem Häufchen darin. Angie hatte sie vollkommen vergessen, dabei muss sie in einem der Apartments wohnen, in denen niemand zu Hause war.

Während die Frau nach ihrem Schlüssel kramt, springt Angie aus dem Auto und joggt auf sie zu. »Entschuldigung! Hallo!«

Die Frau dreht sich um und der Hund fängt an zu bellen.

»Entschuldigen Sie, aber kennen Sie Justin Bell? Der hat hier gewohnt, glaube ich.«

»Justin? Ja klar. Der ist vor, hm, mal überlegen, ’nem halben Jahr ausgezogen. Netter Kerl. Hat hin und wieder auf meinen Hund aufgepasst.«

»Ist er schwarz und so um die neunundzwanzig?«

»Ja.«

Am liebsten hätte Angie die Frau umarmt und ihren kläffenden Köter gleich mit. »Und ist er Regisseur? Für Musikvideos?«, vergewissert sie sich.

»Ja genau. Kennst du ihn?«

»Es könnte sein, dass er mein Onkel ist. Wissen Sie zufällig, wo er hingezogen ist?«

»Ich glaube, er hat was von der Melrose Avenue erzählt. Oder vielleicht war es auch Highland Park, da bin ich mir nicht sicher. Aus, Beau!«, wendet sie sich an ihren Hund, bevor sie zu Angie sagt: »Wir haben leider keinen Kontakt mehr.«

»Danke, Sie haben mir schon sehr geholfen«, erwidert Angie und rennt zurück zum Auto, um Sam die frohe Botschaft zu verkünden. Es gibt ihn wirklich! Ihr Justin ist hier in L.A.

Sam lächelt und macht kurz Anstalten, sie zu umarmen, aber am Ende tätschelt er ihr nur das Bein.

»Aber wie sollen wir ihn finden?« Angie merkt kaum, dass sie »wir« sagt, nicht »ich«, als wäre das Ganze auch Sams Problem.

»Keine Ahnung. Aber wenn er Regisseur ist und hier in der Stadt lebt, muss er ja irgendwie aufzuspüren sein … Vielleicht kannst du jemanden von dem Filmfestival fragen, bei dem er gewonnen hat. Oder Cherry. Die arbeitet doch beim Radio, vielleicht hat sie eine Idee.«

»Na klar!«, ruft Angie. »Dass ich darauf nicht selbst gekommen bin. Dabei hab ich im Netz sogar einen Artikel über ihn gelesen, der vom Blog ihres Senders kam …«

»Super. Dann fragen wir sie heute Abend«, sagt Sam. »Aber jetzt brauch ich erst mal was zu futtern.«

»Ich auch«, wird Angie klar, als sie von der Fedora Street abbiegen. »Willst du zum Strand?«

»Nö. Ist ja schon nach fünf und wir sind sowieso fast wieder beim Apartment. Lass uns einfach ein bisschen rumhängen.«

»Tiefkühlpizza?«, fragt Angie und lächelt zaghaft.

»Bin dabei«, antwortet er.

Im Supermarkt entscheiden sie sich für drei kleine Margheritas – von Newman's Own, der Marke, die Sams Vater auch immer vorrätig hat – und machen sich auf die Suche nach weiteren Belägen.

Auf die erste kommen Salami, Oliven und Jalapeños, eine von Angies bewährteren Kreationen von früher.

Die zweite wird mit Extrakäse – Cheddar – und Äpfeln aufgepeppt. Angie steht in der Obstabteilung und prüft die Äpfel, wie ihre Mom es ihr beigebracht hat: ans Ohr halten und sachte auf die Schale drücken. Wenn es knirscht, ist der Apfel knackig und frisch. Sie denkt an die Obstsalate, die ihre Mom oft für Schulveranstaltungen gemacht hat. All den anderen – Müttern, Vätern, Lehrern – war nie klar, wie sorgfältig Marilyn die Zutaten ausgewählt hat: wie sie auf jeden Apfel gedrückt, an jeder Mango geschnuppert, auf jede Wassermelone geklopft hat. Angie schon.

Mutig beschließen sie, die dritte Pizza mit dem zu belegen, was sie bei Miguel finden, genau wie früher. Am Ende wird es eine Tacopizza – mit Hackfleisch, Sauerrahm und Salatstreifen –, die sich als Meisterwerk herausstellt. Als sie anschließend pappsatt und lachend auf der Couch sitzen, wird Angie bewusst, dass sie in der letzten Stunde an nichts anderes gedacht hat als an dieses Zusammensein mit Sam. Sie fühlt sich zu Hause, allein mit ihm in dieser fremden Stadt. Am liebsten würde sie es ihm sagen, aber sie traut sich nicht.

Stattdessen erkundigt sie sich: »Spielst du eigentlich noch Fußball?«

»Nicht mehr offiziell, ich bin raus aus der Mannschaft.«

»Echt? Seit wann das denn?«

»Nachdem wir Schluss gemacht haben.«

»Aber du hast doch so gern gespielt. Und du warst so gut.«

Sam zuckt mit den Schultern. »War einfach nicht mehr wie früher. Hat keinen Spaß mehr gemacht.«

Angie erinnert sich an seine Turniere, bei denen sie Nachos futternd mit Lana und Mia auf der Tribüne gehockt und den Duft des Herbstlaubs eingeatmet hat, und wie stolz sie jedes Mal war, wenn Sam ein Tor schoss. Schon in der Zehnten war er ein aufsteigender Stern am Highschool-Fußballhimmel und spielte in der ersten Mannschaft, genau wie sie.

»*Ich* bin nicht mehr wie früher«, fügt er hinzu.

Aber du bist immer noch du, will sie entgegnen. *Ich sehe immer noch den Sam, der du mal warst.*

Doch sie erwidert nur: »Ich auch nicht.«

Er nickt. Die Stille sammelt sich zu einer Pfütze rings um sie.

»Aber ich wette, ich würde dich auf dem Platz immer noch ordentlich abziehen«, sagt sie.

Ein Grinsen überzieht sein Gesicht. »Von wegen.«

Er steht auf und kehrt kurz darauf mit einem Ball zurück. »Na dann zeig mal, was du draufhast.«

……

Angie und Sam spazieren durch die belebte, von lautem Hupen und Essensgerüchen erfüllte Dämmerung, vorbei an Eiswagen und Kofferraum-Verkäufern, zum MacArthur Park. Obwohl er mitten in der Stadt liegt, riecht es nach Sommernacht und frisch gemähtem Rasen. Familien füttern Enten am Rand des großen Teichs, Kinder sausen auf Rollern vorbei, ein paar Leute spielen Fußball, während andere auf Klappstühlen unter Palmen sitzen und zusehen. Angie und Sam suchen sich ein leeres Fleckchen Rasen und einigen sich auf ein paar Bäume als Torpfosten. Sie versinken voll und ganz in ihrem Spiel, rennen, schießen, schwitzen – es ist wie ein Tanz. Angie fällt auf, wie oft Sam sich prustend vornüberbeugt und nach Luft ringt. *Das kommt vom vielen Kiffen*, denkt sie. Aber sobald er sich wieder gefangen hat, ist er genauso schnell wie sie.

Wer als Erster zehn Tore schafft, hat gewonnen, und im Moment steht es neun zu neun. Sam schießt. Angie rast los und grätscht dazwischen, bevor der Ball durch die Bäume rollt. Dann dribbelt sie ihn zurück über die Wiese. Sam rennt los, aber sie schießt gerade noch rechtzeitig, und der Ball segelt über seinen Kopf hinweg.

Sam grinst. »Ich hatte echt vergessen, wie gut du bist.«

Angie lacht. Sam lässt sich zu Boden plumpsen und sie legt sich dazu. Die Feuchtigkeit des Grases sickert durch ihre T-Shirts, das Ganze untermalt vom Stadtlärm wie von einem fernen Chor, und plötzlich ist der Himmel über ihnen übersät mit leuchtenden Sternenpünktchen.

»Wusstest du, dass die Welt viereinhalb Milliarden Jahre alt ist?«, fragt Angie.

Sam blickt sie an und wirft den Ball in die Luft.

»Menschen gibt es erst seit zwanzigtausend Jahren. Wenn man sich eine Zeitleiste des Planeten ansieht, sind wir so winzig, dass man uns darauf noch nicht mal erkennt«, fügt sie hinzu.

Der Ball landet mit einem dumpfen Geräusch in seinen Händen. »Ist alles eine Frage der Perspektive«, sagt er. »Mir kommen wir gerade fast überlebensgroß vor.«

»Wir *sind* überlebensgroß«, flüstert Angie. Die Worte scheinen ihr wie die Lösung zu einer Gleichung, nach der sie noch auf der Suche ist. Ihre Blicke treffen sich. Und dann.

Sie tut es, weil die Möwen am Abendhimmel kreisen, weil die Palmen im warmen Wind rascheln, weil der Mond riesig und beinahe voll zwischen den Hochhäusern hervorlugt. Weil sie ihn gerade beim Fußball geschlagen hat, weil er noch immer der beste Freund ist, den sie je hatte, weil sie das Blut in ihren Adern rauschen fühlt. Weil eine Feder durch die Luft schwebt und in seinem Haar landet, weil sein Geruch ihr Sicherheit inmitten von

Unsicherheit vermittelt. Weil er verständnisvoll war, als sie ihm das Bild von ihren Eltern gezeigt hat. Weil sie sich mit ihm weniger allein fühlt. Weil sie ihrer Furcht entkommen will, das damalige Glück ihrer Eltern nicht wiederherstellen zu können. Und sie tut es ohne Zögern. Sie küsst ihn.

Er schmeckt wie früher und doch nach mehr: nach ihrem ersten Kuss und zugleich, als wäre da etwas Neues, Fremdes unter seiner Zunge. Etwas Herb-Süßes, ein Zitronenbonbon, eine Träne. Salzig. Sauber.

Er schmeckt nach Erinnerung und nach Anfang.

Er zieht sie näher, und sie drängen sich aneinander, ungestüm, aber zärtlich. Sie schiebt die Hand unter sein T-Shirt, streicht ihm über den Brustkorb, seine Bauchmuskeln. Er erschaudert. Sie lösen sich ineinander auf, dort im nächtlichen Gras, mitten im Gewimmel der Stadt.

······

Als sie zurück zu Miguel kommen, steht er, immer noch in Surfshorts, in der Küche und öffnet Bierflaschen, während Cherry auf der Couch liegt. Angie findet sie sogar noch hübscher mit dem leichten Sonnenbrand auf den Wangen und wellig zerzaustem Haar.

»Schwiegercousin!«, ruft Cherry.

»Alles klar, Coke?«

»Ihr habt gefehlt heute«, sagt Miguel.

»Tut mir leid«, antwortet Angie. »Meine Schuld.«

»Habt ihr ihn gefunden?«

»Noch nicht.« Angie, plötzlich aus dem Gleichgewicht gebracht, wirft Sam einen Blick zu.

»Cherry, hast du schon mal von einem Justin Bell gehört?«,

fragt Sam. »Der ist Regisseur für Musikvideos. Hat eins für die Fly Boys gemacht.«

»Glaub nicht«, erwidert Cherry. »Wieso?«

Zögernd setzt Angie sich neben sie auf den Rand der Couch. »Er ist mein Onkel. Glaube ich zumindest. Kann ich dir das Video mal zeigen? Vielleicht erkennst du es ja.«

Cherry setzt sich auf und sieht Angie an. »Dein Onkel, glaubst du zumindest? Aber sicher bist du dir nicht?«

Angie erklärt ihr und Miguel, warum sie dachte, ihr Dad und ihr Onkel wären tot, und wie sie darauf kommt, dass Justin noch leben könnte, und zwar hier in Los Angeles, genau wie möglicherweise ihr Vater. Sie hat sich anderen nie gern geöffnet, aber die beiden hören sich ihren »Ich will meinen Geisterdad finden«-Bericht so ernst an, als wäre das ein völlig normales Unterfangen, und das beruhigt sie irgendwie.

Als sie das Video anklickt, sagt Cherry nach ein paar Sekunden: »Oh Gott, na klar! *Das* Video. Ja. Ich arbeite manchmal als Produktionsassistentin für Malcolm, und ich weiß noch, wie er es mir vorgespielt hat, kurz nachdem es rauskam.«

»Könnte es sein … Meinst du, er hat vielleicht Justins Nummer oder eine E-Mail-Adresse oder so?«

»Ich muss morgen eh arbeiten, da kann ich mal rumfragen, ob jemand ihn kennt. Vielleicht sind seine Kontaktdaten ja sogar irgendwo bei uns verzeichnet, falls er mal für ein Interview da war«, sagt Cherry.

»Das – das wäre absolut genial.« Angie glaubt beinahe, die Erde rotieren zu spüren, so schnell dreht sich plötzlich alles um sie. Sie ist erst seit einem Tag in L.A., aber es fühlt sich an, als hätte sie schon tausendmal die Sonne umkreist.

Vor dem Zubettgehen fällt Angie ihr Versprechen an ihre Mom wieder ein, und sie tippt schnell ein **Mir geht's gut** in ihr Handy, bevor sie unter die Decke schlüpft, die bereits nach Sam riecht. Seit ihrem Kuss im Park hat die Aussicht, mit ihm in einem Bett zu schlafen, eine völlig neue Bedeutung angenommen. Wenn sie sich gestattet, wieder in die alte Vertrautheit abzugleiten, wird sie sie diesmal aufrechterhalten können? Und wenn sie sich derart fallen lässt, wird sie dann die Entschlossenheit einbüßen, die sie braucht, um ihre Suche weiterzuverfolgen? Sie hat Angst, ihren Vater nicht zu finden, aber – und das wird ihr erst jetzt klar – genauso viel Angst, ihn zu finden. Was, wenn er gar nichts mit ihr zu tun haben will oder wenn sie plötzlich eine irrsinnige Wut auf ihn bekommt, weil er sie verlassen hat, aus welchem Grund auch immer?

»Sam?«, flüstert sie ins Dunkel.

»Ja?«

»Können wir … können wir einfach nur zusammen hier liegen?«

»Okay.«

Sie rückt dichter an ihn heran, genießt das Gewicht seines Arms um sie und liegt so still sie kann, um nicht den zerbrechlichen Frieden, diese hauchfeine neue Verbindung zwischen ihnen zu zerstören. Sie lauscht auf seinen Atem, noch lange, nachdem er ruhig und regelmäßig geworden ist, und versucht, ihren daran anzupassen. Die Stadt dringt in kleinen Geräuschfetzen zu ihnen herein – vorbeifahrende Autos, Liedschnipsel, Stimmen auf der Straße. Sie denkt an ihren Dad, ihre Mom, an Justin … bis alles zu einem abstrakten Gefühlsknäuel verstrickt ist, verworrene Fäden, verworrene Liebe, Hoffnungen und Ängste und eine tiefe Unsicherheit, die sie bis spät in die Nacht verfolgen, bis sie schließlich in Träume übergehen, an die sie sich am nächsten Morgen nicht erinnert.

Als Cherry um vier Uhr nachmittags von der Arbeit kommt, stellt Angie den Fernseher auf Pause. Sam und sie sitzen noch immer im Schlafanzug auf der Couch und sind gerade mitten in der vierten Folge von Neil deGrasse Tysons »Unser Kosmos« auf Netflix. (Angie hat die Serie schon mehrmals durch, aber sie hat denselben tröstlichen Effekt auf sie wie ein Lieblingsgericht.)

»Hört mal her, ich hab gute und schlechte Nachrichten«, sagt Cherry und lässt ihren Schlüssel auf den Küchentresen fallen.

Angie steht auf und folgt ihr nach nebenan. »Die schlechte Nachricht ist, dass niemand auf der Arbeit irgendwelche Kontaktdaten von deinem Justin hat. Keiner kennt ihn persönlich. Aber die gute Nachricht ist, dass heute Abend eine Party stattfindet, wo ich euch einschleusen kann.«

Für Angie klingt das eher nicht nach einer guten Nachricht. Sie will Justin finden, nicht auf Partys gehen!

Aber Cherry redet weiter, während sie den Kühlschrank öffnet. »Kann nämlich sein, dass er da auch hinkommt.«

»Was? Im Ernst?« Angies Herz setzt in ihrem Brustkorb zum Galopp an.

»Ja. Morgen fängt das L.A. Film Festival an und die Party ist so was wie die Auftaktveranstaltung. Der Gastgeber ist einer der Regisseure aus dem Gremium und ein wichtiger Sponsor unseres Senders, darum hat er uns alle eingeladen, auch mich, obwohl ich nicht mal zu den bezahlten Mitarbeiterinnen gehöre. Und weil ich sowieso heute Morgen seinem Assistenten die Zusagen mailen musste, hab ich ihn gebeten, euch mit auf die Gästeliste zu setzen. Der hat keine Ahnung, ob es beim Sender wirklich einen

Samuel Archuleta Stone oder eine Angela Miller gibt.« Cherry macht sich über einen Becher Joghurt her und fügt zwischen zwei Löffeln hinzu: »Du hast doch gesagt, Justin hat letztes Jahr einen Preis bei dem Festival gewonnen, oder?«

»Ja, hab ich zumindest gelesen«, sagt Angie. »Bester Kurzfilm, für das Video, das ich dir gezeigt habe.«

»Okay, dann ist er auf jeden Fall zu der Party eingeladen. Lasst uns einfach hingehen und uns einen netten Abend machen. Da gibt's Freigetränke bis zum Abwinken, Tabletts mit Nobelhäppchen, und die Musik wird auch gut, weil nämlich einer unserer DJs vom Sender auflegt. Halt die Augen offen, vielleicht taucht dein Justin ja auf. Und wenn nicht … tja, dann lassen wir uns eben einen Plan B einfallen.«

»Tausend Dank«, seufzt Angie.

Sam umarmt Cherry. »Das ist supercool von dir. Ich bin dir echt was schuldig.«

»Ich geh dann mal nach Hause und mache mich fertig. Willst du mitkommen, Angie? Du kannst dir von mir was zum Anziehen leihen. Die Jungs können uns ja einfach in ein paar Stunden abholen, okay?«

»Okay!«, sagt Angie.

Cherrys cremefarbener Beetle schlängelt sich durch den Verkehr auf dem Sunset Boulevard. Sie rast über eine gelbe Ampel und ascht ihre Zigarette aus dem Fenster ab, während aus den Boxen »Partition« in voller Lautstärke dröhnt. Das hier, denkt Angie, ist eine Version von Erwachsensein, die sie sich beinahe vorstellen könnte.

»Kommst du eigentlich aus L.A.?«, ruft Angie über die Musik hinweg.

Cherry lacht. »Nein. Ich bin seit fünf Jahren hier, aber manchmal fühle ich mich immer noch wie eine Touristin. Es gibt Momente, da denke ich nur: *Wow, ich fahre über den Sunset Boulevard! Guck sich einer diese Palmen an! Da ist der Hollywood-Schriftzug!* Und dann gibt's welche, in denen ich mich total verloren fühle – trotz Navi – und den vielen Verkehr oder das Chaos auf dem Supermarktparkplatz kaum aushalte.«

»Du siehst jedenfalls so aus. Ich meine, du wirkst total, als – als würdest du hierhergehören.«

»Das ist ja das Tolle an L.A. Jeder kann so aussehen, als würde er hierhergehören. Es ist der perfekte Ort, um sich neu oder überhaupt erst zu erfinden, verstehst du? Ich komme aus Kansas. Ich bin fürs College hergekommen und einfach geblieben. Manchmal vermisse ich schon diesen irren Himmel von zu Hause. Die Gewitter. Und meine Brüder. Aber ist ja auch in Ordnung, wenn einem hin und wieder was fehlt. Jedenfalls besser als das Gefühl, irgendwo festzusitzen. Lieber Heimweh als Langeweile.«

Angie sieht zu, wie Cherry die Spur wechselt und dabei ihre halb gerauchte Zigarette in eine leere Saftflasche wirft.

»Ja«, sagt Angie. »Seh ich genauso.«

»Weißt du schon, wo du studieren willst?«

»Nein«, gesteht Angie. »Aber hier gefällt's mir ziemlich gut. Vielleicht sollte ich auch nach L.A. …«

Sie biegen in eine Wohnstraße ein, in der die parkenden Wagen mit lila Blüten übersät sind.

»Was willst du denn mal machen?«, fragt Cherry weiter. »Was hast du so für Interessen?«

»Ich bin mir noch nicht sicher«, sagt Angie. »Mein Problem ist, dass ich mir das alles gar nicht vorstellen kann. Also mich in der Zukunft. Nicht mal für eine Sekunde.« Verschämt sieht sie zu Cherry rüber. »Woher wusstest du denn – na ja, was du machen willst oder, hm, wie man sich als Erwachsene verhält?«

Cherry lacht. »Ich würde nicht behaupten, dass ich das weiß.« Sie parkt rückwärts ein und stellt den Motor ab. »Ich glaube, mit dem Erwachsenwerden ist man nie fertig, das hört nicht auf, zumindest nicht, wenn man ein ehrliches Leben führt. Guck mal, du bist doch schon auf dem besten Weg. Du hast dich entschlossen, herzukommen und nach deinem Vater zu suchen. Keine Ahnung, ob das jetzt eine gute Entscheidung war oder nicht, aber du hast getan, was du für richtig hältst. *Tu das nächste Richtige* – das hat mir mal jemand geraten. Und ich finde das gar keine schlechte Taktik.«

Während Cherry die Autotür öffnet, betrachtet Angie den abgesplitterten roten Lack auf ihren Nägeln, das Kirschtattoo auf ihrem Handgelenk, die Zigarette in der Saftflasche, und ihr wird klar, dass Cherry recht hat. Sie ist nicht *erwachsen*-erwachsen, zumindest nicht im herkömmlichen Sinn. Angie muss an ihre Mutter denken und fragt sich, ob es ihr manchmal genauso geht wie Cherry; ob ihre Mom auch immer noch dabei ist, erwachsen zu werden.

Sie steigen aus und gehen auf ein Haus mit rosa Vordach zu. Cherry schließt eine Seitentür auf und führt Angie in ein winziges Apartment, nicht größer als ihr Zimmer zu Hause. Angie sieht sich um: aufgereihte Muscheln auf den Fensterbänken, dazu dieselben Gebetskerzen, die ihre Mutter so mag. Rot lasierte Holzregale voller Tintengläser, Notizhefte und Bücher – Isabel Allende, Sandra Cisneros und Elena Ferrante. Ein schmales, sorgfältig gemachtes Bett mit Aztekenmuster-Bezügen, bunte, zu Vorhängen umfunktionierte Tücher und überall Lichterketten, die den Raum in ein geradezu verzaubertes Licht tauchen.

»So, da wären wir«, sagt Cherry. »Meine erste ganz eigene Bude.«

Zwar ist das Bild noch verschwommen, aber plötzlich sieht

Angie sich selbst, wie sie eines Tages auch einmal in so ein Apartment nach Hause kommt. Sieht sich über die Schwelle treten, ihre Tasche aufhängen, die Lichterketten einschalten, die Musik aufdrehen. Sie fragt sich, ob das ein Zeichen ist – das erste Mal, dass sie sich ein Stückchen Zukunft vorstellen kann, so klein es auch sein mag.

»Welche Schuhgröße hast du?«, reißt Cherry sie aus ihren Träumereien.

»Vierzig.«

»Super. Ich hab neununddreißigeinhalb, da finden wir sicher welche, die dir passen.«

Zaghaft setzt Angie sich aufs Bett, während Cherry sich bis auf die Unterwäsche auszieht und anfängt, ihren Schrank zu durchwühlen. Angie ist überrascht über Cherrys Unbefangenheit und vielleicht sogar ein bisschen neidisch. Die anderen Mädchen in der Fußballmannschaft sind genauso schüchtern wie sie selbst – sie wursteln sich geübt unter dem T-Shirt in ihre Sport-BHs und gehen zum Unterhosenwechsel in eine Kabine. Cherry dagegen zieht einfach so ihren BH aus und pfeffert ihn aufs Bett, bevor sie sich ein Minikleid mit Lederfransen überstreift.

Stirnrunzelnd begutachtet sie sich im Spiegel. »Was meinst du?«

»Sieht toll aus.«

»Hier, probier mal das an«, sagt Cherry und wirft ihr ein langes, glänzend schwarzes Oberteil zu, das am Rücken bis zur Taille ausgeschnitten ist. Zögerlich schlüpft Angie aus ihrem Shirt und zieht sich hastig Cherrys über den Kopf. Zum Glück trägt sie ihren einzigen vorzeigbaren BH – schwarz mit Spitze.

»Das passt super zu deinen Jeans-Hotpants«, sagt Cherry und reicht Angie ein Paar High Heels mit Seidenbändern zum Hochschnüren.

»Aber ich bin doch schon so groß …«, protestiert Angie.

»Und das ist gut so. Steh dazu.«

Als Cherry Angie schließlich für fertig erklärt – purpurrote Lippen, getuschte Wimpern, hochgesteckte Locken, goldene Kreolen an den Ohren, der durchtrainierte Rücken gekonnt in Szene gesetzt, die langen Beine durch Stilettoabsätze betont –, fühlt Letztere sich wie in einem fremden Körper. Sie mustert sich in Cherrys Spiegel und bemüht sich, die Frau zu erkennen, die ihr daraus entgegenblickt. Eine *Frau* – daran muss es liegen. Derart aufgestylt könnte sie glatt als fünf Jahre älter durchgehen. Ein kleines Lächeln stiehlt sich auf ihre Lippen.

»Sam kippt tot um, wenn er dich sieht«, sagt Cherry und schnappt sich ihre Lederhandtasche.

Angie folgt ihr und tippt dabei noch schnell **Mir geht's gut** in ihr Handy. Dann schaltet sie es aus, ohne auf die Antwort ihrer Mom zu warten, und eilt nach draußen auf die abendliche Straße, wo bereits die Jungs im Auto warten. *Gleich sehe ich den Bruder meines Dads*, denkt sie, in der Hoffnung, dass es dadurch wahr wird.

Gleich sehe ich den Bruder meines Dads, schießt es Angie erneut durch den Kopf, als sie vor einem Haus in den Hügeln weit über der Stadt aus dem Auto steigen und den Schlüssel dem Parkservice übergeben. Der Gedanke ist wie ein heißes Kohlenstück, das sie nicht lange festzuhalten wagt, aus Angst, sich zu verbrennen.

Gemeinsam mit Sam, Cherry und Miguel wartet sie darauf, dass ein Türsteher ihre Namen auf der Gästeliste abhakt.

»Wissen Sie, ob Justin Bell schon hier ist?«, fragt Cherry ihn.

»Hmm?«

»Justin Bell. Der steht doch auch auf der Liste, oder?«

Der Mann studiert das Blatt Papier. »Stimmt. Noch nicht da.«

Cherry wendet sich Angie zu und zieht sie mit ins Haus. »Dann können wir erst noch eine Runde chillen«, sagt sie. »Er kommt sicher bald, es ist ja noch früh.«

Angie fühlt sich wie ein Kind, das zum ersten Mal die Welt der Erwachsenen betritt. Das Wohnzimmer ist bereits gut gefüllt – Grüppchen von Gästen in allen Ecken, von Kopf bis Fuß in Designerkleidung gehüllte Frauen, lachende Männer.

»Ah, da ist Malcolm!«, sagt Cherry und deutet auf den DJ, der gerade »Purple Rain« aufgelegt hat. »Dem müssen wir kurz Hallo sagen.«

Miguel lässt sich schulterzuckend mitschleifen.

»Wollen wir uns ein bisschen umgucken?«, fragt Sam Angie.

»Klar.«

Sie schnappen sich Miniquiches und Garnelenspieße von einem Tablett und gehen eine Treppe hoch, die in ein nach Jasmin und Gin duftendes Atrium führt, wo sich die Tanzfläche befindet. Das Dach ist eingefahren worden und gibt den Blick auf den Nachthimmel frei. Plötzlich kommt eine ältere Frau mit platinblondem Pixie Cut auf sie zugelaufen und umarmt Angie stürmisch. Sie riecht nach Rauch und seifigem Parfüm. Einen Moment später lässt sie die Hände sinken und kichert schrill. »Oh, ich dachte, du wärst – jemand anders.«

»Hoffentlich finden Sie sie bald.« Angie lächelt der Frau zu und schiebt sich mit Sam im Schlepptau durch das Bassgewummer. Sie sucht ununterbrochen den Raum nach Justin ab, fragt sich bei jedem Schritt, ob er schon da ist.

»Vielleicht kommt er ja gar nicht«, sagt sie zu Sam.

Er legt ihr die Hand auf die Schulter. »Ist doch noch Zeit. Na los, wir holen uns jetzt was zu trinken und entspannen uns erst mal. Der kommt schon noch.«

»Okay.«

Sie gehen zur Bar, wo Sam ihnen Lemon Drops bestellt: Wodka mit Zitrone. Der Barmann – ein dürrer, bärtiger Typ, der lässig-träge im Takt der Musik nickt – stellt die Schnapsgläser vor ihnen ab, ohne ihnen auch nur in die Augen zu sehen. Neben Angie wird ein kurviges Mädchen im Minikleid von einem eher kurz gewachsenen Mann hochgehoben. Angie kippt den Wodka hinunter. Er brennt in der Kehle.

Hinter ihnen erscheint Cherry und legt jedem eine Hand auf die Schulter.

Sie beugt sich über die Theke, um in der wachsenden Menge um die Bar auf sich aufmerksam zu machen.

»Viermal French 75, bitte!«, ruft sie und nimmt kurz darauf die Cocktails vom Barkeeper entgegen.

»Hast du so einen schon mal probiert?«, fragt sie Angie. »Ich mag die supergerne.«

Angie schüttelt den Kopf. Tatsächlich rührt sie kaum je Alkohol an. Auf Highschoolpartys trinkt sie schon mal ein Bier oder zwei, damit der Abend schneller rumgeht, aber Lana und Mia haben sich schon immer darüber lustig gemacht, wie wenig sie verträgt.

Cherry hebt ihr Champagnerglas und lässt es gegen Angies klirren. »Oh Mann, wenn du dich jetzt sehen könntest!«, schwärmt Cherry. »Du siehst so was von heiß aus!«

»Stimmt«, sagt Sam leise.

»Danke«, bringt Angie mühsam heraus und wünscht sich das Selbstbewusstsein zurück, das sie hatte, als sie bei Cherry vor dem Spiegel stand.

»Los, jetzt wird getanzt!«, bestimmt Cherry.

Angie schiebt die Hand in Sams, um sich an irgendetwas festzuhalten inmitten all der Menschen. Sie kippt ihren Cocktail hinunter, isst die Kirsche und lässt das Glas stehen. Dann fängt sie an, sich zur Musik zu bewegen. Je mehr ihr der Alkohol ins Blut steigt, desto dicker erscheint ihr die Luft, desto flüssiger ihr Körper. Sie hat das Gefühl, sich aufzulösen. Zu träumen. Mit dem leuchtenden Saphirblau der Dämmerung zu verschmelzen. Sie lässt die Hüften an Sams kreisen. Cherry drückt ihr ein neues Glas in die Hand.

Die Musik ist süß, schwer. Angie ist Dampf, der einen Spiegel beschlagen lässt, heißer Atem, der in der Luft kondensiert, sie ist das Rot der Rosen, auf denen sich im Garten ihrer Mutter der Tau sammelt. Sie lässt einfach los. Als ein Gedanke an die Oberfläche driftet – *Wo ist Justin?* –, hält sie ihn kurz fest und lässt den Blick durch den Raum schweifen, doch als sie Justin nicht entdeckt, legt sie das heiße Kohlenstück weg und fühlt, wie Sam sie zurück in seine Arme zieht.

»Bleib bei mir«, flüstert er.

Wie lange mögen sie schon hier sein? Eine Stunde? Zwei? Mehr und mehr Körper bevölkern den Raum, scharen sich umeinander. Angie fühlt sich noch immer flüssig, aber ihr ist auch schwindelig. *Wo ist Justin?* Sie muss ihn finden.

»Lass uns mal eine Runde drehen!«, ruft sie Sam über den Lärm hinweg zu. Sam macht einen kurzen Zwischenstopp an der Bar und reicht Angie einen neuen Drink. Überall ist es so schummrig. Sie versucht, näher zu den Gesichtern durchzudringen, die ihnen im Flur begegnen, lachende, trinkende, tanzende, miteinander verschwimmende Menschen. Angie erkennt einen Schauspieler, der vor zehn Jahren mal eine große Nummer war und neuerdings weizenblonde Haare hat. Wie aus dem Nichts erscheint eine hochgewachsene Brünette an seiner Seite, die an ihrem Martini nippt und den Blick auf den Übergang zwischen Decke und Wand fixiert. So viele Gesichter. Ob ihr seines überhaupt auffallen würde? Ob sie ihn registrieren würde, seine Anwesenheit spüren, ihr gemeinsames Blut? So viele Menschen. Sie hätte vorsichtiger sein sollen, sich nicht so gehen lassen. Sie hätte sich neben dem Türsteher postieren und Justin dort abfangen sollen. Es ist zu dunkel. Die vielen Leute. Sie wird ihn niemals finden. Sie atmet zu schnell. Zu schnell.

»Angie. Angie. Komm, wir gehen mal an die frische Luft.«

Sams Hand liegt auf ihrer Schulter und führt sie.

Sie treten nach draußen. Die Lichterketten über der Terrasse spiegeln sich in unzähligen Gläsern und wippen über den Köpfen der Partygäste wie dunstige, unentschlossene Heiligenscheine. Aus einem Infinity Pool schwappt Wasser auf Bambusmatten. Unter ihnen die Stadt, die entschlossen scheint, mit ihrem Leuchten das der Sterne zu überstrahlen. Eine Gruppe von Leuten hat sich um einen Feuerkorb versammelt. Rauch dringt aus ihren Mündern, während die Flammen über einen glitzernden Teppich aus Glasscherben tanzen. Als Angie hochblickt, recken sich die zitternden Palmwedel nach dem wie in den Himmel gestanzten Sichelmond.

»Setz dich«, kommandiert Sam, und sie lässt sich auf eine Holzstufe fallen. Sie hat Blasen an den Füßen von Cherrys Schuhen. Und noch immer bekommt sie keine Luft.

»Hier«, sagt Sam, zieht die Minzpastillendose aus seiner Tasche und reicht ihr einen halb gerauchten Joint. »Nimm mal 'nen Zug. Das beruhigt.«

»Glaubst du, ich finde ihn?«, fragt Angie mit Kleinmädchenstimme.

»Ja. Du findest ihn. *Wir* finden ihn«, beteuert Sam, zündet den Joint an und inhaliert.

Dann reicht er ihn an Angie weiter. Sie saugt den Rauch tief in die Lungen und muss husten. Doch schon im nächsten Moment spürt sie, wie sie sich entspannt, wie ihre Glieder schwer werden. *Levitate, levitate, levitate*, fordert die Musik von drinnen sie auf.

Sie steht auf und schlendert in Richtung der Gruppe am Feuer, versucht, die Gesichter zu erkennen, *Justins* Gesicht. Egal, wie nahe sie ihnen kommt, keiner von ihnen scheint sie auch nur zu bemerken. Sie geht unter wie ein klarer Tropfen in einer Pfütze blauen Wassers. Sie späht in den Pool, wo sich ein paar Leute die Füße abkühlen. Aus irgendeinem Grund muss sie daran denken, wie sie schwimmen gelernt hat. Wie sie sich allein von der Leiter ins Wasser fallen ließ, an das Hochgefühl, als sie es sicher in die Arme ihrer Mutter schaffte, wieder und wieder. Bis zu dem Moment, in dem sie losschwamm und plötzlich niemand mehr da war, der sie festhielt. Angie erinnert sich an das Gefühl zu versinken, keine Luft mehr zu bekommen. Es kann nur ein Sekundenbruchteil gewesen sein – und dann war ihre Mom da, die sie aus dem Pool zog, sie in ein Handtuch wickelte. Sie habe sich kurz mit einer anderen Mutter unterhalten und sei abgelenkt gewesen, entschuldigte sie sich. Angies Wut wich Erleichterung. Sie wusste, dass sie in Sicherheit war; ihre Mom hatte sie nicht im Stich gelassen.

Aber hier sind keine Arme, die sie auffangen, kein tröstender Gesang, keine streichelnde Hand auf ihrem Kopf. Zum ersten Mal wird Angie klar, dass sie wirklich ertrinken könnte.

»Hey. Alles okay?« Sam erscheint hinter ihr.

»Ist doch verrückt, ich meine, es kommt einem vor, als wären hier *so viele Leute*, aber, Sam, auf der ganzen Welt sind erst mal viele Leute, sieben Milliarden fünfhundertfünf Millionen zweihunderteintausendneunhundertvierundfünfzig … und das war letzte Woche. Jetzt sind es schon wieder noch mehr, und – oh Gott – ich meine, jede Sekunde, die ich weiterrede, sind es schon wieder mehr Menschen … wir spielen überhaupt keine Rolle. Überhaupt gar keine Rolle.« Sie lacht, als wäre das witzig, doch auf ihrer Brust lastet ein eigenartiges Gewicht.

Wie seltsam anstrengend es ist, einfach nur Sauerstoff aufzunehmen. Sie bittet ihre trägen Lungen, sich mit Luft zu füllen, die im nächsten Moment wieder weg ist. Um jeden einzelnen Zug muss sie flehen. Sie fürchtet, plötzlich ganz mit dem Atmen aufzuhören, was sie sofort wieder hektisch keuchen lässt, und auch der Gedanke an die sieben Milliarden hilft kein bisschen mehr, macht ihr nur noch Angst, anstatt sie zu beruhigen. Irgendwo weit weg sagt Sam ihren Namen, aber sie begreift nicht. Wer soll das sein? Wer ist diese Angie? Diese Laute bedeuten nichts, setzen sich nicht zu einem Menschen zusammen.

Und da sieht sie ihn. Sie weiß, dass er es ist. Sie *weiß* es, sie weiß es. Das ist Justin Bell, der Regisseur des »Some Dreamers«-Videos. Das ist *ihr* Justin Bell.

Es gibt ihn wirklich. Er ist am Leben.

Sie hatte ihn sich … anders vorgestellt. Älter – mehr wie einen Vater.

Und doch ist die Ähnlichkeit mit ihrem Dad von dem Foto verblüffend.

Er ist muskulös, mit breiten Schultern. Er trägt eine zerrissene schwarze Jeans, Wildlederboots, ein T-Shirt mit einem wütend dreinblickenden Dinosaurier darauf und eine Brille mit schwarzem Gestell. Einer seiner Arme ist mit Tätowierungen überzogen. Begleitet wird er von einer Frau, einer Frau mit Locken wie Angies, einer Frau, die strahlend schön ist.

Er bewegt sich weg von Angie. Warum geht er weg?

»Angie!«, ruft Sam.

»Sam, das ist er. Das ist er«, flüstert sie.

»Woher willst du das wissen?«

»Ich erkenne ihn. Er sieht – er sieht aus wie mein Dad«, antwortet Angie. Tränen steigen ihr in die Augen, sie kann nicht klar denken, ihr Kopf ist voller Watte. »Warum hast du mir den Joint gegeben?«

»Du warst so panisch, da dachte ich, das hilft dir.«

»Wie soll ich denn jetzt mit ihm reden? Vielleicht sehe ich ihn nie wieder! Wie soll ich ihn wiederfinden?«

Sie rennt ums Haus, Justin hinterher. Ihr ist, als würde sie überschwappen.

Vor dem Haus hält ein Mann vom Parkservice die Tür eines schwarzen Mustangs auf. Justin steigt ein, die Frau sitzt bereits auf dem Beifahrersitz. Angie will seinen Namen rufen, aber sie kann nicht. Warum nicht?

Sie wendet sich Sam zu. »Bitte. Hol das Auto, schnell!«

»Das ist doch verrückt, Angie.«

»Bitte!«

»Wir können nicht einfach abhauen, ohne Cherry und Miguel Bescheid zu sagen.«

»Wir kommen wieder und erklären es ihnen! Bitte!«

Sam geht zu dem Mann vom Parkservice, während Justins schwarzer Mustang die Einfahrt verlässt.

Angie und Sam brettern durch die Hügel, um eine scharfe Kurve nach der anderen, bis sie schließlich auf dem Sunset Boulevard landen, und da, an der Ampel, steht der schwarze Mustang. Eine Hand, die der Frau, ragt aus dem Fenster, spielt mit dem Wind. Justins Ellbogen ist in den Rahmen gestützt. Als sie hinter ihnen zum Stehen kommen, hört Angie Musik, eine Stimme, die singt – nein, verkündet, fleht – *Someday the sky above will open ...*

Und der Himmel öffnet sich tatsächlich. Angie muss nicht mal hochsehen, um das zu erkennen.

Er ist es. Er ist hier. Justin sitzt im Auto vor ihr.

Die Ampel schaltet auf Grün und der Mustang rast los. Sam tritt aufs Gas, lässt sich nicht abschütteln.

Die Nacht ist trocken, doch die Lichter der Stadt verschwimmen vor Angies Augen, als würde es regnen. Sie starrt angestrengt auf den schwarzen Mustang.

Plötzlich biegt der Wagen ab, und Sam kann ihm gerade noch folgen, was ein Hupkonzert nach sich zieht.

Der Mustang überfährt eine gelbe Ampel.

»Sam!«, kreischt Angie, als Sam bei Rot hält.

»Angie, ich setze hier ganz sicher nicht dein Leben aufs Spiel.«

Angie antwortet nicht. Sie starrt auf das rote Licht, versucht, es durch Willenskraft zum Umspringen zu bewegen, spürt, wie Justin sich weiter und weiter von ihr entfernt. *Was, wenn er uns entwischt?*

Endlich wird es grün und ein Stück vor ihnen erspäht Angie den Mustang, der gerade über die Kreuzung fährt. Sam muss ihn auch gesehen haben, denn er gibt Gas. Sie liegen immer noch ein paar Blocks zurück, als der Mustang nach rechts in eine Seitenstraße abbiegt.

Sam fährt hinterher, und sie rollen die Straße entlang, die voller parkender Autos ist, die still und verlassen daliegt, die sonst wo sein könnte. *Wie viele von den sieben Milliarden haben den Kopf voller Watte, haben diese Sehnsucht im Herzen? Wie viele jagen einem Fremden hinterher? Wie viele suchen nach ihrem Vater?*

Am Ende der Straße ist von dem Mustang keine Spur.

Doch da ist er, Justin, er geht den Bürgersteig entlang, einen Arm um die Frau geschlungen. Sie trägt ihre Schuhe in der Hand, die nicht um seine Hüfte liegt. Die beiden unterhalten sich, aber Angie kann nichts hören.

Sam hält am rot gestrichenen Bordstein. »Angie«, zischt er. »Er ist direkt vor unserer Nase. Was jetzt? Soll ich irgendwas machen?«

Angie stößt die Tür auf und beugt sich hinaus.

Ihr ist schlecht, aber sie übergibt sich nicht. Sie atmet ein paarmal tief durch. Stützt den Kopf in die Hände. Beobachtet, wie Justin und die Frau einen gepflasterten Pfad zu einem alten, efeubewachsenen Haus im spanischen Kolonialstil hochgehen, wie er eine Tür aufschließt.

Und drinnen verschwindet.

Angie steigt aus dem Auto und geht, schwankend auf ihren hohen Absätzen, auf das Gebäude zu, gerade nah genug, um die Hausnummer lesen zu können. Sie nimmt einen Stift aus der Tasche und notiert sie auf ihrem Handrücken: 179. Sie guckt wieder hoch und notiert sie noch einmal, diesmal auf dem anderen Handrücken, um sicherzugehen, dass ihr Kopf ihr keinen Streich spielt: 179.

Als sie wieder ins Auto einsteigt, fragt sie leise: »Sam, wie heißt die Straße, auf der wir sind?«

»Sycamore Avenue.«

Sycamore Avenue. Eine Straße in L.A., gesäumt von üppig grünen Platanen, die ihr ihren Namen verleihen, eine Straße mit Rosensträuchern, eine Straße, in der Menschen leben, Menschen, über die Angie nichts weiß.

»Danke«, sagt sie zu Sam. »Danke, dass du mir geholfen hast.« Sie lehnt sich an ihn und legt den Kopf auf seine Schulter, plötzlich todmüde.

»Ich liebe dich«, sagt sie.

Doch daran wird sie sich am nächsten Tag nicht erinnern. Sie wird sich an vieles nicht erinnern.

MARILYN

Aus den Lautsprechern nebenan hört Marilyn Diana Ross »I'm Coming Out« schmettern. Vermutlich soll das den Bauchnabeln als Inspiration dienen, denkt sie. Sie sitzt im Vorzimmer und versucht, für den Geschichtstest zur Seneca Falls Convention zu lernen, den sie morgen früh nachholen muss, am letzten Tag vor dem Thanksgiving-Wochenende. *Er hat sie gezwungen, sich Gesetzen zu unterwerfen, bei deren Entwurf sie nicht mitreden durfte*, lautet eine der Multiple-Choice-Antworten.

Ihr Magen knurrt und Marilyn sieht runter auf ihre viel zu blasse, nackte Haut. Sylvie wollte, dass sie in ihrem bauchfreien Top dünn aussieht, darum durfte sie nur einen SlimFast-Shake frühstücken, was inzwischen auch schon Stunden her ist. Ohne Mühe kreuzt sie die Antworten zum Thema Frauenrechte an und schmunzelt dabei über die Ironie des Ganzen. Dadurch fühlt sie sich gleich ein bisschen besser und das Buch wird zu einer Art Rüstung.

Gerade als ihr Magen erneut knurrt, nachdrücklicher diesmal, wird sie aufgerufen. Man führt Marilyn in einen anderen Raum, wo sie der Castingdirektorin die Hand schüttelt, einer Frau Mitte vierzig, die eine Tüte fettfreie Chips knabbert. Sie hat ihre nackten Füße auf einen Stuhl gelegt, unter dem ihre High Heels stehen. Auf einer Ledercouch hinter ihr sitzen fünf Männer in Anzügen, die allesamt einen ziemlich übernächtigten Eindruck machen. Die Castingdirektorin wischt sich die Hände an der Hose ab und fordert Marilyn auf, einfach ein bisschen in dem komplett weißen Raum – Wände, Decke, Boden, alles strahlt – auf und ab zu laufen, während ein Kameramann sie dabei filmt. Marilyn wünscht, sie könnte selbst durch eine Linse blicken, anstatt sich davor zur Schau zu stellen.

»Ein bisschen mehr Schwung, Kleines«, ruft die Frau. »Beweg die Hüften – nicht zu übertrieben, nicht krampfhaft sexy, ganz natürlich eben. Stell dir deinen Süßen vor. Der steht hinter dir und starrt dich an. Du zeigst ihm, was du zu bieten hast, aber ohne es dir anmerken zu lassen.«

Marilyn denkt an James' Stimme – *Du hast die Wahl.* Sie versucht, die Anweisungen der Frau umzusetzen, so absurd sie ihr vorkommen. Sie stellt sich vor, sie wäre am Strand. Sie hört die Wellen. Dreht sich um und sieht James hinter sich im Sand liegen, auf die Ellbogen gestützt. Sie geht runter zum Wasser, stellt sich vor, wie sie sich bewegen würde, wenn James' Blick auf ihr läge. Sofort hält sie sich aufrechter, und etwas unter ihrer Haut beginnt zu glühen, warm und sanft wie die späte Nachmittagssonne.

Die Castingdirektorin reißt sie aus ihrer Fantasie: »Danke, Süße.«

Dann ist es vorbei.

Marilyn zieht den Reißverschluss ihrer Kapuzenjacke hoch, als sie durch die Glasdrehtür nach draußen tritt. Es ist Ende November und kalt, jedenfalls für L.A.-Verhältnisse. Schon jetzt, um gerade mal halb vier, steht die Sonne tief und fahl am Himmel. Marilyn entdeckt den Wagen ihrer Mutter im Parkverbot. Sylvie sitzt hinter dem Steuer und blättert durch eine »US Weekly«.

»Wie ist es gelaufen?«, fragt sie, sobald Marilyn die Beifahrertür öffnet.

»Ganz okay, glaub ich.«

»Diesmal hab ich ein wirklich gutes Gefühl!«

»Ich hab Hunger«, erwidert Marilyn.

Sie fahren zum Drive-in-Schalter von Wendy's und holen

sich Chickenburger (die nach Sylvies Meinung gesünder sind als Hamburger). Marilyn nuckelt am Strohhalm ihrer Cola light, als Sylvie, statt rechtsherum den Weg nach Hause einzuschlagen, nach links auf den Sunset Boulevard abbiegt.

»Wo wollen wir denn hin?«, fragt Marilyn.

»Mir ist gerade so nach was Schönem. Lass uns noch mal unser Haus angucken gehen«, sagt Sylvie.

Unser Haus, so nennt Sylvie das Anwesen oben in den Hügeln, das sie nach Marilyns erstem Termin bei Ellen besichtigt haben. Seitdem sind sie schon mehrmals dort vorbeigefahren und Marilyn hat schweigend Sylvies sehnsüchtige Blicke ertragen. Beim letzten Besuch fiel Sylvie auf, dass der Preis auf »faire« 750 000 Dollar gesenkt wurde.

»Mom, ich bin echt müde.«

»Ach komm, nur ganz kurz.«

Marilyn kann einen Seufzer nicht unterdrücken.

»Bittebitte«, fleht Sylvie mit Kleinmädchenstimme. Sie sind sowieso schon auf halbem Weg, also bleibt Marilyn nichts anderes übrig, als zu nicken.

Während sie hügelaufwärts fahren, geht die Sonne unter und hier und da springt an den Häusern besonders eifriger Deko-Enthusiasten bereits die Weihnachtsbeleuchtung an. Marilyn hat die Straßenkarte auf dem Schoß, Sylvie jedoch navigiert den Wagen so problemlos durch das komplizierte Netz von Kurven, dass Marilyn sich insgeheim fragt, wie oft sie wohl schon allein hier war.

An der Hill Street 5901 angekommen, sehen sie einen BMW in der Einfahrt stehen und das »Zu verkaufen«-Schild mit Rods grinsendem Konterfei ist verschwunden. Ein Fenster im ersten Stock spiegelt die letzten Sonnenstrahlen. Die Miniaturdavids im Vorgarten tragen Nikolausmützen.

Sylvie bricht in Tränen aus.

»Mom –«, fängt Marilyn an, aber dann weiß sie nicht weiter. Sie blickt zum Haus, in dessen Fensterscheibe die Sonne nun langsam erlischt und von der kleinen weißen Lichterkette entlang der Dachrinne abgelöst wird. Wie eine Außenstehende sieht sie sich und ihre schluchzende Mutter im Auto sitzen, als stünde sie selbst am Fenster in dem Haus, das ihre Mutter sich so sehr wünscht. Als wäre der Buick ein Boot und sie verloren auf hoher See, hilflos dahintreibend in einem Meer von teuren Häusern, die sie nie besitzen werden. Es ist so leicht, ein Nichts zu sein, denkt Marilyn. Ein Niemand.

Um ihre distanzierte Perspektive beizubehalten, hebt sie die Hände und knipst ein Gedankenfoto von ihrer Mutter, die, ihr Profil gerahmt durch das Autofenster, auf das weihnachtlich-golden erleuchtete Haus hinausblickt.

Als Marilyn die Hände sinken lässt, wendet Sylvie sich ihr zu und erklärt unter Tränen: »Die Nikolausmützen, verstehst du? Das hätte ich auch gemacht. Wenn wir das Haus bekommen hätten.«

»Es gibt doch noch andere Häuser, Mom«, hört Marilyn sich sagen.

»Du meinst, wir kriegen mal eins, das sogar noch schöner ist?«

Marilyn streicht ihrer Mutter das dünner werdende, blond gefärbte Haar – fein wie das eines Babys – aus dem Gesicht. »Wir können uns zumindest bemühen.«

Der Thanksgiving-Morgen ist grau, aber Woody hat untypisch gute Laune. Als Marilyn aus ihrem Zimmer kommt und sich den Schlaf aus den Augen reibt, ist er bereits auf und kocht Kaffee. Er pfeift fröhlich vor sich hin und trägt einen blauen Anzug, in dem sie ihn noch nie gesehen hat, offenbar sein Gewinneroutfit für das Pokerturnier, das heute im Commerce Casino stattfindet.

»Frohen Truthahntag«, wünscht er ihr.

»Dir auch«, antwortet sie.

»Ich muss heute früh los, wenn ich diesen Buick ergattern will.«

»Viel Glück«, sagt Marilyn und macht sich auf die Suche nach Sylvie, die noch in ihrem Schlafzimmer ist und gerade Lippenstift aufträgt. »James' Großeltern haben uns zu sich zum Essen eingeladen«, erklärt Marilyn ihrer Mom mit gedämpfter Stimme. »Wollen wir?«

Die Haut um Sylvies Augen spannt sich an. »Ich dachte, wir gehen Sandwiches essen.« Als sie noch in Orange County wohnten, haben sie sich jedes Thanksgiving Truthahnsandwiches geholt und damit an den Pier gesetzt.

»Wir könnten doch dieses Jahr mal was anderes ausprobieren. Rose kann echt super kochen.«

»Ach, lieber nicht, ich hab auch ein bisschen Kopfschmerzen. Aber geh du ruhig hin, wenn du willst.«

»Sicher?«, fragt Marilyn.

»Dann ist das wohl unser erstes Thanksgiving, das wir getrennt verbringen«, merkt Sylvie an.

Du könntest ja mitkommen!, denkt Marilyn und versucht, ihre

Schuldgefühle abzuschütteln. Sie hatte damit gerechnet, dass ihre Mom wie jedes Thanksgiving vom nächsten Jahr schwärmen würde, wo sie den Feiertag auf ihrem eigenen Anwesen begehen würden, mit einem prächtigen Truthahn und allem, was dazugehört. Stattdessen wendet Sylvie sich ab und schlüpft wieder in ihr Nachthemd.

Nachdem Woody aus dem Haus ist, gibt Marilyn ihrer Mom einen Abschiedskuss und lässt sie auf dem Sofa zurück, wo sie sich bei einer Flasche Weißwein die Parade im Fernsehen ansieht.

In ihrem schwarzen Samtkleid mit dem Glockenrock, das sie für besondere Anlässe reserviert hat, klopft Marilyn an die Tür der Nachbarn und erschaudert in einer unvermittelten Brise. Justin reißt die Tür sperrangelweit auf.

»Spielst du mit Operation?«, fragt er anstelle einer Begrüßung.

Marilyn lacht. »Klar!« Sie folgt ihm in die Wohnung, deren Wärme ihr sogleich den kalten Tag aus den Knochen treibt. »Aber erst frag ich mal deine Grandma, ob ich bei irgendwas helfen kann.«

Sie umarmt James und geht anschließend in die Küche zu Rose, die gerade den Truthahn aus dem Ofen holt. Er ist goldbraun geröstet und duftet köstlich, genau wie sie es sich immer bei den Thanksgivingessen im Fernsehen vorgestellt hat. Rose gibt ihr einen Kuss auf die Wange und zeigt ihr, wie man mit der Bratenspritze Fett aus dem Bräter saugt und über den Vogel gießt.

»So bleibt er schön saftig.«

»Ich will ihr das zeigen«, meldet sich Justin und schnappt Rose die Spritze aus der Hand.

»Daran hat er einen Riesenspaß«, erklärt Rose lachend.

Marilyn sieht rüber zu James, der mit Alan vor einem Basketballspiel im Fernsehen sitzt, aber momentan lächelnd das Treiben am Ofen beobachtet.

»Jungs!«, ruft Rose ihrem Mann und ihrem älteren Enkel zu. »Macht euch gefälligst nützlich!« Sie bringt den beiden eine große Schüssel grüne Bohnen und eine Papiertüte und erklärt ihnen, wie sie die Spitzen abbrechen sollen. Marilyn schält Kartoffeln, bevor sie sich von Justin zu einer Runde Operation überreden lässt, der sich jedes Mal kaum halten kann vor Gekicher, wenn sie den nervenzerreißenden Summton auslöst. So vergeht der Nachmittag in fröhlichem Chaos – alles lacht, redet durcheinander und stibitzt Probierhäppchen.

Aber Marilyn muss an ihre Mutter denken, die ganz allein oben sitzt. Sie merkt, wie sie immer wieder abdriftet, und entschuldigt sich schließlich, um ins Bad zu gehen. Der Geruch von Alans Rasierwasser, der dort in der Luft hängt, schwach aber vertraut, löst eine tief verborgene Erinnerung aus. Sie weiß es noch nicht, aber es ist der Duft ihres Vaters (Old Spice). Sie spritzt sich Wasser ins Gesicht, um die unterschwellige Beklommenheit zu vertreiben.

Im Wohnzimmer wird sie gleich wieder zurück in die Gegenwart geholt, von James' Hand, die sich unter dem Tisch auf ihr Bein legt, Justins Triumphgeheul, als er (zum zweiten Mal) gegen sie gewinnt, Roses ausführlichen Anweisungen, wie viel Butter und Sahne in den Kartoffelbrei gehören (viel), damit er richtig gut wird. Das alles gibt ihr Halt. Schließlich ist es Zeit, den Tisch zu decken und den Truthahn zu tranchieren. Als sich wenig später alle zum Essen hinsetzen, liegt Marilyn sicher im Hafen der Bells und Jones' vor Anker, dankbar über das Zugehörigkeitsgefühl, das sie ihr so selbstverständlich vermitteln.

……

I'm kissing you … singt Des'ree, während eine engelsflügeltragende Claire Danes mit großen Augen ihren Romeo ansieht, zwischen ihnen ein Aquarium voller leuchtend blauer Fische. Als James Marilyn auf den Nacken küsst, explodieren Feuerwerkskörper am Fernsehhimmel. Marilyn ist mindestens genauso verliebt wie Julia. Den Film hat sie selbst ausgesucht – sie wollte »Romeo + Julia« schon vor zwei Jahren im Kino sehen, musste jedoch an dem Nachmittag, als ihre Freunde sich dazu verabredet hatten, zu einem Casting für einen Neutrogena-Werbespot. Als sie James nach dem Essen, nach Kuchen, Kaffee und allgemeinen Gutenachtwünschen in der Blockbuster-Filiale das Video hinhielt, hatte er zwar kurz gequält aufgestöhnt, sich aber dennoch bereit erklärt, es sich mit ihr anzusehen.

Am Ende – als die Liebenden sich bei Kerzenschein leblos in den Armen liegen – strömen Marilyn Tränen übers Gesicht. James wischt sie mit dem Daumen weg, und Marilyn sieht, dass auch er weint. In dem Moment ertönt ein Schniefen hinter der Couch, und als sie sich umdrehen, hockt dort Justin im Schlafanzug in der Ecke.

»Was machst du denn hier?«, flüstert James. »Du müsstest doch schon längst schlafen.«

Justin reibt sich über die Augen. »Warum konnte er denn nicht noch eine Minute warten?«, jammert er. »Wenn er nur eine Minute gewartet hätte, wäre sie doch aufgewacht. Warum hat er nicht nachgeguckt, ob sie noch atmet? Oder ob ihr Herz noch schlägt?«

»Komm mal her«, sagt Marilyn, und Justin kuschelt sich zwischen ihnen auf die Couch.

Sie streichelt ihm über den Kopf, wie ihre Mutter es früher immer bei ihr gemacht hat, wenn sie krank war – diese Tage hat sie geliebt –, und wenige Minuten später ist Justin eingeschlafen, den Kopf auf ihrem Schoß. Träumend und mit flatternden Lidern sieht er aus wie eine jüngere Version von James.

James steht auf, hebt seinen Bruder hoch und trägt ihn ins Bett.

»Ich sollte wohl langsam nach Hause«, flüstert Marilyn, als er zurückkommt.

»Nein. Bleib noch.«

Marilyn lächelt. »Ich kann nicht.« Ihr ist klar, dass sie ihr Glück längst überstrapaziert hat. Rose und Alan sind seit Stunden im Bett, und sie kann nur hoffen, dass es bei Sylvie genauso ist.

»Bleib«, bittet James abermals und krabbelt nun selbst auf ihren Schoß, plötzlich genauso jungenhaft verspielt wie Justin. »Du sollst bei mir schlafen.«

»Nein, aber ich geb dir noch einen Gutenachtkuss«, erwidert Marilyn flüsterlachend.

Sie schlängelt sich unter James hervor, der sie jedoch festhält und wieder zurückzieht.

»Jetzt komm aber!« Grinsend versucht sie, James hochzustemmen, aber er macht sich extraschwer, und gegen seine achtzig Kilo Körpergewicht bei einem Meter achtzig kann sie nicht viel ausrichten. Eine Weile geht das Spielchen so weiter – sie versucht, sich von ihm loszumachen, und er lässt es halb geschehen, nur um sie dann doch wieder zurück auf die Couch zu ziehen. Irgendwann jedoch gibt James nach und steht auf. Marilyn folgt ihm den Flur hinunter zu einer Tür, an der in Holzbuchstaben JAMES steht.

»Nicht lachen«, sagt er. »Die hat meine Mom mir gekauft, als ich noch klein war. Darum.«

Marilyn lächelt. Sie kann es gar nicht erwarten, endlich das Zimmer zu sehen, in dem sie sich ihn so oft vorgestellt hat, wenn seine Musik zu ihr heraufschallte.

Es ist so klein wie ihr eigenes. Unter dem Fenster steht ein schmales, ordentlich gemachtes Bett mit einer karierten Steppdecke darauf. Der Schreibtisch, auf dem ein Stapel Schulbücher liegt, ist aus altem Holz, dessen glatter Schliff die Maserung zur

Geltung bringt. An die gegenüberliegende Wand ist ein riesiges, makelloses schwarzes Rechteck gemalt, mit einem kleinen Bord für Kreide (zwei angebrochene Stücke) darunter *»Through every dark night, there's a bright day after that.« – 2Pac*, steht dort. Und darunter: *»Nun hänge ich jedoch immer noch der Vorstellung an, dass die Fähigkeit, selbstständig zu denken, von der Beherrschung der Sprache abhängt.« – Joan Didion.* Neben dem Bett steht ein kleiner Nachttisch mit einem Räucherstäbchenhalter und einem halb vollen Glas Wasser darauf, über dessen Rand Marilyn gern den Finger gleiten lassen würde. Als sie den Kopf hebt, entdeckt sie aus schwarzen Punkten zusammengesetzte Sternbilder an der weiß gestrichenen Decke.

Hier, an diesem Ort, an dem der echte James lebt, hat Marilyn das Gefühl, zum ersten Mal die trennende Mauer zwischen ihnen durchbrochen zu haben oder ihm zumindest einen Schritt nähergekommen zu sein, als er es bislang zugelassen hat. Er schlüpft aus seinen Schuhen und legt sich hin. Sie hebt die Hände und schießt ein Gedankenfoto davon, wie sein Körper das schmale Bett komplett ausfüllt.

»Komm her«, sagt er, und sie legt sich neben ihn, einen Ellbogen aufgestützt, lässt sich von seinem Geruch einhüllen, der in den Laken gespeichert ist, zusammen mit Jahren voller Träume, die jede Wäsche überstehen. James legt den Kopf auf ihre Brust und sie genießt das tröstliche Gewicht und lehnt sich an sein Kissen. Seine Miene erinnert sie an das Foto von ihm als kleinem Jungen, auf dem er sich an seine Mutter schmiegt. Sie streichelt ihm über den Kopf, zwingt sich, die Augen offen zu halten, während sein Atem immer langsamer und tiefer wird. Als ihm ein kleines Schnarchen entfährt, muss sie sich beherrschen, um nicht zu lachen. Sie studiert die zarte Haut seiner Lider, die Brauen, die wie ein feiner Schatten über seinen Augen liegen. Seine Muskeln spannen sich an, als wollten sie etwas festhalten, was in ihm verborgen ist. Sie fährt mit dem Finger über seinen tätowierten Arm, zeichnet den Schriftzug *Angela* nach, den Namen seiner Mutter.

Als sie sicher ist, dass er tief und fest schlummert, rückt sie vorsichtig unter ihm hervor und schiebt ihm stattdessen ein Kissen unter den Kopf. Dann vergräbt sie ein letztes Mal die Nase an seinem Hals und atmet seinen Geruch ein, bevor sie sich auf Zehenspitzen davonschleicht. Mit einem leisen Seufzer dreht er sich um. Sie macht die Tür hinter sich zu und geht.

In der Nachtluft zitternd huscht sie nach oben. Als sie die Tür aufschließt, sitzt Sylvie, in der Hand ein Glas Wein, allein im Dunkeln und starrt aus dem Fenster den Mond an. Sie wendet sich Marilyn zu.

»Also scheinst du ein schönes Thanksgiving gehabt zu haben.« Es ist keine Frage, sondern ein Vorwurf.

»Ich hätte nicht gedacht, dass du noch wach bist«, sagt Marilyn leise.

»Bin ich auch nicht«, antwortet Sylvie. »Ich bin ganz woanders. Nur nicht hier.«

Ratlos gibt Marilyn ihrer Mutter einen Kuss auf die Stirn. Als Sylvie nicht reagiert, geht sie sich waschen und sinkt kurz darauf in tiefen Schlaf.

Als Marilyn aufwacht, rauscht draußen der Regen. Sie schleicht aus ihrem Zimmer und sieht sich in der Wohnung um. Leer. Woody muss noch im Casino sein und Sylvie schon bei der Arbeit, schließlich ist heute Black Friday. Sie huscht in die Küche, stellt die Kaffeemaschine an und wählt James' Nummer. Rose geht ans Telefon.

»Hallo, Rose, hier ist Marilyn. Ist James zu Hause?« Als er sich meldet, raunt sie: »Ich bin's, komm rauf ins Bett, ich bin ganz alleine.«

Kurz darauf, als sie gerade zwei Tassen Kaffee eingegossen hat (Milch für beide, viel Zucker für ihn), klopft es an der Tür. Vor ihr steht James in seinen Basketballshorts, nasse Flecken auf dem T-Shirt und Regentropfen im Haar.

»Morgen, Miss Mack«, sagt er mit tiefer, rauer Stimme, die in Kontrast zu seinem jungenhaften Lächeln steht. Plötzlich schlingt er die Arme um ihre Taille und hebt sie hoch, reißt sie buchstäblich von den Füßen.

»Wo lang?«, fragt er über ihr Kichern hinweg und trägt sie den Flur runter zu ihrem Zimmer, das genau über seinem liegt. Dort lässt er sie auf die Matratze fallen und beugt sich über sie. Küsst ihren Bauch. Hilft ihr aus dem Oberteil. Sie zittert. Der Regen prasselt ans Fenster. Seine Hände auf ihren Brüsten, dann sein Mund.

Ihr Körper ist so hellwach, dass sie fürchtet, jeden Moment ihre Haut zu sprengen. Sie zieht ihm sein Shirt über den Kopf, lässt sachte ihre Fingernägel über seinen Rücken gleiten. Als sie seinen Hals küsst, stöhnt er leise auf.

Seine Hände finden sie, tun, was ihre eigenen Finger getan haben, als sie im Bett lag und an ihn dachte. Bis sie zerfließt.

Er streicht ihr das Haar aus der Stirn, gibt ihr einen Kuss auf die Stirn. Sie zieht ihn an sich.

»Was kann ich machen, damit du dich auch so fühlst?«, flüstert sie.

James lacht. »Wenn du willst, zeig ich's dir.«

Er tut es, und ihn so zu sehen, zu wissen, dass sie der Grund dafür ist, bringt sie abermals an den Rand der Auflösung.

Hinterher liegen sie schweigend da, sein Kopf auf ihrer Brust, seine Hände in ihrem Haar, seine Haut warm an ihrer, und der stetige Rhythmus des Regens wiegt sie in den Schlaf.

Noch nie hat sie sich bei jemandem so vollkommen geborgen gefühlt.

Am frühen Nachmittag wacht sie auf. Sie blinzelt und sieht, dass James noch immer schlafend neben ihr liegt. Sie steht auf, wärmt den vergessenen Kaffee auf dem Herd auf, macht gegrillte Käsesandwiches und nimmt alles mit zurück in ihr Zimmer. Sie stupst James an, küsst ihn auf die Augenlider, die Stirn, die Wangen, und sie machen ein Picknick im Bett.

»Die Bilder gefallen mir«, sagt er und betrachtet die schwarz-weißen Kopien an der Wand. »Besonders das da.«

Er deutet auf eine Aufnahme von Gordon Parks: Eartha Kitt inmitten sonnenbeschienener Sträucher, die Hände wie eine Ballerina über den Kopf erhoben.

»Das finde ich auch toll«, sagt Marilyn.

»Jetzt weiß ich endlich, wo du bist, wenn ich dich abends höre. Dann kann ich mir dich besser vorstellen.«

»Du hörst mich?«

»Deine Schritte.« Er lächelt. »Ehrlich gesagt ist mir das anfangs ziemlich auf den Keks gegangen, nachdem ihr gerade eingezogen wart.«

Sie boxt ihn auf die Schulter.

»Ich war einfach nicht dran gewöhnt«, sagt er. »Ich glaube, solange wir hier wohnen, hat dieser Raum immer leer gestanden, und ich verziehe mich nun mal in mein Zimmer, wenn ich meine Ruhe haben will. Darum hat es mich gestört. Aber dann …«

Sie sieht ihn erwartungsvoll an.

»Dann hab ich angefangen, mich darüber zu freuen. Es war schön zu wissen, dass du direkt über mir bist. Ich hab richtig angefangen, darauf zu lauschen.«

»Ich höre immer deine Musik mit, wusstest du das? Durchs Fenster. Als wir hergezogen sind, hab ich mich oft einsam gefühlt, und das war das Einzige, was mich getröstet hat.«

James lächelt. »Anfangs bin ich gar nicht darauf gekommen. Aber ich geb zu, als ich nach unserem ersten Kuss ›Ready or Not‹ aufgelegt habe, da hab ich es extralaut aufgedreht und mich gefragt, ob du es hörst …«

Marilyn errötet bei der Erinnerung. »Hab ich.«

James setzt sich auf und küsst sie auf die Nasenspitze, schlingt die Arme um sie und drückt sie fest.

»Ich krieg keine Luft mehr.« Sie lacht und drückt zurück.

»Fester!«, sagt er. »Wie ein Bär!«

Sie presst ihn mit aller Kraft an sich. Als sie wieder loslässt, vergräbt er sich unter der Decke. Sie krabbelt ihm nach und eine Weile toben sie herum wie kleine Kinder in ihrer Bettdeckenhöhle. Er ringt sie nieder, sie befreit sich und geht ihrerseits zum Angriff über.

»Grrr«, knurrt er.

»Grrr«, knurrt sie lachend zurück. Sie taucht kurz auf, um Luft zu schnappen, und tastet durch die Decke nach ihm.

»Grrr«, knurrt sie wieder und wirft sich auf ihn, doch diesmal regt er sich nicht.

Als sie die Decke anhebt, liegt er da wie erstarrt, zusammengerollt zu einer Kugel.

»Was ist los?«

»Nichts, ich – gar nichts.«

Aber sein Lächeln und seine Ausgelassenheit sind verflogen. Er dreht sich auf die andere Seite und macht die Augen zu.

Nach einem Moment legt Marilyn sich vorsichtig hinter ihn und schlingt den Arm um seine Brust. Zuerst reagiert er nicht, aber schließlich greift er nach ihrer Hand. So liegen sie da, atmen im Gleichklang, und es ist, als würden Stunden vergehen, aber vielleicht ist es auch nur Minuten später, als James sagt: »Als ich noch klein war, bin ich morgens immer zu meiner Mom ins Bett geklettert. Ich hab mich verkrochen und drauf gewartet, dass sie fragt: ›Wo ist denn bloß James?‹ Sie hat oben auf der Decke rumgetastet, und ich hab versucht, blitzschnell ihrer Hand auszuweichen, und dann ist sie irgendwann auch unter die Decke gekommen und hat nach mir gejagt.«

Marilyn lächelt und küsst ihn auf den Nacken, an die Stelle, wo die Haare aufhören. Sie lässt die Hand an seinem Rücken heruntergleiten, doch dabei spannt sich sein Körper wieder an.

»Mein Lieblingsmoment war immer der, wenn sie mich gefangen hat. Ich mochte es, wenn sie mich ganz fest gehalten hat – da habe ich mich so sicher gefühlt. Und ihre Stimme, wenn sie gesagt hat: ›Hab ich dich. Deiner Momma entkommst du nicht.‹«

Er schweigt eine Weile, bevor er weitererzählt: »Aber eines Morgens fing sie auf einmal so an zu zucken. Das war ein Krampfanfall, aber das wusste ich damals noch nicht. Für mich hat es sich angefühlt wie ein Erdbeben – wie die, über die wir in der Schule gesprochen hatten. Da dachte ich, in ihr wäre auch so eine Verwerfungslinie aufgebrochen. Ich konnte mich nicht mehr bewegen vor lauter Angst, hab nur noch nach Hilfe gerufen, aber meine Großeltern waren nicht da. Und Justin war noch ein Baby. Er hat in seinem Gitterbettchen geschlafen, aber irgendwann fing er an zu schreien. Sie war so schwer, ich musste mich richtig unter ihr hervorkämpfen. Dann bin ich nach nebenan gerannt und hab den Notarzt gerufen. An das, was danach kam, kann ich mich kaum mehr erinnern. Sie ist noch am selben Abend im Krankenhaus gestorben – Hirnaneurysma.«

Marilyn hält ihn fest umklammert und presst das Gesicht an seinen Rücken. »James, das tut mir so leid.«

Als er sich schließlich zu ihr umdreht, ist sein Gesicht tränenüberströmt. Sie streicht ihm mit der Hand über die Wangenknochen, die Stirn. »Sie war sicher eine tolle Frau«, sagt Marilyn leise, »wenn sie Kinder wie dich und Justin gehabt hat.«

»Ich weiß nicht, ob ich an den Himmel glaube, zumindest nicht so wie die meisten Menschen, aber manchmal – das habe ich noch nie irgendjemandem erzählt –, manchmal könnte ich schwören, sie ist hier. Das spüre ich einfach …«

Er rollt sich auf den Rücken und starrt an die Decke. »Sie hat Kolibris geliebt, das waren ihre absoluten Lieblingstiere. Sie hat jeden Frühling einen Nektarspender rausgehängt und ganz gewissenhaft mit Zuckerwasser gefüllt. Als wir nach der Scheidung zu Grandma und Grandpa gezogen sind, konnte sie es kaum erwarten, das Ding wieder aufzuhängen – aber selbst nach Monaten ist kein einziger Vogel drangegangen. Trotzdem hat sie ganz regelmäßig das Wasser gewechselt, und ich hab gefragt: ›Wozu machst du das? Die Vögel kommen doch sowieso nicht.‹ Und da hat sie gesagt: ›Du musst nur Geduld haben.‹ Und, irgendwann morgens, sitz ich gerade mit meinen Cornflakes vor dem Fernseher, und plötzlich quietscht sie los: ›Jamie, Jamie, komm mal schnell!‹ Sie klingt so aufgeregt, dass ich sofort rüberrenne, und Tatsache, da ist so ein winziges Vögelchen und schlägt eine geschätzte Million Mal pro Sekunde mit den Flügeln. Als es uns sieht, wie wir uns die Nasen an der Fensterscheibe platt drücken, zischt es erst mal ab, aber eine Minute später ist es wieder da. Wir halten ganz still und da fliegt es zum Nektarspender und fängt an zu trinken. Direkt vor uns. Und dann muss es seinen Freunden davon erzählt haben, bald darauf tauchte nämlich eine ganze Gang auf. Wir haben sie jeden Morgen beobachtet – das wurde nie langweilig. Und meine Mom war so glücklich.

Nachdem sie dann nicht mehr da war, ist das Zuckerwasser eingetrocknet und niemand hat neues nachgefüllt. Ich war ja erst acht, darum bin ich gar nicht auf die Idee gekommen, und irgendwann sind die Vögel weggeblieben. Aber dann, vielleicht ein halbes Jahr später, hole ich mir morgens in der Küche eine Limo, und als ich mich umdrehe und rausgucke, starrt mich ein Kolibri durchs Fenster an. Er flattert wie verrückt, steht aber ansonsten reglos in der Luft. Er saust nicht hin und her, sondern sieht mich direkt an, und ich weiß einfach, dass sie es ist. Meine Mom. Also, ich glaube jetzt natürlich nicht wirklich, dass sie ein Vogel geworden ist, aber – irgendwie hab ich damals gespürt, dass sie mir etwas sagen wollte. Mich an etwas erinnern. Es war halt so ein Gefühl, ich weiß auch nicht.« Er hält inne. »Ich hatte seit Monaten kein Wort geredet, aber dem Vogel hab ich was zugeflüstert. Einfach nur Hallo, mehr nicht, und damit war das Schweigen gebrochen.

Danach hab ich angefangen, den Spender aufzufüllen.« James lächelt. »Das erste Mal hab ich Zuckerwasser gemacht, ohne vorher Grandma zu fragen, wie das geht – ich hab einfach die ganze Tüte in den Topf gekippt, weil ich dachte, dann wird es richtig gut. Grandma hat die Hände überm Kopf zusammengeschlagen, aber dann hat sie mir gezeigt, wie man Sirup kocht, und die Vögel sind zurückgekommen.«

Marilyn umarmt ihn und er lehnt sich bei ihr an. Inzwischen hat der Regen aufgehört. Die dunkelgraue Wolkendecke reißt auf und lässt das zarte Blau des Abendhimmels durchschimmern. Marilyn fährt die Konturen seines Körpers mit den Fingern nach und seine Muskeln entspannen sich. Er schließt die Augen.

»Wenn ich mal eine Tochter habe«, sagt er, schlägt die Augen wieder auf und sieht aus dem Fenster, »dann nenne ich sie nach meiner Mom.«

Marilyn hatte sich immer vorgestellt, dass ein Teil von ihr sterben und neu geboren werden würde, wenn sie aufs College ginge, aber diese Verwandlung hat sich schon jetzt vollzogen. Nur dass es weniger wie Sterben war, sondern mehr wie Aufwachen. Was auch immer in ihr vergraben war, ist durch James an die Oberfläche gestiegen.

Kindheitserinnerungen, sonst so verschwommen und vage wie ein unscharfer Film über das Leben von jemand anderem, treten plötzlich hell und klar hervor. Als Marilyn nach den Momenten aufwühlender Nähe träge auf James' Flauschteppich liegt, muss sie plötzlich an den schlichten Sommergrasgeruch in ihrem Garten in Amarillo denken, an die Wüstenhitze, die zwar sengend war, aber zugleich irgendwie leicht, an den Himmel, in dem sie sich immer vorgestellt hat zu schwimmen, an das Rasierwasser ihres Vaters (ja, jetzt riecht sie es wieder), wenn sie ihm in die Arme gesprungen ist. All diese Puzzleteile ihrer selbst aus einer anderen Zeit, von einem anderen Ort, verbinden sie jetzt mit James und geben ihr das Gefühl, dass ihr Leben sie unweigerlich zu ihm geführt hat.

Seine Lippen auf ihren Schläfen, ihren Augenbrauen, hinter ihren Ohren, kleine Küsse überall.

Dann Justin, der an die Tür hämmert. »Seid ihr endlich so weit?«

»Wir kommen ja! Zieh dir schon mal Schuhe an.«

Am Samstag nach Thanksgiving (an jenem langen Wochenende, das ihr immer als das im Gedächtnis bleiben wird, an dem sie sich in James verliebt hat) sind Rose und Alan beide außer

Haus, was selten genug vorkommt. Sie sind ins Kino gegangen und haben die Brüder allein gelassen. Marilyn war gerade noch rechtzeitig unten, um zu sehen, wie schick sich Rose gemacht hat: rosa Lippenstift, rosa Pullover, große goldene Ohrringe mit funkelnden Brillanten, Rosenparfüm. Es war absolut rührend, wie sie mit Alan in seinem eleganten Mantel flirtete und sich bei ihm einhakte.

Offiziell ist Marilyn zum Lernen da – James und sie wollen beide bald ihre Essays für die Collegebewerbungen einreichen. Justin haben sie versprochen, danach mit ihm Eis essen zu gehen. Nachdem James Justin einen Film eingeschaltet hat, gehen sie in sein Zimmer, aber Marilyn schafft es nicht mal, ihre Bücher auszupacken, bevor sie und James regelrecht übereinander herfallen. So geht es seit ein paar Tagen ständig – es ist, als begleitete sie ein permanentes elektrisches Knistern (das, wie sie hoffen, außer ihnen niemand bemerkt), als tobte in ihnen ein rastloses, unstillbares Verlangen. James schließt die Tür ab. Marilyn muss in sein zusammengeknülltes Sweatshirt beißen, um nicht laut aufzuschreien.

»Wahrscheinlich sollten wir wirklich noch ein bisschen arbeiten, was?«, reißt er sie aus ihren Träumereien.

»Ich glaube nicht, dass dein Bruder noch viel länger wartet«, flüstert sie. Also gehen sie sich bei Baskin-Robbins Hörnchen mit Minz-Schokosplitter (Marilyn), Schoko-Nuss-Marshmallow (James) und Erdbeer-Vanille-Schoko mit Streuseln (Justin) holen. Als sie zurückkommen, sind Rose und Alan wieder da, und James schlägt vor, in die Bibliothek zu fahren.

Nachdem sie sich an ihrem Stammplatz eingerichtet haben, fragt James: »Willst du dir meinen Entwurf mal durchlesen?«

»Klar.« Marilyn greift nach den losen Seiten, die er ihr über den Tisch zuschiebt.

Sie fängt an zu lesen. James steht auf und murmelt etwas von Toilette. Als er wiederkommt, schlägt er sein Mathebuch auf und gibt vor, sich darauf zu konzentrieren, aber Marilyn merkt, wie sein Blick immer wieder zu ihr rüberwandert. Er hat über seine Mutter geschrieben. Unglaublich mitreißend schildert er ihre Liebe zu Kolibris, das, was er über ihre Kindheit in North Carolina weiß, ihren Umzug nach Los Angeles als Teenager, bis hin zur Geburt ihrer Kinder und dem Vogel, der ein halbes Jahr nach ihrem Tod an James' Fenster erschien. *Das Bemerkenswerte an der Schönheit ist,* schreibt James, *dass sie Leiden, Ungerechtigkeit oder Schmerz in keinster Weise aufzuheben vermag. Sie ist einfach nur da und steht für sich.*

Am Ende wischt Marilyn sich die Augen. »James«, sagt sie, »das ist so gut! Oh Mann, du könntest die nächste Joan Didion werden.«

James lacht, aber seine Augen blitzen vor Stolz.

»Ich bin echt froh, dass wir dieses Buch lesen, das hat mir total geholfen. Mich inspiriert. Ich wollte nicht denselben langweiligen Kram schreiben wie alle.«

»Das hier ist alles andere als langweilig, das ist – es ist wunderschön.« Und das meint sie ernst. James ist es gelungen, sein persönliches Schicksal in etwas umzuwandeln, das über ihn selbst hinausgeht, über seinen Verlust, über seine Familie. Er hat eine Geschichte daraus gemacht.

»Was ist mit dir? Hast du schon angefangen?«, fragt er.

»Ja, aber nachdem ich deins gelesen habe, würde ich am liebsten noch mal alles umschmeißen. Da ließe sich bestimmt noch was Besseres rausholen. Was Ehrlicheres. Man vergisst so leicht, wie viel eindrucksvoller es ist, wenn man einfach sagt, was man sagen will, und nicht das, wovon man denkt, dass andere es hören wollen.«

»Absolut.«

»Irgendwie ist mir das schon richtig zur Gewohnheit geworden, dieser Drang, es anderen Leuten recht zu machen oder zumindest den Weg des geringsten Widerstands zu gehen. Aber so will ich gar nicht sein.«

»Bist du auch nicht. Guck doch mal, wie viel Arbeit du schon in die ganze Sache gesteckt hast. Du machst es dir nicht leicht.«

»Danke.«

»Aber falls du Hilfe brauchst: Ich bin da.«

Ich bin da. Diese Worte haben noch nie so gut geklungen wie in diesem Moment aus James' Mund.

Die nächste Stunde verbringt Marilyn damit, seinen Text Korrektur zu lesen. Sie macht Vorschläge für Streichungen und Hinzufügungen und hält nach Grammatikfehlern Ausschau. Als sie ihm schließlich den Stapel Papier zurückgibt, sieht James von seinem Buch auf und sagt: »Ich will dich gar nicht gehen lassen.«

»Wie meinst du das?«

»Nächstes Jahr. Ich will nicht, dass das hier endet.«

»Ich auch nicht«, erwidert sie, während sich ihr die Kehle zuschnürt.

»Vielleicht muss es das ja auch gar nicht. Was hältst du davon, wenn wir zusammen weggehen?«

»Das wäre toll …« Prüfend blickt sie ihm ins Gesicht und sieht darin ihre eigene Unsicherheit und Hoffnung gespiegelt. »Ich könnte mich an der UCLA bewerben«, sagt sie. »Du hast recht, das ist wirklich eine gute Uni.«

»Aber ich weiß doch, wie dringend du hier wegwillst. Ich bewerbe mich da, wo du dich bewirbst. Und dann warten wir einfach ab, was passiert.«

Es dauert einen Moment, bis seine Worte ganz zu Marilyn durchdringen, aber dann beginnt etwas, in ihr anzuschwellen, wie ein Luftballon, der sich mit Helium füllt. Sie fühlt sich, als könnte sie hoch bis zum Glasdach über ihnen schweben – und dann immer weiter, bis hinauf in die Atmosphäre.

»Okay«, sagt sie. »Das ist super, aber du musst natürlich schon darauf achten, dass das auch die richtigen Unis für dich sind. Du willst schließlich nicht –«

»Ich will dich. Alles andere ist mir egal.«

So fühlt es sich also an, am ersten Dezember 1998 in Los Angeles in James Alan Bell verliebt zu sein, denkt Marilyn, als sie auf dem Rückweg von der Bibliothek auf die 101 fahren, über ihnen der Vollmond, James' Hand auf ihrem Oberschenkel und im Radio Aaliyah mit »At Your Best«.

»Das könnte unser Lied sein«, sagt sie leise.

James verschränkt seine Finger mit ihren, ohne den Blick von der Straße zu wenden. »Ja.«

An diesem Abend bleibt Marilyn lange auf und überarbeitet ihre Collegewunschliste, bis diese, wie sie meint, auch James' Bedürfnisse berücksichtigt. Sie sucht nach Überschneidungen, streicht das Smith (ein reines Frauencollege) und nimmt dafür Boston mit rein. Sie fügt die UCLA hinzu. Und Harvard (obwohl ihr klar ist, dass sie darauf keine Chance hat), einzig und allein, damit er sich dort bewirbt. Falls er genommen würde, könnte sie einfach auf ein anderes College in der Nähe gehen, das Emerson zum Beispiel. Aber die Columbia – die wäre der große Traum. Als sie schließlich einschläft, träumt sie davon, wie sie Hand in Hand mit James in New York eintrifft, und der Diamant am Ende ihres Tunnels verwandelt sich in das Strahlen der Stadt, die sie gemeinsam mit ihm erkunden könnte.

Gleich beim allerersten Klingeln drückt Sylvie Marilyn den zerfledderten Plastikweihnachtsbaum in die Hände und rennt zum Telefon.

»Hallo?« Sie guckt enttäuscht. »Mhm. Nein danke. Bitte rufen Sie nicht wieder an.«

Sylvie legt auf und dreht sich zu Marilyn um. »Na, besser gar keine Nachrichten als schlechte!«

Marilyn ist in der Woche zuvor in die engere Auswahl für den Levi's-Spot gekommen, aber sie hat ihrer Mom schon erklärt, dass sich alles Weitere vermutlich erst nach den Feiertagen ergeben wird.

»Bald sind wir übern Berg, das hab ich im Gefühl«, schwärmt Sylvie, während Marilyn den Baum aufstellt – denselben, den sie schon seit ihrem ersten Weihnachten in Orange County haben. Die Zweige wirken mittlerweile ziemlich kahl, nachdem sie im Lauf der Jahre einen Großteil ihrer silbernen »Nadeln« verloren haben.

Marilyn wünschte, sie könnte sich in ihr Zimmer zurückziehen und an ihrem Essay weiterarbeiten, aber als sie Sylvie in der Küche heiße Schokolade zubereiten sieht – ihre Tradition beim Baumschmücken –, wird sie weich und öffnet eine der Tüten mit Deko. Als sie die wilde Mischung aus Fimoherzen, Zuckerstangen und silbernen Sternen durchwühlt, findet sie ein Mein kleines Pony, das Sylvie vor Jahren für sie zum Baumanhänger umfunktioniert hat, indem sie einen Haken an seinem Rücken befestigte. Während Sylvie ihr eine dampfende Tasse bringt, sucht Marilyn dem Pferd mit der lila-gelben Mähne einen Platz am Baum, obwohl sie findet, dass Blitzchen inzwischen ziemlich mitgenommen aussieht.

······

Am Weihnachtsmorgen liegen sogar ein paar Geschenke unter dem Baum. Während Sylvie nach dem Schinken im Ofen sieht, öffnet Woody seines – ein Kaffeebecher mit der Aufschrift UNSER WOODY IST EIN ASS!. Sie haben im Ein-Dollar-Laden eine schlichte weiße Tasse gekauft, auf die Marilyn mit Porzellanmarker und Schablone sorgfältig die Buchstaben sowie ein paar Spielkarten gemalt hat. Dann haben sie den Schriftzug im Ofen eingebrannt, und – wie Sylvie sagte – voilà! Schon war das Ganze wasserfest.

Woody lächelt mit heruntergezogenen Mundwinkeln, als er den Becher betrachtet, und Marilyn sieht ihm an, wie sehr er seine Gerührtheit unterdrückt. »Na so was«, sagt er, »das ist ja 'n Ding. Sehr schön. Was sagt man dazu. Mein erstes Weihnachtsgeschenk seit Jahren. Danke, die Damen.«

»Dann will ich es mal gleich einweihen«, fügt er hinzu, steht auf und schenkt sich Kaffee ein, den er mit einem Schuss Baileys verfeinert. »Ist doch schließlich Feiertag«, wendet er sich trotzig an Sylvie, obwohl sie gar nichts gesagt hat.

Sylvie nickt nur und bittet Marilyn, ihr mit dem Salat zu helfen.

Der »Salat« ist der gleiche wie jedes Weihnachten und besteht vor allem aus Wackelpudding. Sie rühren Ananas, Cranberrys und Walnüsse in die heiße Flüssigkeit und stellen sie zum Festwerden in den Kühlschrank, während Woody seinen Baileyskaffee schlürft und sich direkt den nächsten einschenkt, diesmal mit einem Schuss (oder zwei) Whiskey. Dann erklingt das vertraute

Fiepen des Modems, was bedeutet, dass er im Begriff ist, ein Onlinepokerspiel anzufangen.

»Woody …«, sagt Sylvie ganz sanft. »Es ist Weihnachten. Nimm dir doch mal einen Tag frei.«

»Hier steht's, auf meinem Becher – ich bin ein Ass. Heute hab ich Glück.« Woody lächelt, aber Marilyn merkt, wie der Alkohol bereits seine Konsonanten miteinander verschleift.

Sylvie blinzelt nur und schaltet den Fernseher ein. Im Hintergrund läuft der »Peanuts«-Weihnachtsfilm, während Marilyn und sie sich weiter um das Mittagessen kümmern. Als schließlich der Schinken, die überbackenen grünen Bohnen und der Wackelpuddingsalat auf dem Tisch stehen, starrt Woody noch immer auf den Computermonitor.

»Sollen wir beide unsere Geschenke vor dem Essen aufmachen?«, fragt Sylvie.

Also holt Marilyn die restlichen kleinen Päckchen unter dem Baum hervor. Eins für Sylvie und zwei für sie. Als Erstes packt sie eine Sammlung von Parfümproben in einer CK-One-Tragetasche aus. Dasselbe, oder zumindest eine Abwandlung davon, bekommt sie jedes Jahr zu Weihnachten (dafür variiert hin und wieder die Marke der Tragetasche). Eigentlich benutzt sie gar nicht gern Parfüm, aber das vertraute Päckchen hat etwas Tröstliches an sich, und sie schnuppert an jeder Probe und kommentiert dazu, welche sie am liebsten mag. Weiter unten in der Tasche stößt sie auf ein paar Lippenstift-Tester, die Sylvie, wie sie weiß, von den Kolleginnen an der Schminktheke bekommt und mit dem Messer sorgfältig die oberste Schicht abtrennt, damit sie wieder wie neu sind. Diese Lippenstifte kommen meist nur vor Castings oder Agenturtreffen zum Einsatz, wenn Sylvie Marilyn schminkt. In den vergangenen Monaten jedoch, seit sie James kennengelernt hat, hat sie selbst angefangen, ein bisschen mehr Make-up zu benutzen. Sie entdeckt eine dunkelviolette Nuance, trägt sie auf und grinst ihre Mom an.

»Na, was meinst du?«

Sylvie lächelt zurück. »Du weißt ja, mir sind die etwas traditionelleren Farben lieber, aber ich habe mitbekommen, dass du in letzter Zeit ein bisschen rumexperimentiert hast. Und was weiß ich denn schon, ich bin ja nur eine alte Frau.«

»Bist du gar nicht.« Marilyn drückt ihrer Mom einen violetten Kuss auf die Wange.

Auch beim zweiten Geschenk ist Marilyn von vornherein klar, was es ist. Sie wickelt drei Gläser von Sylvies berühmtem Zitronenpeeling aus dem dünnen, glänzenden Papier. Obwohl die Rezeptur ziemlich einfach ist, macht ihre Mom es nur einmal im Jahr zu Weihnachten, vielleicht damit es etwas Besonderes bleibt, und lässt sogar Etiketten dafür drucken – »Sylvies Zitruszauber« –, die sie dann auf die Einmachgläser klebt. Als Marilyn den Duft einatmet – Sommer mitten im Dezember –, wünscht sie sich, ihre Mutter hätte endlich ihr Haus im Hügelland und genug Geld, um sich schöne Kleider zu kaufen und in Restaurants mit Stoffservietten zu essen, was immer nötig ist, um die Lücke zu schließen, die durch die Sehnsucht nach diesen Dingen in ihr klafft.

»Riecht wunderbar«, sagt Marilyn. »Jetzt du.«

Sylvie packt ihr winziges Geschenk aus und zum Vorschein kommt selbst gebastelter Christbaumschmuck aus Schleifenband und zusammengeklebten Scrabblebuchstaben. Zusammen ergeben die Teile ICH HAB DICH LIEB. Es ist nicht viel, eigentlich ist es gar nichts, das ist Marilyn klar, dennoch versucht sie, sich jedes Jahr etwas Neues für Sylvie einfallen zu lassen.

Sylvie umarmt sie, und Marilyn kann beinahe den Kloß in der Kehle ihrer Mutter spüren, als sie flüstert: »Danke, mein Kleines.«

»Was ist das denn?«, erkundigt sich Woody, der sich vom Computer weggedreht hat. Seine Stimme klingt angespannt.

»Hat Marilyn für mich gemacht.«

Woody kommt zum Küchentisch. »Und wo hast du die Buchstaben her?«, schnauzt er Marilyn an.

»Ähm. Ich – hab da so ein altes Scrabblespiel hinten im Schrank gefunden.«

»Du meinst wohl *mein* altes Scrabblespiel.«

»Tut mir leid, ich – ich wusste nicht, dass das noch benutzt wird. Es war ganz nach hinten geschoben und voller Staub und so.«

»Du bist hier nur zu Gast! Was fällt dir ein, an meine Sachen zu gehen!«, tobt Woody.

Marilyn schließt die Augen und flüchtet sich zu ihrem Backsteinpfad, ihrem Herbstlaub, ihrer Bibliothek und ihrem zukünftigen Wohnheimzimmer, in dem James schlafend im Bett liegt und niemand da ist, der sie stört.

»Das packst du schön wieder zurück«, fordert Woody.

Marilyn blickt Sylvie an und sieht ihre Augen feucht werden.

»Bitte, Onkel Woody«, sagt Marilyn leise. »Jeder von uns bekommt doch ein Geschenk. Und das hier ist für meine Mom.«

»Du hattest kein Recht dazu … du weißt doch gar nicht, was das für ein Spiel ist. Wo ich das herhabe.«

Wortlos fängt Sylvie an, die Buchstaben auseinanderzubrechen, Holzsteinchen für Holzsteinchen. Tränen rinnen ihr über die Wangen.

Dann steht sie auf und geht zum Schrank. Marilyn hört die Steinchen zurück in die Schachtel fallen.

»Essen wir«, sagt sie, als sie zurückkommt, und sie nehmen um den Esstisch Platz.

Das Besteckgeklapper ist das einzige Geräusch in der Stille.

Marilyn nimmt sich Sylvie zuliebe noch einen Nachschlag von dem Wackelpuddingsalat und würgt das glibbrige Zeug herunter.

»Ist echt lecker, Mom. Danke fürs Kochen«, flüstert sie.

»Mmmhmmm«, stimmt Woody gedehnt zu. Wieder gießt er sich Whiskey in seine geschenkte Tasse. Diesmal ganz ohne Kaffee.

»Gern geschehen«, sagt Sylvie und räumt mit gezwungenem Lächeln die Teller ab. »Und du willst gleich ins Kino, Mari?«

Obwohl Sylvie am Tag zuvor wenig glücklich über Marilyns Pläne schien, bietet sie ihr jetzt einen Ausweg. Marilyn spült das Geschirr und geht dann in ihr Zimmer, wo sie ein paar Sachen in die CK-One-Tasche wirft.

Als sie ihrer Mutter einen Abschiedskuss gibt, flüstert Sylvie ihr ins Ohr: »Nächstes Jahr wird alles besser. Dann feiern wir richtig Weihnachten. Mit einem richtigen Baum. Und richtigen Geschenken.«

Bevor Marilyn antworten kann, ruft Woody durchs Zimmer: »Das Spiel hat deinem Vater gehört. Hat er zum zehnten Geburtstag bekommen. Wir haben es immer zusammen gespielt.«

Marilyn nickt und fühlt sich in kleine Teilchen zerbrechen.

Sie tritt hinaus in die helle Sonne des frühen Weihnachtsnachmittages und eilt auf James zu, der schon am Ende der Straße in seinem roten Dodge wartet. Als sie die Beifahrertür öffnet und sein Gesicht sieht, ist es, als bekäme sie zum ersten Mal an diesem Tag richtig Luft.

»Flucht gelungen?«, witzelt er.

»Gott sei Dank.«

»Frohe Weihnachten.« Er zieht eine Kassette aus der Hosentasche und überreicht sie ihr.

Marilyn liest das Etikett – FÜR MISS MARI MACK, steht da, LIEB DICH, JAMES.

Sie gibt ihm einen Kuss auf den Mundwinkel, der sich zu einem Lächeln verzieht. »Können wir die sofort hören?«, fragt sie.

Als sie losfahren, setzt »Try Me« ein, und der Tag ist wie verwandelt. Woody und sein Gelalle, der traurige Plastikbaum, Sylvies Tränen – das alles verblasst, während Marilyn James beim Fahren beobachtet. Er legt ihr die Hand aufs Knie, und sie lehnt den Kopf an seine Schulter, genießt den kühlen Luftzug auf den Wangen. Die Straßen sind frei und sie segeln im goldenen Winterlicht über den Highway 10 Richtung Meer.

Als sie den Strand erreichen, singt Des'ree gerade »I'm Kissing You«, und Marilyn ist voll und ganz in ihre Verliebtheit versunken. Der Strand ist beinahe menschenleer und der Himmel wirkt weich. Sie tragen ihre Taschen und den Gettoblaster, den James mitgebracht hat, über den Sand. Er breitet eine alte Decke aus, und Marilyn legt die Kassette ein, woraufhin Des'ree mitten im Lied wieder einsetzt und dem kristallklaren türkisblauen Wasser ein Ständchen bringt.

»Hier, hab ich Grandma stibitzt.« James zieht eine Flasche Erdbeerwein aus der Tasche. »Die steht jetzt schon so lange ich denken kann als Staubfänger im Schrank.« Er holt zwei Becher mit Weihnachtsbaumaufdruck hervor und schenkt ein.

Sie stoßen miteinander an und der Meeresgeruch vermischt sich mit dem süßen Duft des rosaroten Weins. Nach ein paar Schlucken spürt Marilyn, wie ihre Wangen heiß werden, als wollten sie mit dem dunstig-sanften Winterhimmel um die Wette glühen.

»Ich erkläre dieses zum besten Weihnachten, das ich je hatte«, verkündet sie, und James grinst sein perfektes, strahlend weißes Grinsen, während TLC mit »Diggin' on You« loslegen. Marilyn singt lachend mit, *Baby bay-ooo-baby baby ...*

Sie nehmen ihre Becher und gehen damit ans Wasser.

»Guck mal!«, ruft James.

Behutsam kratzt er mit dem Fuß etwas Sand beiseite, unter dem Tausende kleiner bunter Muscheln zum Vorschein kommen, die sich sofort wieder einzugraben beginnen, als die nächste Welle über sie hinwegschwappt.

»Wow. Was sind das für welche?«

»Koffermuscheln. Als ich klein war, haben meine Mom und ich stundenlang im Sand gebuddelt und zugeguckt, wie sie sich wieder eingraben. Sie sind nicht immer hier – nur ab und zu, normalerweise im Winter –, darum haben wir uns immer riesig gefreut, wenn wir mal welche entdeckt haben.«

James hockt sich hin, schöpft eine Handvoll der Miniwesen aus dem Sand und wäscht sie im Meer ab. Marilyn schießt ein Gedankenfoto.

»Die sind ja hübsch«, sagt sie, kniet sich neben ihn und lässt die bunt gemusterten Schalen durch ihre Finger gleiten.

»Genau wie du.«

Marilyn lacht. »Bereit für dein Geschenk?«

»Klar.« James lächelt.

Marilyn geht zurück zur Decke, wickelt sie sich um die Schultern und greift nach den Taschen.

»Was wird das denn?«, fragt er.

»Komm mit!«, sagt sie nur und nimmt seine Hand.

»Wo wollen wir denn hin?«

»Wirst du schon sehen!«, ruft sie verschmitzt und rennt voraus.

Als sie am Pier ankommen, führt sie James an den geheimen Platz unter den Holzbohlen. Dort im Halbdunkel breitet sie die Decke aus und schaltet den Gettoblaster wieder ein. Während K-Ci und JoJo »All My Life« anstimmen, flüstert sie: »Komm her«, und geht auf die Knie.

Sie hat so etwas noch nie zuvor gemacht, aber sein Stöhnen ist ermutigend, und ein Kribbeln durchläuft sie, als seine körperliche Reaktion auf das, was sie tut, immer deutlicher wird; sie genießt die raue Verletzlichkeit in seiner Stimme, als er keucht: »Oh Gott, Mari«, und wie er sich am Ende erschaudernd an sie klammert, sie fest an sich zieht.

»Das war das beste Weihnachtsgeschenk aller Zeiten.« James grinst, als er sich langsam wieder fängt.

Er streckt sich auf der Decke aus, und Marilyn bettet den Kopf auf seine Brust, um sie das sanfte Rauschen der Wellen und Aaliyahs bezaubernde Stimme: *At your best, you are love ...*

»Ich glaube, so geht glücklich sein«, flüstert Marilyn.

»Das glaube ich auch.«

Er lächelt ihr zu. Dann holt er ein unordentlich in braunes Papier gewickeltes Geschenk mit roter Schleife aus der Tasche und hält es ihr hin.

»Was? Du musst mir doch nicht noch was schenken. Das Mixtape ist schon so toll.«

»Mach's einfach auf«, sagt James.

Sie nimmt das schwere Päckchen entgegen, schlägt das braune Papier zurück und hält eine Kamera in den Händen.

Eine echte Kamera.

Es ist eine Canon-Spiegelreflex mit einem tollen Objektiv, ergänzt durch eine Schachtel Filmrollen.

»Oh Gott, James, ich kann's gar nicht fassen! Wie bist du – wo hast du die denn her?«

»Mein Cousin hat ein Leihhaus in Long Beach. Ich hab ihn gebeten, mir Bescheid zu geben, falls mal so was reinkommt. Vor ein paar Wochen war es dann so weit. Glaub mir, du hast keine Ahnung, wie schwer es war, mit dem Schenken bis jetzt zu warten! Zum Ausgleich übernehme ich jetzt ein paar Samstagsschichten in seinem Laden.«

»James, ich – ich weiß gar nicht, was ich sagen soll«, stammelt Marilyn. »Danke.«

»Ist gar kein so uneigennütziges Geschenk. Ich bin extrem gespannt, wie diese Bilder, die du immer schießt, in Wirklichkeit aussehen. Ich will sehen, was du siehst.«

James streicht ihr das Haar aus dem Gesicht. »Ich wünschte, ich könnte miterleben, was in deinem Kopf vor sich geht – also, so richtig unmittelbar –, und da das ja nun mal nicht möglich ist, dachte ich, kann ich die Welt vielleicht auf diese Art ein bisschen mehr mit deinen Augen sehen.«

Marilyn legt bereits den ersten Film ein.

Klick. James am Ende des Piers, sein Körper wie schwebend zwischen Ozean und Himmel.

Klick. Die halb versunkene Sonne, leuchtende Finger, die über die Wasseroberfläche greifen.

Klick. James im Lichtkegel einer Straßenlaterne.

Klick. Rose, die in einem Topf auf dem Herd rührt, während unbemerkt ihr Enkel in der Tür steht und zusieht.

Klick. Zwei junge Mädchen, die an der Wand vor Hope's Minimarkt lehnen, eins hat eine Cola in der Hand, das andere eine Zigarette.

Klick. James, der sie durchs Autofenster anblickt, die Hand gegen die Scheibe gepresst.

In den drei Tagen, seit Marilyn ihre neue Kamera hat, ist sie nirgends ohne sie hingegangen. Sobald sie durch die Linse guckt, fühlt sie sich hellwach, wie berauscht vor lauter Möglichkeiten.

Klick. Justin, der vor dem Haus sitzt und ein Eis am Stiel isst, der offene Blick in seinen Augen irgendwo zwischen unschuldigem Kind und angehendem Erwachsenen.

»Darf ich auch mal?«, fragt Justin, während im Hintergrund der Eiswagen seine Melodie dudelt. Marilyn war gerade Milch und Bier für Woody kaufen, was sie nicht davon abgehalten hat, ihre Kamera mitzunehmen.

»Klar«, sagt sie. »Aber erst, wenn du dein Eis aufgegessen und dir die Hände gewaschen hast.«

Justin stopft sich den Rest seines Eises auf einmal in den Mund und rennt ins Haus. Kurz darauf taucht er wieder auf, mit sauberen Fingern, aber noch immer rot verschmierten Lippen. Marilyn schaltet Blende und Verschlusszeit auf Automatik und reicht ihm die Kamera.

»Ich mache ein Foto von dir«, sagt er.

»Okay.« Sie erklärt ihm, wie man fokussiert, und lächelt bereitwillig. Justin geht ein paar Schritte rückwärts und sein Gesicht verschwindet hinter der Kamera. Nach einem Augenblick jedoch lässt er sie kopfschüttelnd wieder sinken und blickt sich suchend um. Schließlich deutet er auf den Eiswagen.

»Stell dich davor«, sagt er, und sie gehorcht.

»Jetzt lehn dich dran«, weist er sie an. »Und guck zur Seite. Als – als würdest du auf jemanden warten, der nicht kommt.«

Marilyn gehorcht, beeindruckt von seinen Instruktionen. Danach gibt er ihr die Kamera nur widerstrebend zurück.

»Wann kann ich das Bild denn sehen?«, will er wissen.

»Ich will die Negative entwickeln lassen und dann selbst Abzüge machen, aber der Film ist schon fast voll, also hoffentlich bald. Ich habe für dich alles auf Automatik gestellt, aber eigentlich kann man selbst Einfluss auf das Bild nehmen. Willst du lernen, wie?«

Er nickt eifrig und rückt näher.

»Die sogenannte Schärfentiefe«, erklärt Marilyn, »bestimmt, wie viel von dem Foto scharf ist und wie viel unscharf.« Leichter wäre es, denkt sie, ihm das an einem Beispiel zu veranschaulichen.

»Warte mal kurz«, sagt sie.

Ohne an ihre Einkäufe auf der Treppe zu denken, rennt Marilyn nach oben und löst in ihrem Zimmer ein paar der kopierten Fotos von der Wand. Woody sitzt vor dem Computer und schenkt ihr keinerlei Beachtung. Unten späht Justin ihr über die Schulter, während sie die Bilder durchblättert.

»Die sind ja cool«, sagt er. »Sammelst du die?«

»Ja.« Marilyn lächelt.

Justin deutet auf ein Foto von einem kleinen Mädchen vor einer Art Wellblechhütte. Es trägt ein Diadem und hat die Hände wie zum Gebet locker über dem Mund zusammengelegt, den Blick nach oben gerichtet.

»Das hier gefällt mir«, sagt er und starrt das Mädchen an, als versuchte er, in dessen Augen zu lesen.

»Mir auch. Das ist von einem Fotografen namens Robert Frank.«

Als Nächstes zeigt Marilyn ihm ein Gordon-Parks-Foto eines Jungen, der auf dem Rücken im Gras liegt. Über seine Stirn krabbelt ein Käfer. Die Halme im Vordergrund und die Sträucher im Hintergrund sind verschwommen, aber das Gesicht des Jungen ist gestochen scharf.

»Siehst du«, sagt sie und deutet auf das Bild. »So was nennt man eingeschränkte Schärfentiefe, das heißt, ein großer Teil des Fotos ist unscharf.«

Sie holt ein weiteres Bild hervor. Ein einsames Auto auf einer Wüstenstraße, die sich wie ein deutlich abgegrenztes Band aus Licht in die Ferne zieht. »Und hier ist alles im Fokus, also ist die Schärfentiefe größer. Verstehst du?«

Justin nickt fasziniert.

»Die Blende lässt das Licht rein. Je weiter sie geöffnet ist, desto geringer der Schärfebereich, und je kleiner die Öffnung, desto größer ist er.«

Sie zeigt ihm, wie man den Blendenring der Kamera verstellt, welche Verschlusszeiten es gibt und wie man die Belichtung misst. Das alles ist kompliziert – oder zumindest hat sie selbst das in ihrem Fotokurs im Jahr zuvor so empfunden –, aber Justin scheint es intuitiv zu verstehen.

Sie beobachtet, wie konzentriert er sich mit der Kamera beschäftigt, sie ans Auge hebt und wieder und wieder die Blende einstellt.

»Streck mal die Hand aus«, sagt er. »Zu mir hin. Als wolltest du, dass jemand sie hält.«

Marilyn hört es klicken, als Justin abdrückt. Doch als sie sich umdreht, steht Woody oben auf der Treppe und starrt zu ihr runter. Einen Moment lang sieht er Marilyn in die Augen, bevor er wieder in der Wohnung verschwindet.

Beklommenheit schließt sich um ihre Lunge wie ein Netz. Marilyn wendet sich Justin zu, dessen Stirn über den großen Augen gerunzelt ist. »Entschuldige, Jus, ich muss jetzt los. Bis später«, sagt Marilyn und schnappt sich ihre Einkäufe und die Kamera.

Als sie die Wohnung betritt, pocht ihr das Herz bis in die Ohren. Woody sieht finster zu ihr auf. Und mit einem Mal tritt Wut an die Stelle ihrer Furcht. Wer bitte kann etwas dagegen haben, dass sie ihre Zeit mit dem liebsten Kind der Welt verbringt? Sie denkt an das, was James ihr gesagt hat: Wut kann ein Antrieb sein. Und so räumt sie mit trotzig vorgerecktem Kinn die Milch und das Bier in den Kühlschrank, hängt sich wortlos ihre Kamera um und marschiert wieder nach draußen.

Vor dem Haus bleibt sie stehen und richtet das Objektiv auf Woodys dunkle Gestalt hinter dem Fenster. Schon als der Auslöser klickt, weiß sie, dass es ein perfektes Bild wird.

Eine Frau tigert rastlos vor Mr Steves 24-Stunden-Leihhaus auf und ab. Sie kann kaum älter als Marilyn und James sein – gerade so viel, um definitiv die Grenze zum Erwachsensein überschritten zu haben. Sie trägt Stoffturnschuhe mit neongelben Schnürsenkeln, einen Jeansrock und perlmuttglänzende Ohrstecker. Das Haar hat sie sich straff aus dem Gesicht gekämmt und zu einem ordentlichen kleinen Knoten auf dem Kopf gebunden. Noch nie hat Marilyn jemanden mit einer so geraden Haltung gesehen.

»Warte noch kurz«, sagt Marilyn, als James die Tür öffnet, und er lehnt sich wieder auf dem Fahrersitz zurück, während sie ihre Kamera aus der Hülle nimmt. Sie richtet sie auf die Frau, die im Schatten des Ladenschilds vor dem Schaufenster steht, in dem sich eine Palme von der Straße spiegelt. *Klick.*

»Morgen«, sagt James zu der Frau, als er die Tür aufschließt.

»Ihr seid aber spät dran«, erwidert die Frau mit einem Blick auf ihre Armbanduhr. »Ich dachte, der Laden öffnet um neun. Jetzt ist es sechs nach.«

James lächelt. »Tut mir leid.« Sie folgt ihnen in den Laden und legt einen Verlobungsring auf die Theke, schlichtes Gold mit einem Diamanten.

Schweigend sieht sie zu, wie James den Ring mit der Lupe inspiziert, so wie sein Cousin es ihm beigebracht hat. Während die Frau unruhig von einem Fuß auf den anderen tritt, den Rücken noch immer kerzengerade, fällt Marilyn plötzlich wieder ein, wie sie selbst einmal in einem solchen Laden über die Theke gespäht hat, während Sylvie ihren Verlobungsring begutachten ließ – das muss an ihren allerersten Tagen in L.A. gewesen sein. Sie hat den Ring noch klar vor Augen, silbern mit Minidiamanten ringsum und einem großen blauen Stein – vermutlich ein Saphir – in der Mitte. Sie erinnert sich vage, wie sie früher, wenn ihre Mutter sie an der Hand hielt, immer an dem Ring gedreht hat. Wie fasziniert sie von dem dunkel schimmernden Stein war, wenn er das schwache Licht in ihrem Zimmer auffing.

Hauptsächlich jedoch erinnert sie sich an Sylvies abwesenden Gesichtsausdruck, mit dem sie das Geld von dem bärtigen Mann auf der anderen Seite der Theke entgegennahm.

»In die Brüche gegangen, was?«, fragte der Mann.

»Nein, er ist tot«, erwiderte Sylvie brüsk.

Der Mann reichte ihr eine Visitenkarte. »Vielleicht können wir zwei ja mal ausgehen.«

Sylvie nahm die Karte mit einem höflichen Lächeln entgegen, doch kaum, dass sie zurück auf den grellen Parkplatz des Einkaufszentrums traten, fing sie lautlos an zu weinen. Die Tränen hinterließen feuchte Spuren in ihrem Make-up. Die Karte warf sie in den nächsten Mülleimer. Auch Marilyn spürte etwas Heißes, Nasses auf den Wangen. Als sie wieder im Buick saßen, drehte Sylvie den Zündschlüssel um und wischte erst sich, dann ihrer Tochter die Tränen ab.

»Nicht weinen, Schätzchen. Vor uns liegen viel bessere Zeiten. Irgendwann können wir uns hundert Ringe kaufen.«

»Ich kann ihnen zweihundert dafür bieten«, sagt James zu der Frau.

Kurzes Schweigen, dann nickt sie. Er öffnet die Kasse, zählt das Geld ab und reicht es ihr. Sie nimmt es und geht, während die Türglocke hinter ihr herschallt.

Der Rest des Morgens verläuft ruhig und sie arbeiten weiter an ihren Collegebewerbungen. Marilyn ist noch immer nicht zufrieden mit ihrem Motivationsschreiben. Ihr ist nichts weiter eingefallen, als aufzulisten, warum sie gern aufs College möchte, doch wenn sie ihre Worte liest, sieht sie darin bloß ein Mädchen, das es nicht erwarten kann, seinem jetzigen Leben zu entkommen. Uni bedeutet so viel mehr für sie, aber sie kommt einfach nicht dahinter, wie sie es ausdrücken soll.

»Mach dir nicht so viel Stress deswegen«, hat James ihr schon unzählige Male geraten. »Dann kannst du nicht mehr klar denken.« Also greift sie wieder mal zu »Stunde der Bestie«, in der Hoffnung, darin Inspiration zu finden. Ein Mann kommt in den Laden und kauft eine Bohrmaschine. Mittags geht Marilyn über den Parkplatz und holt ihnen Tacos, die sie im kühlen Laden essen. Irgendwann marschiert James' Cousin Eric herein und schwingt übertrieben die Hüften zu »Si Te Vas«, das gerade im Radio läuft. Marilyn prustet los.

»Alles klar, Mann?«, begrüßt er James.

»Alles klar«, erwidert dieser, während Eric sich Marilyn zuwendet.

»Und das ist dann wohl die Fotografin, die meinem Cousin den Kopf verdreht hat.« Er zieht die Augenbrauen hoch.

»Ich geb mir Mühe«, sagt sie schüchtern. »Mit dem Fotografieren, meine ich. Vielen Dank für die Kamera –«

»Mir brauchst du nicht zu danken, dein Schatz arbeitet ja dafür.« Er zwinkert James zu.

James berichtet Eric, wie der Morgen verlaufen ist, und Eric sagt: »Na dann macht mal ruhig die Flatter, ihr Turteltauben. Bis nächste Woche.«

Und so flüchten sie hinaus in die Samstagnachmittagssonne.

······

Als James vor dem Fotolabor hält, springt Marilyn aus dem Auto und stürmt in den Laden. Für den Mann mit dem französischen Akzent hinter der Theke reißt sie sich kurz zusammen, reicht ihm ihre drei Dollar fünfundzwanzig und nimmt den kleinen Pappzylinder mit dem Film entgegen.

»Hast du ihn?«, fragt James, als sie wieder ins Auto steigt.

»Ja.« Sie grinst, und während er anfährt, rollt sie den Film aus und hält ihn ans Fenster, um sich die winzigen, durchscheinenden Negative anzusehen. Atemlos betrachtet sie eins nach dem anderen, versucht, sich vorzustellen, wie sie als fertige Fotos aussehen werden, und überlegt, welche sie wählen soll. Es kommt ihr vor wie Zauberei, dass sie der Zeit diese flüchtigen Momente entreißen und verewigen konnte.

James und sie haben bereits einen Plan geschmiedet, wie sie die Abzüge selbst erstellen kann. Anders als Marilyns Schule verfügt seine über eine funktionierende Dunkelkammer, und James will sie mithilfe seines Kumpels Noah dort einschleusen. Weil der in der Foto-AG ist, darf er auch am Wochenende in die Kammer.

Noah lehnt bereits an einem neu aussehenden Pick-up auf dem Schulparkplatz und wartet. Er ist eher klein und dunkelhäutig, mit einem wilden Lockenkopf, grünen, ungeschnürten Adidas-Turnschuhen und einem bunt karierten Hemd.

»Was geht?«, ruft er, als sie auf ihn zukommen.

Er klatscht sich mit James ab und sieht dann Marilyn an.

»Du hast mir meinen Kerl geklaut«, sagt er grinsend, »aber ich verzeihe dir.« Zu ihrer Überraschung umarmt er sie. »Du riechst gut.« Er schnüffelt demonstrativ an ihren Haaren, ein kleiner, harmloser Flirt.

»Danke.« Marilyn lacht.

»Süß«, sagt er über ihre Schulter hinweg zu James. »Ganz schön weiß, aber süß.«

»Yo, das reicht jetzt. Finger weg von meinem Mädchen.« James versetzt ihm einen scherzhaften Boxhieb.

»Früher waren wir jedes Wochenende zusammen auf Abschlepptour, aber jetzt heißt es immer nur: ›Ich bin mit Mari verabredet‹«, beklagt sich Noah, während sie sich auf den Weg über das Schulgelände mit seinen hübschen alten Backsteinbauten, weitläufigen grünen Rasenflächen und Palmen machen.

Noah schließt die Dunkelkammer auf, die sogar noch besser ausgestattet ist als die an der Orange High, zeigt Marilyn, wo die Fotochemikalien sind, und erlaubt ihr, sich an seinem Fotopapier zu bedienen.

»Danke, ehrlich, tausend Dank.«

»Kein Ding. Im Gegenzug müsste ich mir nur kurz James für einen Ausflug ins Einkaufszentrum leihen.«

»Solange er mir da nicht mit irgendwelchen Mädels durchbrennt«, witzelt sie.

»Keine Sorge, ich bin nur der Aufreiß-Assistent.« James lächelt sie an.

Als die beiden weg sind, macht Marilyn sich an die Arbeit, bereitet Entwickler-, Stopp- und Fixierbad vor und teilt den Film in sechs handliche Stücke. Nachdem sie sich einen Teststreifen Fotopapier zurechtgeschnitten hat, legt sie die Negative auf eine Unterlage über dem Kontaktabzugsdrucker. Sie hofft, inständig und atemlos, zumindest ein Bild zu finden, das aussieht wie in ihren Gedanken, ein Bild, das James stolz machen wird und das ihm liefert, was immer nötig ist, damit er die Welt mit ihren Augen sehen kann. Sie belichtet für neun Sekunden, dann legt sie das Blatt Papier ins Entwicklerbad und beobachtet, wie die durchsichtigen Rahmen darauf erscheinen. Beim Anblick all dieser Minivierecke voller James bleibt ihr fast das Herz stehen, so deutlich bilden sie ihr Leben miteinander ab. Nach dem Fixierbad hängt sie das Papier auf und markiert mit einem Stift die Motive, die sie abziehen möchte.

Marilyn grübelt endlos über Belichtungszeiten und Bildausschnitte, versucht, jedes Foto so scharf wie möglich hinzubekommen. Sie steckt James' Weihnachtskassette in den ramponierten Gettoblaster, den jemand in der Dunkelkammer aufgestellt hat, und dreht sie wieder und wieder um. Gerade singt Erykah Badu *You know that you got me* ..., als James zurückkommt.

»Hi, Mari Mack.«

»Hast du mich erschreckt!«

»Du bist schon vier Stunden hier drin.«

»Im Ernst? Kam mir gar nicht so vor.« Marilyn hebt einen Abzug aus dem Entwicklerbad.

»Noah musste weg. Wir sollen einfach abschließen, wenn wir gehen.« Er späht ihr über die Schulter. Auf dem Foto steht James am Ende des Piers, und es sieht aus, als schwebte er zwischen Wasser und Himmel.

»Nein, noch nicht gucken!«, ruft sie, als sie das Blatt ins Stoppbad gleiten lässt.

»Du machst es aber spannend«, neckt James.

Im schwachen Schein der Infrarotleuchte, der ihre Gesichter zum Glühen bringt, schiebt sie ihn rückwärts gegen die Wand und küsst ihn.

»Tja, erwarte lieber nicht zu viel, ich übe noch«, sagt sie, plötzlich nervös.

Sie legt das Papier ins Fixierbad und schiebt es darin hin und her. Schließlich nimmt sie es heraus und hängt es zum Trocknen zu den anderen.

Fotos haben irgendetwas an sich, denkt sie, zumindest die wichtigen – sie speichern Erinnerungen, aber nicht nur an eine bestimmte Situation, sondern zugleich an all die unsichtbaren

Momente, die darauf hingeführt haben. Marilyn betrachtet ihr Werk: James auf dem Pier. Justin beim Eisessen. James auf der Couch, der überrascht in die Kamera guckt, die Arme vor der nackten Brust verschränkt, während Justin an seinem Schuh zieht. James' Silhouette, von der untergehenden Sonne umrahmt. Ihr Haus von außen: die Orangenbäume, die abblätternde Farbe, die verstreuten Blütenblätter, flatternde Wäsche an der Leine und eine dunkle Gestalt, unmöglich zu identifizieren, hinter einem Fenster im ersten Stock.

»Okay«, flüstert sie. »Jetzt darfst du gucken.«

James tritt hinter sie und betrachtet die Bilder.

»Und, was sagst du?«, fragt sie nach einem gefühlt epischen Moment des Schweigens.

»Ich sage, sie sind wunderschön.«

»Ehrlich?«

»Ehrlich.« Lächelnd dreht er sie zu sich um. »So sehe ich also in Wirklichkeit aus?«

»Ja und nein.«

»Wie, nein?«

»Auf den Fotos stehst du still. Aber in Wirklichkeit bist du ständig in Bewegung.«

»Nein, das ist ja gerade das Tolle an deinen Bildern. Unter anderem, meine ich. Da *ist* Bewegung drin. Man sieht richtig, was sich darauf abspielt oder kurz davor ist zu passieren.«

Marilyn grinst. Selbst wenn die auf Film gebannten Versionen dieser Momente nicht ganz an ihre Gedankenfotos heranreichen, so kann sie sie zumindest mit anderen teilen. Sie greifbar machen.

»Ein Bild noch«, sagt Marilyn. »Dann können wir gehen.«

······

Später am selben Abend, als Marilyn Justin einen Schwarz-Weiß-Abzug seines Fotos präsentiert, staunt er, als stünde ein Einhorn vor ihm. Auf dem Bild streckt Marilyn die Hand nach der Kamera aus. Der Fokus liegt auf ihren Fingerspitzen, während ihr Gesicht dahinter sanft verschwommen ist – Wangenknochen, Wimpern, Kinn, alles sieht aus wie mit weichem Pinsel gemalt.

»Das hab ich gemacht«, haucht Justin, wie um sich selbst zu versichern, dass es wirklich wahr ist.

Marilyn lacht. »Gefällt's dir?«

»Ja.«

»Du hast wirklich Talent, Justin. Ein gutes Auge.«

»Können wir noch mehr fotografieren?«

»Erst mal muss ich ein bisschen mit meinen Collegebewerbungen weiterkommen, aber nächste Woche gern, versprochen.«

»Vielleicht wirst du ja auch mal Fotograf, wie Mari«, sagt James zu seinem kleinen Bruder.

Justin sucht in ihrem Blick nach Bestätigung. Marilyn lächelt. »Könnte klappen.«

Er nickt und wirkt plötzlich ganz ernst. »Wie bist du denn drauf gekommen, dass du Fotografin werden willst?«

Und in diesem Moment wird Marilyn klar, was in ihr Motivationsschreiben gehört.

••••••

Sechs Stunden später, es ist schon nach Mitternacht, liest Marilyn abermals, was sie von Hand geschrieben, immer wieder korrigiert und neu formuliert hat. In ihrem Text erläutert sie, warum sie, bedingt durch ihre Erfahrungen als Werbeschauspielerin und Model, nun am liebsten hinter der Kamera steht. Zuallererst, so erklärt sie, hat das Fotografieren ihr ein Gefühl von Selbstbestimmtheit gegeben, von Kontrolle (wie James vor langer Zeit am Strand gesagt hat).

Sie erwähnt ihre zahllosen Gedankenfotos, beschreibt die Palmen, die aufgereiht wie Soldaten vor dem Fenster ihres winzigen Zimmers stehen; den Kummer im Gesicht ihrer Mutter, die auf ihr weihnachtlich beleuchtetes Traumhaus blickt, in dem nun eine andere Familie wohnt; ihren Nachbarn mit der Vogeltätowierung auf der Schulter, der einen Nektarspender für Kolibris aufhängt, während ein echter Vogel ihn umflattert. Der Moment, als er ihr in die Augen gesehen und sie auf den imaginären Auslöser gedrückt hat, ist ihre ganz eigene Variante von Liebe auf den ersten Blick.

Sie schreibt über ihre Überzeugung, dass die imaginären Fotos ihre Sichtweise verändert haben – es ist, als würde durch den Sucher zu blicken, selbst wenn er nur ausgedacht ist, ihr die Welt näherbringen. Und jetzt, da sie eine Kamera hat, ist sie dankbar, all das in etwas Konkretes, Greifbares umwandeln zu können. *Oft kommt es mir vor*, schreibt sie, *als würde ich durch das Fotografieren der Zeit ein Bild entreißen, bevor sie es wegwerfen kann. Ein Bild, das man festhalten, zeigen und weiterreichen kann. Das im Auge jedes Betrachters von Neuem lebendig wird.*

Sie weiß nicht, ob das Schreiben perfekt ist und ob es ihr die Tür zu ihrer Zukunft öffnen wird. Aber sie weiß, dass darin genau das steht, was sie sagen will.

31. Dezember: Marilyn und James sitzen zwischen Stapeln aus Zetteln und gelben DIN-A4-Umschlägen in der Bibliothek und lesen sorgfältig die Bewerbung des jeweils anderen Korrektur. Marilyn mag James' saubere, jungenhafte Handschrift, in der er beschreibt, welchen Stellenwert in seinem Leben Musik und Laufen und die Verantwortung für seinen kleinen Bruder einnehmen. Er findet einen einzigen Fehler in einer ihrer Antworten (sie hat ein f in *Blendenöffnung* vergessen), also steckt sie zehn Cent in den Bibliothekskopierer und druckt die Seite noch mal neu.

Dann adressieren sie gemeinsam ihre zehn Umschläge. Marilyn besteht darauf, dass sie sich das Beste bis zum Schluss aufheben, und schließlich schreiben sie: *Columbia University, Studierendensekretariat, 212 Hamilton Hall, 1130 Amsterdam Avenue, New York City, New York 10027.*

Marilyn blickt auf, als James seinen Stift weglegt und sie über den Tisch hinweg ansieht.

»Okay«, sagt er. »Dann sind wir wohl so weit, was?«

»Yep.«

Als sie bei der Post Schlange stehen, drückt Marilyn einen Kuss auf jeden der Umschläge.

»Bringt hoffentlich Glück.« Sie grinst James an.

»Wehe, du schmierst Lipgloss auf meine Bewerbungen!«, scherzt er. »Da bin ich doch sofort disqualifiziert.«

Sie versuchen, gegen ihre Nervosität anzulachen, bis ihnen ein freier Schalter zugewiesen wird. Nebeneinander stehen sie da und geben ihre Umschläge ab.

»Ihr werdet sicher beide angenommen«, sagt die Postbeamtin, als James ihr zweiunddreißig Dollar reicht, Teil eines kleinen Darlehens von Eric, das James im Leihhaus abarbeiten wird.

Als sie anschließend in den Olympic Boulevard einbiegen, erstreckt sich der Tag endlos vor ihnen – all die Stunden, die sie sonst mit Arbeit gefüllt haben, sind plötzlich frei.

Marilyn ergreift James' Hand und drückt sie.

»Was machen wir jetzt?«, fragt er.

»Wir sollten feiern, oder nicht?«, entgegnet Marilyn. »Heute ist schließlich Silvester.«

»Ich hab eine Idee«, sagt James nach kurzem Überlegen. Er schaltet das Radio ein, in dem Prince gerade *Party like it's 1999* singt. Er dreht lauter, und sie fahren, Meile um Meile, in ihre Zukunft.

••••••

In der Ferne versinkt die Sonne über dem Meer und hinterlässt zartrosa Spuren am Himmel, während Marilyn und James, mit Burgern von In-N-Out und einem Sechserpack Bier beladen, den Marilyn aus Woodys Kühlschrank geklaut hat und morgen unbedingt ersetzen muss, den Runyon-Canyon-Wanderweg hochsteigen. Es ist zwar kein Sekt, aber, wie Marilyn anmerkt: »Hauptsache, es prickelt!«

Als sie den höchsten Punkt erreichen, wird es bereits dunkel. Unten erwacht glitzernd die Stadt, während Marilyn und James über allem zu schweben scheinen – den Sorgen des Alltags, den Straßenecken und Mietshäusern, den hupenden Autos, den vornehmen Villen und den schmuddeligen Sternen des Walk of Fame.

James öffnet zwei Bierflaschen an einer Felskante. Sie prosten einander zu.

»Auf dich«, sagt Marilyn.

»Auf dich«, erwidert James, bevor er hinzufügt. »Und auf 1999«, und stößt seine Flasche erneut gegen ihre. »Auf 1999«, sagt Marilyn, und dann »Auf New York City«.

»Auf New York City«, wiederholt James. Sie müssen beide lachen und führen das Spiel weiter. »Auf deine Fotografie«.

»Auf Leihhauskameras und Bilder vom Meer«, kontert sie.

Er sieht sie an. »Auf die Farbe deiner Augen.«

»Auf dein wunderbares Lächeln.«

»Auf das beste Weihnachtsgeschenk aller Zeiten«, sagt James grinsend, und sie errötet.

»Auf James Brown.«

»Auf Joan Didion.«

»Auf uns ›at our best‹, wie Aaliyah singen würde.«

»Auf die Liebe.«

»Auf die Liebe.«

Ein Feuerwerkskörper explodiert, als hätte er nur darauf gewartet, dass der Himmel endlich dunkel ist. Kurz darauf folgt ein weiterer, dann noch einer, hier und da verstreut.

»Ich gehe nicht, das ist dir hoffentlich klar«, sagt sie.

»Wie meinst du das?«

»Nächstes Jahr. Egal, was kommt, ich will mit dir zusammen sein.«

James legt die Hand auf ihre. »Wir müssen einfach abwarten, Mari. Ich würde niemals wollen, dass du alles aufgibst, wofür du so hart gearbeitet hast.«

»Aber ich will *dich* nicht aufgeben.« Ihre Stimme wird lauter.

»Okay, schhhh, ist ja gut«, sagt er und schlingt die Arme um sie. »Du und ich. Wir kriegen das schon hin, egal, was kommt.«

Sie blickt ihn eindringlich an. »Versprochen?«

»Versprochen.«

James packt ihre Burger aus und holt anschließend eine weiße Gebetskerze aus seinem Rucksack und zündet sie an.

Marilyn grinst. »Ein romantisches Picknick.« Während die winzige Flamme zwischen ihnen flackert, fangen sie an zu essen, sehen zu, wie der Himmel von neuen Raketen erhellt wird, öffnen sich das nächste Bier.

»Auf hausgemachte Wunder.« – »Auf bunte Minimuscheln.« – »Auf Bibliotheken.« – »Auf Rosaroter-Panther-Eis.« – »Auf Romeo und Julia.« – »Auf zertrümmerte Flaschen«, stoßen sie auf all die Momente, Dinge und Gefühle an, die ihre gemeinsamen Monate geprägt haben.

»Auf den Abend, an dem du mich zum ersten Mal geküsst hast«, sagt Marilyn schließlich.

»Ich? Ich dachte, *du* hättest *mich* geküsst.« Er grinst.

»Träum weiter. Aber trotzdem Prost.« Sie lacht.

Während sie beide an ihren Flaschen nippen, spürt Marilyn, wie die Bläschen ihr zu Kopf steigen. Sofort erwacht ihr Verlangen nach James, so abrupt, dass sie es geradezu schmecken kann, wie ein Gewitter, das in der Luft liegt. Sie legt die Lippen auf seine, und in diesem Moment wird ihr klar – heute Abend passiert es. Es ist richtig so.

Sie greift in ihre Handtasche und zieht ein Kondom hervor, das sie für genau diesen Augenblick im Laden an der Ecke gekauft hat. Sie hält es ihm hin.

James nimmt es und hebt die Augenbrauen, bevor ein kleines Lächeln sein Gesicht erhellt.

Marilyn steht auf ein Geländer gestützt, die Stadt der Engel unter sich, sein warmer Körper an ihrem Rücken. Sie spürt, wie er sanft ihre Schultern umfasst, sie fester an sich zieht.

»Willst du wirklich?«, flüstert er.

»Ja.«

Sie blickt in die Weite, während sie ihn zum ersten Mal in sich spürt. Es tut weh. Im ganzen Körper. So weh, wie es tut, wenn man einen anderen Menschen einlässt.

»Alles in Ordnung?«, fragt er.

»Ich muss dein Gesicht sehen«, sagt sie, denn der Drang ist mit einem Mal übermächtig. Er dreht sie zu sich herum und presst sie erneut gegen das Geländer. Sie keucht auf, als er wieder in ihr ist und leise seufzt, auf dem Gesicht einen Ausdruck, den sie noch nie zuvor gesehen hat – klar und konzentriert sieht er sie an, als blickte er geradewegs in sie hinein.

Sie lässt die Hände über seinen Rücken, seine Schultern gleiten, zieht ihn fester an sich, tiefer in sich. Der Diamant am Ende des Tunnels hat sich vertausendfacht und sie alle gehören ihr und James. Die Zukunft ist nicht länger ein einzelnes Licht, sondern ein Sternenhimmel.

»Ich liebe dich.«

»Ich liebe dich.«

Für den Rest ihres Lebens wird ihre Geschichte auch die seine sein.

»Drück mich wie ein Bär«, sagt James, und sie presst ihn mit aller Kraft an sich.

»Drück mich wie ein Löwe«, antwortet sie flüsternd, und er gehorcht und kettet sie mit seinen Armen an sich.

»Grrr«, knurrt er.

»Grrr«, knurrt sie zurück und tatzt nach seiner Brust.

»Drück mich wie ein Tyrannosaurus«, sagt James.

Marilyn lacht. »Die haben doch Miniärmchen!«

»Genau wie du!«, sagt James.

»Meine Arme sind nicht mini!«

Die Mittagssonne scheint durchs Fenster und landet in Marilyns Haar, auf James' Wangenknochen, in seinen lachenden Augen.

Woody ist noch nicht aus dem Casino zurück und Sylvie bei der Arbeit. Als Marilyn am späten Vormittag aufgewacht ist, hat sie James angerufen, der sofort, noch nach Schlaf duftend, hochgestürmt kam.

Er umfasst ihren Oberarm. »Rrrarrr«, macht er, sein spielerisch-grimmig verzerrtes Gesicht nur wenige Zentimeter von ihrem entfernt, und umschlingt ihre Taille. »Rrrarrr«, knurrt sie kichernd zurück.

»Wild genug bist du jedenfalls.« James lächelt. Sie beißt ihn sanft in den Hals und er schließt die Augen und drückt sie runter auf den Rücken. Er lässt die Lippen ihren Bauch hinunterwandern, ein rascher, zarter Kuss nach dem anderen, bis er vor ihrer Baumwollunterhose mit dem Kirschaufdruck und dem ausgefransten Saum innehält. Er sieht zu ihr hoch, und Stille legt sich über den Raum, während die Sonne nun direkt auf Marilyns Herzen glüht.

Als er den Kopf auf ihren Bauch legt, knurrt ihr prompt der Magen.

»Hallo, wer da?« Er lacht.

»Dampf.«

»Was für 'n Dampf?

»Kohldampf!«

»Dann sollten wir dir wohl was zu essen suchen.«

Ihr Magen meldet sich erneut, und James schnappt sich Leo Löwenherz, ihren Plüschlöwen, und bewegt dessen Kopf, als unterhielte er sich mit Marilyns Bauch.

»Rrrarrr!«, piepst James.

Marilyn sieht ihm zu und kichert. So fühlt es sich also an, am ersten Tag des Jahres 1999 in James Alan Bell verliebt zu sein.

»Warte mal kurz, nicht bewegen«, sagt sie. Sie schnappt sich ihre Kamera und richtet sie auf ihn, wie er aus ihrer »Mein kleines Pony«-Bettwäsche zu ihr hochblickt, während das Licht auf seiner Haut spielt.

Klick.

Und dann ein anderes Geräusch. Die Wohnungstür wird aufgeschlossen. Marilyns Herz überschlägt sich vor Schreck. Das sind Woodys Schritte.

»Bleib hier«, flüstert sie James zu und zieht sich rasch an. James greift nach ihrer Hand, doch Marilyn macht sich von ihm los und schlüpft aus dem Zimmer. Sie findet Woody in der Küche und sieht ihm auf den ersten Blick an, dass seine Nacht im Casino nicht von Erfolg gekrönt war. Der Alkoholgestank dringt ihm aus allen Poren.

»Hallo«, sagt sie.

»Bier ist alle.«

Mist. In ihrem James-Taumel hat sie vollkommen vergessen, Ersatz für den Sechserpack vom vorigen Abend zu besorgen.

»Soll ich dir schnell welches kaufen gehen?«

»Es war was da, wo ist das hin.« Die Frage klingt mehr wie eine Feststellung.

»Ich weiß nicht.«

Woody versetzt ihr eine Ohrfeige, so plötzlich, dass ihr Hirn einen Moment braucht, um die neue Wendung zu verarbeiten.

»Lüg mich nicht an.«

Marilyn hebt die Hand an die Wange und der Schmerz setzt ein.

»Du wohnst hier, ohne Miete zu zahlen, und jetzt glaubst du, du kannst einfach an meine Sachen gehen und mich auch noch anlügen? Acht Jahre lang hab ich nichts von dir und deiner Mutter gehört, bis ihr pleite wart und irgendwo unterkommen musstet. Als ob ich jemals eingeladen werden würde, wenn ihr irgendwann mal so 'ne Nobelhütte kriegt, wie sie eine haben will. Nee, dann bin ich plötzlich wieder nichts und niemand. Ihr interessiert euch doch 'nen Dreck für mich. Kein Stück. Ich bin euch scheißegal und jetzt klaust du mir mein verschissenes Bier und lügst mir ins Gesicht –«

James kommt in die Küche gerannt.

»Was hast du in meiner Wohnung zu suchen, verdammt noch mal?«, brüllt Woody.

James legt Marilyn die Hand auf die Schulter und zieht sie mit sich. »Ich wollte gerade gehen«, sagt er kühl, doch Marilyn spürt die Hitze, die er ausstrahlt.

»Wenn dein Vater sehen könnte, was für eine kleine Schlampe aus seiner Tochter geworden ist –«

Mehr hört Marilyn nicht, bevor James die Tür hinter ihnen beiden zuschlägt.

Den Arm um sie geschlungen, um sie aufrecht zu halten, führt er sie die Treppe hinunter. Die Orangenbäume vor dem Haus hängen voller Früchte. Die Glitzerpartikel im Beton erinnern Marilyn an die im Mondlicht schimmernden Scherben, an dem Abend, als sie die Flaschen zertrümmert haben. James hält ihr die Beifahrertür des roten Dodge auf, der direkt vor dem Gebäude geparkt ist. Marilyn steigt ein, riecht den ledrigen Duft des Lufterfrischers, den weicheren Geruch von James. Sie sieht die Dreckspritzer auf der Windschutzscheibe, den Werbeflyer einer Teppichreinigungsfirma. Einen alten Plastikbecher von In-N-Out im Getränkehalter, die »Hard Knock Life«-Kassette auf dem Armaturenbrett. Sie versucht, ganz bewusst, sich auf all diese Dinge zu konzentrieren.

James, der noch immer auf hundertachtzig ist und sich sichtlich zu beherrschen versucht, lässt den Motor an und fährt los, um Marilyn von hier fortzubringen.

······

Sie schweigen beide. James fährt auf die Autobahn, und Marilyn weiß, dass er zum Meer will.

Schließlich wendet sie sich ihm zu und flüstert: »Tut mir leid.«

»Was?«

»Das mit meinem Onkel. Dass du das miterleben musstest. Dass er so mit dir geredet hat – ich hätte damit rechnen müssen, dass er nach Hause kommt … ich hätte vorsichtiger sein sollen.«

»Ist doch nicht deine Schuld, dass er so ein Arschloch ist«, entgegnet James. Er umklammert das Lenkrad so fest, als wollte er es würgen. »Aber du kannst nicht mehr bei ihm wohnen, Mari. Das lasse ich nicht zu.«

»Ich weiß«, sagt sie. »Du hast ja recht. Aber was hab ich denn für eine Wahl? Wir können nirgendwo anders hin, und meine

Mom wird garantiert versuchen, die Sache runterzuspielen. Wetten, sie sagt, Woody wäre halt ein bisschen jähzornig, und verspricht mir, dass wir bald da raus sind, in unserem eigenen Haus oben in den Hügeln?«

James hält die Luft an.

»Nur noch ein paar Monate. Ich muss nur noch ein paar Monate aushalten, dann sind wir beide … irgendwo anders.« Sie streicht ihm über die Hand. »Zusammen. Und fangen unser eigenes Leben an.«

James atmet langsam aus. »Wenn er das noch mal macht, bring ich ihn um.« Und seinem Blick nach zu urteilen, meint er das völlig ernst.

»Versprich es mir«, sagt er. »Versprich mir, dass du es mir sagst, wenn er so was noch mal macht.«

»James …«

»Versprich es mir.«

»Okay.«

……

Am Meer versucht Marilyn, sich vom Rauschen der Wellen einlullen zu lassen, doch sie kann das altvertraute Gefühl nicht abschütteln, dass sie eigentlich woanders ist, gar nicht wirklich anwesend. Wieder konzentriert sie sich auf Details: die Wellen, die sich vom Strand zurückziehen, schillernde Muschelschalensplitter, Algenknäuel auf dem Sand. James neben ihr starrt mit geballten Fäusten zum Horizont.

Als der Himmel sich zu verdunkeln beginnt, steht sie auf, nimmt James bei der Hand und führt ihn zu seinem Lieblingsplatz unter dem Pier. Eingehüllt in den Geruch nach altem Holz und salziger Luft, presst Marilyn sich an ihn.

»Ich hab nichts dabei«, murmelt er.

»Hör einfach rechtzeitig auf«, flüstert sie und streichelt ihm über den Rücken. Hier unten, in der Dämmerung am ersten Tag des Jahres, fühlt sich der Sex an wie Feuer, heiß genug, um ihrer beider Wut in etwas Neues zu verwandeln, etwas Glühendes, Reines, nahezu Heiliges. Wie eine Erlösung. Eine Antwort.

»Geh nicht allein da hoch«, sagt James. »Komm mit zu mir, du kannst bei uns mitessen. Und übernachten auch, wenn's sein muss; meine Großeltern lassen dich sicher auf der Couch schlafen. Oder zumindest warten, bis deine Mom wieder da ist.«

Also folgt Marilyn James zu dessen Wohnungstür. In der Einfahrt steht Woodys Auto, und sie fragt sich, ob er sie wieder durchs Fenster beobachtet. Seine Ohrfeige hat auf ihrer Wange einen roten Fleck hinterlassen, der Rose sofort auffällt.

»Was ist denn mit deinem Gesicht passiert, Liebes? Alles in Ordnung?«

»Ja«, antwortet Marilyn. »Mir geht's gut.« Sie wirft James einen Blick zu. »Ich bin bloß am Strand eingeschlafen und hab wohl ein bisschen zu viel Sonne abbekommen.«

Rose runzelt die Stirn, nickt jedoch nur stumm, vielleicht weil Justin dabei ist. Einen Augenblick später hat sie die Decke von der Couch geholt – die weiche mit den Fransen, die nach Rosen riecht – und legt sie Marilyn um die Schultern. Der Duft erinnert Marilyn daran, wie sie früher als Kind Blütenblätter zu »Parfüm« zerstampft hat.

In die Decke gewickelt putzt sie am Küchentisch grüne Bohnen, während die Aromen von Reis und Hühnchen und die Geräusche von »Jeopardy!« den Raum erfüllen. Alan ruft die Antworten durchs Wohnzimmer und schlägt sich bei jeder richtigen zufrieden aufs Knie. James liegt schweigsam neben ihm auf der Couch und sagt nur etwas, wenn Alan nicht mehr weiterweiß. Justin stibitzt Essenshäppchen aus der Küche, bis Rose ihn wegscheucht, woraufhin er sich zu Marilyn setzt und ihr von seinem

Mathelehrer mit der Beinprothese erzählt, der den Schülern, die sich ordnungsgemäß melden und seine Fragen richtig beantworten, Bonbons zuwirft. Dann rennt er in sein Zimmer und präsentiert ihr stolz einen Riesenhaufen Süßigkeiten in seinem zur Schürze gerafften T-Shirt.

»Isst du die denn gar nicht?«, fragt sie.

»Nö.« Er grinst.

»Jetzt bin ich wirklich beeindruckt.«

Als sie sich an den Tisch setzen, hört Marilyn Schritte über ihnen – vermutlich die ihrer Mutter, denn es klingt nach hohen Absätzen. Sie versucht, das köstliche Essen zu genießen. Die Atmosphäre bei James' Großeltern ist so warm und herzlich – am liebsten würde sie sich für immer und ewig hier verkriechen.

Dann klopft es. Laut und mit Nachdruck. James geht aufmachen, und da steht Sylvie, noch in ihren Arbeitssachen. Haarsträhnen lösen sich aus dem Knoten und kleben ihr im Nacken. Alan tritt zu seinem Enkel an die Tür.

»Hallo, Mrs Miller«, sagt James höflich.

»Hallo. Ich nehme mal an, meine Tochter ist hier?«, fragt sie mit einem schmallippigen Lächeln und späht zwischen James und Alan hindurch in die Wohnung.

Marilyn erhebt sich zögerlich.

»Hi, Mom.«

»Na komm, morgen fängt die Schule wieder an. Du brauchst doch deinen Schönheitsschlaf«, ruft Sylvie gezwungen fröhlich.

»Ich bin gleich da«, antwortet sie.

Doch Sylvie macht keine Anstalten zu verschwinden, sondern bleibt in der Tür stehen.

»Wir sind gerade beim Essen«, sagt Alan. »Möchten Sie vielleicht reinkommen?«

»Nein, nein. Wir müssen nach Hause.«

Marilyn will keine Szene. »Danke für das leckere Essen«, sagt sie und umarmt Rose zum Abschied.

»Du hast ja kaum was davon gehabt, Liebes.« Mit einem vorwurfsvollen Blick zu Sylvie steht Rose auf und geht in die Küche. Sie kommt mit einer Tupperdose zurück, und kurz herrscht unbehagliches Schweigen, während Marilyn ihr fast unangetastetes Essen hineinfüllt.

»Danke«, sagt Marilyn leise und gibt ihr einen Kuss auf die Wange.

Sie spürt James' Blick auf sich. Vor ihrer Mom will sie ihn nicht berühren, also sieht sie ihm stattdessen in die Augen und versucht, ihm zu übermitteln, dass sie ihn liebt und dass schon alles gut wird.

»Sehen wir uns morgen?«, fragt sie.

Er nickt nur, dann schließt Sylvie die Tür.

Marilyn will wortlos die Treppe hochgehen, doch Sylvie legt ihr die Hand auf den Arm.

»Ich dachte, wir zwei machen uns noch einen schönen Abend zusammen.«

»Und ich dachte, ich brauche meinen ›Schönheitsschlaf‹.«

»Ach komm, Marilyn.« Sie deutet auf Roses Tupperdose. »Das willst du doch wohl nicht essen. Wir holen uns was richtig Gutes.«

Marilyn umklammert stur die Dose, als Sylvie sie ihr aus der Hand zu nehmen versucht, geht jedoch mit zum Auto.

Sylvie fährt mit ihr zu Johnny Rockets – was tatsächlich überraschend ist, denn seit Ellen Freutmich in ihr Leben getreten ist, erlaubt Sylvie Marilyn ja kaum jemals, eine volle Mahlzeit zu essen, ganz zu schweigen von einem fettigen Burger mit Fritten.

Marilyn sitzt vor einer riesigen Portion Pommes und verputzt eine Handvoll nach der anderen, während ihre Mutter eisteeschlürfend in ihr Glas starrt, als wäre es eine Kristallkugel.

»Ich hab gehört, was heute Morgen passiert ist«, sagt Sylvie schließlich und stellt ihr Getränk weg.

»Er hat mich geschlagen, Mom.«

Sylvie schweigt eine Weile, die Mundwinkel nach unten gezogen, und selbst unter dem Make-up sind ihre Augenringe sichtbar. »Das tut mir leid«, sagt sie schließlich. »Aber warum war James überhaupt in der Wohnung? Ich hab dich doch gewarnt.«

Marilyns Herz fängt empört an zu klopfen.

»Hör mal«, fährt Sylvie fort und greift über den Tisch nach Marilyns Hand. »Ich weiß, wie das in deinem Alter ist, wenn man glaubt, man wäre verliebt, aber – ich will nicht mit ansehen müssen, wie du dich viel zu früh in so was reinstürzt. So wie ich damals.«

Marilyn dreht sich weg und sieht aus dem Fenster.

»Habt ihr – hast du mit ihm geschlafen?«, fragt Sylvie.

Marilyn isst weiter. »Nein.«

»Okay«, sagt Sylvie. »Das ist schon mal gut.«

Marilyn schluckt und wendet sich wieder zum Fenster, bemüht, ihre Wut zu einer kleinen Kugel in ihrem Bauch zusammenzuballen. Sie sieht einem alten Mann mit Gehhilfe zu, der von einer rundlichen Betreuerin gestützt wird. Einer jungen Mutter, die gleichzeitig mit ihrem Kinderwagen und einem kleinen, flauschigen weißen Hund an der Leine kämpft. Einem Teenagertrio, das an der Wand des Nachbargebäudes lehnt und raucht.

»James ist wirklich ein netter Junge«, beteuert Sylvie. »Und natürlich sieht er gut aus. Aber – Mari, du hast doch dein ganzes Leben noch vor dir. Wenn du nur warten würdest … ich verspreche dir, dann liegt dir die Welt zu Füßen. Du kannst dir gar nicht ausmalen, was für Männer du dann kennenlernen wirst.« Sylvie lächelt verträumt. »Männer, die du sonst nur im Fernsehen siehst. Die könnten alle dir gehören. Weil du wunderschön bist. Und etwas ganz Besonderes. Aber du musst ein bisschen Geduld haben und an dich glauben …«

Marilyn öffnet den Mund, aber Sylvie redet einfach weiter. »Es stört mich ja gar nicht, dass er – na ja, ich weiß, das sollte ich dir eigentlich nicht erzählen, aber ich habe auch mal mit einem schwarzen Mann geschlafen, das war, bevor ich deinen Vater kennengelernt habe.«

Marilyn ist plötzlich speiübel.

»Wenn es das ist« – Sylvie räuspert sich, »was du willst, lass dir Zeit, dann findest du sicher jemanden, der – hm, besser zu einem aufstrebenden Star wie dir passt.«

»Hörst du dich überhaupt selber reden? Ist ja nicht zu fassen! ICH LIEBE JAMES! *James.* Das hat nichts damit zu tun, dass ich jemanden mit einer bestimmten Hautfarbe will, sondern mit dem Menschen an sich. Es gibt nämlich keinen anderen wie ihn auf der Welt, keinen, der besser zu mir passt als er. Außerdem kennst du ihn doch gar nicht – null –, und darum hast du absolut kein Recht, so über uns zu reden. Du kennst ja noch nicht mal *mich.* Ich bin kein aufstrebender Star. Ich bin nicht dein Goldesel. Ich bin siebzehn und gehe nächstes Jahr studieren. Klar, ich will auch, dass was aus mir wird, aber doch nicht wegen meines Aussehens. Sondern wegen dem, was ich im Kopf habe. Dazu hast du mich nie ermutigt, das hat dich nie auch nur interessiert. Tja, James schon. James kennt mich seit einem halben Jahr und weiß jetzt schon mehr über mich als du, weil du mir nämlich nie zuhörst. Unser Leben hat nicht das Geringste damit zu tun, was *ich* will oder was gut für *mich* ist –, es geht immer nur darum, was *du* willst, und du benutzt mich dafür, um es zu bekommen. Und das Schlimmste daran ist, dass du es nicht mal merkst.«

Sylvie starrt Marilyn mit offenem Mund an. Sie bewegt die Lippen, als wollte sie etwas sagen, aber nichts kommt heraus.

In diesem Moment erscheint der Kellner mit zwei Cheeseburgern, und Marilyn registriert die verstohlenen Blicke, die die anderen Restaurantgäste ihnen zuwerfen. Sylvie verlangt die Rechnung und lässt das Essen einfach stehen. Den ganzen Nachhauseweg über redet sie kein Wort.

……

Marilyn liegt hellwach im Dunkeln. Zum Schlafen ist es noch zu früh, aber sie wollte sich vor der Welt zurückziehen. Seit dem misslungenen Restaurantbesuch fühlt sie sich wie im Taumel, es ist, als bebte der Boden unter ihren Füßen, als wechselte ihr Körper ständig die Form. Schließlich setzt sie sich auf, greift nach Roses Tupperdose und isst das Hühnchen, das inzwischen zwar kalt ist, aber immer noch lecker. Im Wohnzimmer klingelt das Telefon, und Marilyn hört Sylvies Stimme durch die dünne Wand, aber sie versteht nicht, was sie sagt. Kurz darauf steckt ihre Mutter den Kopf zur Tür herein.

»Du hast ihn«, sagt sie ausdruckslos. »Wenn du überhaupt noch willst.«

»Wen?«

»Den Levi's-Spot.«

»Im Ernst?«

Sylvie nickt nur und schließt die Tür.

Marilyn starrt ihrer Mutter nach, wütend auf sich selbst, weil ein Teil von ihr sich wünscht, sie würde sie in die Arme schließen wie damals, als Marilyn noch ein kleines Mädchen war und Sylvie hereinkam, in genau dieses Zimmer, und ihr von der »Mein kleines Pony«-Werbung erzählte.

Sie versucht, sich zu erinnern, wie klar, wie voller Hoffnung der Tag zuvor mit James schien – die Collegebewerbungen, der Abend im Runyon Canyon und der Himmel, der plötzlich aufbrach. Am liebsten würde sie nach unten laufen und ihm alles erzählen. Stattdessen stößt sie trotz der beißenden Kälte das Fenster auf und hört Aaliyahs Stimme, süß und klar in der Januarluft – *Let me know, let me know* ... Der Song endet und geht gleich darauf von vorne los. Marilyn weiß, dass er ihn nur für sie aufgelegt hat.

Sie steht auf, klopft bei Sylvie an. Es kommt keine Antwort, aber Marilyn hört es drinnen rascheln. Sie öffnet die Tür einen Spaltbreit und da sitzt Sylvie in ihrem rosa Satinnachthemd und blättert in einer »US Weekly«. Als sie aufblickt, sieht Marilyn, dass ihr Tränen über die Wangen strömen.

»Mom ...«, fängt sie an und setzt sich mit einem tiefen Seufzer auf die Bettkante. »Hör mal, ich mache den Spot. Ich möchte, dass du die Hälfte des Geldes nimmst – für eine neue Wohnung oder was auch immer –, und mit der anderen lege ich ein Konto fürs College an. Okay?« Sie bemüht sich, ihre Stimme ruhig und sachlich zu halten.

Sylvie blickt sie an wie ein Kind, das irgendwo vergessen wurde. Marilyn kommt eine Erinnerung an früher – an mehrere Tage, verschwommen zu einem einzigen Nachmittag.

Sie ist krank und nicht zur Schule gegangen. Auf ihrer Stirn liegt ein kühler Waschlappen (sie hat die ersten Vorboten von Fieber zu schätzen gelernt, denn in diesen Momenten spürt sie die Liebe ihrer Mutter am deutlichsten), sie isst Toast mit Zimt und Zucker, schlürft Ginger Ale durch einen Spiralstrohhalm, kuschelt sich in Sylvies Schoß und guckt mit ihr Soaps, während ihre Mom ihr den Kopf streichelt und eine Zigarette nach der anderen raucht. Marilyn hört noch heute die Stimme aus dem Vorspann – *Zeit, die unvergänglich ist, Zeit der Sehnsucht.* An diesen Nachmittagen redete ihre Mom mit ihr wie sonst nie. Sie zwirbelte eine Haarsträhne von Marilyn zwischen den Fingern und erzählte von ihrer Kindheit in Bishop Hills, einem staubumtosten Städtchen kurz vor Amarillo. Nichts als plattes rotes Land, so weit das Auge reichte, sagte Sylvie stets. Sie erzählte davon, wie sie immer gewartet habe, dass ihre eigene Mutter sie von der Schule abholte, wie sie bis dahin den Wolken zugesehen habe, die am strahlend blauen Himmel ihre Gestalt veränderten. Wie ihre Mom an manchen Tagen überhaupt nicht gekommen sei und Sylvie die zwei Meilen nach Hause habe laufen müssen, bis sie sich in ihren ausgetretenen Lackschuhen Blasen holte, nur um ihre Mutter bei zugezogenen Vorhängen und mit Alkoholfahne im Bett zu finden. An solchen Tagen schaltete sie den Fernseher ein und flüchtete sich in dieselben Seifenopern, die sie auch heute noch liebt, oder, besser noch, sie ging in das kleine Kino in der Stadt und schlich sich rein, nachdem der Film schon angefangen hatte. Dort versteckte sie sich den ganzen Abend, sammelte zwischen den Vorstellungen halb leere Popcorntüten oder Gummidropsschachteln und sah sich den Film wieder und wieder von vorn an, so lange, bis sie die Textzeilen auswendig konnte, die sie dann flüsternd nachsprach, wenn sie nachts nicht schlafen konnte. Ihr Favorit war »Vom Winde verweht«. Marilyn erinnert sich daran, wie sie dasaß, den Rauch ausstieß und Filmtexte zitierte, wie leise und mädchenhaft leidenschaftlich ihre Stimme wurde, selbst wenn sie Rhett Butlers Part sprach – *Ich denk nicht dran, Sie zu küssen. Obwohl Sie das Küssen brauchen. Das ist schlimm bei Ihnen. Man sollte Sie oft küssen. Und zwar jemand, der es versteht.*

Manchmal redete sie auch von ihrer Highschoolzeit. Sie sei Cheerleaderin gewesen, erzählte sie mit einem wehmütigen Lächeln, und dem Foto in ihrem alten Jahrbuch nach zu schließen – einem der wenigen nostalgiebeladenen Gegenstände aus der Vergangenheit, die sie noch hat –, war sie auffallend hübsch. Aus ihrer Kindheitsliebe zum Film wurde der Traum, Schauspielerin zu werden, obwohl sie möglicherweise nicht einmal damals daran glaubte, dass er je in Erfüllung gehen würde. Das sei das Problem gewesen, sagte sie. Man müsse an sich glauben. Und sich mit Menschen umgeben, die es ebenfalls taten.

Sie erzählte von Marilyns Vater. Die beiden hatten sich kennengelernt, als die siebzehnjährige Sylvie mit ihren Freundinnen nach Amarillo gefahren war. Er leitete das Hotel, dessen Bar sie wegen der Gratiserdnüsse und laxen Ausweiskontrolle gern besuchten. Patrick hatte den Mädchen drei Runden knallpinkfarbener Cocktails ausgegeben, und obwohl Sylvie nicht auf Anhieb einwilligte, mit ihm auszugehen, konnte er sie schließlich doch für sich gewinnen. Die Footballspieler an der Schule hatten sie nie sonderlich interessiert; deren Ruhm würde nach dem Abschluss allzu schnell verblassen. Patrick dagegen war zwar kein Schönheitskönig, aber auch alles andere als hässlich. Er war verlässlich, ehrgeizig (immerhin war er mit dreiundzwanzig bereits Hoteldirektor) und sehr gepflegt – er roch immer nach Waschmittel und Old Spice. Genau die Art von Mann, die einen nicht sitzen ließ, beschloss Sylvie. Er lud sie zum Essen ein und hielt ihr die Tür auf, aber vor allem umgab ihn das Versprechen auf ein neues Leben. Ein Leben, wie sie es überall um sich sah, im Fernsehen, im Kino, in Zeitschriften – ein schönes weißes Haus inmitten eines sattgrünen Gartens, hübsche Kleider, ein Diamantring am Finger und ein Baby im Anmarsch. Und so traf Sylvie eine, wie sie damals glaubte, solide Wahl in Sachen Heirat. Dieser Mann würde für sie sorgen. Und das tat er auch, bis er plötzlich starb und sie mit nichts als einem Haus dastand, für das sie der Bank mehr schuldete, als es wert war, wie sie gern völlig

Fremden an der Supermarktkasse eröffnete, die kleine Marilyn an der Hand.

Es waren ihre Lieblingssendungen – dieselben, die sie sich später zusammen mit Marilyn ansah –, die Sylvie über die langen, unausgefüllten Nachmittage nach Patricks Tod hinwegtrösteten, über die ohrenbetäubende Einsamkeit, das lähmende Gefühl von Sinnlosigkeit. Für ihr kleines Mädchen wünschte sie sich etwas Besseres als dieses staubige Kaff, in dem sie wohnten.

Sylvie drückte ihre Zigarette aus und gab der kleinen Marilyn einen Kuss auf die fieberheiße Wange: »Also habe ich mein Baby genommen und mich aufgemacht in die Stadt, in der Träume wahr werden.« Der Waschlappen wurde neu angefeuchtet und lag wieder kühl auf ihrer Stirn, während Sylvies Stimme beteuerte: »Ich glaube an dich.«

Marilyn mustert ihre Mom in ihrem Nachthemd mit dem ausgefransten Spitzenbesatz und dem verwaschenen braunen Fleck auf der Brust. Das blonde Haar klebt ihr platt am Kopf. Marilyn versucht, sich Sylvie als kleines Mädchen vorzustellen, das irgendwo in Texas die verlassene Straße entlangmarschiert und Filmtexte nachspricht. Und sie denkt, dass diese junge Version ihrer Mutter sich gar nicht so sehr von ihr selbst unterscheidet – beide träumen sich weit weg an einen anderen Ort.

»Du verlässt mich«, sagt Sylvie, ihre Stimme scharf vor Kummer. »Dagegen kann ich wohl nichts tun.«

»Mom«, bemüht sich Marilyn, sie zu beschwichtigen. »Ich gehe doch nur zur Uni. Das ist ganz normal. Ich bleibe immer noch deine Tochter.«

»Es tut mir leid«, sagt Sylvie und starrt in eine unsichtbare Ferne. »Dass ich dir nicht mehr bieten konnte.«

In diesem Moment wird Marilyn klar, dass es ihrer Mutter all die Jahre gar nicht darum ging, an Geld zu kommen; es ging ihr um das neue Leben, das sie ihnen davon kaufen wollte und von dem sie dachte, sie würden es miteinander teilen. Vielleicht wollte Sylvie Marilyn einfach all das geben, wovon sie selbst immer geträumt hat – den Swimmingpool, das Schloss auf dem Hügel, den Prinzen –, weil sie ernsthaft geglaubt hat, dass es Marilyn genauso glücklich machen würde.

Sylvie senkt den Blick auf ihre Zeitschrift und ein paar Tränen fallen auf ein Foto von Tom Cruise und Nicole Kidman. »Es ist dein Geld«, sagt sie. »Du kannst damit machen, was du willst.«

Marilyn und die zwei weiteren Mädchen tragen alle die gleichen niedrig geschnittenen Levi's und bauchfreie Tops dazu. Das lange Haar hängt ihr offen über die Schultern, ihre Haut wirkt zart und ebenmäßig durch das Make-up. Sie hat Anweisung erhalten, im heißen Scheinwerferlicht hin und her zu laufen, einen Flur hinunter, über die Straße. Sie fährt eine Rolltreppe hoch. *Hier lang, da lang, Schultern zurück, Schätzchen, Brust raus, okay, aber dabei auch die Hüften bewegen, hör auf die Musik!*

Bei ihrem »Mein kleines Pony«-Spot haben alle sie »Prinzessin« genannt, und sie bekam ihre eigene Betreuerin, die sie beruhigend fest an die Hand nahm und immer wieder mit ihr zum Cateringwagen ging, wo Marilyn mit Skittles, Erdnussbuttersandwiches und Schokolade versorgt wurde. Hier dagegen ist das Offensichtliche mehr als offensichtlich – sie ist nichts als ein Körper, der ein Produkt verkaufen soll. Ein Requisit. Ob sie klug ist oder einen guten Charakter hat, interessiert niemanden. Sie verflacht zu ihrem zweidimensionalen Abbild auf dem Bildschirm.

Ich tue es für uns, für James und mich, ermahnt Marilyn sich, während sie aufgefordert wird, die Hüften zu schwingen (sprich: den Hintern rauszustrecken), während jemand ruft: »Nummer drei, links rüber!« Sie tut es für ihre gemeinsame Zukunft – für die Flugtickets nach New York, für die Bücher, die sie sich in der Universitätsbuchhandlung kaufen werden, für die Entwicklung der vielen Filmrollen, die sie sich dann wird leisten können. Und. Sie tut es für ihre Mutter – wenn es auch nicht für ein Haus in den Hügeln reichen wird, dann soll Sylvie zumindest den Trostpreis bekommen: eine saubere Wohnung ganz für sich allein, wo sie in

Ruhe ihre Soaps gucken kann, vielleicht sogar mit einem kleinen Pool zum Sonnenbaden.

James arbeitet weiter im Leihhaus und erhält mittlerweile einen bescheidenen Lohn, weshalb er Marilyn die fünfundzwanzig Dollar leihen konnte, die sie brauchte, um ein eigenes Bankkonto zu eröffnen – darauf will sie den Scheck von Levi's einzahlen. Doch die neue Freiheit hat ihre Konsequenzen. Sylvie hat sich verändert seit dem Streit. Ihre Weinflaschen werden schneller leer, ihr Blick ist abwesender. Manchmal kommt sie nach der Arbeit nicht nach Hause, und Marilyn hört sie erst um ein oder zwei Uhr nachts in die Wohnung schleichen, ohne zu wissen, wo sie war oder was sie gemacht hat. Marilyn überlegt, ob sie einen Freund hat, traut sich jedoch nicht zu fragen. Nach dem Streit zwischen ihnen sind die Wunden noch längst nicht verheilt, und jedes Wort, egal, wie kurz oder versöhnlich, wirkt wie hineingestreutes Salz.

Seit Woody sie geschlagen hat, spricht er nur noch mit ihr, um ihr Befehle zu erteilen. Sylvie, die der Alkohol antriebslos macht, hat aufgehört, ihn zu bedienen, also muss Marilyn für ihn einkaufen gehen, Essen kochen, putzen. Seine Wutanfälle sind schlimmer und häufiger geworden. Im Dämmerlicht der Wohnung wirkt es, als würde er mit einem Geist schattenboxen. Oft schlüpft Marilyn abends, nachdem er sich endlich in den Schlaf gesoffen hat, ins Wohnzimmer und fegt lautlos die Scherben auf.

......

Der Werbespot ist im Kasten. Seit Tagen regnet es ununterbrochen. Die kalifornische Sonne hat sich versteckt und auf den Straßen steht das Wasser. Die Vormittage in der Schule sind trist, aber nachmittags, wenn Marilyn mit James zusammen ist, erscheint ihr selbst der Januar schön. Der graue Himmel lässt die Farben der Stadt umso satter erscheinen: Das Grün der Bäume ist tiefer, die violetten Blumen noch violetter. Wenn der Regen ans Fenster prasselt, ist es bei James zu Hause umso gemütlicher. Oft isst Marilyn mit seiner Familie zu Abend und fühlt sich zugehörig, als wäre es ihre eigene.

Genau rechtzeitig zu Justins Geburtstag schlägt das Wetter um und die drei verbringen den ersten Februarsonntag am Strand. Nach den unzähligen Gewittern ist die Luft schneidend klar und die Morgensonne strahlt. Justin will Farbfotos machen, also hat Marilyn einen Film eingelegt und sieht gemeinsam mit James zu, wie er über den Pier wandert und verstohlen die Kamera auf dies und das richtet. Ihm gelingen Schnappschüsse von einem kleinen Mädchen, das sich auf Zehenspitzen neben den Holzhai stellt, an dem gemessen wird, ob man groß genug für das Riesenrad ist, einem im Sand schlafenden Mann und einem Jungen, dem seine Eiskugel aus dem Hörnchen gefallen ist.

Zum Mittagessen kauft James Corndogs und Pommes, mit denen sie sich ganz ans Ende des Piers setzen. Während sie Justin ein Geburtstagsständchen singen, lässt Marilyn die Füße im Takt über dem Wasser baumeln, und plötzlich segelt einer ihrer braunen Mokassins ins Meer.

»Mist!«

Justin fängt an zu kichern, und es ist so ansteckend, dass sie alle drei in Gelächter ausbrechen. »Lauf hier bloß nicht barfuß, sonst holst du dir nur Splitter«, warnt er sie. »Ich hab da drüben mal einen gekriegt, als ich noch ein Baby war –«

»Da warst du vier«, unterbricht James ihn.

»Der saß so tief, dass ich zum Arzt musste, damit der ihn rausschneidet, und dann konnte ich einen Monat lang nicht laufen.«

»Ein paar Tage«, korrigiert James, aber Marilyn nimmt sich

Justins Worte trotzdem zu Herzen und hüpft, auf die Schultern der Jungen gestützt, zurück Richtung Strand. (Justin ist inzwischen beinahe so groß wie sie – wie kann das sein? Marilyn kommt es vor, als wäre er in den sechs Monaten, die sie ihn kennt, über dreißig Zentimeter gewachsen.) Sie lachen den ganzen Weg bis zum nächsten Verkaufsstand, an dem es Flipflops mit Palmenmuster und dem in die Sohlen gestanzten Schriftzug LOS ANGELES gibt. Marilyn bittet Justin um Rat bei der Farbauswahl und entscheidet sich am Ende für Rot. Während James bezahlt, probiert sie eine Sonnenbrille mit übergroßen Gläsern auf.

»Damit siehst du aus wie Joan Didion«, sagt James. Grinsend steckt sie die Brille zurück auf den Drehständer, kurz darauf jedoch setzt James sie ihr plötzlich von hinten schief auf die Nase.

»Hast du die etwa gerade gekauft?«

»Ich musste einfach, die ist wie für dich gemacht.«

Marilyn dreht sich um und gibt ihm einen Kuss. »Ich liebe dich«, flüstert sie ihm ins Ohr. Er lächelt.

»Guckt mal her!«, sagt Justin, und als sie sich umdrehen, hat er die Kamera auf sie gerichtet. *Klick.*

Sie müssen glücklich aussehen, denkt Marilyn. Sie *sind* ja auch glücklich. Und das hier ist erst der Anfang: Nächstes Jahr werden sie zusammen auf einer Dachterrasse in New York stehen und über die Stadt blicken. Wenn Justin zu Besuch kommt, werden sie ihm die Neonlichter am Times Square und die Museen zeigen. Sie werden nächtelang in der Bibliothek büffeln, erleben, wie der Central Park sich im Herbst goldgelb verfärbt, sich in Bars einschleichen, um Livemusik zu hören. Sie werden ihren Abschluss machen, stolz in ihren himmelblauen Roben. James wird seine Essays schreiben, Marilyn ihre Fotos schießen; sie werden gemeinsam die Welt bereisen. Und eines Tages, hofft Marilyn, werden sie eine Tochter haben und sie Angela taufen.

ANGIE

Angie erwacht allein in einem fremden Bett. Ihr Kopf tut weh, ihre Augen blinzeln ins viel zu grelle Licht. Erst als ihr Blick auf das Wandgemälde von Cherry fällt, wird ihr klar, wo sie ist. Willkommen in L.A.

Sie sieht nach unten und entdeckt die verschmierte schwarze Schrift auf ihrem Handrücken: Sycamore Avenue 179.

Heute wird sie an Justins Tür klopfen. Sie wird ihren Onkel kennenlernen, der ihr sagen wird, was aus ihrem Vater geworden ist. Aber warum fühlt sie sich dann, als hätte sie etwas verloren, tief innen drin? Ihr Körper, ihre eigenen Umrisse scheinen wie verzerrt. Und ihr Kopf – oh Mann, tut der weh. Sie versucht, die Ereignisse des vergangenen Abends zu sortieren, doch sie sind ein einziges Durcheinander. Sie versucht, sich an Justins Gesicht zu erinnern, aber es gelingt ihr nicht.

»Hey, Schlafmütze. Endlich wach?«

Langsam dreht sie sich zu Sam um, der aufrecht im Bett sitzt, in der Hand eine Tasse Kaffee, und liest.

»Was hast du da?«, fragte Angie.

Sam zeigt ihr das Buch: »Citizen« von Claudia Rankine. Auf dem Umschlag ist die abgetrennte Kapuze eines schwarzen Sweatshirts abgebildet.

»Lyrik. Das nimmt mein Dad demnächst durch.«

»Ah.«

»Sie schreibt über Rassismus, also diese vielen sogenannten Mikroaggressionen im Alltag, die sich nach und nach in einem aufstauen können.«

»Ah.«

»Hier, hör mal. Das ist echt gut. *Die Welt ist im Unrecht. Du kannst die Vergangenheit nicht hinter dir lassen. Sie liegt in dir begraben, sie hat dein Fleisch zu seiner eigenen Schublade gemacht.* «

Angie nickt. »Klingt wirklich super.«

»Wie geht's dir?«

»Ganz okay«, antwortet sie im Versuch, die Scham zu umschiffen, die sich, kaum von der Übelkeit zu unterscheiden, in ihrem Bauch breitmacht. »Wie spät ist es?«

»Halb zwei.«

»Wo sind Miguel und Cherry?«

»Die haben bei Cherry geschlafen.«

»Ah.«

»Kaffee?«

»Vielleicht erst mal nur Wasser.«

Sam steht auf und bringt ihr ein Glas.

»Wir müssen uns mal unterhalten«, verkündet er, während Angie sich aufsetzt und an dem Wasser nippt. Erschrocken stellt sie fest, dass sie nur T-Shirt und Unterhose trägt.

»Haben wir –«

»Nein. Es ist nichts passiert. Du – du hast dich vor dem Schlafengehen ausgezogen, damit hab ich nichts zu tun.«

»Ah.«

»Aber geküsst hast du mich und –«

»Sam, ich –«

»Nein, nichts *›Sam, ich‹*. Lass mich bitte einfach mal ausreden.«

Angie blickt ihn an. Ihr Herz hämmert hartnäckig gegen ihren Brustkorb wie ein ungeduldiger Besucher.

»Angie, liebst du mich? Hast du das ernst gemeint?«

»Was? Ich –« Jetzt droht Angies Herz, die Tür einzuschlagen.

»Ich kann – ich kann jetzt nicht darüber reden. Aber es kommt schon alles in Ordnung. Es wird alles gut.«

Es wird alles gut. Sie wird sich mit Justin treffen. Wird die Wahrheit über ihren Dad herausfinden.

Und vielleicht kann ja er diese Lücke zwischen ihr und der Welt füllen.

Doch sie sieht in Sams Gesicht, wie er dichtmacht, wie seine Hoffnung Traurigkeit weicht.

»Was bin ich eigentlich für dich?«, fragt er nach einem Augenblick, einen harten Unterton in der Stimme.

»Du bist … jemand, der mir sehr wichtig ist. Ein guter Freund.«

»Ein guter Freund? Komisch, manchmal kommt es mir nämlich eher so vor, als wäre ich dir scheißegal. Als würdest du es dir einfach mal in meinem Herzen bequem machen, wenn es dir gerade in den Kram passt, wenn du irgendwas willst. Aber so läuft das nicht, Angie. Du bist nicht die Einzige auf der Welt, die Probleme hat.«

»Das weiß ich, Sam! Mir ist klar, dass auch andere Leute Probleme haben, dass ich im Großen und Ganzen völlig bedeutungslos bin –«

»Bist du ja gar nicht! Wenn du endlich mal kapieren würdest, dass du wichtig bist, dann würdest du vielleicht auch andere so behandeln.«

»Sam, es tut mir echt leid, dass ich im Moment nicht bereit bin, über – über unsere Beziehung zu reden, aber ich bin *so* kurz davor, meinen Dad zu finden, näher dran denn je, und ich –«

»Von mir aus. Dann geh.«

Sam steht auf, zieht den Autoschlüssel aus der Jackentasche und wirft ihn ihr zu.

Der Schlüssel landet auf dem Boden und Angie hebt ihn auf. Sie zieht ihre Jeans an. Geht kurz ins Bad und schaufelt sich Wasser ins Gesicht. Sie verbietet ihrem Herzen, weiter so wild zu hämmern. Sie hat nicht vor, ihm die Tür zu öffnen, es freizulassen. Denn sie beide werden sich jetzt gemeinsam auf den Weg machen und ihren Vater finden.

Mit Sams Schlüssel in der Hand tritt Angie hinaus in die viel zu grelle Sonne. Ein Auto hupt. Irgendwo heult eine Sirene. Angie kann sich absolut nicht erinnern, wo sie letzte Nacht geparkt haben, und beschließt, eine Runde um den Block zu gehen, doch sie kommt nur ein paar Schritte weit, bevor sie sich über dem nächsten Gully übergeben muss. Zwei Jungs rattern auf Skateboards an ihr vorbei. Sie schließt die Augen und holt tief Luft. *Reiß dich zusammen*, ermahnt sie sich.

Sie richtet sich auf und biegt um die Ecke, wo sie vor einem kleinen Haus Sams Jeep entdeckt. Als sie die Fahrertür aufschließen will, fliegt ein Kolibri an die Trompetenblume, die den Maschendrahtzaun vor dem Gebäude berankt, und sofort umfängt sie eine Erinnerung.

Ihre Mom und sie sind gerade dabei, in ihrem neuen Haus Umzugskartons auszupacken, als Marilyn plötzlich nach Luft schnappt. »Angie, komm schnell!«, flüstert sie und späht gebannt aus dem Fenster. Von draußen starrt ein Kolibri zu ihnen herein und flattert etwa eine Million Mal pro Minute mit den Flügeln. Marilyn drückt ihre Hand und sagt: »Das ist ein Zeichen. Wir sind zu Hause.« Angie ist sich nicht sicher, ob ihre Mom darüber traurig oder glücklich ist oder irgendwas dazwischen, aber Marilyn besteht darauf, dass sie die Kartons Kartons sein lassen und erst mal in den Baumarkt fahren. Dort darf Angie einen Nektarspender aussuchen und ihre Wahl fällt auf ein Exemplar aus blauem Glas mit fröhlich roten Blumen.

Reiß. Dich. Zusammen. Angie öffnet die Beifahrertür und zieht dabei ihr Handy aus der Tasche. Mist, nur noch zehn Prozent

Akku. Natürlich, sie hat es ja auch gestern Nacht nicht aufgeladen. Sie tippt Justins Adresse bei Google Maps ein: siebzehn Minuten. Aber so kann sie nicht fahren.

Siri lotst sie zur nächsten Drogerie, wo Angie sich eine Flasche Wasser, eine Zahnbürste und eine Minitube Zahnpasta kauft. Sie lässt sich vom Verkäufer die Kundentoilette aufschließen und putzt sich dort die Zähne.

Den Rest des Wassers trinkt sie aus, bevor sie sich direkt noch eine Flasche kauft, außerdem roten Lipgloss und Wimperntusche. Im Jeep schminkt sie sich vor dem Rückspiegel und kann nur hoffen, dass sie besser aussieht, als sie sich fühlt. Dann folgt sie so gemächlich wie bemüht, sich nicht von den Autos irritieren zu lassen, die sie hupend überholen, der Wegbeschreibung zur Sycamore Avenue 179. In der Anlage läuft das Miss-Mari-Mack-Tape. Sie spult vor zu »At Your Best« und lässt sich von Aaliyahs Stimme beruhigen. An einer roten Ampel blickt sie hoch zu den flirrenden Palmwedeln, zu einer leeren Plakatwand, auf die jemand BLANK FACE gesprüht hat, zum leeren blauen Himmel, während sie sich ihre Mutter vorzustellen versucht – die Marilyn von dem Foto, mit dem strahlenden Lächeln –, wie sie mit James im Auto diesen Song hört. *Stay at your best, baby ...*

Sie biegt in die Sycamore Avenue ein, parkt den Wagen und geht den Rest des Wegs zu Fuß. Eine jüdisch-orthodoxe Familie mit drei kleinen Kindern überquert vor ihr die Straße, und zwei schwarze Mädchen in Designerkleidern steigen in einen Prius, während ein weißer Typ an ihnen vorbeijoggt. Im Vorgarten von Nummer 179 wächst ein riesiger Eukalyptusbaum, dessen Wurzeln die Steine des Gehwegs hochgedrückt haben.

Sie klingelt an der Tür, hinter der Justin in der Nacht zuvor verschwunden ist.

Und wartet. Wartet.

Dann klingelt sie erneut.

Sie blickt hoch zur ersten Etage, doch hinter dem Vorhang ist nichts zu erkennen.

Sie wartet.

Aber er kommt nicht.

Macht nichts, beruhigt sie sich. *Dann ist er eben gerade nicht da. Irgendwann wird er schon nach Hause kommen.*

Mit zitternden Händen steigt Angie zurück in den Jeep. Sie lässt den Song weiterlaufen und schließt die Augen.

Angie schlägt blinzelnd die Augen auf und sieht gerade noch die letzten Sonnenstrahlen am Himmel. Verdammt. Wie lange hat sie geschlafen? Ihr Mund ist ganz trocken. Sie sucht den Boden des Jeeps ab und findet eine halb volle Flasche lila Gatorade. Sam liebt lila Gatorade. *Sam.*

Sie schiebt den Gedanken an ihn beiseite und kippt die lauwarme Flüssigkeit hinunter. Schräg vor ihr auf der anderen Straßenseite steht Justins Mustang. Angie steigt aus und zieht auf dem Weg zum Haus hastig ihre Jeans zurecht und knetet ihre Locken in Form. In der warmen Abendluft liegt Jasmingeruch. Das Fenster im ersten Stock steht jetzt offen und hinter dem Vorhang brennt Licht. Musik schallt heraus. *I tried to dance it away …*

»Cranes in the Sky« von Solange. Angie liebt diesen Song. Das muss ein Zeichen sein – ein dünnes Fädchen, das Justin und sie schon jetzt verbindet. Als sie das Haus erreicht, hört sie Stimmen von oben. Ohne weiter darüber nachzudenken, klingelt sie – ausdauernd, entschlossen – und atmet tief durch.

Kurz darauf öffnet sich die Tür. Und er steht direkt vor ihr. Justin.

Seine Augen sehen aus wie die ihres Vaters auf dem Foto, die Augen, in die sie schon so oft gestarrt hat.

Einen Moment lang rührt Angie sich nicht und registriert jede Kleinigkeit: das Smog-City-Bier in seiner Hand, das Tattoo eines mexikanischen Zuckerschädels auf seinem Ringfinger, die Baseballkappe mit der Aufschrift COFFEE, sein verwaschenes graues Kapuzenshirt, den Grasgeruch, der aus der Wohnung herunterwabert.

»Ja?«, fragt er.

Doch Angie versagt die Stimme. Aus irgendeinem Grund war sie davon ausgegangen, dass er sie erkennen würde. Hatte erwartet, dass – ja, was eigentlich? – er sie in die Arme schließen und sagen würde – ja, was eigentlich? – *Oh Gott, dein Vater wird sich so freuen, dich zu sehen?*

Jetzt mustert er sie aus schmalen Augen. »Alles okay?«, fragt er.

»Ja«, bringt sie heraus. »Entschuldigung. Ich bin Angie …«

Rätselnd blickt er sie an. »Du kommst mir irgendwie bekannt vor, aber ich kann dich nicht einordnen. Sind wir uns schon mal begegnet?«

»Ich glaube, dass du, äh, vielleicht … mein Onkel sein könntest.«

Fast wie in Zeitlupe spiegelt sich zunächst Erkennen auf seinem Gesicht, dann Erschrecken.

»Verdammt«, keucht er schließlich. »Scheiße. Wow … na klar. Du siehst … du siehst ihm so ähnlich.«

»Du auch.«

»Ich hatte keine Ahnung«, haucht Justin. Angie sieht ihm an, dass er völlig durch den Wind ist. »Ich hatte keine Ahnung«, wiederholt er, während er sichtlich um Fassung ringt. »Du – du bist Marilyns Tochter?«

Angie nickt. »Kann ich vielleicht reinkommen?«

»Äh, ja. Klar. Kleinen Moment nur.«

Justin lässt Angie kurz allein unter dem Eukalyptus zurück, dessen Rinde sich wie Papierfetzen vom Stamm löst. Sie lugt durch die offen stehende Tür und sieht ihn auf halber Höhe auf der Treppe stehen, den Kopf gegen die Wand gelehnt.

Nach einem Augenblick verschwindet er nach oben. Sie hört ihn rufen: »Yo, macht mal das Ding aus!«

Dann kommt er zurück und bittet sie rein. »Tut mir leid, ich hab nicht mit dir gerechnet. Na ja, wie auch?«, fügt er etwas angestrengt lachend hinzu, während er sie die Treppe hochführt. »Ich hab gerade ein paar Leute zu Besuch, aber wir können auch abhauen, wenn du willst. Hast du Hunger? Wie wär's, wenn wir was essen gehen oder …«

Bevor Angie antworten kann, gelangen sie in ein Wohnzimmer, in dem es nach frisch ausgedrücktem Joint riecht. Die Wohnung hat knarzende Holzdielenböden und hohe Decken. An einer Wand lehnt eine »OPEN«-Leuchtschrift, an einer anderen hängt ein französisches Poster zu einem Film, der Angie nichts sagt, neben einem Druck von Jean-Michel Basquiat. Um den Tisch versammelt sitzt ein Grüppchen Leute – die Frau mit den Locken vom Abend zuvor, ein Schwarzer mit kurzen Dreadlocks und einem Hemd mit Kragen und ein Weißer mit Brille und Dreitagebart. Eine Frau mit rosa Haaren sitzt auf dem Schoß einer anderen Frau mit rasiertem Kopf und riesigen Ohrringen. Sie sind mitten in einem Pokerspiel, scheinen im Moment jedoch Angie spannender zu finden.

»Das hier ist … Angie«, sagt Justin.

Ein Chor aus »Hi, Angie«, »Schön, dich kennenzulernen« und »Willkommen in der Sycamore-Lounge« erhebt sich.

Angie winkt unsicher in die Runde.

»Kann ich dir irgendwas anbieten? Hast du Hunger? Hab ich dich das schon gefragt?«

Justin blickt Angie an. Angie blickt sich um. Ob ihr Vater auch irgendwo hier ist, dort um die Ecke? Vielleicht ist er ja kurz ins Bad gegangen?

»Entschuldige«, sagt Justin. »Das ist einfach so was von krass … na komm, wir gehen mal in die Küche.«

Sie folgt ihm in die Küche, wo es schwach nach gebratenem

Steak riecht, und setzt sich zögerlich an einen Holztisch, während Justin Cola in ein Einmachglas gießt und es ihr reicht.

»Wohnst du hier in L.A.?«

»Nein, ich … ich wohne ich Albuquerque … mit meiner Mom.«

Sie hält inne, sucht in seinem Gesicht nach einer Reaktion und meint, eine kurze Grimasse zu erkennen, bevor es gleich wieder ausdruckslos wird. »Ich bin mit einem Freund hier. Zu Besuch. Ich – ich hab dein Video zu ›Some Dreamers‹ gesehen«, erklärt Angie. »Da hab ich deinen Namen erkannt und – und irgendwie wusste ich einfach, dass du es bist. Ich fand es toll. Ehrlich, richtig super.«

Er lächelt. »Danke.«

»Woran arbeitest du denn gerade?«, fragt Angie und wischt sich die verschwitzten Handflächen an der Hose ab, im Versuch, etwas wie Normalität herzustellen – als wären sie einfach zwei Menschen, die sich unterhalten.

»Ach, an verschiedenen Projekten. Gerade bin ich beim Schnitt für ein Video zum neuen Fly-Boys-Song. Und dann bereite ich einen Kurzfilm vor, den ich im Herbst drehen will.«

»Cool.«

»Ja …« Justin verstummt und plötzlich sitzen sie beide schweigend da. »Tut mir leid, ich hab keine Ahnung, wie man sich in solchen Momenten verhält. Ich … puh. Ich wünschte, ich hätte schon früher von dir gewusst.«

»Geht mir genauso«, sagt Angie leise.

»Und deine Mom?«, fragt Justin nach einem Augenblick. »Wie geht es ihr?«

»Ähm. Ganz gut.«

Angie greift in ihre Handtasche und zieht das Foto von Marilyn und James am Strand hervor. Sie reicht es Justin, in der

Hoffnung, damit eine Brücke zu den Fragen zu schlagen, die sie sich nicht zu stellen traut.

»Oh Mann, wow. Das ist jetzt echt irre. Das Foto hab ich gemacht.«

»Ehrlich?«

»An meinem zwölften Geburtstag … Wer hätte gedacht, dass sich eines Tages die Tochter der beiden das Bild ansehen würde?« Sein Blick sucht Angies. »Marilyn hat mich damals zur Fotografie gebracht. Ich hab sie nicht mehr gesehen, seit … tja. Ich war damals noch ein Kind. Aber sie ja auch mehr oder weniger …«

»Justin?«

»Ja?«

»Mein Dad – ist er auch hier? In L.A.?«

»Was?«

Auf einmal sprudelt es aus Angie heraus. »Also, ich dachte ja eigentlich, er wäre bei einem Autounfall gestorben, aber dasselbe hat meine Mom auch von dir behauptet, darum – ich meine, wenn sie in der Hinsicht gelogen hat, dachte ich, könnte es doch sein, dass mein Dad auch noch am Leben ist.«

Sie starrt auf ihre im Schoß gefalteten Hände, unfähig, Justin in die Augen zu sehen.

»Ach, Angie. Er lebt nicht mehr. Er ist schon vor deiner Geburt gestorben. Ich glaube, er wusste nicht mal … dass er eine Tochter bekommen würde.«

Mit einem Mal ist Justins Wohnung die eines Fremden – die benutzte gusseiserne Pfanne in der Spüle, der dumpfe Geruch von Marihuana, das Gelächter von nebenan, die Glühfadenlampe, die in ihrem Käfig über ihr baumelt.

Was hat sie sich überhaupt dabei gedacht?

Warum ist sie hergekommen? Jetzt blickt sie Justin an, Justin, der aussieht wie ihr Vater, Justin, der aussieht wie sie und zugleich wie ein Fremder.

»Tut mir leid«, flüstert sie, aus Angst, ihre Stimme könnte brechen, wenn sie zu laut spricht. »Das war eine dumme Idee. Ich – ich muss gehen.« Sie steht auf.

»Angie, warte.« Er folgt ihr aus der Küche. »Lass uns doch – willst du drüber reden?«

»Nein, nein danke.«

»Wie bist du denn hergekommen?«

»Mit dem Auto. Tut mir echt leid, ich wollte nicht stören«, murmelt sie.

Ohne sich noch einmal umzudrehen, stürmt sie die Treppe hinunter und tritt hinaus in den schwülwarmen Abend. Auf dem Gehweg angekommen, fängt sie an zu rennen. Sie kann nicht wieder ins Auto steigen. Kann nicht zurück zu Miguel fahren und Sam gegenübertreten, nicht jetzt. Sie rennt, verschrammt sich ihre Ballerinas am Asphalt, rennt blind durch die dunkle Wohngegend, durch die Gerüche nach Blumen und Zigaretten, Mülltonnen und Grillfleisch, die Luft schwer vom fernen Meereswasser. Sie rennt über Risse im Boden, vorbei an Stoppschildern, ohne anzuhalten.

Sie war so kurz davor, ist so weit gekommen. Sie hat gewusst, *gespürt*, dass er gleich um die Ecke sein würde. Aber am Ende bleibt doch nur das, was sie ihr Leben lang gewusst hat: *Er ist tot.* L.A. ist nichts als eine Stadt, in der vor mehr als siebzehn Jahren ihr Vater ums Leben gekommen ist. *Er ist einer von hundertsieben Milliarden*, sagt sich Angie. *Einer von hundertsieben Milliarden toten Menschen. Er ist tot und war es schon bei meiner Geburt. Wir sind beide nichts als winzige Tropfen im Ozean der Menschheit, unsere Erde ist nichts als ein winziger Planet in einem gigantischen Sonnensystem, unser Sonnensystem nichts als eins von unzähligen Sonnensystemen, unser ganzes Universum vermutlich nichts als eins in einem Meer von Universen –*

»Angie!« Die tiefe Stimme kommt aus dem schwarzen Mustang, der vor ihr am Straßenrand hält. »Angie, bleib stehen!«

Doch Angie hört nicht. Sie rennt einfach weiter, an dem Auto vorbei.

»Verdammt! Angie!«

Angie will Justin nicht sehen, den Bruder ihres toten Dads. Sie schämt sich für ihre kindliche Naivität, einfach anzunehmen, sie könnte den Geist ihres Vaters plötzlich lebendig in Los Angeles vorfinden.

Plötzlich hört sie Schritte hinter sich, spürt Arme, die ihre Schultern ergreifen, sie bremsen. Starke Arme.

Arme wie die eines Vaters.

Und als Justin sie festhält, fängt sie an zu schluchzen.

»Komm mal her. Ist ja gut.« Er zieht sie an sich. So muss sich eine Umarmung von ihrem Dad angefühlt haben. Justin lässt sie in Ruhe weinen.

»Mensch, wo hast du denn so rennen gelernt?«, fragt er schließlich. »Du bist ja sauschnell.«

Angie sieht hoch und lacht unter Tränen.

»Ich dachte mir, ich kann doch meine Nichte nicht einfach wegrennen lassen, nachdem ich sie gerade erst kennengelernt hab, aber zu Fuß hätte ich keine Chance gehabt!«

»Du solltest mit dem Kiffen aufhören«, sagt Angie. »Dann wärst du schneller.«

Justin lacht. »Okay, tut mir leid, dass du das mitgekriegt hast. Wenn ich gewusst hätte, dass du kommst, hätte ich das natürlich … na ja, anders geregelt. *Du* solltest jedenfalls nicht kiffen, du bist ja noch minderjährig, aber ich bin schließlich erwachsen, und mein Arzt hat es mir verschrieben. So.«

Angie zieht die Augenbrauen hoch.

»Hör mal, ich weiß ja nicht, wie es bei dir aussieht, aber ich bin nach dieser Verfolgungsjagd am Verhungern. Warst du schon mal bei In-N-Out?«

»Nein.«

»Na dann nichts wie hin. Ich bin nicht dein Vater, aber soweit ich das überblicke, komme ich hier gerade einem Erziehungsberechtigten am Nächsten, darum bestimme ich jetzt einfach mal. Und ich garantiere dir, die beste Medizin für dich ist momentan ein Double-Double.«

»Okay«, entgegnet sie, »aber nur, weil du so ein cooles Auto hast.« Bevor er ihr die Tür öffnen kann, steigt sie ein.

Angie fällt das Versprechen ein, das sie ihrer Mom gegeben hat, und sie holt ihr Handy aus der Tasche. **Mir geht's gut**, tippt sie, und zum ersten Mal, seit sie hier in der Stadt angekommen ist, hat sie das Gefühl, es könnte wahr sein.

Angie sitzt auf dem Beifahrersitz von Justins Mustang vor In-N-Out Burger und hat ein Tablett auf dem Schoß. Darauf stapeln sich Animal Fries (vergraben unter einer dicken Schicht geschmolzenem Käse, Röstzwiebeln und Soße), ein Erdbeer-Schoko-Vanille-Milchshake und ein Double-Double (doppelt Fleisch, doppelt Käse), von dem sie gerade den letzten Bissen verputzt.

»Erzähl mal ein bisschen was von dir«, sagt Justin, der sich bereits über seinen zweiten Burger hermacht. »Wofür interessierst du dich so?«

Angie zuckt mit den Schultern. »Ich bin eigentlich ziemlich langweilig.«

»Quatsch. Niemand ist langweilig. Wir tragen jeder ein ganzes Universum in uns.«

»Okay, ähm … ich laufe gern.«

Justin muss lachen. »Ach nee.«

»Ich spiele Fußball. Und ich mag Musik. Und … und ich weiß noch nicht, was ich mal werden will, und das hier ist das erste Mal, dass ich New Mexico verlassen habe.«

»Und nach der Schule? Willst du studieren gehen?«

»Ich weiß noch nicht.«

Justin zieht die Augenbrauen hoch. »Besonders wild darauf wirkst du jedenfalls nicht.«

»Ach, mir kommt's nur so sinnlos vor. Es gibt mehr als sieben Milliarden Leute auf der Welt. Wir nehmen uns alle wer weiß wie wichtig, dabei sind wir in Wirklichkeit nur ein verschwindend geringer Bruchteil der gesamten Menschheit.«

»Denkst du viel über so was nach?«

»Ja«, gesteht Angie. »Na jedenfalls, selbst wenn man weiß, was man mit seinem Leben anstellen will, selbst wenn man einen großen Traum hat wie meine Mom früher, dann gibt's keine Garantie dafür, dass auch alles so kommt. Ich meine, sie wollte mal Fotografin werden, aber dann musste sie kellnern gehen und jetzt arbeitet sie bei einer Bank.«

»Und sie ist Mutter, nicht zu vergessen«, fügt Justin hinzu.

»Vielleicht wäre sie ja besser dran, wenn es nicht so wäre«, platzt es aus Angie heraus.

»Wie meinst du das?«

»Ich weiß, dass ich nicht geplant war. Niemand wird absichtlich mit siebzehn schwanger. Sie sagt immer, ich bin ihre größte Freude – aber wenn sie mich nicht hätte, dann hätte sie ja vielleicht ganz andere Freuden. Und wenn mein Dad nicht gestorben wäre, hätte sie vielleicht nicht das Gefühl gehabt, sein Kind behalten zu müssen.« Angie starrt aus dem Fenster. »Vielleicht gäbe es mich gar nicht, wenn mein Dad noch leben würde.«

Justin mustert sie eindringlich. »Hör mal, irgendwie sind wir doch alle durch Zufall auf der Welt. Vielleicht hast du recht – vielleicht wärst du nicht geboren, wenn James nicht gestorben wäre. Aber jetzt bist du eben hier. Als ein Mensch von über sieben Milliarden, okay, aber das war er doch genauso. Bedeutet das, sein Leben hat keine Rolle gespielt? Findest du, es ist egal, dass er viel zu früh gehen musste?«

»Nein. Natürlich nicht.«

»Ist er denn nicht auch nur ein verschwindend geringer Bruchteil der gesamten Menschheit?«, bohrt Justin nach.

Angie blickt ihn an. »Schon, aber …«

»Alles eine Frage der Perspektive, siehst du?«

»Stimmt.« Angie überlegt. »Wenn man die Welt von ganz Weitem betrachtet – wenn man im Maßstab eins zu sieben Milliarden denkt –, dann ist er unwichtig. Aber aus der Nähe betrachtet, aus der Sicht der Menschen, die ihn geliebt haben – denen hat sein Leben alles bedeutet.«

Justin nickt. »Und wir können nicht wissen, was er noch alles erreicht, welchen Einfluss er auf andere gehabt hätte …«

»Ja.« Angie nickt, während sie sich fragt, was sie wohl selbst mal erreichen wird.

»Du, es ist toll – sogar sehr beeindruckend –, dass jemand in deinem Alter so weit über den Tellerrand hinausschaut und sich nicht für den Mittelpunkt der Welt hält, aber denk hin und wieder auch mal daran, die Dinge aus der Nähe zu betrachten. Vieles von dem, was wirklich wichtig ist, steckt im Detail. Man muss immer mal verschiedene Blickwinkel einnehmen, damit man erkennt, wie klein und gleichzeitig monumental unser Leben ist. Verstehst du?«

»Mhmh.«

»Um ehrlich zu sein, hatte ich lange das Gefühl, ich könnte das Leben, das James nicht führen durfte, sowieso niemals ausgleichen. Ich war richtig sauer auf ihn, weil er nicht mehr da war. Nachdem ich so ziemlich alles in den Sand gesetzt hatte und fast von der Highschool geflogen wäre – nach jeder Menge Drogen- und Mädchengeschichten und was mir sonst noch eingefallen ist, um die Sache zu verdrängen –, da ist mir eins klar geworden. Man darf sich nicht selbst aus der Verantwortung ziehen. Es gibt einfach Wunden, die sich niemals schließen, und Verluste, die man nie akzeptieren kann. Aber das muss man als Antrieb nutzen, nicht als Ausrede dafür, es gar nicht erst zu versuchen. James' Leben ist vorbei, aber meins nicht. Wie kann ich es da einfach wegwerfen?«

»Darf ich dich was fragen?«

»Klar.«

»Was ist mit ihm passiert?«

Justin verzieht schmerzvoll das Gesicht. »Er ist nicht bei einem Autounfall gestorben. Ich weiß nicht, warum deine Mom dir das erzählt hat, das müsst ihr unter euch ausmachen. Du solltest mit ihr darüber reden.«

»Aber –« Angie fühlt eine Flamme in ihrer Brust aufflackern.

»Hey«, sagt Justin. »Atme mal tief durch.«

»Warum willst du mir nicht die Wahrheit sagen?«

»Ich sage dir doch die Wahrheit. Die Wahrheit lautet: Deine Mutter hat gelogen. Was mich übrigens auch sauer macht. Ich finde es völlig daneben von ihr, dich von mir fernzuhalten. Aber die Wahrheit ist eben auch, dass ich keinen Schimmer habe, wie das ist, ein Kind zu haben. Und dass ich mich nicht einmischen sollte. Es tut mir leid, dass du ohne Vater aufwachsen musstest und dass ich dich erst jetzt kennenlernen darf und dass du noch nicht alles über dich und deine Herkunft weißt – aber das kommt alles noch, okay?«

Angie starrt ihn an.

»Okay?«, fragt er wieder.

»Okay.«

»Ich hab so den Eindruck, als hättest du schon von klein auf gelernt, deine Gefühle zu unterdrücken, aber wenn ich dein Onkel sein soll, musst du versprechen, mir gegenüber immer ehrlich zu sein. Dann verspreche ich es dir andersrum genauso.«

»Okay.«

»Versprochen?«

»Versprochen.«

»Es ist in Ordnung, wenn du ausflippst, solange es dir hilft, weißt du? Meinetwegen kannst du mir die Hölle heißmachen, aber es wird nicht mehr weggerannt.«

»Ist gut.«

»Ich arbeite morgen in meinem Atelier in der Stadt, falls du mal vorbeikommen willst.«

»Das wäre toll.«

Justin verlässt den Parkplatz des In-N-Out und durchforstet sein Handy nach Musik, bis die ersten Töne von »DNA« erklingen. Er lächelt Angie zu. Sie erwidert das Lächeln, streckt den Arm aus dem Fenster und lehnt den Kopf an den Rahmen, sodass ihr die warme Brise ins Gesicht weht. Sie sieht hoch zu den Palmen vor dem dunklen Himmel, lässt zu, dass sämtliche Gedanken aus ihrem Kopf sickern, bis die Trauer um ihren verlorenen Vater immer mehr Raum einnimmt, sich in ihr ausbreitet, ihre Form verändert.

Als sie zurück in Miguels Apartment kommt, ist dort alles dunkel, nur die Lichter der Stadt werfen ihren schwachen Schimmer ins Wohnzimmer. Sam, der auf dem Boden neben dem Bettsofa schläft, regt sich kurz, sagt jedoch nichts. Angie zieht ihre Sneakers aus und legt sich ins Bett, atmet bemüht ruhig, als ließe sich alles, was zwischen ihnen schiefgelaufen ist, mit Stille reparieren.

Am nächsten Morgen wird Angie davon wach, dass Miguel Frühstück macht. Als Cherry in Schlaf-Shirt und Boxershorts hereinkommt, setzt sie sich auf.

»Kaffee?«

»Danke, nein«, antwortet Angie unsicher. »Wo ist denn Sam?«

»Laufen gegangen. Kommst du mit nach draußen?«

Angie tritt an den Rand des kleinen Balkons, während Cherry sich eine Zigarette anzündet. »Hör mal, Sam hat gefragt, ob du für den Rest der Woche bei mir wohnen kannst. Ich hab nichts dagegen.«

»Oh.«

»Tja, ich glaube, er braucht einfach … ein bisschen Abstand. Und für dich gilt das genauso oder so kommt's mir jedenfalls vor. Vielleicht musst du das mit deiner Familie erst mal allein verdauen. Ich find's nicht fair, ihn da reinzuziehen, solange du noch nicht bereit bist, Verantwortung zu übernehmen.«

»Verantwortung?«

»Er ist so ein lieber Kerl, Angie. Er hat jemanden verdient, der vorsichtig mit seinem Herzen umgeht.«

Bevor ihr eine Antwort einfällt, brummt Angies Handy. Eine

Nachricht von Justin: **Hey, Nichte. Willst du immer noch mit zum Atelier? Ich kann dich abholen oder wir treffen uns da.**

Angie sieht wieder Cherry an, ihr rotes Haar, das in der Morgensonne leuchtet, die Wimperntusche von gestern über ihre hellen Lider verschmiert, und sie spürt, wie sich alles in ihr anspannt, als balancierte sie über ein Drahtseil. »Okay«, sagt sie. »Dann wohne ich bei dir, wenn es dir nichts ausmacht. Danke für das Angebot.«

»Kein Problem.« Cherry drückt ihre halb gerauchte Zigarette aus. »Ich bin ja sowieso meistens hier, darum hast du die Bude für dich. Und Sam lässt dir ausrichten, dass du das Auto haben kannst.«

Angie nickt und nimmt Cherrys Wohnungsschlüssel mit dem Schmetterlingsanhänger entgegen. Drinnen sucht sie ihre Sachen zusammen und lehnt das Rührei ab, von dem Miguel ihr netterweise etwas anbietet. Sie sagt Tschüss, okay und vielen Dank und tritt hinaus in die Morgensonne. Auf dem Weg zum Auto antwortet sie Justin. **Ja, schreib mir einfach die Adresse, ich komme selbst.**

Als sie wieder aufsieht, fällt ihr Blick auf Sam, der gerade die Straße hochgejoggt kommt, das Gesicht sonnengerötet und schweißüberströmt. Als er sie sieht, wird er langsamer, obwohl er noch ein ganzes Stück zu laufen hätte. Sie winkt. Er nickt. Sie gehen aufeinander zu, bis sie sich nicht mehr ausweichen können.

»Hey«, sagt er.

»Hey.« Angie sieht ihn an, sucht nach der alten Vertrautheit, nach einem Riss in der Mauer zwischen ihnen. Aber er kommt ihr genauso fremd vor, wie sie es sich selbst gerade ist. Wann ist sie eigentlich zu einem Menschen geworden, der vor seinen Problemen wegrennt?

»Ich hab ihn gefunden«, sagt Angie. »Und kennengelernt.«

»Cool. Ist er nett?«, fragt Sam, und Angie hört einen Anflug von Wärme in seiner Stimme.

»Ja. Sehr. Aber mein Dad ist wirklich tot.«

Sam nickt nur. Angie starrt vor sich hin. Auf der anderen Straßenseite steht ein Obstwagen. Eine Frau kauft gerade einen Mangospieß für ihre Tochter, die sie im Bollerwagen hinter sich herzieht. Irgendetwas an ihren Bewegungen, an ihrem Lächeln, erinnert Angie an ihre eigene Mom.

»Ich geh dann mal rein, duschen«, sagt Sam. »Pass auf dich auf, ja?«

»Mach ich.«

»Bis dann.«

Als Sam davonjoggt, keimt plötzlich Reue in Angie auf, weil ihr klar wird, dass sie ihre Beziehung behandelt hat wie ein Zimmer, zu dem sie Sam immer wieder den Zugang verwehrt hat, je nachdem, wie es ihr gerade passte. Angie weiß selbst, dass das nicht fair ist, aber im Moment hat sie einfach nicht genug Kraft, um die Tür am Zufallen zu hindern.

Wieder brummt ihr Handy. Justin schickt die Adresse. **Pico Boulevard 984.**

Und so macht sie sich auf, weg von Sam und hin zu einer Version von Familie, die sie selbst noch nicht so recht begreift.

Nachdem Angie die Adresse zweimal überprüft hat, parkt sie vor einem Gebäude, das aussieht wie eine alte Lagerhalle. Sie geht hinein, bleibt stehen und zupft nervös an ihrem T-Shirt. Innen ist alles ultramodern: hohe Decke, Oberlichter und weiße Wände mit großformatigen Bildern von Gesichtern, die in dicke Farbschichten gekratzt wurden.

»Kann ich helfen?«, fragt eine Rezeptionistin mit lockigen Haaren, die eine Art lila Gymnastikanzug trägt und nicht viel älter sein kann als Angie.

»Ich möchte zu Justin. Justin Bell. Ich bin seine Nichte.« Ihr gefällt, wie das klingt. *Ich bin seine Nichte.*

Das Mädchen lächelt. »Stimmt, er hat schon erzählt, dass du kommst. Ich sage ihm Bescheid, dass du da bist.« Sie steht auf und verschwindet in einem Flur. Ihre niedrigen Absätze klappern über den polierten Betonboden.

Angie schlendert zur Wand, um sich die Gemälde aus der Nähe anzusehen.

»Die sind der Hammer, oder?«, fragt Justin, als er hinter ihr auftaucht.

»Total.«

»Ein Freund von der Kunsthochschule hat sie gemalt. Er und ich und noch ein paar andere teilen uns das Atelier. Wir haben hier unsere Büros, aber wir nutzen es auch als Ausstellungsraum oder für Lesungen, Konzerte und so weiter.«

»Das ist echt cool«, sagt Angie.

»Hier, ich wollte dir was zeigen.« Justin führt Angie in einen kleineren, abgeteilten Bereich. An den Wänden dort hängt eine

Sammlung von Fotos vor schwarzem Hintergrund – Justin am Strand mit einer Kapuze auf dem Kopf, Justin beim Wandern, Justin biertrinkend am Küchentisch, Justin auf dem Rücken in einem Pool treibend, Justin an eine Straßenlaterne gelehnt. Alle Bilder sind perfekt ausgeleuchtet und wunderschön, aber aus jedem der Bilder ist die Silhouette einer anderen Person ausgeschnitten. Etwas an dieser groben, schonungslosen Darstellung von Abwesenheit trifft Angie zutiefst – wie ein klaffendes Loch mitten in einem ansonsten ganz normalen Augenblick.

»Wow«, stößt Angie hervor. »Die sind ja genial.«

Justin lächelt. Ihre Meinung scheint ihm wichtig zu sein. »Danke. Diese Serie ist schon alt – das war meine Abschlussarbeit am College. Ich hab sie *Bruder* genannt.«

Nachdem er ihr alles gezeigt hat – unter anderem sein Büro, wo er gerade an den Storyboards für seinen neuen Film arbeitet, und den hübschen Garten hinter dem Haus –, erklärt Justin, es sei Zeit fürs Mittagessen. Und so machen sie sich auf den Weg durch die Straßen von L.A., vorbei an Hochhäusern und Autos im Stau, Miniläden mit billigen Leggings und vereinzelten Edelrestaurants, die wie willkürlich zwischen all das Chaos gequetscht wirken.

»Ich hab gestern mit meiner Grandma gesprochen und ihr von dir erzählt«, sagt Justin. »Ihr ist fast das Herz stehen geblieben vor lauter Aufregung. Ich dachte, wir könnten morgen mal zum Mittagessen zu ihr, falls du nichts anderes vorhast?«

»Na klar!«, sagt Angie. »Gibt es noch mehr Leute kennenzulernen?«

»Unsere Mom ist gestorben, als ich noch ein Baby war, und unser Grandpa vor ein paar Jahren … Dad lebt in Texas. Den kannst du sicher irgendwann kennenlernen, wenn du willst. Grandma Rose wirst du jedenfalls lieben.«

Angie hat noch nie eine Grandma gehabt. Dafür beschleicht sie nun ein schlechtes Gewissen angesichts ihrer Freude darüber, dass ihre Familie mit einem Mal aus mehr Menschen besteht als bloß ihrer Mom und ihr.

Sie erreichen den Grand Central Market, eine gigantische offene Markthalle voller Gerüche nach gegrilltem Fleisch, Pizza, chinesischer und mexikanischer Küche. Zwischen Obst-, Gemüse- und Gewürzständen stehen kleine Tische, an denen man sein Mittagessen verzehren kann. Justin und sie setzen sich an die Theke von seinem Lieblingsimbiss, Belcampo Meat Co., und er bestellt Burger für sie beide.

»So lecker«, nuschelt Angie mit vollem Mund.

»Sie singen den Kühen was vor, bevor sie sie schlachten, flüstern ihnen ins Ohr und so. Darum ist das Fleisch so gut.«

Angie prustet los.

»Oh Mann, du klingst genau wie er«, sagt Justin. »Dasselbe Lachen. Verrückt.«

Angie verstummt. »Glaubst du – an den Himmel oder irgendwas in der Art?«, fragt sie nach einer Weile über den Lärm hinweg.

»Ich glaube, dass es vieles gibt, was über unseren Horizont geht. Wenn ein Himmel existiert, dann reicht unsere Vorstellungskraft dafür ganz sicher nicht aus. Ich hoffe eher, dass die Menschen, die wir verloren haben, jetzt ein Teil des großen Ganzen sind – von Luft und Himmel, bis rauf zu den Sternen –, und dass James und ich eines Tages aus derselben Materie gemacht sind …«

Angie lächelt. »Ja. Das ist eine schöne Vorstellung.«

»James hat immer gesagt, unsere Mom würde von oben auf uns runterschauen. Wenn ein Kolibri ans Fenster kam, hat er behauptet, sie hätte ihn geschickt, um nach uns zu sehen. Er war total wild auf diese Vögel – hat nie vergessen, den Nektarspender nachzufüllen.«

Angie denkt an den Kolibri vom Tag des Einzugs in ihr neues Haus und hört die Stimme ihrer Mom – *Das ist ein Zeichen.*

»Woran ich am ehesten glaube, sind Geister«, sagt Angie. »Ich meine, nicht wie in einem Spukhaus, sondern auf die Art, dass jedes vergangene Leben weiterhin Teil unserer jetzigen Welt ist – als wären da Rückstände von Energie. Schließlich ist alles, was wir heute haben, geerbt – unsere Sprache, unsere Länder, sogar unsere Gene … Aber auch Sachen, die man nicht so leicht benennen kann. Ich glaube, wir tragen alle die Geister der Menschen mit uns herum, die vor uns da waren …«

Justin mustert sie einen Moment lang. »Du bist so ein kluges Mädchen. Kaum zu glauben, dass du erst siebzehn bist.«

Angie grinst runter auf ihren Teller. »Danke.«

»Selbst wenn du noch nicht genau weißt, was du mal werden willst, vielleicht wäre das ja ein Anfang – was du da gerade beschrieben hast, ist der Stellenwert der Vergangenheit in unserer Gesellschaft. Warum machst du daraus kein Forschungsprojekt und versuchst, so viel wie möglich darüber in Erfahrung zu bringen, was du von diesem Land, von deinen Vorfahren, von den Jahrhunderten der Menschheit geerbt hast? Mach das Unsichtbare sichtbar. Erzähl die Geistergeschichten. Das ist das, was die Leute brauchen.«

»So wie du es mit deiner Kunst machst.«

»Ja, irgendwie schon. Ich gebe mir zumindest Mühe.«

»Mit dir kann man gut reden«, sagt Angie.

Tatsache ist, dass sie noch mit niemandem so reden konnte wie mit Justin.

»Mit dir auch«, erwidert Justin. »Es gibt zu viel Schreckliches auf der Welt, als dass ich wirklich glauben könnte, dass alles aus einem Grund passiert, aber wenn, würde ich sagen, du bist hergekommen, weil es mir vorbestimmt war, dir zu begegnen.«

Angie lächelt.

»Jedenfalls«, fährt Justin fort, »wollte dein Dad auch so was studieren. Geschichte.«

»Geschichte? Ehrlich?«

»Yep. Lass uns gleich mal zu mir fahren. Ich hab ein paar Bücher, die du dir leihen kannst.«

»Okay.«

»Wo wohnst du gerade überhaupt?«, fragt er.

»Ähm, eigentlich bei meinem Exfreund und seinem Cousin, aber wir haben uns gestritten, darum schlafe ich wohl heute Nacht bei der Freundin seines Cousins.«

»Nix da, kommt gar nicht infrage. Du kannst bei mir bleiben.«

»Im Ernst?«

»Na sicher, Kleine. Du gehörst schließlich zur Familie.«

»Ta-Nehisi Coates musst du auf jeden Fall lesen«, erklärt Justin, als sie den letzten Block zu ihm nach Hause laufen. »Der veranschaulicht unglaublich gut, wie wichtig Geschichte für das Verständnis unserer heutigen Zeit ist. Vor ein paar Jahren hat er ein Essay veröffentlicht, ›Plädoyer für Reparationen‹. Es geht darum, dass wir, wenn wir als Nation zusammenwachsen wollen, endlich unsere gemeinsame Biografie thematisieren müssen. Nicht nur die Sklaverei, sondern auch die Rassentrennung und so weiter –«

Mit einem Mal bleibt Angie wie angewurzelt stehen. Justin dreht sich zu ihr um und folgt ihrem Blick ein Stück die Straße hinunter.

Dort, auf der Motorhaube ihres Autos unter einer Platane, sitzt ihre Mom und blickt ihnen entgegen. Sie trägt Jeans, ihr T-Shirt von der Montezuma-Grundschule und hat das lange blonde Haar zum Pferdeschwanz gebunden. In dieser fremden Umgebung wirkt sie furchtbar jung und verletzlich, beinahe so verloren wie ein kleines Mädchen an seinem ersten Schultag.

»Mom?«, hört Angie sich mit bebender Stimme fragen. »Was machst du denn hier?«

»Ich hatte Sehnsucht nach meinem Mädchen«, antwortet Marilyn.

Und im nächsten Moment hat sie Angie in die Arme geschlossen und drückt sie viel zu fest an sich. Sie riecht nach Paul Mitchell Awapuhi Shampoo, nach Waschmittel, nach Ostersonntag und dem vierten Juli, nach Filmabenden und Aufstehen vor Sonnenaufgang. Das Kind in Angie will sich für immer und ewig an seine Mutter schmiegen, während ein anderer Teil sie von sich stoßen und die neue Angie in ihrer eigenen Welt sein will, Angie in L.A.

Als Marilyn sie schließlich loslässt, dreht Angie sich zu Justin um, der sie stumm beobachtet. Dann trifft sein Blick Marilyns, und es ist, als ballten sich in ihrer beider Augen Sturmwolken zusammen, kurz vor der Entladung.

»Na, wenn das nicht Miss Mari Mack ist.«

»Jus – du bist so – so erwachsen.«

»Du auch.«

»Du siehst aus – wie er ausgesehen hätte …« Marilyn hebt die Hand, als wollte sie ihm über die Wange streichen, aber Justin weicht einen Schritt zurück.

»Es gibt nicht einen Tag, an dem ich nicht an dich gedacht habe«, flüstert Marilyn.

Er starrt sie bloß an.

»Es tut mir leid«, sagt Marilyn. »Ich musste – ich musste einfach gehen.«

»Was soll ich sagen? Du hast eine tolle Tochter. Irgendwas musst du also richtig gemacht haben.« Seine Stimme ist straff gespannt wie ein Bogen, aber der Pfeil wird nicht abgeschossen. Er legt den Kopf schief, sieht kurz Angie an und geht.

Angies Herz fängt an zu pochen, ihr Atem wird flacher, während Justin in seiner Wohnung verschwindet. Sie will ihm nachlaufen, ihn anflehen zu bleiben. Justin ist *ihre* Entdeckung, ihr Onkel. Was, wenn ihre Mom ihn jetzt verscheucht hat?

Angie sieht Marilyn an, die reglos dasteht und Justin mit unverstellter Miene nachblickt.

»Wie hast du uns gefunden?«, fragt Angie.

»Dein Handy war aus, also hab ich Sam angerufen. Der hat mir diese Adresse gegeben.«

»Oh.«

»Na komm. Steig ein.«

»Ich bin mit Sams Auto hier. Ich weiß, du bist sicher sauer auf mich, und das ist auch dein gutes Recht, aber ich kann noch nicht weg aus L.A. Das geht einfach nicht.«

»Steig ein. Ich sag's nicht noch mal.« Angie kann sich nicht erinnern, dass ihre Mom jemals in diesem Tonfall mit ihr gesprochen hätte.

Jedenfalls nicht, seit Angie ein kleines Mädchen war, das nicht ins Bett wollte.

»Du hast mir gar nichts vorzuschreiben. Nicht, nachdem du mich mein Leben lang belogen hast«, entgegnet Angie.

»Bitte, Angie. Mir fällt das hier auch nicht leicht.«

»Wieso bist du dann überhaupt hergekommen?«

»Weil du meine Tochter bist und ich dich liebe. Ich wollte nicht, dass du das hier allein durchmachen musst.«

»Ich war ja nicht allein. Ich hatte Justin. Meinen Onkel. Du weißt schon, der, von dem du mir erzählt hast, er wäre tot.«

Marilyn stockt. »Ich hatte viel Zeit auf der Fahrt durch die Wüste, und da habe ich überlegt, wie ich am besten … Ich dachte, ich zeige dir einen Ort, den deinen Dad sehr mochte – ich dachte –«

»Na schön. Dann los.« Angie steigt ins Auto und knallt die Tür hinter sich zu.

Marilyn setzt sich ans Steuer, lässt den Motor an und fährt schweigend los.

Während sie sich in den zähen Verkehr Richtung La Brea einreihen, starrt Angie aus dem Fenster auf die Cafés und Schuhgeschäfte, die Yogastudios und die Restaurants, vor denen Leute mit Weingläsern sitzen.

»Die Stadt hat sich verändert«, bemerkt Marilyn, als wäre dies der richtige Moment für lockeres Geplauder. »Und auch wieder nicht. Dieses Licht hier hat irgendetwas an sich. Und die Palmen tauchen immer noch in meinen Träumen auf …«

Angie sieht rüber zu ihrer Mom, die das Lenkrad zu fest umklammert.

»Als du plötzlich verschwunden warst, war ich wütend, und ich hatte schreckliche Angst um dich. Du hast mir furchtbar gefehlt … Dann wollte ich mir die Fotos aus meiner Schublade ansehen, aber sie waren weg. Und als ich die Abbuchungen der Telefonauskunft auf deiner Kreditkartenabrechnung gesehen habe, wurde mir klar, dass du hierhergefahren sein musstest, um nach Justin zu suchen. Ich wünschte, du hättest es mir erzählt, Angie. Warum hast du denn nichts gesagt?«

»Was glaubst denn du? Ich hab dir nicht getraut.«

Marilyn tritt hart auf die Bremse, als ein Audi ihnen die Vorfahrt nimmt und links abbiegt. »Mir ist klar, dass das schwer zu verstehen ist«, sagt sie dann, »aber ich – ich wollte dich nur beschützen.«

»Und wovor genau? Denkst du nicht, es hätte mir gutgetan, einen Verwandten zu haben, der dieselbe Hautfarbe hat wie ich? Denkst du nicht, es wäre schön gewesen, mit einer Art – tja, keine Ahnung, *Vaterfigur* aufzuwachsen, wo ich doch schon keinen Dad hatte? Ich hätte mein Leben lang einen Onkel Justin haben können.«

Marilyn wendet den Blick nicht von der Straße. Jemand hupt, als sie auf die rechte Spur wechselt. »Angie, ich –«

»Du hast mich belogen! Über eins der wichtigsten Themen überhaupt!«

»Du hast recht, ich bin sicher nicht perfekt, aber ich habe mein Bestes getan! Und das versuche ich immer noch!« Marilyn fährt rechts ran und wischt sich die Augen, während der Verkehr an ihnen vorüberbraust.

»Ich kann dich nichts fragen und über nichts mit dir reden, weil du immer sofort anfängst zu weinen«, stößt Angie hervor.

Eine Weile starrt Marilyn bloß nach vorn durch die Windschutzscheibe, während ihr weiter Tränen über die Wangen strömen. »Ich wollte dir eine Welt schaffen, in der du dich sicher fühlen kannst, in der alles Böse ganz weit weg ist. Ich wollte nicht, dass du mit dem Schmerz aufwächst, den ich damals gespürt habe, mit dieser Wut. Ich dachte, wenn ich diese Last allein trage, müsstest wenigstens du nicht darunter leiden.«

Angie weiß, dass sie die Wahrheit erfahren muss, wenn sie nicht für immer Geistern nachjagen will.

»Was ist damals passiert?«, fragt sie, und die Worte fühlen sich glühend heiß in ihrem Mund an. »Wie ist mein Dad gestorben?«

……

Ich finde, wir sind gut beraten, die flüchtige Bekanntschaft mit den Leuten, die wir damals waren, zu pflegen, mögen wir sie nun für nette Gesellschaft halten oder nicht. Sonst tauchen sie unangemeldet auf und überraschen uns, hämmern in einer schlimmen Nacht morgens um vier an die innere Tür und wollen wissen, wer sie im Stich gelassen, wer sie betrogen hat, wer es wiedergutmacht.

Marilyn sitzt da, kurz vor der Auffahrt zum Highway 10 – der Autobahn zum Meer, die sie und James so oft genommen haben –, und erinnert sich an das Zitat aus ihrem geliebten Joan-Didion-Buch, an die Worte, die sie damals dazu gebracht haben, die Türen zu ihrem Inneren zu öffnen und ihn einzulassen.

Die Siebzehnjährige, die sich vor all den Jahren in James Alan Bell verliebt hat, die Fotos mit der Kamera schoss, die er ihr geschenkt hat, die oben in den Hügeln des Runyon Canyon ihre Jungfräulichkeit an ihn verloren hat, die Pläne für ihre gemeinsame Zukunft geschmiedet hat … dieses Mädchen hämmert hartnäckig an die Tür zu Marilyns Herzen, seit Marilyn damals Los Angeles verlassen hat und durch die Wüste davongefahren ist.

Marilyn blickt ihrer und James' Tochter ins Gesicht und entdeckt darin zum ersten Mal das Ich, das sie damals hier zurückgelassen hat. Wenn sie Angie verstehen will, das wird Marilyn nun klar, muss sie dieses Mädchen akzeptieren, ihr siebzehnjähriges Ich, von Kummer gezeichnet, von Schuldgefühlen erstickt. Sie muss lernen, es so zu lieben wie ihre Tochter, wenn sie nicht beide auf einen Schlag verlieren will.

Also fängt Marilyn an zu erzählen. Sie erzählt Angie die Geschichte, die sie noch niemandem anvertraut hat, seit in jener Nacht vor all den Jahren ihr ganzes Leben aus den Fugen geriet.

MARILYN

James und Justin singen auf dem Rückweg vom Strand zu »Rosa Parks« im Radio mit. Die Musik hat eine überschäumende Energie, und Marilyn merkt, wie sie anfängt mitzuwippen, lockerer zu werden, leichter, beinahe zu schweben. Doch als sie vor dem Haus halten, holt der Anblick von Woody, der auf der anderen Straßenseite aus seinem Pick-up steigt, sie unsanft auf den Boden der Tatsachen zurück. James legt ihr die Hand aufs Knie und sieht ihr in die Augen. *Keine Sorge* vermittelt er ihr, ganz ohne Worte. Justin, der nicht ahnt, dass irgendwas nicht in Ordnung sein könnte, springt aus dem Wagen.

Marilyn ermahnt sich im Stillen, dass es nicht zählt, was Woody denkt. In ein paar Monaten wird sie hier weg sein. Was soll er ihr schon anhaben können? Sie nimmt ihre Kamera – Justin hat viel fotografiert, und es sind nur noch wenige Bilder auf dem Film übrig – und folgt James zu seiner Wohnungstür.

»Wo willst du hin, verdammt noch mal?« Woody ist hinter Marilyn aufgetaucht und packt sie beim Arm, sein Gesicht knallrot vor Wut oder Alkohol oder vermutlich beidem. Sie hasst es, dass ihre Stimme versagt.

»Es gibt gleich Essen, mein Bruder hat Geburtstag«, antwortet James ihm. Marilyn sieht, wie seine Muskeln sich anspannen, wie die Kampflust in ihm hochkocht. Justin ist schon drinnen.

»Du musst oben Ordnung machen«, sagt Woody zu Marilyn. »Komm.«

»Sie kommt jetzt nicht mit rauf.« James macht einen Schritt auf ihn zu. »Und wenn Sie sie noch einmal schlagen«, fügt er leise hinzu, »dann überleben Sie das nicht.«

Marilyn sieht es wild in Woodys Augen aufblitzen, doch sie fühlt sich geschützt durch James' feste Stimme. Was zählt, sind James und die Liebe zwischen ihnen; nicht Woody. Bevor Woody reagieren kann, reißt Marilyn sich von ihm los und verschwindet mit James in der Wohnung.

Dort holt sie tief Luft und schwört sich, den Vorfall nicht Justins Geburtstag verderben zu lassen. James, dessen Hand noch immer in ihrem Kreuz liegt, steuert sie zur Couch und bringt ihr ein Glas Wasser. Sie riecht den Schokokuchen, der gerade frisch aus dem Ofen kommt. Und es gibt Käsemakkaroniauflauf, Justins Lieblingsgericht. Sie singen noch mal alle zusammen »Happy Birthday«, Justin pustet seine Kerzen aus und macht Geschenke auf. Marilyn schenkt ihm ein selbst gemachtes Fotobuch, in das sie Kopien ihrer Lieblingsbilder geklebt hat, mit genügend Platz, um seine eigenen hinzuzufügen. Über sich hört sie die Schritte ihrer Mutter, die von der Arbeit zurück zu sein scheint. Doch sie weiß, dass Sylvie nicht nach ihr suchen wird, nicht mehr. Mittlerweile behandelt sie Marilyn wie einen Schatten, eine Marilyn-Imitatorin, die sie an ihre längst verlorene Tochter erinnert. Als es Zeit wird, nach Hause zu gehen, bietet James an, sie nach oben zu begleiten, aber Marilyn will Woody nicht noch weiter provozieren oder Sylvies leise Kommentare hören. Sie hofft einfach, dass die beiden schon schlafen oder zu betrunken sind, um irgendetwas mitzukriegen.

In der Wohnung ist es dunkel – kein einziges Licht brennt –, also wartet Marilyn kurz, bis ihre Augen sich an die Dunkelheit gewöhnt haben, bevor sie erleichtert in ihr Zimmer schlüpft. Erst als sie unter der Decke liegt und langsam wegdämmert, hört sie, wie sich ihre Tür öffnet, und herein kommt, nein *taumelt*, Woody.

»Was fällt dir ein, mich so zu blamieren, nach allem, was ich für dich getan hab.«

Marilyn will aufstehen, doch Woody schubst sie zurück, mit einer Kraft, von der sie nicht geahnt hat, dass sie in ihm steckt. Am meisten Angst aber macht ihr sein Blick: der unbändige Zorn darin, als verkörperte sie plötzlich alles, worüber er keine Macht hat.

»Mom!«, ruft sie, aber in der Wohnung regt sich nichts. »Mom!«, schreit sie lauter. Nichts. Warum kommt Sylvie nicht? Ist sie zu betrunken, oder schläft sie zu tief, oder ist sie noch mal ausgegangen, wie so oft in letzter Zeit? Was, wenn sie gar nicht da ist?

»James!«, schreit sie aus dem offenen Fenster in die Nacht hinaus, ein Schrei, der ihr förmlich die Brust aufschlitzt, bevor Woody ihr das Kissen mit dem ausgeblichenen »Mein kleines Pony«-Bezug aufs Gesicht presst. Sie holt mit dem Knie nach ihm aus, aber trifft nicht. Sie gräbt die Fingernägel in seine Haut. Er soll bluten.

»Mit diesem Theater ist jetzt Schluss, kapiert? Ein für alle Mal. Wird Zeit, dass du ein bisschen Disziplin lernst.«

Er hebt das Kissen, und sie ringt nach Luft, dann drückt er es wieder runter. Sie versucht verzweifelt, bei Bewusstsein zu bleiben, doch sie spürt bereits, wie sie ihren Körper verlässt und davondriftet.

Ein Hämmern an der Tür holt sie zurück.

»Mari!«, ruft James.

Sie reißt erneut das Knie hoch, diesmal mit Erfolg. Als Woody von ihr herunterkippt, springt sie auf und rennt zur Tür.

»Alles okay?« James zieht sie an sich.

Doch Woody ist direkt hinter ihr und krallt die Hand in ihr Haar.

James verpasst Woody einen Fausthieb ins Gesicht, woraufhin er loslässt. Marilyn stürzt zum Telefon und wählt den Notruf. Es ist purer Instinkt, das Einzige, was man im Angesicht der Katastrophe tun soll, wie sich ihr durch zahllose Übungen in ihrer Kindheit tief ins Gedächtnis geprägt hat. Sie redet hastig: »South Gramercy Place 1814, erster Stock, bitte kommen Sie schnell.«

Als sie auflegt und sich umdreht, hat James Woody im Schwitzkasten und versucht, ihn in Schach zu halten. Doch Woody zieht mit der freien Hand ein Springmesser aus der Tasche und rammt es James in den Bauch.

»Lass ihn los!«, schreit Marilyn, reißt eine Tischlampe aus der Steckdose und rennt damit auf die beiden zu.

James lockert seinen Griff und stößt Woody nach hinten, wobei die Klinge aus seinem Bauch gleitet, doch Woody stürzt sich gleich darauf auf Marilyn.

James wirft sich dazwischen und ringt Woody zu Boden, versucht, ihn festzuhalten, aber Woody sticht verzweifelt mit seinem Messer um sich. In der Ferne heulen Sirenen. *Beeilt euch*, fleht Marilyn im Stillen.

Endlich gelingt es James, Woody das Messer zu entreißen.

In dem Moment stürmen zwei Polizisten mit gezogenen Waffen durch die Tür. Marilyn sieht James an – der Schweiß lässt sein makelloses Gesicht im Dämmerlicht glitzern, sein Atem geht rau, und er zittert vor Wut und Adrenalin, in der Hand Woodys Messer.

Die Polizisten hat er noch gar nicht registriert.

Ein Schuss spaltet die Welt, dann noch einer. Marilyn rennt zu James, der plötzlich auf dem Boden liegt. Sie schlingt die Arme um ihn, zieht ihn an sich. Er setzt sich nicht auf, gibt keinen Ton von sich. Er ist so schwer wie sonst nur, wenn er sich aus Spaß nicht von der Couch hochziehen lässt. »James!« Sie schreit zu laut und doch nicht laut genug. Er ist tot.

ANGIE

Angie durchlebt die Panik ihrer Mom, die Angst, die sich bis in ihr Innerstes gräbt, das Gefühl, keine Luft zu bekommen. Sie sieht mit an, wie Marilyn sich zusammenkrümmt und den Kopf aufs Lenkrad legt, ihr Atem flach und hastig.

»Mom«, sagt Angie, und es klingt wie ein Kind. Sie legt die Hand auf Marilyns, verschränkt die Finger mit ihren, hält sie verzweifelt fest, versucht, sie zu sich zurückzuholen.

Marilyn ringt nach Luft, tiefer diesmal. Sie atmet aus, und Angie spürt, wie ihr Griff fester wird.

»Angie. Es tut mir leid. So furchtbar leid. Es tut mir so leid, dass ich an dem Abend die Polizei gerufen habe.«

Das Gewicht dessen, was ihre Mutter ihr erzählt hat, lastet auf Angie wie ein Fels, der nie zerbrechen wird, der störrisch auf seiner eigenen, absoluten Schwerkraft beharrt.

»Mom«, sagt Angie wieder, aber dann weiß sie nicht weiter.

An der Tankstelle gegenüber betankt ein Mann seinen grünen Range Rover. Vor dem Drive-in-Schalter von Carl's Jr. wartet eine Autoschlange. Ein Mann an der Ecke hält ein Schild in den Händen: OBDACHLOS UND HUNGRIG, DANKE FÜR IHRE HILFE, GOTT SCHÜTZE SIE.

Die Wahrheit über den Tod ihres Vaters ändert nichts daran, dass Angie nie erfahren wird, wie sich seine kratzigen Bartstoppeln auf ihrer Wange anfühlen, dass sie niemals mit ihm chinesisch essen oder laufen gehen, seine Hand in ihrer spüren, die Form ihrer eigenen Augen in seinem Gesicht wiedererkennen wird. Ihn »Ich liebe dich« sagen hören wird.

An diesen Tatsachen hat sich nichts geändert. Er ist nicht mehr da.

Und Angie weiß noch immer nicht, womit ihre Geschichte ihren Anfang nimmt. Mit den unsichtbaren Vorfahren, den Geistern hinter ihr? Mit einer Romanze in Los Angeles zwischen dem Jungen und dem Mädchen vom Foto? Mit einem Mord. Mit einer alleinerziehenden Mutter, die rund um die Uhr arbeitet und sie trotzdem in den Schlaf singt. Mit einer Geste, einem Traum, einem Flüstern.

Angie denkt an die Gedichtzeilen, die Sam ihr vorgelesen hat – wie lauteten die noch gleich? *Du kannst die Vergangenheit nicht hinter dir lassen. Sie liegt in dir begraben, sie hat dein Fleisch zu seiner eigenen Schublade gemacht.*

Denn genauso ist es, oder? Das Leben ihres Vaters, die Umstände seines Todes – das alles ist in ihr gespeichert.

Na also: ein Anfang. Voller Wut zwar, voller Zerstörung, voller Schmerz. Aber immerhin real.

MARILYN

Ihr Körper begreift lange vor ihrem Gehirn, was los ist. Ständig ist ihr übel, sie fühlt sich benommen und schwach, aber sie lauscht noch immer nach seiner Musik, wartet darauf, dass er nach Hause kommt. Dabei liegt sie auf einem harten Motelbett und die einzigen Geräusche ringsum sind das sterile Rauschen der Autobahn und das Klackern der Eismaschine. Drei Wochen sind seither vergangen.

Sylvie hat ihre Habseligkeiten zusammengerafft und ihnen ein Motelzimmer in Orange County gebucht, als könnten sie die Zeit zurückdrehen und die sieben Monate in L.A. einfach auslöschen. Sie fasst Marilyn mit Samthandschuhen an, wie aus Angst, sie zu zerbrechen (Erkennt sie denn nicht, dass Marilyn längst zerbrochen ist?), schüttelt ihre Kissen auf, streicht ihr über die Stirn, lässt sie nur allein, um zur Arbeit oder an freien Tagen Wohnungen besichtigen zu gehen. Bei ihrer Rückkehr erzählt sie fröhlich von Pools, zartgelben Wänden und Kücheninseln.

Weder Sylvie noch Marilyn selbst wollen daran denken, dass sie eigentlich wieder zur Schule müsste; obwohl es bis zu ihrem Abschluss nur noch drei Monate sind, erscheint er plötzlich unwichtig. Marilyn wünscht sich, sie wäre mit James gestorben. Die Trauer ist unerträglich, der Schmerz nicht zu beschreiben.

Schluchzend hat sie den Ermittlungsbeamten ihre Aussage zu Protokoll gegeben: *James hat nichts getan, das Messer hatte er Woody abgenommen. Er wollte mich vor ihm beschützen, er hat niemanden bedroht.* Doch der Polizist, der geschossen hatte, wurde nach drei Wochen Suspendierung von jeglicher Schuld freigesprochen. Woody hat eine Anzeige wegen Körperverletzung bekommen, oder zumindest hat sie das gehört, und bei der Verlesung der Anklage wurde verfügt, dass er keinerlei Kontakt zu ihnen aufnehmen darf. Sylvie hat nicht bei Rose und Alan angerufen und nach der Beerdigung gefragt; Marilyn genauso wenig, weil sie sich nicht imstande fühlt, ihnen gegenüberzutreten. Die Schuld wiegt schwerer als sie und zieht sie immer wieder unter Wasser.

Tagsüber füllen die Seifenopern ihrer Kindheit die Stille des schummrigen Motelzimmers. Vielleicht hofft Sylvie, dass sie den Kummer ihrer Tochter lindern können, so wie sie es einst bei ihr selbst getan haben, aber Marilyn starrt nur stumpfsinnig auf die bewegten Bilder.

Sie übergibt sich morgens, mittags, abends. Immer wieder glaubt sie, James' Stimme zu hören. Doch sie wird ihr bereits fremd, wie ein Echo, das verändert wieder zurückkehrt. Als ihre Periode ausbleibt, fällt es ihr nicht auf, nicht sofort jedenfalls, aber nach ein paar Wochen kommt ihr eine Ahnung. Nachdem Sylvie zur Arbeit gefahren ist, zieht sie sich an und verlässt das Motel.

Die Sonne draußen ist zu hell, macht sie wütend. Wie kann sie einfach weiterscheinen, als wäre nichts passiert? Marilyn läuft über zwei Parkplätze, bis sie endlich eine Drogerie findet. Ohne die Blicke der Leute in der Schlange hinter ihr zu beachten, verlangt sie einen Schwangerschaftstest.

»Das macht sieben fünfundachtzig«, sagt die Kassiererin.

Am liebsten würde sie es laut herausschreien: *Er ist tot!*

Die Kassiererin starrt sie an. »Alles okay?«

Wortlos schiebt Marilyn das Geld über die Ladentheke und nimmt den Test mit ins Motel.

Er ist positiv.

Sie hatte noch nicht darüber nachgedacht, welches Ergebnis sie sich erhoffen soll, doch das blassrosa Pluszeichen lässt einen

Funken in ihrer Brust aufglimmen – ein Licht, das den trüben Nebel durchdringt.

Als Sylvie an jenem Abend nach Hause kommt, eröffnet Marilyn ihr ohne Umschweife: »Ich bin schwanger.«

Sylvie erstarrt für einen kurzen Moment – die schmalen Lippen geöffnet, die Augen zu weit aufgerissen. Marilyn rechnet beinahe damit, dass sie aufschreit, aber dann bekommt Sylvie ihr Gesicht wieder unter Kontrolle, setzt sich neben ihre Tochter aufs Bett und streichelt ihr den Kopf. »Keine Sorge, Liebes. Wir suchen uns jemanden, der sich drum kümmert. Mach dir keine Gedanken.«

Marilyn schiebt das Kinn vor. Zum ersten Mal seit James' Tod kehrt ihr Kampfgeist zurück; sie hat jetzt etwas, das ihren Schutz braucht.

Sylvie sieht ihren trotzigen Blick. »Ach, Marilyn, nein, du willst doch wohl – Schatz, du kannst es nicht behalten. Das geht nicht. Ich weiß, wie sehr du gerade leidest, aber noch hast du die Chance, das alles hinter dir zu lassen.«

»Ich will das Baby, Mom.«

Jetzt tritt Panik in Sylvies Blick. »Marilyn, Liebes, ich wollte es dir eigentlich erst erzählen, wenn es dir besser geht, aber ich habe mit Ellen gesprochen, und du hast mit der Levi's-Werbung ganz schön für Aufsehen gesorgt. Da sind jede Menge neue Interessenten. Du bist noch so jung, du hast dein ganzes Leben noch vor dir. Die Zukunft, von der wir immer geträumt haben, ist endlich da. Jetzt wird alles gut.«

Marilyn wendet sich ab und lässt sich zurück aufs Kissen sinken.

»Hättest du doch nur auf mich gehört«, seufzt Sylvie nun. »Wenn du dich von ihm ferngehalten hättest … dann wäre das alles nicht passiert. Darum hör wenigstens jetzt auf mich, mein

Schatz. Du bist gerade nicht in der Verfassung, solche Entscheidungen selbst zu treffen.«

Marilyn schließt die Augen und gestattet ihrem rastlosen Geist, den Raum zu verlassen. Was soll sie tun? Wo soll sie hin? Bei ihrer Mom kann sie nicht bleiben, so viel steht fest. Nein, sie muss raus aus dieser Stadt. Ganz neu anfangen. Mit ihrem Baby.

Marilyn wiegt ihre Mutter in Sicherheit, indem sie ihr erlaubt, für sie einen Arzttermin zu vereinbaren. Am nächsten Tag, während Sylvie bei der Arbeit ist, fragt Marilyn den Geschäftsführer des Motels – einen schmierigen Typen, der ungeniert den Blick an ihr herabwandern lässt – nach dem Weg zur nächsten Bank. Die eineinviertel Meilen geht sie zu Fuß. Das Honorar von Levi's ist mittlerweile auf dem neu eingerichteten Konto angelangt und bald werden die Tantiemen folgen. Sie lässt einen Scheck über die Hälfte auf Sylvies Namen ausstellen. Marilyns Anteil reicht aus, um von hier zu verschwinden und sich über Wasser zu halten, bis sie einen Job gefunden hat.

Auf dem Rückweg zum Motel sieht sie einen alten Dodge mit einem »Zu verkaufen«-Schild in der Heckscheibe, nicht rot wie der von James, sondern weiß. Dennoch betrachtet sie es als Zeichen. Eine Stunde später überreicht sie einem freundlichen älteren Paar aus Mexiko ein Bündel Bargeld im Austausch für den Autoschlüssel und fährt zur Drogerie. Im Stillen dankt sie James für all die Fahrstunden.

Sie gibt die Filmrolle mit den Bildern von Justins Geburtstag ab, zahlt die fünf Dollar extra für die Express-Entwicklung und streift dann so lange ziellos durch die klimaanlagenkalten Gänge, bis die Fotos fertig sind. Im Auto öffnet sie den Umschlag und sieht sich die Fotos an. Das letzte zeigt sie und James, beide lächelnd, ihr Kopf auf seiner Schulter, sein Arm um ihre Taille.

Sie bricht in verzweifeltes Schluchzen aus.

Ein Vogel hebt von einer Telefonleitung ab. Eine Palme wiegt sich im Wind. Goldenes Sonnenlicht glitzert auf der Windschutzscheibe. Eine Mutter tritt mit ihrer Tochter an der Hand aus der Drogerie. Die Welt erscheint zu leer und gleichzeitig zu voll, alles ist zu grell und unerträglich nah. Als sie wieder Luft bekommt, legt Marilyn sachte und zögerlich die Hand auf ihren Bauch. Sie erwartet sein Baby. Das Einzige, was ihr von ihm bleiben wird.

Sie durchsucht die Negative nach dem Foto von James und ihr, geht damit zurück in die Drogerie und bittet die Frau hinter der Fototheke um einen weiteren Abzug, den sie in ihre Handtasche steckt, für jenen fernen Tag in der Zukunft, an dem sie ihnen beiden wieder ins Gesicht sehen kann.

......

Am nächsten Tag, nachdem Sylvie zur Arbeit gefahren ist, packt Marilyn im frühmorgendlichen Nebel ihre Sachen in den weißen Dodge. Sie legt den Scheck auf die Kommode und eine Nachricht daneben. *Es tut mir leid, Mom, aber ich kann nicht hierbleiben. Wenn du eine Wohnung findest, hinterlass die Adresse bitte an der Motelrezeption, dann kann ich dort danach fragen. Ich schreibe dir. Hab dich lieb. Marilyn.*

Während die Sonne erste Löcher in die Wolkendecke sengt, nimmt sie die 405 in Richtung Gramercy Place. Sie verlässt die Autobahn und biegt vom Washington Boulevard links ab. Autos hupen. Ihre Hände fangen an zu zittern. Sie fährt nach rechts, erreicht ihr altes Viertel, aber wie können die Straßen – die Stadt, der Himmel? – ohne ihn noch dieselben sein?

Marilyn legt die Hand auf ihren Bauch, um sich ihr Vorhaben vor Augen zu rufen. Dann huscht sie schnell zur Wohnungstür von James' Familie, in der Hand ein Päckchen mit der Kamera, Justins Fotos und einem Zettel:

Justin, es gibt keine Worte dafür, wie leid es mir tut. Diese Kamera gehört jetzt dir – bitte mach weiter mit dem Fotografieren. Ich muss hier weg und auch das tut mir leid. Vielleicht sehe ich deine Bilder eines Tages in einer Zeitschrift oder lese davon, dass sie in einer Galerie ausgestellt werden, und dann werde ich unendlich stolz auf dich sein. Das bin ich jetzt schon. Und ich weiß, dein Bruder ist es auch.

Deine Marilyn

Sie legt das Päckchen unter den Briefkasten. Und da sieht sie ihn hervorlugen. Einen Umschlag von der Columbia University. Einen dicken, fetten Umschlag, wie man ihn nur bekommt, wenn man angenommen wurde. James hat es geschafft. Marilyns Herz fängt an zu klopfen. Sie rennt zu Woodys Briefkasten, wo sich die Post der letzten Wochen stapelt, und entdeckt den an sie adressierten Zwilling des ersten Umschlags. Sie lässt die Finger darübergleiten – ihre Fahrkarte in die Zukunft, die ihr und James gehören sollte. Die Zukunft, die sie gemeinsam hätten erleben sollen.

Von Verzweiflung getrieben, läuft sie zurück zum Auto, lässt den Motor an und fährt los, sucht sich einen Weg durch das Labyrinth der Stadt, immer weiter, bis ins Land der Einkaufszentren und Palmen, hinter dem sich die weite Wüste ihrer Kindheit erstreckt.

ANGIE

Justin öffnet Angie und Marilyn die Tür. »Wow, ihr zwei seht aus, als hättet ihr einen harten Nachmittag hinter euch.«

Die beiden nicken nur.

»Hast du's ihr erzählt?«, wendet sich Justin an Marilyn. Marilyn nickt erneut.

»Habt ihr Hunger?«, fragt er. »Ich dachte, ich koche uns was.« Seine Stimme klingt rauer als gewohnt.

»Das wäre toll, danke.« Marilyns Antwort ist kaum lauter als ein Flüstern. Angie folgt ihrer Mom, die nun zaghaft die Treppe zur Wohnung hochsteigt und auf Zehenspitzen über den knarzenden Dielenboden geht. Es scheint, als wollte sie sich ganz leicht machen und nur ja keinen Raum einnehmen.

Sie haben es nie bis zu dem Ort geschafft, den Marilyn ihr zeigen wollte, und irgendwann beschloss Angie, Justin um Hilfe zu bitten. Sie schrieb ihm und fragte, ob sie und ihre Mom beide bei ihm übernachten könnten.

Und so sitzen sie nun an Justins Holztisch, während er Steaks aus dem Kühlschrank holt und Zwiebeln, Paprika und Süßkartoffeln auf die Arbeitsplatte packt. Nach ein paar Augenblicken steht Marilyn auf und legt ihm, noch immer befangen, die Hand auf die Schulter. »Kann ich helfen?«

»Klar.« Er tritt zur Seite, um ihr Gemüse und Schneidebrett zu überlassen, und verschwindet nach nebenan. Als er zurückkommt, folgt ihm James Browns Stimme. Marilyn hebt den Blick und starrt aus dem Fenster, vorbei an dem kleinen Kaktus auf der Fensterbank, vorbei am Zickzack-Gewirr der Telefonleitungen, bis zum Hollywood-Schriftzug vor dem Hintergrund der Santa

Monica Mountains. Justin stellt den Herd an, gibt Angie ebenfalls ein Schneidebrett und bittet sie, die Kartoffeln zu würfeln. Langsam wird es warm in der Küche, und die Luft ist voller Essensdüfte und Musik: *Try me, try me* ... Angie erkennt den Song vom Mixtape und wirft ihrer Mom einen Blick zu, doch Marilyn ist noch immer weit weg.

······

Hier in Justins Küche, während ihr vom Zwiebelschneiden die Augen brennen, kann Marilyn sich kaum noch an das Motel erinnern, in dem sie und Sylvie gewohnt haben, an die Drogerie, das Paar, das ihr den weißen Dodge verkauft hat. Woran sie sich erinnert, ist das Gefühl, ein Kind in sich zu tragen, ein Kind, das keinen Vater haben würde.

Und sie erinnert sich an Sylvies Worte: »Hättest du doch nur auf mich gehört …«, als wäre Marilyn ganz allein an allem schuld. Sie erinnert sich daran, wie Sylvies Worte ihr auch in der Weite der Wüste keine Ruhe ließen. Sie erinnert sich daran, wie sie dachte, wenn James sie nie kennengelernt hätte, dann hätten seine Großeltern heute noch zwei Enkel und Justin einen Bruder. Dann hätte James noch sein Leben.

Sie erinnert sich an das Gefühl, mit all der Ungerechtigkeit, der Schuld und dem Schmerz allein fertigwerden zu müssen.

······

Aber Angie hat auch so ihren Anteil an Ungerechtigkeit geerbt, an Vaterlosigkeit, hat Brutalität und Gewalt erfahren. Marilyn hat ihr dieses Erbe nicht anhängen wollen, sondern versucht, sie dagegen abzuschirmen, aber Angie hat ein Recht darauf. Das begreift sie jetzt, sosehr ihr die Wahrheit auch die Sprache verschlägt, so verloren sie sich auch fühlt.

Eingerollt in einen Schlafsack auf Justins Couch fängt sie an, die Blätter an der Platane vor dem Fenster zu zählen – ein alter Trick, der ihr, wie sie hofft, beim Einschlafen hilft.

Marilyn, die mit ihrer Luftmatratze neben Angie liegt, setzt sich auf und kramt in ihrem Koffer. Schließlich findet sie ihr zerlesenes Exemplar von »Das weiße Album« und zieht ein zusammengefaltetes Blatt Papier daraus hervor.

»Ich wollte dir das hier geben.«

Angie erkennt die Handschrift ihrer Mutter, wenn auch etwas schnörkeliger, etwas mädchenhafter als gewohnt, auf einem Motel-6-Schreibblock. Im Mondschein liest sie:

Du hast noch keinen Namen, kein Geschlecht. Du bist jetzt so groß wie eine Himbeere, bewegst deine winzigen Ärmchen und Beinchen, entwickelst Geschmacksknospen. Du bist das Einzige, was in mir noch am Leben ist.

Manchmal wenn ich morgens aufwache, habe ich es für einen Sekundenbruchteil vergessen. Dann ist die Sonne einfach nur die Sonne, die auf meine Haut fällt, und ich weiß, ohne bewusst daran zu denken, dass er unten liegt und schläft. In diesem Sekundenbruchteil ist er noch hier und wir sind verliebt und gehen bald zusammen aufs College.

Aber dann holt mich die Wirklichkeit ein und der Schlag trifft mich jedes Mal wieder mit voller Wucht.

Mit Tränen in den Augen renne ich ins Bad, um mich zu übergeben. Ob aus Kummer oder weil ich schwanger bin, weiß ich nicht.

Du bist der Teil von ihm, der weiterleben wird. Ich trage dich in mir, und wir lassen all das Unaussprechliche hinter uns, den

Treibsand, der mich in die Tiefe zu ziehen droht, und werden zu etwas völlig Neuem. Ich genauso wie du. Wir beide gemeinsam. Morgen bringe ich dich an den Ort aus meiner Erinnerung, dorthin, wo ich Kind war. Ich verfolge meinen Weg durch die Wüste zurück und bringe dich dorthin, wo ich geboren wurde. Und auch wenn wir nur zu zweit sind, verspreche ich dir ein Zuhause; zusammen sind wir eine Familie. Ich verspreche, dir alles beizubringen, was ich weiß, darüber, was noch gut und schön ist auf dieser Welt. Ich verspreche dir, dich für immer und ewig und von ganzem Herzen zu lieben.

Er hat sich eine Tochter gewünscht, irgendwann. Sie sollte den Namen seiner Mutter bekommen. Wenn du ein Mädchen wirst, nenne ich dich Angela.

Die Leute denken immer, Geister gäbe es nur nachts, aber die Toten verfolgen uns jederzeit, selbst an strahlend schönen Sommertagen. Zumindest hat Angie dieses Gefühl, als sie auf dem Rücksitz von Justins Mustang sitzt und hinaus auf den Gramercy Place blickt, in den sie gerade einbiegen. Im Hintergrund erheben sich Palmen, gebeugt im Wind. Als Justin vor Nummer 1814 hält, erkennt Angie die Eingangsstufen vom Foto ihrer Mutter. Im Vorgarten werfen Orangenbäume ihre Schatten auf den vertrockneten Rasen, auf dem ein Dreirad steht. Hundertsieben Milliarden Leben haben diese Erde verlassen, und die Spuren der Toten sind überall, selbst wenn sie für uns unsichtbar sind.

»Da wären wir«, sagt Justin.

Marilyn ist bleich, und ihre Augen sind weit aufgerissen, als sie hinaus in die schwülwarme Luft treten. »Wir haben oben gewohnt«, murmelt sie auf dem Weg durch den Vorgarten. »Ich konnte ihn hören. Jeden Abend habe ich auf seine Musik gelauscht.«

Dann erreichen sie die Eingangstür. Angie sieht sich nach ihrer Mom um. Marilyn starrt auf einen Kolibri-Nektarspender, der an einem Haken unter der Dachrinne hängt und mit seinen verblassten roten Blüten auf Gäste wartet.

Justin klopft und die Tür geht auf. Nachdem Angies Augen sich von der hellen Sonne auf das Halbdunkel des Hauses umgestellt haben, erkennt sie ein faltendurchzogenes Gesicht, schimmernde Augen, zu Zöpfchen geflochtenes Haar. Die kleine alte Dame trägt ein geblümtes Kleid und große goldene Ohrringe.

»Hallo, Grandma«, sagt Justin und gibt ihr einen Kuss auf die Wange.

»Ich hab dir eine Überraschung mitgebracht.« Mit großer Geste deutet er auf Angie.

»Hallo«, sagt Angie, aber bevor das Wort auch nur ganz über ihre Lippen ist, zieht Rose sie schon mit ihren dünnen und dennoch erstaunlich kräftigen Armen an sich. Sie duftet nach Rosenwasser und, etwas schwächer, nach heißem Öl, Knoblauch und Thymian.

»Meine Kleine. Da bist du ja.« Sie hält Angies Hand fest und mustert ihr Gesicht. »Du siehst ihm so ähnlich.«

Angie dreht sich zu Marilyn um, die ein paar Schritte hinter ihnen zurückgeblieben ist und schweigend zusieht. Sie weiß, dass dieser Ort für ihre Mom von Geistern bevölkert ist, nicht nur von James', sondern auch von dem des Mädchens, das sie einmal gewesen ist.

»Hallo, Rose«, flüstert Marilyn – auf die Art, die nicht als Flüstern geplant war, aber trotzdem so herauskommt.

Doch Rose sieht Marilyn nicht an, stattdessen richtet sich ihr Blick auf einen unbestimmten Punkt in der Ferne. »Na dann. Kommt rein«, sagt sie schließlich und vermeidet noch immer den Augenkontakt mit Marilyn.

Sie folgen Rose in die Wohnung, wo Justin bereits auf der Couch sitzt. Angie betrachtet die Wände mit den vielen Fotos, die hübschen Glaslampen, die dicken Vorhänge mit dem Blumenmuster, riecht das Hähnchen im Backofen. Sie kann all die Erinnerungen in diesen Räumen so deutlich spüren, als wären es ihre eigenen.

»Hier hat sich gar nichts verändert …«, sagt Marilyn.

»Sie will ums Verrecken nicht hier weg«, erklärt Justin. »Ich hab schon versucht, sie zum Umziehen zu bewegen, aber in dem

Punkt schaltet sie komplett auf stur, stimmt's, Grandma?« Rose runzelt nur die Stirn und verschwindet in der Küche.

Angie folgt ihrer Mom, die zur Wand geht, um sich ein Foto anzusehen: Justin als Baby und ihr Dad als kleiner Junge, der breit grinsend seine perfekten Zähne zeigt, neben ihm eine strahlend schöne Frau in einem roten Kleid – sie hat dasselbe Lächeln.

»Das ist sie. Deine Grandma«, sagt Marilyn zu Angie.

Angie betrachtet die Frau auf dem Bild. Sie erinnert sich, wie sie vor gar nicht langer Zeit Angelas und Roses Namen auf einer Website angegeben hat. Daran, wie sehr sie sich danach gesehnt hat, mehr über die beiden zu erfahren, und wie wenig real sie ihr gleichzeitig vorkamen, als stammten sie aus einem Märchen, aus einer Vergangenheit, zu der sie nie Zugang finden würde. Und jetzt sind sie plötzlich hier: Rose, die sich mit einem Tablett voller Limonadengläser nähert, und Angela auf dem Foto – Mutter und Tochter, Angies Großmutter und Urgroßmutter. Frauen, in denen sie sich selbst wiedererkennt.

»Gibt es noch mehr Bilder?«, fragt Angie Rose.

Roses Gesicht verzieht sich zu einem Grinsen. »Was für eine Frage.« Sie verschwindet kurz, bevor sie mit einem Stapel Fotoalben zurückkommt, der ihr fast bis über den Kopf reicht.

Marilyn sieht zu, während Angie sich zwischen Rose und Justin auf die Couch setzt und anfängt, die Alben durchzublättern. Angies Dad als Kind auf dem Arm seiner Mutter. Er und Justin, verkleidet als Ninja Turtles.

Die Alben führen sie immer weiter rückwärts in der Zeit, bis sie schließlich zu einem Bild von Angela als kleinem Mädchen gelangen, barfuß und lächelnd vor einem Haus im ländlichen North Carolina. Angela auf Alans Schoß. Ein Schulfoto, das Angela mit Zöpfen und einem fehlenden Schneidezahn zeigt.

Rose und Alan am Tag ihrer Hochzeit. Eine Schwarz-Weiß-Aufnahme von Rose als hübschem Teenager. Und schließlich die kleine Rose mit ihrer Familie: Vater, Mutter und drei Brüder, die sich alle zusammen auf einer Holzveranda drängen.

»Die sind ja unglaublich«, sagt Angie zu Rose. »Ich will alles wissen – über deine Kindheit, wie du aufgewachsen bist und, und, und …«

Ihre Urgroßmutter tätschelt ihr das Bein. »Ich erzähle dir alles, was du wissen willst, meine Kleine. Aber jetzt essen wir erst mal.«

Rose lehnt Justins Hilfe ab, als sie langsam Schüsseln mit Hähnchen und Reis auf den Tisch stellt.

»Es ist köstlich, Rose«, sagt Marilyn. »Schmeckt … genauso wie in meiner Erinnerung.«

Rose nickt nur.

»Ja, total lecker«, versucht Angie, das Schweigen zu füllen. »Danke.«

Rose lächelt Angie zu. »Gerne doch, Liebes.«

Tatsächlich schmeckt es wie bei ihrer Mom. Hähnchen mit Reis – das gab es oft, als Angie noch klein war.

»Deine Urgroßmutter hat mir das Kochen beigebracht«, sagt Marilyn. Sie schenkt Rose ein Lächeln, aber diese erwidert es nicht.

Von oben hört man das Getrappel kleiner Füße und gedämpftes Lachen.

»Da oben wohnen jetzt zwei total süße Kinder«, erklärt Justin.

Marilyn nickt. »Wo – wo ist denn Alan?«

»Er ist gestorben«, sagt Justin. »Vor zwei Jahren. Herzinfarkt.«

»Oh nein.«

»Ja, zu schade«, sagt Rose und sieht Marilyn vielsagend an, »dass er seine Urenkelin nie kennengelernt hat.«

»Tut mir leid«, stößt Marilyn heiser hervor. Sie steht auf und wendet sich ab, wischt sich die Augen. Angie ist kurz davor, ebenfalls ihren Stuhl zurückzuschieben und zu ihrer Mom zu gehen, doch da setzt Marilyn sich wieder und blickt Rose an. »Tut mir leid«, wiederholt sie. »Ich weiß, ich hätte schon längst den Mut haben sollen, dir das zu sagen. Aber –«

»Sie haben meinen Jungen getötet. Und du bist einfach verschwunden. Als wäre dir alles egal. Als wären *wir* dir egal. Und dann hast du uns auch noch verschwiegen, dass er eine Tochter hat?«

»Ihr wart mir nicht egal, ihr wart alles für mich. Aber ich wusste einfach nicht, wie ich euch noch unter die Augen treten sollte, nach dem, was passiert war. Ihr musstet mich doch hassen …«

»Ich gebe dir nicht die Schuld an seinem Tod, Marilyn. Aber als wir ihn verloren haben, haben wir alles verloren. Wie konntest du uns da auch noch verlassen?«

Einen Augenblick lang blickt Marilyn sie nur erstaunt an. »Du hast recht, das hätte ich nicht tun sollen. Aber es tat einfach zu weh«, sagt sie leise. »Ich dachte, der Schmerz verschlingt mich –«

»Das ging uns allen so.«

»Ich hab gedacht, ich müsste ganz neu anfangen, um die Kraft zu finden, Mutter zu sein –«

»Nur weil man etwas ignoriert, heißt das nicht, dass es verschwindet. Und deiner Tochter Lügengeschichten zu erzählen, hat niemandem geholfen. Sie ist nicht bloß dein Kind, sondern auch das ihres Vaters. Ich sehe ihn in ihrem Lächeln. Höre ihn in ihrer Stimme. Sie hätte im Schoß seiner Familie aufwachsen sollen. Du hättest sie uns nicht vorenthalten dürfen, wir hätten dir helfen können.«

»Da hat sie recht, Mom«, sagt Angie.

Marilyn wendet sich Angie zu und ihr Gesicht scheint zu Scherben zu zerfallen.

»Das heißt nicht, dass du keine großartige Mom bist … ich wünschte nur, wir hätten über diese Sachen miteinander reden können. Ich wünschte, du hättest das alles nicht vor mir geheim gehalten.«

Marilyn atmet zittrig ein und legt den Kopf in den Nacken. Vielleicht erlebt sie gerade ein inneres Erdbeben. »Seit damals«, sagt sie und ihr Blick sucht wieder Angies. »Seit damals musste ich immer daran denken, dass du in einer Welt aufwächst, die uns deinen Dad genommen hat und die nie auch nur die Verantwortung für seinen ungerechten Tod übernommen hat. Irgendwie wollte ich dich vor dieser Realität bewahren. Ich dachte, ich würde dich dadurch schützen, aber jetzt wird mir klar, dass ich vor allem mich selbst schützen wollte – vor meinem Kummer, meiner Schuld.

Rose, du hast jedes Recht, wütend auf mich zu sein. Aber selbst wenn du mir nicht verzeihen kannst – ich bin hergekommen, um euch um Hilfe zu bitten, dich und Justin. Bitte seid für meine Tochter da. Mir ist klar, dass ich es vermutlich nicht verdient habe, aber ich bitte euch dennoch, mich wieder in eurer Familie aufzunehmen.«

Angie greift unter dem Tisch nach Marilyns Hand und verschränkt die Finger mit ihren, während sie inständig hofft, dass Rose Ja sagen wird, sowohl um ihrer selbst als auch um ihrer Mutter willen.

»Also ich bin dabei«, bricht Justin das Schweigen und legt Angie die Hand auf die Schulter. »Auf keinen Fall verpasse ich noch mehr Zeit mit meiner Nichte.«

»Gut«, sagt Rose schließlich und dann: »Na komm her.« Marilyn geht zu ihr und legt die Arme um sie – erst zögerlich, dann aber klammert sie sich an ihr fest wie an einem Rettungsring. Angie kann dabei zusehen, wie ihre Mom zum Kind wird, das in den

Armen ihrer Urgroßmutter weint, und sie weiß, dass diese Tränen anders sind als zuvor: Sie sind eine Erlösung.

……

Eine Stunde später sitzen sie zu viert auf der Veranda und sehen dem Nachbarsjungen zu, der mit seinem Dreirad auf dem Rasen im Kreis fährt. Rose erzählt, wie sie als Teenager Alan kennengelernt hat: im Lebensmittelladen, wo er als Kassierer arbeitete. Wie er ihr jede Woche ein Karamellbonbon unter ihre Einkäufe schmuggelte.

»Schaut mal!«, ruft Angie plötzlich. Ein Kolibri nähert sich dem Nektarspender. Seine Flügel flattern so schnell, dass sie in der Luft verschwimmen, und er scheint direkt zu ihnen herüberzublicken. Ein Strahlen tritt in Marilyns Gesicht, als der Vogel näher kommt und kurz den Kopf schief legt, bevor er wieder Richtung Himmel verschwindet.

Als Angie auf Justins Couch aufwacht, liegt die Luftmatratze ihrer Mom bereits platt und zusammengefaltet auf dem Boden neben ihr. Aus der Küche zieht der Duft nach Rührei und Kaffee herüber und sie hört die Stimmen von Justin und ihrer Mom. Angie geht zu ihnen und sieht, wie Justin Marilyn eine alte Kamera reicht.

Marilyn hebt sie langsam vors Gesicht und guckt durch den Sucher. »Das war ein Weihnachtsgeschenk«, erklärt sie an Angie gewandt. »Von deinem Dad.«

»Und dann hat deine Mutter mir die Kamera gegeben, vor langer Zeit«, sagt Justin. Er blickt Marilyn an und fügt hinzu: »Sechs Jahre hab ich gebraucht, bis ich sie benutzen konnte. Ich war so wütend über James' Tod. Und auf dich, weil du einfach verschwunden warst. Und auf deinen Onkel natürlich und den Polizisten, der einen unschuldigen Jungen erschossen hat. Ich war so voller Wut, dass ich fast daran kaputtgegangen wäre.«

Marilyn sieht ihm in die Augen, nickt.

»Zwischenzeitlich war ich echt am Boden. Hätte beinahe die Schule geschmissen. Irgendwie dachte ich wohl, wenn James nicht aufs College gehen durfte, dann stünde mir das auch nicht zu. Dann kam mein achtzehnter Geburtstag, und ich saß hier bei Grandma rum, komplett im Arsch. Ich musste immer an den letzten glücklichen Geburtstag denken, an den ich mich erinnern konnte. Das war damals, als ich mit dir und James am Strand war und die Fotos gemacht habe. Und da hab ich unters Bett gegriffen und zwischen ein paar schmutzigen T-Shirts lag die Kamera. In dem Moment, als ich durch den Sucher geguckt habe, da … da hatte ich zum ersten Mal das Gefühl, wieder richtig atmen zu können. Ich hab so viel fotografiert, wie ich konnte, war jeden Tag im Museum. Im Jahr darauf hab ich mich an der Kunsthochschule in Rhode Island beworben und wurde genommen.«

»Ich musste neulich daran denken, wie ich dir damals auf dem Pier zugesehen habe – ich war so stolz auf dich. Tja, und jetzt … Ich hab dein Video gesehen. Es ist unglaublich geworden. Genau, wie ich gehofft hatte – oder nein, noch viel besser.«

»Ich hab immer noch eine Menge zu lernen. Aber was ich eigentlich sagen wollte, ist: Selbst wenn irgendwo tief in mir noch dieser Zwölfjährige steckt, der wütend auf dich war, weil du ihn im Stich gelassen hattest – diese Kamera hat mir das Leben gerettet, und dafür bin ich dir dankbar. Ich bin jetzt bereit, sie dir zurückzugeben. Und ich wette, diese Marilyn, die ich mal kannte – die mit ihren verrückten imaginären Fotos und die so viel in allem sah: Ich wette, die gibt es immer noch und sie wartet nur darauf, dass du sie rauslässt.«

»Danke«, sagt Marilyn.

Angie mustert ihre Mom, die die Kamera sorgfältig in ihrem Rucksack verstaut, und versucht, das Mädchen zu erkennen, das Justin in ihr sieht.

Dann wendet Marilyn sich an Angie: »Na los, zieh dir was an. Wir haben eine Menge vor heute.«

……

In der Bibliothek zeigt Marilyn Angie den Tisch, an dem James und sie damals zum Lernen saßen, und die Bank draußen, wo sie abends »Stunde der Bestie« gelesen haben. Sie gehen sich am Imbisswagen James' Lieblingstacos holen und setzen sich zum Essen in den Elysian Park. Denn schließlich sind es nicht die Details über James' Tod, sondern die über sein Leben, all die Geschichten über ihre gemeinsame Zeit, die Angies Dad ausmachen.

In den nächsten Tagen besuchen Angie und Marilyn zusammen ein paar Universitäten: die USC, die UCLA und das Occidental College, das sich als Angies Favorit herausstellt. Sie kann sich schon beinahe dort sehen, zwischen den weißen Gebäuden mit den roten Dächern, den violett blühenden Bäumen und den vielen anderen Studierenden, die im Herbst, wenn die Uni wieder losgeht, den Campus bevölkern werden. An den Wochenenden könnte sie zu Justin, der gerade mal eine halbe Stunde entfernt wohnt.

Sie könnte Rose besuchen und mit ihr zu Abend essen. Während sie vor einem der vielen Cafés auf dem Gelände stehen, beschließen Marilyn und sie, das College mit auf die Bewerbungsliste zu nehmen.

Als sie am Abend am Runyon Canyon wandern, denkt Angie an ihren und Marilyns Campingurlaub vor Jahren – daran, wie sie den Kopf aus dem Autofenster gesteckt und lauthals zu ihrer Kinder-CD mitgesungen hat. Tagsüber haben sie den Wald erkundet, nachts unter freiem Himmel vor dem Zelt gelegen und Sternschnuppen gezählt. Ihr fällt wieder ein, dass sie nach dem Urlaub nicht in ihre alte Wohnung zurückgekehrt, sondern in eine neue, kleinere gezogen sind. Sie erinnert sich, wie ihre Mom verkündete, sie würden zu einem Abenteuer aufbrechen, und wie sie angesichts des bis unters Dach vollgeladenen Autos witzelte, jetzt hätten sie wohl alles, was nötig sei, um in der Wildnis zu überleben.

»Weißt du noch, damals als wir nach Sangre de Christos gefahren sind?«, fragt Angie.

»Ja«, sagt Marilyn.

»War der wirkliche Grund dafür, dass wir aus unserer Wohnung rausmussten?«

»Ja.«

»Das wusste ich nicht. Ist mir gerade erst klar geworden.«

»Die neue Bleibe hat uns Manny besorgt. Das Mietshaus gehörte einem Freund von ihm. Ich hatte damals keine Ahnung, was wir machen sollten.«

»Du musst ja solche Angst gehabt haben … und ich hab nichts davon mitbekommen. Dieser Urlaub ist eine meiner glücklichsten Erinnerungen«, sagt Angie.

»Angst hatte ich schon«, antwortet Marilyn, »aber trotzdem denke ich gern daran zurück. An deinen staunenden Blick. Für dich war die ganze Welt voller Wunder. Das war richtig ansteckend.«

»Hast du –«, fängt Angie an und hält dann inne. »Hast du dir je gewünscht, du hättest kein Kind?«

»Angie, nein, auf keinen Fall! Wie kommst du denn auf so was? Dich bekommen zu haben, ist so ziemlich die einzige Entscheidung, die ich nie im Leben bereuen könnte.«

»Aber meinetwegen konntest du nicht auf die Columbia gehen oder Fotografin werden oder dich mal mit einem Mann treffen. Du durftest nie machen, was du wolltest.«

»Na ja, noch hab ich ja ein bisschen Zeit.« Marilyn lächelt. »Und ich würde dich gegen nichts im gesamten Universum eintauschen. Nicht mal gegen ein Vollstipendium an der Columbia oder meine Fotos in einer Million Galerien oder Idris Elba in meinem Bett.«

Angie lacht. »Moooom!«

Marilyn bleibt stehen und dreht sich zu Angie um. »Ein Teil von mir – ein ziemlich großer, um genau zu sein – war nach dem Tod deines Vaters überzeugt, ich hätte es nicht verdient weiterzuleben. Darum habe ich auf gewisse Weise wohl stattdessen für dich gelebt – für unser Mädchen. Aber bis jetzt war mir nie klar, was für eine Belastung das für dich gewesen sein muss. Es tut mir leid.«

Angie nickt und spürt, wie sich die vertraute Anspannung in ihrer Brust ein wenig löst.

Gerade rechtzeitig zum Sonnenuntergang erreichen sie die Klippe. Angie stellt sich an den Rand und breitet die Arme aus, wie um sich der Stadt unter ihnen zu öffnen. Sie denkt daran, wie sie mit Sam im Auto saß und den ersten Blick auf L.A. erhaschte, wie voller Hoffnung sie war. Und vielleicht ist ihr Vater ja doch die ganze Zeit hier gewesen, genau, wie sie es sich vorgestellt hat. Im Licht.

Als sie sich umdreht, stellt sie überrascht fest, dass ihre Mutter die Kamera erhoben hat.

Klick.

»Das sah aus, als würdest du jeden Moment losfliegen«, sagt Marilyn leise. Der rosa Abendhimmel bringt sie zum Strahlen. »Es gab Abende hier oben, an denen ich auch dachte, ich könnte es …«

Angie blickt hinaus über die Stadt der Engel und denkt an die Frage, die Sam ihr gestellt hat: *Wenn dein Dad hier wäre, ich meine, wenn er mit dir reden könnte, glaubst du nicht, dass er dir dann sagen würde, dass die Liebe das alles wert ist, egal, wie lange sie hält?* Ja, denkt Angie jetzt, das würde er.

Ihre Mom tritt zu ihr, und sie stehen nebeneinander, gemeinsam und doch jede vor ihrem eigenen Abgrund.

Marilyn und Justin fahren in seinem mit Strandsachen vollgepacktem Auto hinter Angie her zu Miguels Wohnung. Die beiden wollen im Park auf sie warten, also geht Angie allein zur Tür und klopft.

Cherry macht auf.

»Hi«, sagt Angie. »Hier, dein Schlüssel. Vielen Dank noch mal für das Angebot, bei dir zu übernachten.«

»Kein Problem.«

»Ist Sam da?«

»Ja, aber … um ganz ehrlich zu sein, glaube ich, er will dich gerade nicht sehen.«

»Ich wollte nur«, stammelt Angie. »Ich … wollte mich bei ihm entschuldigen, persönlich. Meinst du – könntest du ihn vielleicht mal fragen?«

Sam hat in den letzten drei Tagen auf keine von Angies Nachrichten reagiert.

Cherry überlegt kurz. »Okay«, sagt sie dann und verschwindet in der Wohnung.

Angie setzt sich auf die Eingangsstufen und wartet. Es kommt ihr vor, als wäre eine Ewigkeit vergangen, seit sie an ihrem ersten Abend in L.A. mit Sam diese Straße entlanggeschlendert ist, dabei ist es gerade mal eine Woche her. Um sich von ihrer Nervosität abzulenken, zählt sie die Palmen, deren Schöpfe sich über den Häusern erheben.

»Was gibt's?«, sagt Sam, als die Tür sich wieder öffnet.

Angie steht auf. »Ich wollte dir dein Auto bringen. Danke, dass du es mir geliehen hast. Meine Mom ist hier. Aber sie muss zurück zur Arbeit, darum fahren wir morgen wieder nach Albuquerque.«

»Okay.«

»Sam, es tut mir leid.«

»Schon gut«, sagt er ausdruckslos und wendet sich ab.

»Warte«, sagt Angie. »Was – was machst du gerade? Ich meine, also, was ich fragen wollte: Hättest du vielleicht Lust, mit zum Strand zu kommen? Nach Venice? Mit meiner Mom, Justin und mir?«

»Ähm. Eher nicht.«

Angie holt tief Luft. Das Gespräch läuft nicht so, wie sie es sich in Gedanken zurechtgelegt hatte. »Sam. Ich war echt egoistisch, das ist mir klar. Aber an dem Abend, als ich das Foto von meinen Eltern gefunden habe, da – da war mein Dad plötzlich so real, und ich wollte einfach nur zu ihm. Ich hab diesen Menschen, den ich nie gekannt habe, auf einmal so schrecklich vermisst, dass es sich angefühlt hat wie ein Loch in meinem Körper. Und dann sind so viele Fragen in mir aufgekommen, die ich selbst nicht verstanden habe, geschweige denn, dir hätte erklären können, und darum konnte ich nicht bei dir bleiben.

Ich hatte schon immer so eine vage Ahnung, dass irgendwas nicht stimmt – dass gleich um die Ecke etwas Schreckliches lauert. Aber jetzt, wo ich endlich weiß, was es ist, auch wenn es sogar noch schlimmer ist als erwartet, hab ich zumindest das Gefühl, irgendwie damit zurechtzukommen. Justin kennenzulernen, hat wirklich geholfen. Und ganz besonders, dass meine Mom endlich offen mit mir geredet hat. Sie hat mir alles erzählt. Mein Dad ist erschossen worden. Ihr Onkel ist auf sie beide losgegangen und mittendrin kam die Polizei. Die haben nicht gefragt, was los ist. Die haben ihn einfach … getötet.«

»Oh Mann, Angie. Das tut mir so leid.«

»Es gibt immer noch vieles, was ich nicht verstehe. Aber du bist der beste Freund, den ich jemals hatte. Und ich liebe dich«, sagt sie. »Ich liebe dich«, wiederholt sie, »ich wusste nur nicht, wie ich es sagen soll.«

Sam starrt sie an. Dann, endlich, sagt er: »Komm her«, und zieht sie an sich. Angie weiß nicht, wie lange sie so dastehen, reglos, aneinandergeklammert, umhüllt von den Hupkonzerten und Sirenen und Liedfetzen der Stadt.

»Warte kurz, ja?«, sagt Sam. »Ich ziehe mich schnell um für den Strand. Und frage Miguel und Cherry, ob sie auch mitwollen.«

Er verschwindet abermals im Haus, und Angie fühlt sich, als wäre sie an einem heißen Sommertag aus einem eiskalten Pool gestiegen – halb gelähmt vor Kälte, aber zugleich wach und lebendig, zuversichtlich, dass die Sonne sie wärmen wird.

Justins Mustang fährt auf der Interstate 10 Richtung Westen. Nach der Ausfahrt überwinden sie eine Hügelkuppe und dann glitzert plötzlich die endlose blaue Wasserfläche vor ihnen in der Sonne. Angie steigt aus dem Auto und ist sofort überwältigt vom Meeresgeruch, dem Rauschen der Wellen, all dem, was sie sich so oft vorgestellt hat, wann immer sie das Foto ihrer Eltern betrachtete.

Sie beobachtet ihre Mom und versucht, in ihr das lächelnde blonde Mädchen zu sehen, während Marilyn tief einatmet und zum Horizont hinüberblickt. Auf der Strandpromenade strampelt ein kleines Kind mit einem Tretroller vor seinem Vater her, der einen Kinderwagen schiebt. Ein Junge, der auf einem Fahrrad vorbeifährt, hat »Ultralight Beam« auf seinem Handy laufen. Angie erhascht noch eine Liedzeile, bevor die Musik zu leise wird: *Deliver us loving* ... Zwei ältere Frauen sitzen auf einer Bank mit Aussicht aufs Wasser und machen Armübungen.

Angie sieht zu, wie ihre Mom aus ihren schwarzen Ballerinas schlüpft, deren Stoff an den großen Zehen schon langsam fadenscheinig wird. Diese Schuhe sind Angie so vertraut, dass sie kurz überrascht ist, sie in diesem Zusammenhang zu sehen, und im nächsten Moment überkommt sie eine seltsame Welle von Zuneigung für sie. Sie löst die Schnürsenkel ihrer Sneakers und zu dritt machen sie sich auf den Weg über den Sand.

Endlich ist Angie hier, am selben Ort wie ihre Eltern vor all den Jahren.

Justin breitet Decken aus und spannt Sonnenschirme auf und ein paar Minuten später trifft auch Sam mit Miguel und Cherry ein.

»Weißt du noch«, sagt Justin zu Marilyn, »wie du damals auf dem Pier deinen Schuh verloren hast?«

Marilyn lacht. »Ja. Die roten Flipflops, die James mir gekauft hat, habe ich immer noch.«

»Wir hatten schon eine Menge Spaß zusammen«, sagt Justin.

»Stimmt.«

Während die anderen eine Runde Football spielen, liest Marilyn »Das Jahr magischen Denkens« von Joan Didion, und Angie fängt mit »Nach der Flut das Feuer« von James Baldwin an, einem Buch von dem Stapel, den Justin ihr mitgegeben hat.

Als sie sich umdreht, sieht sie Marilyn lächelnd auf ihrem Handy herumtippen.

»Wem schreibst du da?«, fragt Angie.

»Manny«, sagt Marilyn. »Nachdem du verschwunden warst, war ich völlig durch den Wind. Ich hatte keine Ahnung, wo ich sonst hinsollte. Er ist wirklich ein guter Freund.«

Angie zieht die Augenbrauen hoch.

»Ich wollte ihm nur Bescheid geben, dass alles in Ordnung ist. Wir gehen in ein paar Tagen zusammen essen.« Sie zupft an Angies Zeh. »Wollen wir ein Stückchen spazieren?«

»Okay«, sagt Angie und lässt ihrer Mom den Vortritt, während die Sonne langsam Richtung Wasser sinkt und die Farben des Himmels sich im nassen Sand spiegeln. Sie kommen an Kindern vorbei, die Sandburgen bauen, Familien, die Frisbees werfen, einer Frau in einem sehr knappen goldenen Bikini, einem kleinen Jungen, der immer wieder juchzend vor den Wellen wegrennt, an Menschen jeglichen Alters im und am Wasser.

Am Pier angekommen, will Angie automatisch die Treppe nach oben nehmen, aber Marilyn marschiert geradewegs unter den Steg. Aus der dortigen Dunkelheit betrachtet, leuchtet das Wasser vor ihnen noch heller. Selbst an einem so belebten Tag wirkt dieser Ort abgeschieden, fast wie ein Geheimversteck. Angie atmet den Geruch der alten, salzgetränkten Holzbohlen ein.

»Das hier«, erklärt Marilyn, »war einer der Lieblingsplätze deines Dads. Seine Mom hat ihm den gezeigt.« Sie schweigt. »Hierher sind wir immer gekommen, um zu reden, um zu träumen, um miteinander allein zu sein …«

Angie legt den Arm um ihre Mom. »Du vermisst ihn, hm?«

Marilyn nickt. »Das hört nie auf.« Sie lehnt den Kopf an Angies. »Er wäre so stolz auf dich.«

Angie fragt sich, ob ihre Mom recht hat. Diese Reise hat tatsächlich Mut erfordert, denkt sie und ist zum ersten Mal stolz auf sich. Zwar weiß sie noch immer nicht, was genau sie mal »werden« will – vielleicht Journalistin, hat sie überlegt, oder Lehrerin oder Anwältin oder Dokumentarfilmerin –, aber sie weiß, sie will sich niemals zu klein vorkommen, um etwas zu bewirken.

Auf dem Rückweg will Marilyn bei Hot Dog on a Stick haltmachen. Angie kennt die Imbisskette schon von zu Hause und begreift nun endlich, warum ihre Mom den Laden so liebt. Die kleine Bude hier am Strand sei das Original, erklärt Marilyn – eine weitere von ihren und James' Entdeckungen. Sie kaufen so viele hausgemachte Corndogs und Becher mit frischer Limonade, wie sie nur tragen können, und überraschen die anderen damit.

»Also ich gehe jetzt schwimmen«, verkündet Sam, nachdem er seine Portion in drei Bissen vertilgt hat. Er sieht Angie an. »Was ist mit dir?«

Angie springt grinsend auf.

Zuerst watet sie nur zögerlich ins Wasser, bis die Wellen schäumend um ihren Bauch schwappen, doch mit ein wenig Zuspruch von Sam traut sie sich schließlich, ganz einzutauchen.

Niemand, der noch nicht darin geschwommen ist, versteht,

wie wunderbar das Meer ist, denkt Angie jetzt. Sam und sie lassen sich auf dem Rücken treiben, umfangen vom endlosen Blau von Wasser und Himmel.

Wie viele von den sieben Milliarden Menschen auf der Welt sind siebzehn Jahre alt? Wie viele erwarten ein Kind, wie viele fühlen sich selbst noch wie Kinder? Wie viele blinzeln in diesem Augenblick hoch zur selben Sonne? Wie viele planschen im Meer? Wie viele trauern um eine verlorene Liebe und wie viele verlieben sich gerade zum allerersten Mal?

Als sie wieder aus dem Wasser steigen, streckt Angie schüchtern die Hand aus, und Sam ergreift sie. Sie denkt an das, was Justin gesagt hat: Es ist alles eine Frage der Perspektive. Sie und Sam mögen nicht mehr als zwei Tröpfchen Wasser sein, aber hier, zusammen, sind sie auf einmal ein ganzer Ozean. Vielleicht stimmt es, dass es so etwas wie ein Happy End gar nicht gibt. Aber dies hier könnte ein Anfang sein und dafür ist Angie dankbar.

Siebzehn Jahre sind zu kurz, um auf der kosmischen Zeitleiste unseres Universums, unseres Planeten oder auch nur unserer Spezies sichtbar zu sein. Und doch hat Angies Dad nicht mehr Zeit gehabt auf dieser Erde. Angie weiß noch nicht, wie viele Jahre ihr zugestanden werden, nur dass sie jetzt, in diesem Moment, hier ist, unter den Lebenden. Gesund und bei vollem Bewusstsein. Sie ist am Leben, an diesem Tag, in dieser Welt voller Gewalt und unvorstellbarem Schrecken, voller Grausamkeit und Güte, voller Wunder und voller Liebe.

Epilog

MARILYN

Marilyn will nach Amarillo, wo sie geboren wurde. Seit L.A. ist sie zehn Stunden unterwegs, unterbrochen nur von gelegentlichen Pinkelpausen und Snacks an der Tankstelle. Jetzt jedoch, gegen halb sieben, beginnt die Straße, vor ihren Augen zu verschwimmen, und außerdem hat sie schon wieder Hunger. Also verlässt sie in Albuquerque die Interstate 40. Die Ausfahrt Central Avenue klingt Erfolg versprechend, beschließt sie. Nachdem sie sich ein Motelzimmer gesucht hat, fragt sie den Empfangsmitarbeiter – ein freundlicher Typ mit Pickelgesicht, der kaum älter sein kann als sie –, wo sie in der Nähe etwas zu essen bekommt. Er schlägt das 66 Diner ein Stück die Straße runter vor, und sie macht sich zu Fuß auf den Weg, um sich ein bisschen die Beine zu vertreten. Ihr gefallen die niedrigen hellbraunen Gebäude ringsum, der dramatische Himmel, die jäh aufragenden Berge. Ihr gefallen die Ruhe und die Weitläufigkeit. Zum Abend hin hat sich die Wüstenhitze ein wenig gelegt und die Luft ist klar und dünn und riecht nach Erinnerungen.

Als sie das Diner betritt, wird sie von einem hübschen Mädchen in einem bauschigen blauen Kleid begrüßt und zu einer kunstlederbezogenen Sitznische geführt. Plötzlich ist sie so müde, dass sie an Ort und Stelle einschlafen könnte. Marilyn fragt die Bedienung, was sie besonders empfehlen könne, und sie bringt ihr einen Cheeseburger mit grünen Chilis und einen Minz-Schoko-Shake. *Das ist das Leckerste, was ich je gegessen habe*, denkt Marilyn und verputzt alles bis auf den letzten Krümel. In der Jukebox läuft »My Girl«. Ein kleiner Junge, der mit seiner Mutter an der Theke sitzt und ein riesiges Eis in sich hineinschaufelt, grinst sie an. Ein junges Paar auf dem Weg zur Tür nickt ihr zu. Mit einem Mal bedeutet ihr die Freundlichkeit von Fremden unendlich viel.

Der Juniorgeschäftsführer Manny (er trägt ein Namensschild), geschätzt Mitte zwanzig, nimmt an der Kasse ihr Geld entgegen. Marilyns Blick fällt auf ein »Mitarbeiter gesucht«-Schild neben einer alten Cola-Reklame und dem Kaugummiglas auf der Theke.

»Schönen Abend noch.« Er hat ein wunderbares Lächeln – es ist das Lächeln eines Menschen, der an das Gute in der Welt glaubt.

Als sie das Diner verlässt, spielt sich am Himmel ein unglaubliches Farbspektakel ab: Lila, so tief, als könnte man darin schwimmen, Orangetöne, die man trinken möchte, und im Hintergrund ein rosa angestrahlter Platzregen. Dieser Sonnenuntergang ist das erste Schöne, was sie sieht – was sie wirklich *registriert* –, seit James tot ist. Sie spürt, wie ihre Brust, die sich fest verschlossen hatte, aufreißt und die Schönheit einlässt, weil es schlicht nicht anders geht. Es tut weh, aber es muss sein.

Sie legt die Hand auf ihren Bauch und könnte schwören, dass sich das Baby zum ersten Mal bewegt. Vielleicht ist das ein Zeichen, denkt sie, dann macht sie kehrt und geht zurück ins Diner. Manny steht noch immer hinter der Kasse.

»Hast du was vergessen?«, fragt er.

»Ähm, nein. Ich wollte nur – ich hab gesehen, dass hier Mitarbeiter gesucht werden. Könnte ich mich da wohl bewerben?« Sie wischt sich die verschwitzten Handflächen an der Jeans ab.

Jetzt, zur besten Abendessenszeit, beginnt sich das Restaurant zu füllen. Hinter ihr wartet bereits ein Mann mit zwei kleinen Kindern.

»Setz dich doch kurz an die Theke«, sagt Manny zu ihr. »Ich bin gleich da.«

Marilyn dreht sich sachte auf dem Barhocker hin und her, bis er zurückkommt.

»Warst du denn schon mal in einem Restaurant beschäftigt?«, fragt er.

»Nein, aber ich lerne schnell, ehrlich. Ich hatte in der Schule immer nur Einsen und …« Marilyn hält verlegen inne. Wer fängt denn in so einer Situation von seinen Noten an? »… na ja, und ich hab auch schon andere Jobs gehabt.«

»Okay, was denn zum Beispiel?«

Marilyns Wangen werden heiß und ihre Hand wandert unwillkürlich wieder zu ihrem Bauch. »Ich hab gemodelt. War in ein paar Werbespots. Ich komme aus L.A.« Kaum dass die Worte ihren Mund verlassen haben, wird ihr klar, dass sie genauso gut hätte lügen können. Warum hat sie nicht einfach behauptet, sie hätte in einem Klamottenladen gejobbt?

Manny mustert sie. »Hier würdest du den Gästen fürs Erste Tische zuweisen und Bestellungen entgegennehmen«, sagt er schließlich. »Du bekämst fünf fünfzehn die Stunde und außerdem einen Anteil am Trinkgeld. Kannst du morgen Mittag wiederkommen?«

»Klar, kein Problem«, sagt Marilyn. »Vielen Dank.« Ihr erster richtiger Job, den sie sich ganz allein beschafft hat.

Auf dem Rückweg zum Motel sieht sie die Berge in einem vollkommen irrwitzigen Rosa leuchten. Die Farben des Sonnenuntergangs sind inzwischen ein wenig verblasst, aber immer noch gut zu erkennen. Wetterleuchten zuckt über den Himmel. Die Luft ist wie elektrisch geladen und voller vielversprechender Düfte. Marilyn schließt die Augen und wünscht sich für ihr und James' Baby, dass es ein Leben voll von solcher Schönheit haben wird.

Danksagung

An meine Lektorin Joy Peskin: Danke für deinen Ansporn und dein Vertrauen, für dein Feingefühl und deinen weisen Rat, für deinen klaren Blick und scharfen Verstand. Ohne dich wäre »Auf der Suche nach dem Kolibri« nicht geworden, was es heute ist. Danke an Richard Florest, meinen herausragenden Agenten, der mir geholfen hat, einen Raum für dieses Buch zu schaffen, und dafür, dass er die Mädchen aus dem goldenen Westen so gestochen scharf vor sich gesehen hat. Außerdem ein riesiges Dankeschön an Nicholas Henderson, Molly Ellis, Lauren Festa, Brittany Pearlman, Kristin Dulaney und das fantastische Team von Macmillan. Ich kann mein Glück kaum fassen, mit solch tollen, klugen, engagierten Menschen zusammenarbeiten zu dürfen.

Ich bin dankbar für meine wunderbaren Freunde, die mich im Großen und im Kleinen beim Schreiben unterstützt haben: Danke euch allen. Besonders Heather Quinn, die weiß, wie man neugeborene Geschichten großzieht, und an Hannah Davey, mein personifiziertes Tagebuch, deren genialer Kopf vom Anfang bis zum Ende geholfen hat, diesem Buch eine Form zu verleihen. Ich danke Stephen Chbosky, der mich dazu ermutigt hat, meinen ersten Roman zu schreiben, und mich seither bedingungslos unterstützt hat. Lianne Halfon, die keine Kompromisse zwischen Poesie und Präzision macht – danke, dass du immer jeden einzelnen Satz liest. Khamil Riley, gleichermaßen begabt als Schriftsteller wie auch als Leser, danke, dass du dieser Geschichte dein Hirnschmalz hast zuteilwerden lassen.

Ein gigantisches Dankeschön geht an meine Familie, deren Mitglieder alle sichtbar und unsichtbar Teil dieses Buchs sind. Meinem Dad, Tom Dellaira, danke für deine Memoiren, die mir so ein deutliches Bild von deiner Vergangenheit vermittelt haben, und für die Liebe zwischen dir und Mom, bevor wir auf der Welt waren. Danke fürs Lesen, fürs Zuhören, für deine Ermutigung und deinen Rat. Laura, mein schönes, geniales Schwesterherz, meine BFF, mein Bipster, danke für deinen Input und, wie immer, für deine Liebe und Unterstützung. Denise Hope Hall, meine kleine Schwiegerschwester, danke für »Citizen«, für Christine and the Queens und ganz besonders für dich selbst – du bist in so vielerlei Hinsicht eine Inspiration für mich. Danke an meine Stiefmom Jamie Wells, für dein Einfühlungsvermögen und deine Fürsorge. Tammi und Gloria, danke, dass ihr mich von Anfang an mit offenen Armen in eurer Familie willkommen geheißen habt. Ich habe unglaubliches Glück, eine so tolle Schwiegermama und -oma zu haben.

Ich danke meiner Mom Mary, die mir gezeigt hat, was wahre mütterliche Liebe ist. Die mich gelehrt hat, meine Träume zu verwirklichen. Die sich für meine Schwester und mich aufgeopfert hat. Die ich für mein Leben gern mit siebzehn kennengelernt hätte. Du fehlst mir jeden Tag.

Ich danke meinem Mann Doug für mehr, als sich mit Worten ausdrücken lässt. Bevor ich dich gefunden habe, wusste ich nicht, dass eine solche Liebe überhaupt möglich ist.

Und zu guter Letzt ein bescheidenes Dankeschön an einige Autorinnen und Autoren, die ich zutiefst bewundere: Ta-Nehisi Coates für seine scharfsinnige journalistische Arbeit für »The Atlantic«, Joan Didion für »Stunde der Bestie« und »Das weiße Album«, Claudia Rankine für »Citizen«, James Baldwin für »Nach der Flut das Feuer« und Jesmyn Ward und ihren Mitautorinnen und -autoren für »The Fire This Time«. Danke an Wesley Stephenson, dessen am 4. Februar 2012 auf *BBC News* veröffentlichter Artikel mit dem Titel »Do the Dead Outnumber the Living?« mir die Inspiration für Angies Geister geliefert hat.

Zur Unterstützung des immer noch währenden Kampfes gegen Diskriminierung fließt ein Teil der Einnahmen für dieses Buch direkt in den Rechtshilfe- und Bildungsfonds der National Association for the Advancement of Colored People.

Natürlich magellan©

FSC
www.fsc.org
MIX
Papier aus verantwortungsvollen Quellen
FSC® C083411

Wir pflanzen Bäume
Für unsere Umwelt
www.magellanverlag.de

Hergestellt in Deutschland
Gedruckt auf FSC®-Papier
Lösungsmittelfreier Klebstoff
Drucklack auf Wasserbasis

1. Auflage 2019

Die Originalausgabe erschien 2018 unter dem Titel »In Search of Us«.
Aus dem Englischen von Jessika Komina und Sandra Knuffinke
Umschlaggestaltung: Christian Keller unter Verwendung von Motiven
von iStock / standret / choness /irinelle / Who_I_am
Aus folgenden Werken wird zitiert:
Clarke, Arthur C.: 2001: Odyssee im Weltraum.
Übersetzt von Irene Holicki, München 2016.
Didion, Joan: Das weiße Album.
Übersetzt von Charlotte Franke, Reinbek 1997.
Didion, Joan: Stunde der Bestie. Essays.
Übersetzt von Eike Schönfeld, Reinbek 1996.
Rankine, Claudia: Citizen.
Übersetzt von Uda Strätling, Leipzig 2018.
Druck: CPI, Leck
ISBN 978-3-7348-5043-1

www.magellanverlag.de